suhrkamp taschenbuch 2660

Auf einer Routinefahrt nach Edo, dem heutigen Tokio, gerät ein japanisches Handelsschiff in Seenot – für die Besatzung beginnt eine jahrelange Odyssee, die sie von den Aleuten quer durch Sibirien und Rußland führt. Dort gelingt es dem Kapitän schließlich, von Katharina II. in ihrer Sommerresidenz zu einer Audienz empfangen zu werden. Sie beschließt die Rückführung der Japaner. Nur drei Männer der ursprünglich siebzehnköpfigen Besatzung gehen zehn Jahre nach ihrer Strandung an Bord eines russischen Schiffes, das den Auftrag erhält, diese Gelegenheit zu nutzen, um Handelsbeziehungen mit dem fernöstlichen Inselreich zu knüpfen. Aber Japan steht noch immer unter dem Zeichen seiner Isolationspolitik, und Rückkehrern droht die Todesstrafe ...
Der Sturm versetzt Leserinnen und Leser in das Japan des ausgehenden 18. Jahrhunderts, ein Japan, das sich infolge seiner Isolationspolitik fast vollständig vom Ausland abgeriegelt hatte und dessen Einwohnern es untersagt war, das Land zu verlassen.

Yasushi Inoue wurde am 6. Mai 1907 auf der japanischen Insel Hokkaido geboren. Er starb am 29. Januar 1991 in Tokio. Er ist einer der bedeutendsten japanischen Schriftsteller des letzten Jahrhunderts und Autor zahlreicher Romane und Erzählbände. In deutscher Übersetzung erschienen im Suhrkamp Verlag u.a.: *Das Jagdgewehr* (st 2909), *Die Eiswand* (st 551), *Der Stierkampf* (st 944), *Der Sturm* (st 2660), *Der Tod des Teemeisters* (st 4025).

Yasushi Inoue
Der Sturm

Roman

Aus dem Japanischen übertragen
von Andreas Mrugalla

Suhrkamp

Originaltitel: *Oroshiya koku suimutan*
Umschlagfoto: Eberhard Grames/Bilderberg

3. Auflage 2014

Erste Auflage 1997
suhrkamp taschenbuch 2660

Druck: Druckhaus Nomos, Sinzheim
Printed in Germany
Umschlag: Göllner, Michels, Zegarzewski
ISBN 978-3-518-39160-0

DER STURM

Prolog

Der Sturm handelt von dem Schicksal des aus der Provinz Ise stammenden Japaners Daikokuya Kôdayû, der gegen Ende des 18. Jahrhunderts als Schiffbrüchiger Rußland erreichte und nach Überwindung zahlreicher Schwierigkeiten schließlich die Erlaubnis erhielt, wieder in seine Heimat zurückkehren zu dürfen. Zunächst sollen jene Japaner aber nicht unerwähnt bleiben, die vor Daikokuya Kôdayû mit ihren Schiffen auf Kamtschatka oder den Alëuten gestrandet waren und von denen kein einziger jemals wieder japanischen Boden betrat.

Im Jahre 1695 brach der zum Festungskommandanten ernannte Wladimir Atlassow mit einer fünfzig Mann starken Einheit in Jakutsk auf, um seinen Dienst in der von Schnee und Eis eingeschlossenen kleinen Siedlung Anadyr anzutreten. Jakutsk bildete damals den Ausgangspunkt aller Sibirienfahrten, von dort stand Atlassow eine mehr als sechsmonatige Reise zu der auf der Halbinsel Tschuktschen am nordöstlichen Rand des Reiches gelegenen Bucht bevor. Daß die Halbinsel nur eine schmale Wasserstraße von Alaska trennte, sollte erst dreißig Jahre später Bering entdecken.

Im Frühling seines zweiten Dienstjahres stellte Atlassow eine Mannschaft aus sechzig Soldaten und sechzig Einheimischen zur Erkundung der sich südlich von Anadyr erstrekkenden Eiswüste zusammen. Das Ziel dieser mit Rentierschlitten ausgerüsteten Expedition hieß Kamtschatka, ein Gebiet, das zwar bereits auf den zeitgenössischen Karten eingezeichnet war, von dem aber niemand Genaueres zu sagen wußte, geschweige denn eine Vorstellung hatte, welche Menschen dort leben mochten.

Drei verschiedene Stämme siedelten in dieser Region: die Tschuktschen im Norden und die Korjaken im Süden, an deren Land sich das der Kamtschadalen anschloß.

Nach dem Erreichen der Kamtschatka-Pforte wandte sich

Atlassow zunächst der westlichen Küste zu, schlug dann aber die entgegengesetzte Richtung ein und gelangte in ein Dorf der Korjaken, das an der Pazifikmündung des Oljutor lag. Dort angekommen, teilte er seine Expedition in zwei Gruppen. Die erste erhielt den Auftrag, am Meer entlang stets weiter nach Süden vorzustoßen, er selbst kehrte mit der zweiten Gruppe zur Westküste zurück und trat von dort aus den Weg in südliche Richtung an.

Die durch das unwegsame Gelände und infolge von Meutereien der als Führer angeworbenen Einheimischen bereits kurz vor dem Scheitern stehende Expedition erreichte schließlich im Juli ein zu beiden Seiten eines Flusses gelegenes Siedlungsgebiet der Kamtschadalen, das aus einigen Dörfern mit jeweils etwa vierhundert Hütten sowie mehreren kleineren Forts bestand. Atlassow vermerkt in seinem dem Moskauer Amt für sibirische Angelegenheiten vorgelegten Bericht:

Die Statur des Kamtschadalen ist nicht allzu groß, sein Bartwuchs scheint nur von mittelmäßiger Natur. Seine Kleidung besteht aus Marder-, Fuchs- und Rentierpelz, den Saum mit Hundefell verziert.

Der Kamtschadale wird von keinem fremden Stamme beherrscht, sondern er folgt dem reichsten Manne seiner Sippe. Einzelne Sippen bekämpfen sich untereinander, auch kommt es dabey sogar zu wahrhaften Schlachten. Ihrem Range gemäß besitzen die Männer bis zu drei Weiber.

Sie zeigen große Furcht vor unseren Gewehren und nennen uns »Männer des Feuers«. Im Gegensatz zu dem Korjaken, welcher im Winter mit Rentierschlitten in den Kampf zieht, vertrauet der Kamtschadale auf Schneeschuhe. Findet eine Schlacht im Sommer statt, so kämpfen sie zu Fuße, die meisten von ihnen nur spärlich bekleidet.

Der Kamtschadale bereitet sich auf die Winterzeit vor, und zwar auf diesbezügliche Weise, daß er seine Unterkunft bis zur Hälfte in die Erde eingrabet; im Sommer baut er sein Quartier auf etwa sechs Meter hohen Pfeilern, bedecket das Dach mit Tannenrinde und benutzt Leitern zum Zwecke des Ein- und Ausstieges.

Der Kamtschadale verzehrt Fleisch und Fisch, den Fisch sowohl roh als auch gefroren. Als Wintervorrat legt er rohen Fisch in eigens dafür zurechtgemachte Erdlöcher und schließet diese dann wieder, um den Fisch auf ebensolche Weise lagern zu können. Verderbet der Fisch, so nimmt er ihn heraus, wirft ihn in Holzkübel, welche mit Wasser gefüllt, erhitzt, indem er heiße Steine beifüget, rühret kräftig um und labet sich an der Suppe.

Der Kamtschadale benutzt selbstgefertigte Töpfe aus Holz und Ton, verwendet aber auch mit Mustern verzierte Gefäße und solche, deren Oberfläche mit Olivenöl sich behandelt zeiget. Diese stammen gleichwohl von einer anderen Insel – wes Landes Theil sie sey, lasset sich freilich noch nicht sagen.

Die in dem Bericht erwähnte Insel, *wes Landes Theil sie sey, sich freilich noch nicht sagen lasse,* ist Japan, und die Gefäße, *deren Oberfläche sich mit Olivenöl behandelt zeiget,* sind nichts anderes als japanische Lackwaren, die von auf den Kurilen lebenden Ainu nach Kamtschatka gebracht worden waren.

Atlassow hielt sich nicht allzu lang in dem Gebiet der Kamtschadalen auf, überquerte die Itscha und drang weiter nach Süden vor. Dort stieß er auf eine Ansiedlung der *Kurilen-Menschen,* provozierte einen Zwischenfall, erstürmte das Fort des Dorfes und richtete ein Blutbad unter den Bewohnern an.

Mit den von Atlassow so bezeichneten *Kurilen-Menschen* sind die obengenannten Ainu gemeint.

Durch die von 1697 bis 1699 drei Jahre lang dauernde Expedition hatte sich Atlassow den Ruhm erworben, als erster die Halbinsel Kamtschatka erkundet zu haben, gleichzeitig stellten seine Berichterstattungen über das dort lebende Volk der Kamtschadalen einen unschätzbaren ethnologischen Wert dar, und dennoch sind das nicht die einzigen bemerkenswerten Leistungen, die Atlassow auf diesem Gebiet vollbracht hatte.

Während er am Ufer der Itscha lagerte, war ihm zu Ohren gekommen, daß die Kamtschadalen einen Schiffbrüchigen aus einem fremden Land gefangenhielten. Unverzüglich ließ er ihn zu sich bringen, und der Mann, der dann vor ihm erschien, besaß Gesichtszüge, wie Atlassow sie noch nie zuvor in seinem Leben gesehen hatte. In der während seiner Gefangenschaft erlernten Kamtschadalen-Sprache begann der Fremde zu berichten:

»Meine Heimat ist Asaka. Mein Vater, der das Kaufmannsgewerbe betreibt, wird Disa genannt. Ich stand in Diensten der ebenfalls in Asaka wohnenden Familie des Sohnes der Awaji. Meine Mannschaft und ich gehörten zu einem Konvoi aus dreißig Schiffen, der von Asaka in das etwa siebenhundert Werst entfernt gelegene Indo segeln wollte. Wir waren fünfzehn Mann an Bord, unsere Ladung bestand hauptsächlich aus Reis, Sake, Damast, Baumwolle und Zucker. Auf der Fahrt gerieten wir in einen Sturm, und wir haben kein einziges der anderen Schiffe mehr wiedergesehen. Ein steter Wind trieb uns achtundzwanzig Wochen lang immer weiter von unserem Kurs ab. Um im Sturm dem Untergang zu entgehen, mußten wir das Segel und sogar den ganzen Mast kappen, ein Unterfangen, das zwei meiner Kameraden mit dem Leben bezahlten. So erreichten wir letztendlich wieder Land, aber es war ein Land, in dem die Kurilen-Menschen lebten. Sie griffen uns sofort mit einer großen Übermacht an, und wir wurden nur deshalb nicht umgebracht, weil wir ihnen kampflos unsere gesamte Ladung aushändigten. Zwei von uns jedoch, deren Augen während der langen Irrfahrt auf See blind geworden waren, erschlugen die Wilden ohne Gnade. Dann – ich weiß nicht, warum sie gerade mich auswählten – wurde ich in das Dorf der Kamtschadalen geschleppt. Meine zehn Gefährten mußten weiter bei den Kurilen-Menschen bleiben. Seit ich Gefangener der Kamtschadalen geworden bin, ist bis zum heutigen Tage ein ganzes Jahr vergangen.«

Über diesen Fremden berichtet Atlassow dem Sibirienamt:

Jener Gefangene, dessen Schiff vom Winde bis an die Küste Kamtschatkas getrieben ward, mag in seiner ganzen Gestalt wohl den Griechen ähnlich sein; der Körper ist hager, der Bartwuchs nur schwach und das Haar schwarz. Als er in unserer Runde eine Ikone erblickte, begann er heftig zu weinen und behauptete, in seiner Heimat gäbe es ebenfalls solche Gottesbilder. Er nennet sich selbst »Mann aus Indo« und erzählt, dort fände man reichlich Gold, baue aus Porcellan die Paläste, und das Schloß des Herrschers von Indo sey sogar gefertigt gänzlich aus Silber, bedeckt mit reinem Golde.

In Begleitung dieses seltsamen Inders kehrte Atlassow im Juli 1699 wieder nach Anadyr zurück und plante, ihn bis nach Jakutsk zu bringen, aber trotz guter Schneeschuhe schwollen dessen Füße binnen weniger Tage derart an, daß Atlassow ihn nach Anadyr zurückschickte, allerdings nicht ohne den Befehl ausgesprochen zu haben, den Fremden so bald wie nur irgend möglich nachkommen zu lassen.

Mit einigen Monaten Verspätung traf der Fremde aus Indo dann mit einer Eskorte in Jakutsk ein, die ihn sogleich den dortigen Behörden übergab. Aus den Befragungen ging schließlich hervor, daß der Name des Schiffbrüchigen Dembei lautete. Weiterhin stellte sich heraus, daß nicht Asaka, wie man bisher zu verstehen geglaubt hatte, sondern Ôsaka der Geburtsort des Mannes war. Auch die Annahme, er sei möglicherweise ein Inder, erwies sich als Mißverständnis: Dembei hatte nicht von Indien, sondern von der japanischen Stadt Edo, dem Regierungssitz des Shôgun, gesprochen.

Dembei gab bereitwillig Auskunft über seine Heimat Japan, seine Irrfahrt und auch seinen Strandungsort Kamtschatka, so daß im Januar 1702 dem Moskauer Amt für sibirische Angelegenheiten die von Dembei selbst in japanischer Schrift unterzeichnete Akte *Berichte des Dembei* vorgelegt werden konnte. Die einzigen zeitgenössischen Aufzeichnungen, die außer den vorgenannten heute noch über Dembei existieren, sind die Angaben, die Atlassow im Juni 1700 dem Gouverneur in Jakutsk und im Februar 1701 dem Sibirienamt gemacht hatte. Dabei handelt es sich also zum einen um von Dembei selbst diktierte Berichte, zum anderen um Unterlagen, in denen die Person, der Dembei seine Rettung aus dem tiefsten Kamtschatka und die Reise ins russische Mutterland verdankte, ihre verschiedenen Eindrücke in Jakutsk und in Moskau zu Protokoll gegeben hatte.

Diese unterschiedlichen Quellen ruhten knapp zweihundert Jahre lang unbeachtet in den Archiven der Behörden, bis sich der Historiker Nikolai Ogloblin im Oktober 1891 mit ihnen beschäftigte. Ogloblin veröffentlichte unter dem Titel *Der erste Japaner in Rußland. Die Jahre 1701–1705* einen Aufsatz, in dem er jene alten Aufzeichnungen zitierte und somit Dembei einen Platz in der Geschichte verschaffte. Dreißig Jahre später erschien Lew Semjonowitsch Bergs *Die Entdekkung Kamtschatkas und die Bering-Expedition;* von Koba Ume 1942 ins Japanische übersetzt. Auch Berg bezieht sich auf jene damaligen Protokolle und vermerkt über Atlassow:

»Er muß als eine herausragende Persönlichkeit bezeichnet werden. Zwar verfügte er über keine allzu weitreichende Bildung, aber dank seiner außerordentlichen Auffassungsgabe und seines exakten Beobachtungsvermögens enthalten die Notizen viele wertvolle ethnologische und geographische Hinweise. Von den Sibirienfahrern des 17. bis zu Beginn des 18. Jahrhunderts hat kein einziger – von Bering einmal abgesehen – ein solch umfangreiches Material liefern können.«

Sicherlich mag es gerechtfertigt sein, Atlassow mit diesen Worten zu beschreiben, den zweiten Teil seiner Lebensgeschichte überschatten gleichwohl Berichte, die ihn als einen rücksichtslosen Abenteurer ausweisen.

Aufgrund seiner Verdienste zum Hauptmann einer Hundertschaft Kosaken befördert und von neuem nach Kamtschatka kommandiert, ließ Atlassow unterwegs jedoch Handelsschiffe angreifen und plündern. Nach Verbüßung einer mehrjährigen Kerkerstrafe vertraute man ihm 1706 nochmals eine Abteilung Kosaken an; Atlassow vermochte die in ihn gesetzten Erwartungen aber nicht mehr zu erfüllen, behandelte seine Untergebenen wie Leibeigene und verbrachte letztendlich mehr Zeit in Arrest als in Freiheit. Im Jahre 1711, während des landesweiten Aufstands der Kosaken, wurde er von den Rebellen im Schlaf überrascht und umgebracht.

Für Dembei, den Atlassow bis nach Jakutsk hatte bringen lassen, war indessen ein weniger tragisches Schicksal bestimmt. Er wurde in Moskau weiteren Befragungen unterzogen, so daß das Sibirienamt auf der Grundlage seiner Schilderungen im Jahre 1702 einen ausführlichen Bericht über Japan anfertigen konnte, der alle möglichen Bereiche wie geographische Lage, Bodenschätze, Verwaltung und Heereswesen, sowie Religion, Sitten und Gebräuche und Arbeitsleben umfaßte. Auf diese Weise entstanden die ersten russischen Japanaufzeichnungen, deren primäre Quelle die Erzählungen eines Japaners waren. Im gleichen Jahr gewährte Zar Peter der Große in dem Dorf Preobraschenskoje Dembei sogar eine Audienz, ließ seinen Lebensunterhalt durch eine monatlich auszuzahlende Unterstützung sichern und verfügte die Gründung einer Akademie der japanischen Sprache, in der Dembei als Lehrer unterrichten sollte.

Natürlich waren die Beschreibungen Japans von europäischen Missionaren auch bis ins zaristische Rußland vorgedrungen, und Japan war kein völlig unbekanntes Land mehr gewesen, aber für den Zaren muß es eine äußerst willkommene Gelegenheit bedeutet haben, einen Japaner direkt befragen und aus dessen Munde Genaueres über die dortigen Lebensbedingungen erfahren zu können.

Dies bestätigt die russische Japanologin Fainberg, die vor kurzem über Dembei in ihrem Buch *Die russisch-japanischen Beziehungen von 1697 bis 1875* berichtet, eine Veröffentlichung des staatlichen Moskauer Forschungsinstituts für internationale Beziehungen aus dem Jahr 1960. Ihren Recherchen zufolge ging die Zuständigkeit in Dembeis Angelegenheit am 16. April 1702 vom Sibirienamt auf das Artilleriebüro über; und nachdem Dembei sich dort ausreichende Kenntnisse im Russischen angeeignet hatte, vertraute man ihn schließlich der Obhut der Aristokratenfamilie Gagarin an. Die bevorzugte Behandlung Dembeis läßt ahnen, welch hohe Bedeutung die russische Regierung dem japanischen Schiffbrüchigen zumaß.

Dembei bekam den Titel *Lehrer am russischen Institut für japanische Sprache* verliehen und unterrichtete ab 1705 an der in Sankt Petersburg gegründeten Akademie, dem ersten japanischen Sprachinstitut in Rußland. Es gehörte zum Zuständigkeitsbereich des Senats; die Zahl der Schüler, zumeist Söhne aus Offiziersfamilien, war zwar gering, aber von jedem wurde verlangt, daß er sein ganzes Leben dem Studium der japanischen Sprache widmete.

Im Jahre 1710 ließ sich Dembei taufen und erhielt den Namen Gabriel.

Da die Russen den Weg nach Japan zu dieser Zeit nicht kannten, ist es ihnen unmöglich gewesen, Dembei in sein Heimatland zurückzuschicken.

Diese Behauptung findet sich in einem früheren Aufsatz Fainbergs mit dem Titel *In Rußland lebende Japaner zur Zeit der japanischen Abschließung,* der in dem von Ch. T. Eidus 1959 herausgegebenen Sammelband *Japan – Die Fragen der Geschichte* erschienen ist. In Wirklichkeit aber hatte das damalige Rußland keineswegs daran gedacht, dem gestrandeten Japaner jemals die Rückkehr in die Heimat zu gestatten, denn eine solch wertvolle Quelle wollte man nicht gern versiegen sehen.

Vielleicht war den Verantwortlichen nicht ganz wohl bei dem Gedanken, mit Dembei nur über einen einzigen Lehrer am neuen Sprachinstitut zu verfügen, jedenfalls erhielten die Behörden in Jakutsk die Anweisung: *Strandet an der Küste Kamtschatkas fürderhin ein japanisches Schiff, so sey unter der Besatzung ein Mann ausgewählt, und dieser sey unverzüglich nach Sankt Petersburg gebracht!* die sie umgehend an die einzelnen Posten auf Kamtschatka weiterzuleiten hatten.

Im Jahre 1714 traf mit Sanima dann ein weiterer japanischer Schiffbrüchiger in Sankt Petersburg ein. Als sollte gerade jenem Befehl entsprochen werden, war im April 1710 Sanimas Schiff an der Küste zerschellt. Zehn Mann der Besatzung konnten sich zunächst retten, die Kamtschadalen erschlugen jedoch vier und nahmen die übrigen sechs in Gefangenschaft, von denen schließlich vier in die Obhut der Russen gelangten. Derjenige, den man nach Sankt Petersburg schickte, mußte sich damit abfinden, Sprachlehrer an der japanischen Schule zu werden.

Als Assistent Dembeis verrichtete Sanima die verschiedensten Arbeiten in der Sprachschule, bekam schließlich die Taufe der russisch-orthodoxen Kirche und nahm eine Russin zur Frau. Über das Leben jenes Sanima existieren auf japanischer Seite naturgemäß keinerlei Aufzeichnungen. Der 1755 erschienenen, weithin als Standardwerk bekannten *Topographie Kamtschatkas* von Stepan Petrowitsch Krascheninnikow und der *Sammlung zur russischen Geschichte* des Sibirienforschers und Historikers Gerhard Friedrich Müller, der zu Krascheninnikows Werk das Vorwort geschrieben hatte, ist es aber zu verdanken, daß der Name des mit seinem Schiff an der Küste Kamtschatkas gestrandeten Japaners Sanima in den Annalen der russisch-japanischen Beziehungen Erwähnung findet.

Bey der Amtszeit des Tschirikow (der oberste Verwaltungsbeamte Kamtschatkas) *ereignete sich von neuem die Strandung eines manövrierunfähigen japanischen Schiffes. Obschon sich die barbarischen Kamtschadalen der Japaner sogleich bemächtigten, gelang es Tschirikow mit Hülfe einer kleinen Streitmacht, vier der Seeleute vor dem sicheren Tode zu erretten. Die Kamtschadalen fürchteten eine Auseinandersetzung mit den Soldaten, ließen die Japaner zurück und verbargen sich im Dickicht der umliegenden Wälder.*

Sanimas Name ist bei Krascheninnikow zwar nicht ausdrücklich erwähnt, Müller weist jedoch in seinem Beitrag nach, daß Sanima sich unter jenen vier Seeleuten befunden haben muß.

Den weiterführenden Arbeiten der russischen Historikerin Petrowa zufolge, setzte Sanima nach dem Tode Dembeis bis 1734 den Unterricht an der japanischen Schule fort. Der Sprachwissenschaftler Murayama Shinichirô vermutet den Geburtsort Sanimas, dessen richtiger Name möglicherweise Saëmon gelautet haben könnte, in der sich südlich an die Provinz Ise anschließenden Provinz Kii.

Des weiteren vermerkt Fainberg auf der Grundlage eines vom Marineministerium an den Senat adressierten Berichts mit Datum 18. April 1747 in ihrem bereits genannten Aufsatz über die in Rußland lebenden Japaner zur Zeit der japanischen Abschließung:

Als ein Mitglied der Expedition unter Kapitän Vitus Bering wurde auch ein Japaner ausgewählt, der die russisch-orthodoxe Taufe und den Namen Jakow Maximow erhalten hatte. Dabei handelte es sich um einen entweder 1713 oder 1714 mit seinem Schiff an der Küste Kamtschatkas gestrandeten japanischen Seemann.

Die Vermutung liegt wohl trotz der um drei beziehungsweise vier Jahre differierenden Zeitangabe recht nahe, daß jener zu Berings Mannschaft gehörende Jakow Maximow einer der drei Kameraden Sanimas gewesen war, die die Russen damals aus den Händen der Kamtschadalen befreit hatten – ein in der Geschichte der japanischen Schiffbrüchigen äußerst bemerkenswertes Ereignis.

Weder das Todesjahr Dembeis noch Sanimas ist bekannt.

Die in der Chronologie der russisch-japanischen Beziehungen folgenden nächsten Japaner tragen die Namen Gonza und Sôza.

Im Sommer des Jahres 1729 strandete am Kap Lopatka nach sieben Monaten auf hoher See die mit Wollstoffen und Papier beladene *Wakashi-maru*, die auf dem Weg vom südjapanischen Satsuma nach Ôsaka in einen Taifun geraten war. Am vermeintlich rettenden Ufer wurde die siebzehnköpfige Besatzung jedoch von Eingeborenen unter dem Kommando eines russischen Offiziers angegriffen und bis auf zwei umgebracht. Diese beiden Überlebenden waren Gonza, der elfjährige Sohn eines Fischers, und Sôza, der etwa fünfunddreißigjährige Gehilfe einer Kaufmannsfamilie.

Als die beiden im Jahre 1733 in Sankt Petersburg eintrafen, war höchstwahrscheinlich Dembei bereits nicht mehr am Leben. Auch ihnen wurde ein Schicksal zuteil, das sie sich selbst in ihren kühnsten Träumen wohl nicht auszumalen vermocht hatten. Die Zarin Anna Iwanowna gewährte ihnen eine Audienz, sie erhielten die Taufe, nannten sich fortan Damian Pomorzew und Kusma Schulz und wurden zum Zweck des Studiums der russischen Sprache der Akademie der Wissenschaften überstellt, die drei Jahre später die seit dem Tode Dembeis und Sanimas geschlossene japanische Sprachschule wieder eröffnete – erst mit Sôza und Gonza waren die nächsten unfreiwilligen Sprachlehrer gekommen, so daß erneut an eine Aufnahme des Unterrichts zu denken war.

Sôza starb indessen im September des gleichen Jahres, und es vergingen noch einige Monate, bis schließlich der junge Gonza einer Klasse von fünf Schülern japanischen Sprachunterricht erteilen konnte. Als Entgelt für seine Dienste bekam er eine jährlich auszuzahlende Summe über einhundert Rubel zugesprochen, die ihm erstmals am 18. Juli 1739 ausgehändigt wurde. Aber auch Gonzas Lehrtätigkeit sollte keine allzu lange Dauer beschieden sein: Er starb im Dezember 1739.

Die grundlegenden Informationen über Sôza und Gonza sind ebenfalls in den bereits genannten Arbeiten von Krascheninnikow und Müller enthalten, vor allem bei Krascheninnikow finden sich in den Fußnoten recht ausführliche Beschreibungen der alltäglichen Lebensbedingungen Sôzas und Gonzas in Rußland, da er auf die Niederschriften eines Mannes namens Andrej Bogdanow zurückgreifen konnte, der in diesen Angelegenheiten für die beiden Japaner zuständig gewesen war. Am Schluß ist folgender Hinweis zu finden:

Dem Aufenthalte der beiden aus jenem so weit entfernt gelegenen Land nach Rußland gekommenen Männer sollte ein Andenken bewahret seyn, und die Akademie ließ je ein Portraitgemälde von ihnen anfertigen und ordnete die Abnahme der Totenmasken an. Diese Masken werden in der Kunstkammer aufbewahret.

Im Juni 1965 besuchten Murayama Shinichirô und der Historiker Kamei Takayoshi in Leningrad unter anderem diese inzwischen in *Museum für Anthropologie und Ethnographie* umgetaufte, von Peter dem Großen als Raritätensammlung eingerichtete Kunstkammer und bekamen die beiden bis dahin der Öffentlichkeit nicht zugänglichen Masken zu Gesicht. Ihre Forschungsergebnisse publizierten sie im darauffolgenden Jahr unter dem Titel *Die japanischen Schiffbrüchigen und die Kunstkammer* in der Januar-Ausgabe der Fachzeitschrift *Japanische Geschichte.*

Murayama zufolge besteht durchaus Grund zu der Annahme, daß Gonza unter der Leitung Bogdanows die erste in Rußland erschienene *Kurzgefaßte Grammatik der japanischen Sprache* in der Kunstkammer zu Papier gebracht haben könnte. Ausführlich behandelt Murayama Gonzas Leistungen in seiner jüngsten Arbeit mit dem Titel *Die Sprache der japanischen Schiffbrüchigen,* in der er Gonzas Alter bei dessen Tode auf etwa einundzwanzig Jahre schätzt. Obwohl er sicherlich von verschiedenen Seiten bei seinem Werk unterstützt und beraten worden ist, zeugt das Abfassen einer solchen Grammatik ohne Zweifel von den außerordentlichen Fähigkeiten jenes jungen Mannes.

Auch ich habe kürzlich während meiner Rußlandreise das Museum für Anthropologie und Ethnographie an der Newa besucht und in der Abteilung Ferner Osten die in Glasvitrinen aufbewahrten Wachsmasken Sôzas und Gonzas gesehen. Von den dortigen Wissenschaftlern um meine Stellungnahme zur Herkunft der beiden Masken gebeten, war es dann aber bedauerlicherweise doch recht schwierig, ein definitives Urteil darüber abzugeben, ob die Gesichter von japanischen Schiffbrüchigen tatsächlich die Vorlagen der beiden Masken gewesen sein könnten; sie besaßen japanische Züge und besaßen sie auch wieder nicht.

Die von Martin Spanberg geleitete Gruppe der Bering-Expedition, zu deren Aufgabe die Erkundung des japanischen Meeresgebiets gehörte, war von Ochotsk aus am 18. Juni 1738 im Kamtschatka-Hafen Bolscheretsk angekommen, und am 21. Mai 1739 stachen die vier Schiffe mit Kurs auf Japan in See – dreißig Jahre nach der Gründung jener ersten japanischen Sprachschule.

Diesbezüglich führt Fainberg in ihrem Aufsatz einen neuen japanischen Namen in die Chronik ein:

Der im Jahre 1745 nach Bolscheretsk gebrachte Japaner Igachi, dessen russischer Name Matwej Grigorjew lautete, hatte den Rat gegeben, die Schiffe mit Stoffen, Fellen und besonders mit dem bei den Japanern so beliebten Lebertran sowie gepökeltem Fisch zu beladen und direkt die Stadt Edo anzusteuern.

Fainberg scheint hier auf alte Dokumente des russischen Marineministeriums zurückgegriffen zu haben, die in ihrer Knappheit keine weiteren Rückschlüsse auf die Person Igachis zulassen. Im selben Jahr 1745 jedoch hatte unter dem Kommando Kapitän Takeuchi Tokubeis ein Schiff den im

Norden Japans liegenden Hafen von Sai verlassen, war in Seenot geraten und an die Küste der Kurileninsel Onekotan gespült worden. Unter der Besatzung befand sich auch ein Mann namens Rihachi, und es ist nicht auszuschließen, daß sich hinter den beiden Namen Rihachi und Igachi ein und dieselbe Person verbirgt.

Weder über Dembei und Sanima noch über Sôza und Gonza finden sich Eintragungen in den damaligen japanischen Chroniken. Erst mehr als einhundert Jahre später lassen sich in dem 1884 erschienenen, vom japanischen Außenministerium veröffentlichten *Bericht zur Außenpolitik* einige Informationen über die Schicksale Sanimas, Sôzas und Gonzas nachlesen – allerdings lediglich in Zitaten amerikanischer Schriften.

Im Falle Takeuchi Tokubeis indessen verhält sich die Quellenlage zum erstenmal anders, denn die zeitgenössischen *Aufzeichnungen aus Ezo,* die *Sammlungen aus Ezo* und weitere Berichte erlauben auch auf japanischer Seite einen Zugriff auf die Geschichte jener Schiffbrüchigen. Zwar stimmen sie nicht immer mit den russischen Protokollen überein, aber sie führen einige Namen aus Tokubeis Mannschaft auf und vermerken, daß die betreffenden Männer noch am Leben seien. Offenbar haben diese Nachrichten ihren Weg über russische Kaufleute, die das auf Ezo liegende Akkeshi angesteuert hatten, in die damaligen Dokumente gefunden. Ausführlich erörtert wird die Periode von Professor Nakamura Yoshikazu in seinem Aufsatz *Gedanken über die Totenfestlieder Rußlands,* der in Band 60 Nr. 1 der *Abhandlungen der Hitotsubashi Universität* veröffentlicht ist.

In den alten Schriftstücken kann man ferner nachlesen, daß auch dieser Mannschaft das Schicksal der vor ihnen an Rußlands Ufern gestrandeten japanischen Seefahrern nicht erspart geblieben ist.

Zwar heißt es stets »Tokubei und seine Männer«, aber da der Kapitän bereits auf See den Tod gefunden hatte, handelt es sich korrekterweise nur um die restlichen zehn Überlebenden seiner Mannschaft, zu deren weiteren Lebensweg wiederum Fainbergs Aufsatz als Quelle dienen soll.

Die von den beiden Pelzsteuereintreibern Matwej Nowograblenni und Fjodor Slobodtschikow geretteten zehn Japaner wurden demnach zum Fort Bolscheretsk gebracht. Der Wortführer der Gruppe, ein Mann namens Yusonji, übergab den dortigen Behörden zwei japanische Schwerter und die Papiere des gestrandeten Schiffes, darüber hinaus unterzeichnete er eine nach seinen Erzählungen angefertigte Karte der japanischen Inseln. Anschließend wählte Hauptmann Lebedjew, der Gouverneur Kamtschatkas, fünf der Japaner aus, deren zukünftiges Leben aus dem Lehren der japanischen Sprache bestehen sollte, und ließ sie zusammen mit den erhaltenen Gegenständen unverzüglich nach Sankt Petersburg geleiten. In der Sprachschule konnte so im Jahre 1748 der Unterricht wieder aufgenommen werden.

Die in Bolscheretsk verbliebenen vier Japaner – einer war inzwischen an einer Krankheit verstorben – wurden am 10. September 1747 nach Ochotsk eingeschifft und kamen schließlich auf der Route über Jakutsk und Ilimsk in Irkutsk an. Dort erhielten auch diese vier den Auftrag, japanischen Sprachunterricht zu erteilen. Alle nach Rußland gekommenen Japaner waren nun als Sprachlehrer eingesetzt, was im Vergleich zu den Anfängen der Sprachschule eine beträchtliche Ausweitung des Unterrichts bedeutete und in der Folge das Interesse an Japan weiter ansteigen ließ.

Um die für die Pazifikexpeditionen notwendige sprachliche Unterstützung zu gewährleisten, ordnete der Senat 1753 die Konzentration des Japanischunterrichts in Irkutsk an. Die Schule in Sankt Petersburg wurde geschlossen, die drei verbliebenen Lehrer mußten in die Stadt am Baikalsee übersiedeln und im folgenden Jahr konnte im Gebäude der Marineakademie der Unterricht in dem neuen Institut beginnen. Aus den Aufzeichnungen des Jahres 1761 geht hervor, daß der Schule zu dieser Zeit sieben japanische Lehrer – die

Überlebenden der Mannschaft Tokubeis – und fünfzehn Schüler angehörten.

Bis zu seiner Schließung im Jahre 1816 erlebte das Irkutsker Institut erfolgreiche und auch weniger erfolgreiche Zeiten und bildete trotz aller Schwierigkeiten mit der Zielsetzung einer Dolmetscherausbildung einen eigenen neuen Pfeiler der russischen Fernostdiplomatie. Diejenigen, die dort unterrichteten, waren ehemals von der Meeresströmung erfaßte und nach Kamtschatka getriebene japanische Schiffbrüchige beziehungsweise deren Nachkommen gewesen.

Andrej Tatarinow, der Sohn eines gewissen *Sanske* aus der Mannschaft Tokubeis, hatte unter dem Titel *Worde aus Jaban* ein russisch-japanisches Wörterbuch zusammengestellt, das von der sowjetischen Akademie der Wissenschaften als Faksimiledruck und mit Anmerkungen der Historikerin Petrowa versehen im Jahre 1962 herausgegeben wurde. Der Zusatz *Ich bin Sambachi, Son des Jabaners Sanske* auf dem Einband des Buches weist darauf hin, daß es sich bei dem Autor Andrej Tatarinow um einen Japaner der zweiten Generation handelt.

Vielleicht hatte Sambachi alias Tatarinow mit dieser Erklärung lediglich das Ziel verfolgt, seine Qualifikation als Verfasser eines russisch-japanischen Wörterbuchs zu manifestieren, vielleicht verbirgt sich hinter diesen Worten aber auch das, was man die tiefe Sehnsucht des in der Fremde geborenen Kindes nach der Heimat seines Vaters nennen könnte.

Etwa ab Mitte des 18. Jahrhunderts begannen sich die Gewässer nördlich der Linie Aleuten–Kamtschatka, in die die Strömung sämtliche manövrierunfähigen japanischen Schiffe getragen hatte, vor allem durch die von Bering entdeckte Pelzschatzkammer allmählich zu belebteren Regionen zu entwickeln. Unter dem Kommando des Maats Emeljan Bassow aus der Hafengarnison Ochotsk hatte sich bereits 1743 das erste Schiff in Richtung Aleuten gewagt und war mit einem Fang von 1200 Seeottern und 4000 Polarfüchsen wieder zurückgekehrt. Da selbst an solchen Orten wie Ochotsk oder auf Kamtschatka für ein Seeotterfell Preise bis zu zehn Rubel gezahlt wurden, erwies sich die Pelzjagd als eine vorzügliche Methode, schnell zu Geld zu gelangen. Die Zahl der Schiffe stieg ständig an, bis 1781 hatten insgesamt vierundsechzigmal kleinere und größere Verbände russische Häfen mit Nordpazifikkurs verlassen, und es war keineswegs eine Seltenheit, daß dort mehr als zehn Schiffe gleichzeitig operierten. Solche Beutezüge führten unweigerlich zu einer drastischen Dezimierung der Bestände, so daß sich in der Folgezeit die Jäger immer mehr der Küste Alaskas näherten, um auf einträglichere Fangquoten zu kommen.

Des weiteren begann sich das Kapital der Pelzhändler allmählich zu konzentrieren, und es entstanden mächtige Vereinigungen wie die *Iwan Golikow & Grigori Schelechow Handelsgesellschaft,* die unter ihrem späteren Namen *Russisch-Amerikanische Handelsgesellschaft* die kleineren Händler bald völlig vom Markt verdrängt hatte. 1783, zwei Jahre nach ihrer Gründung, verließen zum erstenmal Schiffe der neuen Gesellschaft den Hafen von Ochotsk. Der kleine Verband, bestehend aus der *Tri Swjatitelja,* auf der sich Schelechow selbst befand, der *Simeon i Anna* und der *Swjatoi Michail,* kehrte 1786 dank Schelechows geschickten Einkäufen vollbeladen mit Pelzen von den Alëuten nach Kamtschatka zurück.

Indessen sollten die von den russischen Pelzhändlern gesandten Schiffe nicht die einzigen in diesem Gebiet bleiben. Bereits 1776 war James Cook mit zwei Fregatten zu seiner dritten Pazifikexpedition aufgebrochen. Unter dem Kommando Kapitän Clarks – Cook war von Eingeborenen auf Hawaii erschlagen worden – liefen die beiden Schiffe im April 1779 in den Kamtschatka-Hafen Petropawlowsk ein, und auch in der Folgezeit erschienen unter den Kapitänen Dickson, Portlock und Mills weitere englische Verbände im Nordpazifikraum.

Einige Jahre später, am 25. September 1787, legte auch ein französisches Schiff in Petropawlowsk an, nahm Proviant an

Bord und stach nach vier Tagen Aufenthalt mit Südkurs wieder in See, zu einer Fahrt ohne Wiederkehr, denn seitdem galten Kapitän La Pérouse und seine Mannschaft als verschollen. In Petropawlowsk hatte La Pérouse jedoch ein Mitglied der Besatzung mit dem Auftrag zurückgelassen, einen Zwischenbericht anzufertigen, und von diesem wohl einzigen Überlebenden der La Pérouse-Expedition, Jean Baptiste Barthélemy de Lesseps, stammt das *Journal historique du voyage de Mr. de Lesseps,* das seinen damals erst siebenundzwanzigjährigen Autor zu einiger Berühmtheit in Europa verhalf.

Während La Pérouses Schiff dem Horizont entgegensegelte, entschloß sich Lesseps, noch eine Woche in Petropawlowsk zu bleiben. Am 7. Oktober brach er nach Nischni Kamtschatsk auf und erreichte sein Ziel im Februar des folgenden Jahres. Seine Eindrücke der Ortschaft beschreibt Lesseps in dem obengenannten Tagebuch:

[. . .] So ist die Lage von der Stadt Nischnei beschaffen, von der ich mir, ehe ich sie gesehen hatte, einen größeren Begriff machte. Alle Häuser, deren Anzahl man mir auf hundert und fünfzig angab, sind klein, von Holz und im schlechtesten Geschmacke gebauet; und jetzt sah ich sie noch überdieß im Schnee vergraben. Dieser war von Orkanen zusammen getrieben worden, welche auf der Westseite der Halbinsel ununterbrochen geherrscht und erst seit wenigen Tagen nachgelassen hatten.

Es gibt in Nischnei zwey Kirchen, von denen die eine mit zwey Thürmen in der Stadt, die andere aber in der Festung steht, zu der sie auch gehöret.

Ich trat bey einem unglücklichen Verbannten namens Snafidow ab, der fast zugleich mit Herrn Iwaschkin, nämlich ebenfalls im Jahre 1744, obgleich aus anderen Ursachen, nach Kamtschatka verwiesen worden ist. Kaum war ich bey ihm, so ließ der Stadtoffiziant Herr Orleankow mir schon zu meiner Ankunft Glück wünschen.

Herrn Orleankow fand ich mit Anstalten zu einer Lustbarkeit beschäftigt, die er wegen der Verheirathung eines in russischen

Diensten stehenden Polen mit der Nichte des Protopopen geben wollte. Er war so höflich, mich zu dieser Hochzeit, die er auf seine Kosten ausrichtete, einzuladen. [. . .] Die Tafel war für Kamtschatka prächtig. [. . .] Auf dieses lermende und prächtige Gastmahl folgte ein ziemlich ordentlicher Ball. Die Gesellschaft war fröhlich, und tanzte bis zum Abend russische und polnische Kontratänze. Zum Beschlusse brannte Herr Orleankow ein sehr artiges Feuerwerk ab, das er selbst gemacht hatte.

Den folgenden Tag ward ich zu dem Protopopen, dem Oheim der jungen Ehefrau, eingeladen. Dieser Geistliche ist der Vorgesetzte aller Kirchen in Kamtschatka; die sämtlichen Priester dieser Halbinsel stehen unter ihm. Es ist ein noch sehr muntrer Greis. Ein langer weißer Bart, der ihm auf die Brust herunter hängt, gibt ihm ein ehrwürdiges Ansehen.

Zu Nischnei sind zwey Gerichtskollegien; bey dem einen verhandelt man Regierungssachen, und das andere schlichtet die Streitigkeiten der Kaufleute.

An diese Beschreibung Nischni Kamtschatsks schließt sich folgende Passage an:

Vor allem war mir zu Nischnei ein Umstand merkwürdig, den ich nicht mit Stillschweigen übergehen darf, nämlich, daß ich hier neun Japaner antraf, die im vergangenen Sommer auf einem russischen zum Seeotterhandel bestimmten Schiffe von den alëutischen Inseln hierher gebracht worden waren.

Im weiteren Verlauf äußert sich Lesseps dann mit recht lobenden Worten genauer über den Charakter, das Aussehen und das Benehmen desjenigen Japaners, der allem Anschein nach in jener Gruppe das Sagen hatte.

Die in dem Bericht von Lesseps aufgeführten neun Japaner gehörten zu der Mannschaft Daikokuya Kôdayûs, deren Schiff etwa drei Wochen vor dem Auslaufen des Schelechow-Verbandes aus Ochotsk am 16. August 1783 an der Küste der Alëuteninsel Amtschitka gestrandet und denen es gelungen war, nach vier Jahren die Insel zu verlassen und das Gebiet von Kamtschatka zu erreichen.

Mit Dembei, Sanima, Sôza und Gonza sowie Takeuchi Tokubeis Gruppe hatten in der Vergangenheit insgesamt viermal japanische Schiffbrüchige, die mit ein paar Zeilen in den russischen Chroniken Erwähnung fanden, ihren Fuß auf den fremden Boden gesetzt. Dem Schicksal der Schiffbrüchigen des fünften Mals nun ist *Der Sturm* gewidmet.

Lesseps Begegnung mit Kôdayû in Nischni Kamtschatsk hatte im Februar 1788 stattgefunden, das sind dreiundvierzig Jahre nach der Ankunft der Mannschaft Tokubeis auf Onekotan, neunundfünfzig Jahre nach der Sôza und Gonza, achtundsiebzig Jahre nach Sanima und neunzig Jahre nach Dembei. Auf der von Atlassow erwähnten Insel, *wes Landes Theil sie sey, sich freilich noch nicht sagen lasse,* war ein Jahr zuvor mit Fürst Matsudaira Sadanobu ein strenger Wahrer der japanischen Abschließungspolitik zum Präsidenten des Ältestenrats ernannt worden.

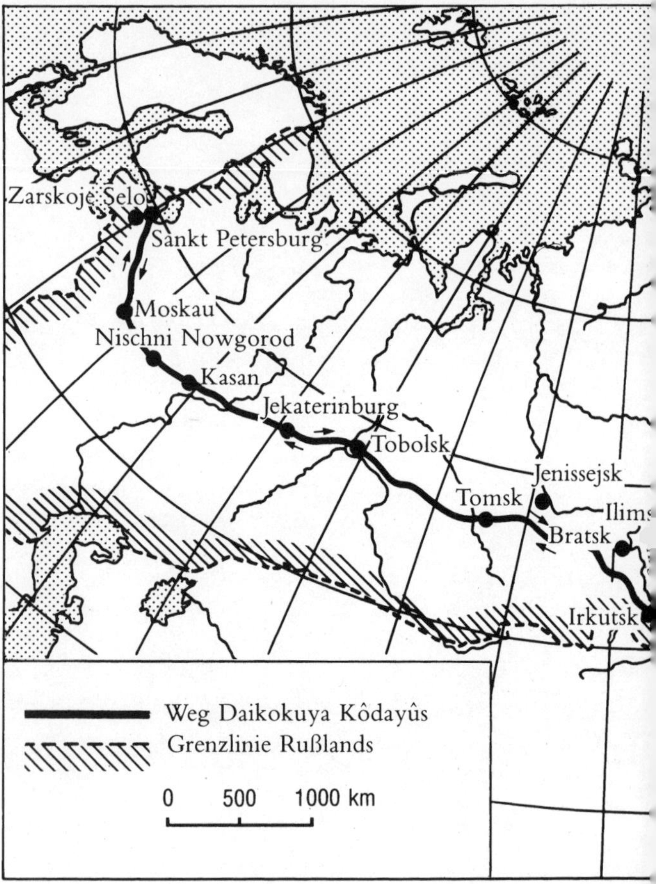
Zarskoje Selo
Sankt Petersburg
Moskau
Nischni Nowgorod
Kasan
Jekaterinburg
Tobolsk
Jenissejsk
Tomsk
Bratsk
Irkutsk
Weg Daikokuya Kôdayûs
Grenzlinie Rußlands
0 500 1000 km

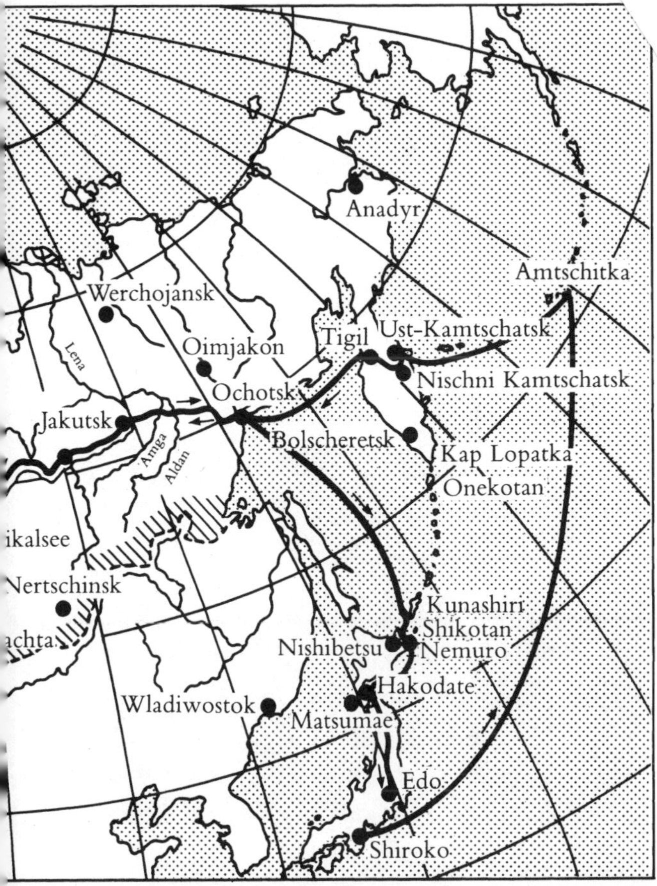

Anadyr
Amtschitka
Werchojansk
Lena
Oimjakon
Tigil
Ust-Kamtschatsk
Nischni Kamtschatsk
Ochotsk
Jakutsk
Bolscheretsk
Kap Lopatka
Amga
Aldan
Onekotan
ikalsee
Nertschinsk
Kunashiri
Shikotan
achta
Nishibetsu
Nemuro
Hakodate
Wladiwostok
Matsumae
Edo
Shiroko

I

In den Morgenstunden des 13. Tages im 12. Monat des Jahres Temmei 2 (1782) verließ das Schiff des Großbauern Hikobei beladen mit einer für das Shôgunat in Edo bestimmten Reislieferung sowie Baumwolle, Arzneien, Papier, Geschirr und anderen Waren den in der Provinz Ise gelegenen kleinen Hafen Shiroko. Ein günstiger Westwind versprach eine schnelle und problemlose Fahrt, bereits um Mitternacht hatte die mit einem Laderaum von 1000 *koku* ausgestattete *Shinshô-maru* die Höhe der Provinz Suruga erreicht, als sich plötzlich Anzeichen eines nahenden Unwetters bemerkbar machten. Wenige Augenblicke später wühlten Orkanböen die ruhige See auf, meterhohe Wellen schlugen gegen das Schiff und nur dieses eine Mal in seinem ganzen Leben hörte Kapitän Kôdayû den Ton eines zerberstenden Ruders, aber jenes entsetzliche Krachen sollte ihm für immer im Gedächtnis bleiben. Welches Schicksal sich indessen mit diesem Krachen aus den Wellen heraus ankündigte, das vermochte sich keiner der siebzehn Männer an Bord auch nur in seinen kühnsten Träumen vorzustellen.

Tagelang warf das tobende Meer die *Shinshô-maru* wie einen Spielball hin und her, und erst als die Mannschaft am Ende ihrer Kräfte bereits mit dem Leben abgeschlossen hatte, legte sich wie von Geisterhand beruhigt der Sturm und eine sanfte Strömung trug das stark beschädigte Schiff auf endlich wieder ruhiger See beständig in eine nördliche Richtung davon. Tagein tagaus bot sich den Männern der gleiche Anblick: nichts als dunkles, weites Meer.

Auch zwei Monate nach Jahreswechsel trieb die *Shinshô-maru,* inzwischen mit einem behelfsmäßigen Segel aus zusammengeflickten Kimonostoffen ausgestattet, ziellos in einem Gebiet umher, in dem es nicht das geringste Anzeichen von Land gab. Das Orakel sollte nun darüber Auskunft geben, wie weit der Wind das Schiff wohl noch bis zur nächsten

Küste bringen werde. Nachdem die Mannschaft Lose mit den Aufschriften der möglichen Entfernungen in fünfziger Abständen von 50 *ri* bis 1000 *ri* angefertigt hatte, legten sie die zusammengefalteten Zettel in einen Holzbehälter, aus dem Kôdayû schließlich eines herausfischte. Es enthielt die Aufschrift 600 *ri*. Zwar durfte man das Orakel über dieselbe Sache kein zweites Mal befragen, dennoch wurde ein neuer Versuch gewagt, wiederum aber nur das Los mit der Aufschrift 600 *ri* gezogen. Fassungslos starrten die Männer auf das Papier: Das Orakel mußte sich geirrt haben.

Einen Monat später gingen zwei Anker verloren, und ständig drang nun Wasser ein. Damit nicht genug, die Trinkwasservorräte neigten sich langsam ihrem Ende entgegen, allein Reis war in großen Mengen vorhanden.

Am Horizont zeichnete sich noch immer nichts ab, was ein glückliches Ende ihrer Irrfahrt vermuten ließ, im Gegenteil, Schneefall setzte ein, der die Männer fortan zum Tragen dikker Jacken zwang. Und als sollte es ihnen nur vor Augen geführt werden, wie nutzlos ihre Gebete waren, starb in der Nacht zum 15. Tag des 7. Monats der alte Ikuhachi. Ikuhachi war derjenige gewesen, der von allen am inständigsten gebetet hatte. Da die gesamte Mannschaft wegen der ungenügenden Ernährung an Nachtblindheit litt, mußte der Leichnam bis zum Morgengrauen liegenbleiben.

Beim Aufgehen der Sonne wuschen die Männer den Körper ihres toten Gefährten, schoren ihm das Haar und legten ihn in eines der Fässer aus der Ladung, das sie mit weißem Baumwollstoff ausfüllten. Den Deckel beschrifteten sie mit den Worten »Matrose der Shinshô-maru Ikuhachi aus Shiroko, gelegen in der Provinz Ise«, dann übergaben sie den vielfach mit weißem Tuch umwickelten Sarg dem Meer.

In der Nacht nach Ikuhachis Totenfeier zog ein schweres Gewitter auf, vom Morgen an herrschte den ganzen Tag über stürmische See. Auch in der folgenden Nacht beruhigte sich das Wetter nicht, orkanartige Winde verwandelten die Wellen in Wasserlawinen ungeheuren Ausmaßes, deren Kraft die obere Bordwand zerstörte, Planken aus ihren Verankerungen riß und dabei einige Feuerkübel zum Umsturz brachte, von denen einer so unglücklich fiel, daß er dem Matrosen Shinzô schwere Verbrennungen zufügte.

Doch dann schienen die Gewalten zu resignieren, die sich gegen ein Schiff verschworen hatten, das ihnen so hartnäckig trotzend widerstand. Jener heftige Sturm sollte die letzte Prüfung gewesen sein. Vier Tage nach Ikuhachis Tod bemerkte Bootsmann Sangorô etwas Grünliches auf dem Wasser treiben – Seetang, und das bedeutete nichts anderes als Land. Nach acht Monaten hilflosen Ausharrens auf hoher See mußten sie sich in der Nähe einer Küste befinden.

Vierundzwanzig Stunden später hatte der Wind das stark beschädigte Schiff in Sichtweite einer Insel gebracht, und der junge Isokichi durfte als erster die sich in der Ferne abzeichnenden schemenhaften Konturen wahrnehmen. Während die anderen noch fest schliefen, stieg Isokichi im Morgengrauen an Deck und schaute auf die dunklen Flecken am Horizont.

»Wolken, immer nur Wolken! Was soll es anderes auch schon sein?« murmelte er vor sich hin und trottete wieder in die Kajüte zurück, ohne einen weiteren Gedanken an das Gesehene zu verschwenden. Oft genug hatten sie Wolken für einen Küstenstreifen gehalten – auf solche Gaukeleien würde er nicht mehr hereinfallen.

Es war schließlich der Zahlmeister Koichi, einer der Älteren, der jenen Moment vor allen anderen bewußt erleben sollte. Wie jeden Morgen begab sich Koichi an die höchste Stelle an Deck und hielt in alle vier Himmelsrichtungen Ausschau, als er im Nordosten durch den Dunst hindurch plötzlich eine Küste zu erkennen glaubte. Auch er zögerte und blickte lange angestrengt in diese Richtung, aber die dunklen Formen veränderten sich nicht – das waren keine Wolken, das war Land.

Mit lauten Rufen weckte er seine Gefährten, die sogleich

aus der Kabine stürzten und sich oben versammelten. Nach und nach lichtete sich der Nebel, immer deutlicher zeigten sich die Umrisse einer Insel, bis Uferfelsen, Klippen und schneebedeckte Berge zweifelsfrei zu erkennen waren.

Lange blieben sie allerdings nicht in die Betrachtung der vor ihren Augen liegenden Küste versunken, denn wer wußte schon, ob der Wind sie nicht wieder auf das offene Meer hinaustrug. Nachdem was sie alles durchgemacht hatten, war das nicht auszuschließen, geschweige denn als unwahrscheinlich zu bezeichnen. Unter großen Anstrengungen wendeten sie den Bug in Uferrichtung, setzten eines der selbst zusammengeflickten Segel und ließen zwei Seile vom Heck ins Wasser, um auf diese Weise die *Shinshô-maru* allmählich auf das Land zuzusteuern. Etwa fünf *chô* vor der Bucht warfen sie den ihnen verbliebenen Anker.

Der seit einigen Tagen krank daniederliegende Bootsmann Sangorô sowie der Erste Offizier Jirôbei bestiegen zuerst das Beiboot, erst danach ließen es die Männer vorsichtig zu Wasser und verstauten zwei Säcke Reis, mehrere Bündel Brennholz, verschiedene Töpfe, Kleidungsstücke, Decken und anderes mehr, bevor sie ebenfalls in das Boot kletterten. Ziel der kurzen Überfahrt war eine Felsenküste, auf der es keinerlei Anzeichen von Vegetation zu erkennen gab.

Sie hatten noch nicht die Hälfte ihrer Sachen an Land gebracht, als sich von den gegenüberliegenden Hügeln langsam einige merkwürdige Gestalten zu lösen begannen, offensichtlich die Bewohner dieses Gebiets, die sich nun am Ufer zusammenscharten: Wesen mit halblangem, zotteligem Haar und rötlich-braunen Gesichtern, bis an die Knie reichenden Kleidern aus Vogelfedern und ein jeder von ihnen mit einem Stab in der Hand, an dem mehrere Wildgänse herunterhingen. Kôdayû und seine Mannen hatten im Laufe der Jahre schon die unterschiedlichsten Beamten, Bauern und Händler getroffen, aber solche, die wie vogelartige Kobolde aussahen, die waren ihnen noch nie begegnet.

Die Küste, vor der das Wrack der *Shinshô-maru* festgemacht hatte, gehörte zu Amtschitka, der größten Aleuten-Insel in dieser Region. Davon wußten die Gestrandeten natürlich nichts, sie hatten nicht die geringste Ahnung, in welcher Richtung und wie weit entfernt von der Heimat sie sich befinden mochten.

Die Strömung war verantwortlich für diese Route, aber es mußte noch etwas anderes gegeben haben, das die *Shinshô-maru* erst in den Sog dieser Strömung geführt und damit die einzelnen Schicksale jener sechzehn Männer aus Shiroko zumindestens bis zu diesem Zeitpunkt zu einem einzigen zusammengebracht hatte.

Ungefähr zehn Jahre vor der Fahrt der *Shinshô-maru* segelte ein Schiff unbehelligt von den Launen des Schicksals auf der gleichen Wasserstraße in Richtung Süden – der menschliche Wille hatte das Ruder fest in der Hand behalten; von dem Ende jener Fahrt aus betrachtet unterschied sie sich allerdings kaum von dem hilflosen Treiben der japanischen Schiffbrüchigen eine Dekade später.

Der Kapitän dieses Schiffes hieß Benjowski, ein Pole, der wegen Störung des Landfriedens nach Kamtschatka verbannt und in Bolscheretsk zu Militärdienst verurteilt worden war. Aber auch dort gelang es ihm, einen Aufruhr anzuzetteln, in dessen Verlauf er den Festungskommandanten tötete, sich eines vor Anker liegenden Schiffes bemächtigte, es auf *Swjatoi Pjotr* taufte und mit siebzig weiteren Rebellen am 12. Mai 1771 in See stach. Es ist kaum anzunehmen, daß Benjowski über ausreichende Navigationskarten verfügte, eher verließen sich die Männer, die sich um ihn scharten, wohl auf das Draufgängertum ihres Anführers.

Bereits sechs Tage nach dem Auslaufen aus Bolscheretsk zeigte sich Benjowskis Unberechenbarkeit: Er ließ vor einer unbewohnten Kurileninsel ankern und setzte dort einige seiner Mitfahrer einfach aus. Diejenigen, die von Bord gehen mußten, wurden wenige Tage später von dem zufällig vorbeifahrenden Schiff des Pelzhändlers Protodjakow gerettet.

Unter der siebzigköpfigen Besatzung mochte ihnen wohl das glücklichste Los widerfahren sein.

Die *Swjatoi Pjotr* segelte weiter südwärts an der Ostküste der japanischen Inseln vorbei, bis Benjowski Amami Ôshima zur Proviantaufnahme ansteuerte. Bei dieser Gelegenheit hinterließ er eine Nachricht für die in Nagasaki lebenden Holländer, in der er vor der Gefahr eines russischen Annäherungsversuchs an Japan warnte. Damit hatte es Benjowski immerhin geschafft, sich einen kleinen Platz in der japanischen Geschichtsschreibung zu sichern.

Im Gegensatz zur *Shinshô-maru* war die *Swjatoi Pjotr* nicht in einen Sturm geraten, der das Ruder hätte zerbrechen können, so daß Benjowski ohne Schwierigkeiten sein Ziel Macao erreichte. Dort angekommen, verkaufte er sogleich das Schiff für ein paar hundert Piaster, und mit einer deutlich geringeren Schar verließ Benjowski die Kolonie wieder, nicht wenige hatten ihre Flucht aus Bolscheretsk inzwischen mit dem Leben bezahlt.

Als normale Passagiere eines nach Paris fahrenden Schiffes erreichten sie im März des Jahres 1772 Ile de France. Dort trennten sich die meisten der noch verbliebenen Ausbrecher von Benjowski, dem nur fünf aus der Gruppe die Treue hielten. Zu ihrem Anführer hatten sie kein Vertrauen mehr, seit ihrer Flucht war für sie alles nur noch schlimmer geworden, und da sie kaum einen Sou ihr eigen nennen konnten, brachen sie schließlich zu Fuß nach Paris auf. Viel von der Stadt an der Seine bekamen sie allerdings nicht zu sehen, denn dort wartete man bereits auf sie. Sie wurden verhaftet und unverzüglich nach Rußland geschickt, wo ihnen die erneute Verbannung nach Sibirien bevorstand. Nach einer Reise um die halbe Welt waren sie also letztendlich wieder zu ihrem Ausgangspunkt zurückgekehrt.

Benjowski selbst handelte umsichtiger. Zwar entging auch er den französischen Behörden nicht, doch seinem Verhandlungsgeschick hatte er es zu verdanken, daß man ihn nicht an Rußland auslieferte, sondern ihm einen Posten auf

Madagaskar anvertraute. Gleichwohl hielt er es auch dort nicht lange aus: Sein streitsüchtiger Charakter zwang ihn alsbald zur Flucht nach London, wo er seine Lebensgeschichte verfaßte, die im Jahre 1791 posthum unter dem Titel *La vie et les voyages de Maurice Benjowski* in Paris veröffentlicht und sogleich ins Englische und Deutsche übersetzt wurde. Einmal in verschiedenen Sprachen erhältlich, sorgten Benjowskis Memoiren in ganz Europa für erhebliches Aufsehen, in Rußland wurde der Stoff sogar dramatisiert und in Sankt Petersburg zeitweilig vom Deutschen Theater auf der Bühne gezeigt, bis die Behörden eine weitere Aufführung des Stückes untersagten.

Nach der Fertigstellung seiner Lebenserinnerungen trat Benjowski ein zweites Mal in französische Dienste und traf im September 1784 wieder auf Madagaskar ein. Diesmal sollte er die Insel jedoch nicht wieder verlassen, bei einem Aufstand einheimischer Söldner fand er am 23. Mai 1786 den Tod. Als die Franzosen später seine Leiche fanden, soll an seiner Uniform der *Ordre du Saint-Esprit* gehaftet und sich in seiner Tasche noch ein halber Piaster befunden haben.

Die Nachricht von dem damaligen Massenausbruch hatte sich wie ein Lauffeuer in Kamtschatka verbreitet, war jedoch erst nach acht Monaten den Behörden in Sankt Petersburg gemeldet worden. Daraufhin verloren einige Beamte ihren Posten, andere mußten wegen der unverantwortlich lang hinausgezögerten Berichterstattung mit weitaus härterer Bestrafung rechnen, gleichzeitig bewirkte jener Vorfall auch ein gewisses Umdenken der Gerichte: Es wurde danach weniger oft zur Verbannung nach Kamtschatka verurteilt als in den Jahren zuvor.

Inzwischen hatten sich einige Wissenschaftler näher mit Benjowskis Memoiren beschäftigt, um aus den vielen Ungereimtheiten die brauchbaren Tatsachen herauszufiltern. Als reine Erfindung ist dabei beispielsweise die Geschichte anzusehen, die Tochter des Gouverneurs von Kamtschatka, Afanassija Nirowa, sei mit ihm geflohen und dann in seinen

Armen in Macao gestorben. Anderes wiederum gehört nicht in den Bereich der Phantasie, sondern es handelt sich lediglich um billige Übertreibungen: Aus dem Gouverneur im Range eines Hauptmanns wird der Generalgouverneur, aus einem kleinen Fort eine fast uneinnehmbare Festung und aus einem schmalen Rinnsal ein tiefer Wassergraben. Diese Unwahrheiten Benjowskis mögen letztendlich in mancher Hinsicht verständlich sein, aber daß er anstatt seine eigenen Eindrücke von der Landschaft und den Menschen wiederzugeben, ganze Teile aus Krascheninnikows vorzüglicher *Topographie Kamtschatkas* übernommen hat, das mag man ihm kaum verzeihen.

Vielleicht hat das Meer, zornig über die Fahrt eines Maurice Benjowski, zehn Jahre danach eine späte Rache an den Seefahrern genommen und sich entschlossen, das Schiff Daikokuya Kôdayûs in die nördlichen Gefilde zu tragen.

Endlich wieder festen Boden unter den Füßen, blickte Kôdayû auf das Meer hinaus. Acht Monate hatten sie auf ein solches Gefühl verzichten müssen – acht Monate, die auf dem offenen Meer zu einer Ewigkeit geworden waren. Kein einziges Wort der Verzweiflung war während jener Zeit über seine Lippen gekommen; ihm als Kapitän vertraute die gesamte Mannschaft, und er hatte ihnen stets neue Hoffnung zu geben.

»Einer nach dem anderen werden wir dir folgen, Ikuhachi«, hatte er an jenem Morgen gedacht, als das Holzfaß mit dem Leichnam Ikuhachis langsam in den Wellen versank. Wen würde er wohl als nächstes in ein solches Faß legen und dem Meer übergeben müssen?

»Die beiden Ältesten sind auch die Schwächsten, also zuerst Bootsmann und Erster Offizier, Sangorô und Jirôbei. Danach Angorô und Sakujirô, der Frachtaufseher. Dann die Matrosen Seishichi, Chôjirô und Tôsuke. Die drei sind zwar noch jung und scheinen auch kräftiger als alle anderen zu sein, aber ihnen fehlt die nötige Ausdauer. Bei allen Arbeiten benehmen sie sich kindisch und machen den Eindruck, als hätten sie sich schon aufgegeben. Aber wer sich hier nicht zusammenreißt und sich nicht an die letzte Hoffnung klammert, der wird das auch nicht durchstehen können!«

So wäre sie wohl gewesen, die Reihenfolge des Todes, aber außer Ikuhachi hatten es doch alle irgendwie geschafft, dem nassen Grab zu entgehen, und waren nun an diese Küste verschlagen worden, an der jene merkwürdigen Menschen lebten. Auf wen sie auch immer trafen, sie hatten nach Monaten endlich wieder Land erreicht, und das konnte nichts anderes bedeuten, als daß es ihnen bestimmt war zu leben.

Bis zu ihrer Strandung waren sie auf Gedeih und Verderb einem launischen Schicksal ausgeliefert gewesen, das hatte sich alles geändert, und ohne Zweifel sollten sie sich von nun an in der Lage erweisen, ihre Zukunft wieder selbst zu bestimmen. Solange sie sich auf festem Boden befanden, mußte es möglich sein, durch das eigene Urteil, die eigene Entscheidung und die eigenen Kräfte jedwedes Hindernis aus dem Weg zu räumen.

»He, ihr da!« rief Kôdayû den Gestalten am Strand mit lauter Stimme zu, aber es hatte nicht den Anschein, als ob sie seine Worte verstanden. Statt dessen riefen auch sie etwas herüber, vertraut klangen diese Laute jedoch nicht. Kôdayû holte aus seinem Leibgürtel ein paar Münzen hervor und hielt sie den Eingeborenen entgegen. Daraufhin lösten sich zwei aus dem Schutz der Gruppe, kamen auf ihn zu, nahmen die Münzen in die Hand und untersuchten voller Neugier die unbekannten Dinge. Dann blickten sie Kôdayû erwartungsvoll an und rührten sich nicht mehr von der Stelle, die Münzen fest in den Händen umklammert.

»Geben wir ihnen noch etwas!« entschied Kôdayû, »vielleicht 'was Größeres.« Kantarô brachte sogleich einen der Ballen Baumwollstoffe herbei, den Kôdayû den beiden überreichte. Damit schienen die Inselbewohner offensichtlich mehr anfangen zu können, denn ihre Mienen hellten sich auf und sie beratschlagten wohl untereinander, was zu tun sei, bis einer auf Kôdayû zutrat und ihn am Ärmel zog.

»Ich glaube, er will, daß wir mitgehen. Ist jemand bereit dazu?« Eine Antwort erhielt Kôdayû auf seine Frage nicht, keiner der Männer rührte sich vom Fleck. »Ich bin der Kapitän, und ich kann und will mich nicht vom Schiff entfernen. Es muß aber einer mitgehen. Dort gibt es sicherlich eine Siedlung, wir müssen wissen, wo wir sind!«

Trotzdem machte keiner Anstalten, freiwillig diese ungewisse Aufgabe übernehmen zu wollen. Bevor es jedoch zum Streit kommen konnte, trat Koichi vor:

»Ich gehe!«

Koichi war siebenunddreißig Jahre alt und stammte aus Wakamatsu, aus demselben Dorf wie der vier Jahre jüngere Kôdayû. Da Koichi auch einigermaßen schreiben und lesen konnte, hatte man ihm die Aufgabe des Zahlmeisters übertragen. Zwar schien er sich wegen seiner kleinen Statur nicht gerade für körperliche Arbeit zu empfehlen, doch er mußte verborgene Kräfte besitzen, denn auf See war von ihm nicht ein einziger Laut der Klage zu hören gewesen und mit seiner leisen, ruhigen Art hatte er die immer wieder auftretenden Spannungen unter der Mannschaft beizulegen vermocht: »Seien wir geduldig, es wird der Tag kommen, der uns die Rettung bringt. Wir wollen nicht hitzköpfig werden oder über unsere Not klagen!« Kaum hatte Koichi den Männern so ins Gewissen geredet, war augenblicklich jeder Streit im Keim erstickt. Daher war es Koichi, dem Kôdayû das höchste Vertrauen entgegenbrachte, und nicht der ebenfalls in Wakamatsu geborene Sangorô, der Älteste unter ihnen, der als Bootsmann eigentlich die rechte Hand Kôdayûs hatte sein sollen, aber nach sechs Monaten Irrfahrt nicht nur körperlich, sondern auch geistig mit seinen Kräften so weit am Ende gewesen war, daß er eher selbst Hilfe benötigte.

Koichi sollte jedoch nicht allein gehen müssen, nacheinander stellten sich ihm Shôzô und Shinzô zur Seite, auch Isokichi, der Sohn Sangorôs und Jüngste von allen, sowie Seishichi, der in demselben Augenblick sich zu einem neuen Menschen verwandelte, als sein Fuß wieder auf festem Boden stand; auf See hatte er nur völlig teilnahmslos in einer Ecke vor sich hin gestarrt und mit seinem Leben offenbar bereits abgeschlossen.

Die fünf folgten den Eingeborenen, die sie zunächst an den Klippen entlang führten, bis sie schließlich zwischen den Felsen aus den Augen der Zurückgebliebenen verschwanden. Da sie die kommende Nacht wohl oder übel am Strand verbringen mußten, machten sich die Männer bald auf die Suche nach einer geeigneten, vom schneidenden Wind geschützten Schlafstätte. Nach kurzer Zeit kam Yosômatsu mit der Meldung, er habe am Fuß der Klippen eine Höhle gefunden, in der wohl etwa zwanzig Mann Platz fänden. Kôdayû entschied sich, dort das Lager für die Nacht aufzuschlagen, und alle begannen, die an Land gebrachte Ladung in die Höhle zu tragen.

Wieder hatten sie gerade erst einen Teil geschafft, da zeigten sich in der Ferne einige andere Fremde – und schossen mit ihren Gewehren in die Luft. Im Gegensatz zu denen, die ihnen zuerst begegnet waren, trugen diese wollene und samtene Kleidung, offensichtlich schienen sie ein angenehmeres Leben zu führen.

Ohne ein Zeichen von Furcht kamen die Fremden näher und gingen auf Kôdayû und seine Männer zu. Wortlos reichten sie jedem ein dunkelrotes Pulver. Kôdayûs Gegenüber streute etwas von diesem dunkelroten Pulver auf den Handrücken, führte die Hand an seine Nase und schnupfte, was wohl als Aufforderung zu verstehen war, es ihm nachzutun. Kôdayû zögerte noch, Kyûemon aber hielt sich nicht lange zurück, die unbekannte Substanz zu probieren und verkündete den Gefährten nach einigen endlos währenden Augenblicken, daß es nach Tabak rieche und wohl irgendein Pulvertabak sei. Wie sie später erfuhren, handelte es sich bei dem dunkelroten Pulver um *poroschka,* einen beliebten Schnupftabak.

Die Fremden, die in die Luft geschossen, sich den Japanern unerschrocken genähert und ihnen den Schnupftabak angeboten hatten, waren Russen, die unter ihrem Kommandanten Jakow Iwanowitsch Newidimow im Auftrag des Schigarew-Handelshauses nach Amtschitka geschickt worden waren, um Seeotter- und Seehundfelle aufzukaufen. Davon wußten Kôdayû und seine Mannschaft natürlich nichts. Es sollten noch viele Monate vergehen, bis sie es erfahren und sich mit den Russen einigermaßen verständigen konnten. Zu diesem Zeitpunkt hatten sie nicht die geringste Vorstellung, aus welchem Land jene Männer kommen mochten.

Kôdayû malte einige japanische Schriftzeichen auf und zeigte sie demjenigen unter den Fremden, der ihm das dunkelrote Pulver gegeben hatte, doch dieser schien damit nichts anfangen zu können. Statt dessen schrieb er seinerseits etwas auf. Als sie beides miteinander verglichen, waren zwar sowohl die einzelnen Zeichen als auch die Schreibrichtung völlig verschieden; wenigstens machten die Fremden aber nicht den Eindruck, als ob man von ihnen etwas zu befürchten hätte. In der Zwischenzeit hatten sich auch immer mehr der anderen Inselbewohner am Strand versammelt, die wohl ebenfalls keine feindlichen Absichten hegten, sondern offenbar nur gekommen waren, um aus sicherer Entfernung die Neuankömmlinge zu betrachten.

Erst am frühen Nachmittag hatte die *Shinshô-maru* die Insel erreicht, der Tag begann sich aber schon mit rasch einsetzender Dämmerung seinem Ende entgegenzuneigen, und Kôdayû gab den Befehl, die Abendmahlzeit vorzubereiten. Unverzüglich machte sich die Mannschaft an die Arbeit, so daß der Reis auf dem mit Steinen rasch errichteten Herd bald erwärmt war und in kleine Portionen aufgeteilt die hungrigen Mägen füllen konnte. Den Männern waren die neugierigen Blicke der Eingeborenen nicht entgangen. Ein paar hatten sich langsam genähert und schauten interessiert auf die unbekannte weiße Masse, die offensichtlich eßbar war. Kôdayû reichte ihnen eine Handvoll aus dem Topf, aber kaum hatten sie den ersten Bissen im Mund, verzogen sie das Gesicht und spuckten den Reis wieder aus. Den anderen Fremden, denen er auch etwas angeboten hatte, schien es jedoch zu schmecken, denn jeder von ihnen aß seine Portion vollständig auf.

Bevor es ganz dunkel wurde, verschwanden nach und nach die Eingeborenen, auch die Russen traten alsbald den Heimweg an, lediglich zwei Mann blieben zurück, die sich an dem Lagerfeuer vor der Höhle wärmten.

Kôdayû wählte für den aus dem Großschrein von Ise stammenden kleinen Schrein, den sie mit an Land genommen hatten, einen erhöhten Platz innerhalb der Höhle aus, dann legten sie sich zum Schlafen nieder – nach acht Monaten bestand ihr Lager endlich nicht mehr aus dem schwankenden Schiffsboden der *Shinshô-maru*. Zunächst sprachen sie noch über Koichis Gruppe, die die ganze Nacht wohl mit den Eingeborenen verbringen mußte, allmählich wurde es in der Höhle aber immer stiller, bis auch der letzte von den Strapazen erschöpft eingeschlafen war.

Gegen Mitternacht wachte Kôdayû wieder auf. Am Tage war es eigentlich gar nicht besonders kalt gewesen, nun mochte die Temperatur so weit gesunken sein, als befänden sie sich mit einem Male mitten im tiefsten Winter. Sein Blick fiel auf die beiden Fremden, die dick in Decken und Fellkleidung eingehüllt unverändert im Schatten des Feuers am Eingang der Höhle saßen.

»Ob sie uns als Gefangene betrachten und eine Flucht verhindern sollen oder ob man sie nur als Schutz zurückgelassen hat?« Kôdayû vermochte nicht zu entscheiden, welche dieser beiden Möglichkeiten wohl die zutreffendere war.

Auch die Antwort auf diese Fragen sollte er erst später erfahren. Die Russen hatten sich Sorgen um das Wohlergehen der Schiffbrüchigen auf der für sie gänzlich unbekannten Insel gemacht und um ihnen ein Gefühl der Sicherheit zu geben, schließlich zwei der ihren am Feuer zurückgelassen.

Kôdayû drehte sich um, konnte aber keinen Schlaf mehr

finden: »Es ist jetzt der siebte Monat, in Ise und in Edo herrscht der heißeste Sommer, ich verstehe diese entsetzliche Kälte hier einfach nicht.« Zwar hatte er gehört, daß es in Ezo sogar im Sommer nicht recht warm werden würde, aber doch sicherlich wärmer als auf dieser Insel. Im Grunde sprach alles dagegen, daß sie sich noch im japanischen Norden befanden, denn war Ezo auch ein beträchtliches Stück von Edo entfernt, acht Monate auf See brauchte man jedenfalls nicht, um dorthin zu gelangen. Was aber nördlich von Ezo lag, konnte sich Kôdayû nicht vorstellen. Natürlich wollte er wissen, wo sie gestrandet und wie weit sie von der Heimat entfernt waren, doch es gab niemanden, den er hätte fragen können. Im Moment wußte er nicht einmal, ob sie sich – wenn überhaupt – auf einer kleinen oder großen Insel befanden, welche und wie viele Menschen hier wohnten und wie sich die einige Stunden zuvor getroffenen Bewohner in Zukunft verhalten würden. Nach ihrem bisherigen Benehmen zu urteilen, hegten sie wohl keine feindlichen Absichten, aber wenn sie sich nicht durch ihre Sprache verständigen konnten, kämen sie sich wahrscheinlich niemals näher, im Gegenteil, sie mußten stets mit erhöhter Wachsamkeit alle Bewegungen der Fremden verfolgen. Auch die Sorge, ob Koichi und die anderen unversehrt wieder zu ihnen stießen, trug ihren Teil dazu bei, Kôdayû den Schlaf zu rauben. Wäre ihr Leben in irgendeiner Weise bedroht, bliebe ihnen wohl nichts anderes übrig, als zu fliehen und von neuem einem ungewissen Schicksal auf See entgegenzusehen.

Beim ersten Morgengrauen verließ Kôdayû die Höhle. Die beiden Fremden lagen in tiefstem Schlaf und rührten sich nicht. Da das Feuer aber noch loderte, mußten sie in der Nacht ab und zu Brennholz nachgelegt haben. Zitternd vor Kälte ging Kôdayû langsam zum Ufer hinunter. Die Wellen schlugen wie am Tag zuvor mit unverminderter Heftigkeit gegen die Felsen. In dieser Gegend schien sich die Brandung niemals zu beruhigen. Wenigstens erinnerte ihn die Form des Horizonts an etwas Japanisches: Wie mit einem Pinselstrich aus bläßlich schwarzer Tinte zeichnete sich eine Linie verschwommen über dem Meeresspiegel ab.

Kôdayû blickte in die Richtung, in der ihr Schiff liegen mußte – doch das, was er dann sah, riß ihn jäh aus seinen Gedanken. Das Schiff war nicht mehr das Schiff, das es noch am vorigen Tag gewesen war: Der obere Teil hatte sich vom Rumpf abgetrennt, war gegen die Felsen geschleudert worden und trieb nun zwischen Riff und Küste ziellos hin und her. Das mußte eine Täuschung sein. Er lief, bis das abgerissene Wrackteil klar vor seinen Augen lag. Dann stoppte er, machte auf der Stelle kehrt, rannte zur Höhle zurück, warf sich auf sein Lager und zog die Decke über den Kopf.

Was von nun an auch immer geschehen mochte, einen Fluchtweg gab es nicht mehr. Kämen jetzt die Eingeborenen, um sie zu töten, dann würde diese Insel zu ihrem Grab. Aus eigener Kraft die Heimfahrt zu versuchen, darauf hatten sie noch am Tage zuvor hoffen dürfen, ihr Schiff hätten sie vielleicht wieder instand setzen können – aber diese Möglichkeit hatten die Wellen ein für allemal zunichte gemacht. Wer würde für ihre Verpflegung sorgen? Wie sollten sie sich gegen die eisige Kälte schützen? Sowohl der Reis, der bei strenger Rationierung allein ausgereicht hätte, sie eine Zeitlang vor dem Hungertod zu bewahren, als auch der größte Teil der Ladung lagen nun auf dem Meeresgrund. Während der ganzen letzten acht Monate auf See war Kôdayû nicht ein einziges Mal so verzweifelt.

Daß ihr Schiff in zwei Teile zerbrochen war, versetzte die gesamte Mannschaft am Morgen sogleich in helle Aufregung. Selbst den seit ein paar Tagen zum Aufstehen zu schwachen Sangorô hielt es nicht auf seinem Lager, auch er lief wie alle anderen nach draußen.

»Laßt mich in Ruhe, ich will das nicht sehen!« Umsonst versuchten die Männer, Kôdayû zum Ufer zu holen. Er rührte sich nicht vom Fleck und blieb mit geschlossenen Augen liegen.

Der Wind trug die aufgeregten Stimmen der Eingeborenen an Kôdayûs Ohr, die das angeschwemmte Wrack wohl umringen mochten. Auch das kümmerte ihn nicht, den ganzen Tag lang ging er weder zum Strand noch sprach er ein einziges Wort. Und Koichi blieb verschwunden – seine Gedanken verdüsterten sich mehr und mehr.

Gegen Abend nahm mit einem Mal das Lärmen am Strand unmittelbar vor der Höhle zu, so daß Kôdayû schließlich doch ins Freie trat. Newidimow hatte mit seinen Leuten ein Faß Sake geborgen und herangeschleppt. Die Fremden schienen alle völlig betrunken und in glänzender Stimmung zu sein. Vor dem Felseingang standen Kyûemon, Kantarô und Tôsuke beisammen und schauten den Feiernden teilnahmslos zu. Kôdayû gesellte sich zu den dreien und blickte ebenfalls auf das Gelage unten am Strand. Die Fremden sangen und tanzten wild durcheinander, jeder schien nur das zu tun, wonach ihm gerade der Sinn stand, das ausgelassene Treiben kannte keine Grenzen – es war laut, aber vor dem Hintergrund des kalten, dunklen Meeres lag über dem ganzen Schauplatz der Schatten einer unbestimmten Beklommenheit.

Die Eingeborenen hatten sich in einiger Entfernung zu kleinen Gruppen zusammengerottet, und ein paar machten es den Russen nach, bargen eines der angeschwemmten Fässer und schöpften mit kleinen Gefäßen den Inhalt heraus.

Ohne Zweifel handelte es sich bei dem Faß um ein Sake-Faß, dieses jedoch enthielt keinen Sake, sondern es hatte bei schwerem Seegang, als die Männer tagelang nicht an Deck gehen konnten, die Funktion der Toilette erfüllt und war dann in einer Ecke des Schiffs stehen gelassen worden. Offenbar schien der Trunk den Eingeborenen dann auch nicht besonders zu schmecken, denn sie beachteten das Faß nicht weiter und wandten sich wieder anderen Dingen zu.

Während Kôdayû das bizarre Treiben der Fremden beobachtete, spürte er, wie von ganz allein das am Morgen verlorengeglaubte Gefühl, überleben zu können, wieder von ihm Besitz ergriff. Wie das Wasser kaum sichtbar fließend in ein ausgetrocknetes Flußbett zurückkehrt, so kehrte der Wille zum Leben auch zu ihm zurück. Mit kaum hörbarer Stimme sagte Kôdayû:

»Wir müssen alles vergessen, was bisher gewesen ist. Wir wissen nicht, wo wir sind, und deshalb laßt uns in dieser Insel den Boden sehen, auf dem wir großgeworden sind. Nur wenn wir so denken, werden wir überleben können. Begreifen wir das nicht, dann werden wir es wohl nicht schaffen. Sake trinken und Lieder singen, das ist für die Lebenden! Unsere Rückkehr in die Heimat aber, die laßt uns den Göttern anvertrauen. Wenn wir uns vollkommen auf die Götter verlassen, dann werden sie sich unser auch annehmen, glaubt ihr nicht? Früher oder später werden sie etwas für uns tun. Ja, das werden sie. Und für jetzt laßt uns diese tanzenden und Sake trinkenden Fremden dort unten als Beispiel nehmen, die sind sicherlich in der gleichen Lage wie wir und denken genauso. Wenn dem nicht so wäre, wie könnten sie sich dann so sinnlos betrinken und herumlärmen?«

Am nächsten Morgen fanden sie auch von ihrem Boot, mit dem sie an Land gekommen waren, nur noch ein paar einzelne Trümmer vor. In der Nacht mußte es von den Wellen gegen die Felsen geworfen worden und zerschellt sein. Kôdayû betrachtete das Wrack mit unbeteiligter Miene. Ihn konnte das nicht mehr aus der Fassung bringen, und bevor er sich den traurigen Rest ihres Bootes noch länger betrachtete, ging er wieder in die Höhle zurück.

Im Laufe des Vormittags erschien Newidimow in Begleitung mehrerer der dämonischen Inselbewohner, deutete auf Sangorô und Jirôbei, und einige der Wilden gingen langsam auf die beiden am Boden liegenden Japaner zu.

Nichts Besorgniserregendes geschah. Sangorô und Jirôbei wurden auf die Schultern genommen, während Newidimow unentwegt redete und in die Richtung zeigte, aus der er gekommen war. Kôdayû verstand recht schnell, daß sie wohl nur zu einem anderen Ort gebracht werden sollten, und entschloß sich, keinen Widerstand zu leisten. Außer Kôdayû ergriff jeder der Männer einen Teil der geretteten Ladung, dann folgten sie den Fremden nach.

Eine Weile ging der Weg an der Küste entlang, bis sie schließlich einen schmalen Pfad erreichten, der sich die Felswand emporschlängelte und in eine üppig mit Sträuchern bedeckte Berglandschaft hineinführte.

Etwa eine Stunde waren sie bereits auf diesem Pfad marschiert, da kamen ihnen zwei Männer entgegen, die von ihrer Kleidung her weder den Wilden noch den Fremden ähnlich sahen – Koichi und Isokichi.

»Sie leben! Sie leben!« riefen sich die Männer voller Freude zu, und Sangorô, der schon das Schlimmste befürchtet hatte, brach beim Anblick der beiden überglücklich in Tränen aus. Nachdem sie ihr Wiedersehen gefeiert hatten, gingen sie den Weg gemeinsam weiter, während Koichi den wiedergefundenen Gefährten Bericht erstattete:

»Wir hatten damals auf diesem Bergpfad hier gerade ungefähr ein halbes *ri* zurückgelegt, als wir am Gipfel auf eine Gruppe anders aussehender Menschen trafen, die einige Schüsse in die Luft abgaben, so daß wir zu Tode erschrocken um unser Leben fürchten mußten. Es passierte aber gar nichts, und wir überquerten ganz ruhig den Berg und gelangten schließlich an die nördliche Küste, wo wir dann allerdings kein einziges Wohnhaus entdecken konnten. Es lief lediglich eine große Anzahl mit Lanzen und Gewehren bewaffneter Leute umher, von denen einige wie die, die wir schon vorher am Gipfel bemerkt hatten, wiederum Samtkleider trugen. Diese schienen sich offenbar über unser weiteres Schicksal zu beraten. Nach einiger Zeit wurden wir zu einer in der Erde eingegrabenen Hütte geführt, man bedeutete uns, dort hineinzugehen, und uns blieb nichts anderes übrig, als dem Folge zu leisten. Wir fanden uns in einem etwa sieben *ken* langen und zweieinhalb *ken* breiten Raum wieder, der den Fremden wohl als eine ihrer Unterkünfte diente. Dann brachten sie uns ein teeähnliches Getränk, gegen Abend erhielten wir eine undefinierbare weiße Suppe und irgendeinen gesalzenen Fisch. Nachdem wir alles verzehrt hatten, kamen fünf Bewaffnete und gaben Shôzô, Seishichi und mir Zeichen, ihnen zu folgen, während Isokichi und Shinzô in der unterirdischen Hütte bleiben sollten. Da die beiden glaubten, man wolle uns töten, flehten sie die Fremden an, sie auch mitzunehmen, denn sie wollten gemeinsam mit uns sterben. Aber die Fremden tauschten lediglich mich – wer weiß, warum – mit Shinzô aus, dann gingen sie mit den dreien fort, und wir blieben allein zurück. Am Abend des gleichen Tages versammelten sich auf einmal recht viele Frauen der Wilden und gafften in unsere Hütte hinein. Die Frauen ähnelten allem anderen, nur nicht Menschen. Ihre Gesichter waren blau angemalt und in ihren Nasenlöchern und Unterlippen staken hornähnliche Knochen, und wir dachten zunächst, nun wären Dämonen gekommen, um uns zu verschlingen. Doch nichts dergleichen geschah, einige Ältere brachten sogar warme Pelzkleidung an, in die wir uns fest eingewickelt zum Schlafen legten. Am nächsten Tag erhielten wir drei Mahlzeiten, ohne daß sich sonst etwas Besonderes ereignete, aber wir machten uns natürlich Sorgen um die drei und auch um euch, sie hatten uns ja gleich nach der Strandung voneinander getrennt. Deshalb haben wir uns auch zur Flucht aus unserer unterirdischen Behausung entschlossen, und wie ihr seht: Jetzt sind wir hier!«

Koichis Freude über ihr Wiedersehen kannte keine Grenzen, immer wieder sprach er davon, daß sie jetzt wenigstens wieder zusammen wären, auch wenn man sie vielleicht bald tötete. Kôdayû betrachtete ihre Zukunft indessen nüchterner und wenn er seinen Überlegungen sowohl Koichis Bericht als auch die Behandlung zugrunde legte, die sie von den Fremden erfahren hatten, war es wohl kaum mehr anzunehmen, daß sie demnächst umgebracht werden sollten, und auch Shôzô, Shinzô und Seishichi waren sicherlich unversehrt geblieben. Dennoch schienen die Gefährten fest damit zu rechnen, daß sie nur noch kurze Zeit zu leben hätten. Kôdayû sah einige seiner Männer unablässig Gebete sprechen, andere wiederum haderten mit ihrem Schicksal, daß es ausgerechnet sie, die doch niemals etwas verbrochen hätten, in eine solch hoffnungslose Lage gebracht hatte.

Als einziger schwieg der jüngste von allen, Isokichi. Die ganze Zeit über hatte er nur Koichi reden lassen, er selbst sich jeder Bemerkung enthalten, was eigentlich gar nicht zu ihm passen wollte. Vielleicht machte er sich ebenfalls keine allzu großen Sorgen über ihre Lage; diese Vermutung lag bei seinem Verhalten durchaus nahe, denn ab und zu blieb er stehen, pflückte ein unbekanntes Gewächs am Wegesrand, legte es auf seine Handfläche und betrachtete die Pflanze dann mit ungewohntem Interesse. Isokichi lächelte, als er Kôdayû wahrnahm, der ihm dabei eine Weile zugesehen hatte:

»Hier, sehen die nicht aus wie die Blätter der *yomogi,* wie sie auch in der Umgebung von Ise zu finden sind?«

Bald darauf erreichten sie die Bergspitze und vor ihren Augen breitete sich die Nordküste aus, die von hellbrauner Farbe eine leichte Kurve zeichnend sich unendlich weit zu erstrecken schien. Unablässig schlugen die Wellen der dunklen See an die Klippen. Die Sonne stand hoch am Himmel, besaß aber nicht die Kraft, die schwarze Färbung des Meeres in das glitzernde Blau zu verwandeln, das die Männer von Ise her kannten. Den Blick nach Westen und Süden versperrten die Berge.

»Sind wir nun eigentlich auf einer Insel oder nicht?« Kôdayû schaute seine Gefährten an, erhielt aber keine Antwort. Vermutlich befanden sie sich auf einer in Wahrheit recht kleinen Insel, denn kaum waren sie ein halbes *ri* landeinwärts gelaufen, konnten sie bereits wieder das Meer sehen, so daß sie vielleicht schon die andere Seite dieser Insel erreicht hatten, auch die Berge waren möglicherweise gar nicht so weitläufig, wie sie aussahen. Warum er die schneebedeckten Gipfel nicht wiederfand, die sie damals vom Schiff aus gesichtet hatten, und wieso in einem solchen Gebiet jene gutgekleideten Fremden wohnten, das vermochte sich Kôdayû allerdings nicht zu erklären.

Die Gruppe begann mit dem Abstieg in Richtung Küste und wandte sich dann den etwas abseits gelegenen Hütten der Fremden zu, lediglich zwei nebeneinander stehenden Gebäuden, das eine von Newidimow bewohnt, das andere von der Mannschaft, des weiteren noch ein Lagerhaus, in das man die Japaner hineinführte. Dort bewahrten die Russen ihre Vorräte auf, die aus getrocknetem Fisch sowie getrocknetem Gänse- und Entenfleisch bestanden und einen entsetzlichen Geruch verbreiteten.

Es stank so sehr, daß Kôdayû eines ihrer Duftsäckchen hervorholte und es ins Feuer warf, damit sie in der folgenden Nacht wenigstens einigermaßen atmen konnten.

Am anderen Morgen brachten die Fremden Shôzô, Shinzô und Seishichi zurück. Wie sie von den dreien erfuhren, waren sie zu einer Art Schiffsanlegeplatz mitgenommen worden, hatten dort nichts weiter als ihre Mahlzeiten verzehrt und sonst natürlich kein Wort verstanden.

Nach zwei, drei Tagen verflüchtigte sich unter Kôdayûs Männern allmählich die Angst, die Fremden könnten es letztendlich doch auf ihr Leben abgesehen haben. Auch die dämonenhaften Inselbewohner jagten den Gestrandeten keinen Schauder mehr über den Rücken, denn trotz ihres furchterregenden Aussehens schienen es offensichtlich keine blutrünstigen Naturen zu sein.

Wenn diese Insel die Heimat jener merkwürdigen Menschen war, so mußten die Fremden wohl aus einem anderen Gebiet stammen, zu sehr fiel der Unterschied zwischen diesen beiden Gruppen auf.

Die Russen behandelten die Inselbewohner ziemlich rauh, verhielten sich Kôdayû und seinen Männern gegenüber jedoch freundlich – wahrscheinlich aus dem Grunde, da sich die Schiffbrüchigen von den Inselbewohnern doch recht deutlich unterschieden. Nach einigen Tagen endete für sie dann auch der Aufenthalt im Lagerraum. Newidimow, der Kôdayû offensichtlich für den Befehlshaber der Neuankömmlinge hielt, stellte ihm einen Raum in seinem eigenen

Haus zur Verfügung, die anderen wurden in die Mannschaftsunterkunft verlegt.

Der etwa vierzig Jahre alte Newidimow, ein Mann von großer, hagerer Gestalt, machte auf Kôdayû durchaus den Eindruck eines recht umgänglichen Menschen, auch wenn sich in seiner Miene niemals irgendwelche Gefühle widerspiegelten, die darauf schließen ließen, welche Gedanken wohl gerade in seinem Kopf kreisen mochten.

Die den Japanern dreimal am Tag gereichten Mahlzeiten bestanden jeweils aus einer Suppe, die die Inselbewohner *salana* nannten und die sie aus einem Holztopf mit hölzernen Löffeln schlürften – wie sie später erfuhren, handelte es sich um die in Wasser weich gekochten Zwiebeln der Schwarzlilie – und aus in Salz gedünsteten, der Felsforelle ähnlichen *sudatschki*. Auch waren ab und zu Kabeljau, Seeigel, Enten- und Gänsefleisch auf dem Speiseplan zu finden. Dazu gab es jenes teeähnliche Getränk, das man aus bestimmten Gräsern gewann, die auf der Oberfläche der Küstenfelsen wucherten. Die Fremden nannten ihren Tabak *tambako*, das einzige Wort, welches auch Kôdayû und seinen Männern geläufig war. Sie rauchten ihn allerdings stets mit kirschbaumähnlichen Spänen vermischt, da es sich anscheinend um einen besonders starken Tabak handelte, den man nur auf diese Weise genießen konnte.

Die Unterkünfte der Fremden zeigten beide die gleiche Struktur: Sie bestanden aus einem in die Erde gegrabenen großen Raum, in dem über den in umgekehrter V-Form zusammengefügten Pfosten die Balken gelegt waren, die mit Gras und Erde bedeckt das Dach bildeten, das als einziges über den Erdboden ragte. Nur unmittelbar an den Wänden formten Bretter den Unterboden, die ganze Mitte des Raumes war frei, dort zündeten die Russen zum Schutz gegen die bittere Kälte Lagerfeuer an.

Weder von den Fremden noch von den Inselbewohnern hatten sie also Schlimmes zu befürchten, aber die eine Sorge wurde nur von einer anderen abgelöst. So lange sie auf dieser

Insel lebten, mußten sie wohl oder übel mit jener Schwarzliliensuppe und dem unbekannten Salzfisch vorliebnehmen, den man ihnen tagein tagaus als Hauptmahlzeit servierte. Zwar hatten sie zwei Sack Reis vom Schiff abgeladen, die sie jedoch unangetastet lassen und als besondere Verpflegung für die Kranken aufbewahren wollten. Darüber hinaus mochten sie einen solchen Sommer eher als Winter bezeichnen – wie weit die Temperaturen im wirklichen Winter jedoch sanken, das wußten sie nicht. Allerdings genügte ein Blick auf die Unterkünfte der Fremden, um sie vor der bevorstehenden Kälte erschaudern zu lassen.

Mehr als alle anderen litten die beiden Kranken Sangorô und Jirôbei unter dem Klima. Eines Abends, während die gesamte Mannschaft am Feuer saß, nahm Sangorô Kôdayû zur Seite:

»Höre du, viele der Männer hier sind schon lange zur See gefahren und haben auch die widrigsten Dinge überstanden, und was uns auf dieser Insel noch alles bevorstehen mag, glaube mir, das macht denen nicht mehr viel aus. Du stammst aber nicht aus einer Seemannsfamilie, bist erst von einer adoptiert worden, dir liegt das nicht im Blut. Und deshalb höre jetzt auf einen alten Mann: Schreibe rechtzeitig alles auf, was du noch zu sagen hast, ausgerechnet du wirst das ungünstige Klima und schlechte Essen wohl kaum überleben. Unter den sechzehn hier wird es vielleicht dem einen oder anderen gelingen, in die Heimat zurückzukommen, der wird dann auch deinen Brief mitnehmen. Mein Leben war das Meer, ich lasse nichts und niemanden zurück, du aber solltest deine Sachen regeln, damit du hier in Frieden sterben kannst.«

Kôdayû versicherte ihm, daß er seinen Ratschlag befolgen werde, und mit einem zufriedenen Kopfnicken zog sich Sangorô auf sein Lager zurück. Von da an beobachtete Kôdayû mit größerer Sorge den Gesundheitszustand des Alten, den seine Kräfte mit jedem Tag weiter zu verlassen schienen. Eine solch düstere Rede hatte er aus Sangorôs Mund bisher noch nicht vernommen, auch kam es ihm merkwürdig vor, daß gerade der kranke Sangorô ihn, der sich doch bester Gesundheit erfreute, vor dem Herannahen des Todes warnte. Vielleicht ahnte der Alte, daß seine eigene Stunde bald schlagen würde.

Wenig später war Sangorô nicht mehr am Leben. Irgendwann in der Nacht mußte er friedlich eingeschlafen sein, denn als Isokichi seinen Vater am Morgen wecken wollte, lag er wie im tiefsten Schlummer mit beiden Händen über der Brust gefaltet ruhig da und atmete nicht mehr. Nur um zwanzig Tage hatte der älteste unter ihnen die Strandung auf der unbekannten Insel überlebt. Während Shinzô und Yosômatsu den Sarg zimmerten, vollzogen Kôdayû und Isokichi die Reinigung des Leichnams. Außer Jirôbei, der zu geschwächt war, um dem Toten die letzte Ehre zu erweisen, begleitete die gesamte Mannschaft den Sarg an die Küste. Am Fuße eines nahen Hügels hatten sie dort zuvor eine Grube ausgehoben.

Der Sarg senkte sich langsam in die dunkle Erde, als ein in schwarze Kleidung gehüllter Greis herantrat und dem Bestattungsritus der Fremden gemäß feierlich einige Worte am Grabe sprach.

Der Priester nannte sich Dschaimilowitsch, stammte aus Kamtschatka, hatte den russischen Glauben und einen russischen Namen angenommen und war zusammen mit Newidimows Mannschaft auf diese Insel geschickt worden. Seitdem feststand, daß die Neuankömmlinge nicht wieder fortsegeln konnten, kümmerte sich der Alte stets mit besonderer Freundlichkeit um sie.

Die Sonne hatte sich inzwischen hinter den Wolken versteckt, und die kalte Luft jagte jedem der Japaner zusätzlich einen Schauer über den Rücken.

»Wenn einer von den Fremden hier spricht, dann wird Sangorôs Seele nie ihren Frieden finden«, hörte Kôdayû auf einmal einen der Gefährten murmeln.

»Wir sollten uns wohl nicht dauernd beschweren, Sangorô liegt nun einmal in der Erde eines fremden Landes, und so wie diese Erde hier anders ist, so gibt es eben auch andere Bräuche.« Danach sagte keiner mehr etwas, und sie ließen Dschaimilowitsch gewähren.

Jirôbei folgte Sangorô einige Tage später ins Grab. Der aus dem Dorf Kuwana stammende und von Kindheit an als Geizhals berüchtigte Jirôbei, der ständig durch sein selbstsüchtiges Benehmen aufgefallen war, hatte seit dem Ausbruch seiner Krankheit nichts mehr gesprochen, nur dagelegen und niemanden eines Blickes gewürdigt, die Gefährten schienen für ihn Luft geworden zu sein. Kam dennoch einmal einer an sein Krankenlager, so starrte er mit leeren Augen teilnahmslos durch ihn hindurch und gab auf keine Frage eine Antwort. Jedem wurde es unheimlich zumute, wenn dieser ausdruckslose Blick auf ihm ruhte, schließlich schenkte ihm keiner besondere Beachtung mehr.

Jirôbei mochte wohl auch seine letzte Stunde geahnt haben, denn kurz vor seinem Tod rief er von Kôdayû bis zu dem jungen Isokichi der Reihe nach alle Mannschaftsmitglieder zu sich, dankte für ihr Wohlwollen und die lange Geduld der Gefährten und schenkte jedem sogar ein Stück aus seinem Besitz. Vielleicht war das der Grund, warum das abgemagerte Gesicht des Toten nicht mehr jene unnachgiebigen Züge trug, sondern einen sanften, friedvollen Ausdruck angenommen hatte.

Zwei Monate nach der Beerdigung begann es heftig zu schneien, und kurz hintereinander starben die Matrosen Angorô und Sakujirô, wenige Wochen später Seishichi und Chôjirô.

Sakujirô war an Bord für die Ladung verantwortlich gewesen. Die bei einer Reisfracht nach Edo winkende recht großzügige Entlohnung hatte den aus dem Dorf Inô stammenden Sakujirô als Frachtaufseher auf der *Shinshô-maru* anheuern lassen – eine Entscheidung, die er nun mit dem Leben bezahlte.

Die Toten sollten ebenfalls am Fuße jenes Hügels begraben werden, an dem bereits zwei der Gefährten ihre letzte Ruhestätte gefunden hatten. Die ständigen Schneegestöber machten es indessen unmöglich, daß die gesamte Mannschaft wie noch bei der Beerdigung Jirôbeis einen Trauerzug bilden, geschweige denn, daß der Greis Dschaimilowitsch an dessen Spitze voranschreiten konnte. Dieser Zeremonie hatte der Schnee ein jähes Ende gesetzt, und Angorô war der erste, für den es keinen Trauerzug mehr gab. Statt dessen mußten Shôzô, Shinzô und Isokichi, die jüngsten und kräftigsten, auf ein Nachlassen der heftigen Schneefälle warten, erst dann war es ihnen möglich, den Sarg zur Küste zu tragen, den Boden freizulegen und unter Aufbietung aller Kräfte ein Loch in die gefrorene Erde zu graben. Bei den folgenden drei Beerdigungen verlief es nicht anders, am frühen Morgen brachen sie auf und kehrten nicht vor Abend in die Unterkunft zurück.

Auf ihrer gänzlich eingeschneiten, unbekannten Insel sahen die Überlebenden der *Shinshô-maru* weit entfernt der Heimat schließlich dem neuen Jahr Temmei 4 entgegen. Ob es ihnen denn nun an diesem Neujahrsfest eigentlich besser gehe als an dem Neujahrsfest zuvor, wollte auf einmal Yosômatsu in die Runde blickend wissen. Die Männer schauten sich unschlüssig an. Vor genau einem Jahr trieb ihr Schiff noch auf hoher See. Das Meer war damals ausnahmsweise ruhig gewesen, und trotz eines kalten Windes hatten sie die Sonnenstrahlen genießen und sich eines Festmahls aus Reis und Gemüse, zubereitet von dem inzwischen verstorbenen Chôjirô, sowie einer kleinen Ration Sake erfreuen können. Zwar wurden sie stets von der Furcht geplagt, ob ihre Irrfahrt nicht vielleicht doch auf dem Meeresgrund endete, aber sie hatten sich wenigstens keine größeren Gedanken um ihre Vorräte an Reis und Sake machen müssen, noch gab es einen Toten zu beklagen. Das hatte sich nun geändert. Inzwischen fehlten aus ihrer Mitte sieben.

»Ja, ist's denn nicht besser als vor einem Jahr? Sind wir etwa nicht die Sorge los, eine Mahlzeit der Fische zu werden? Und diesen strengen Winter hier, den werden wir auch schon irgendwie überstehen!«

Kôdayû hatte als erster das Schweigen gebrochen, allein seiner Stimme fehlte die Überzeugungskraft. Ein jeder vermochte sich wohl nur zu gut vorzustellen, welch harte Zeit ihnen noch bevorstand, hinzu kam die Ungewißheit, wie lange sie in ihren von Eis und Schnee umgebenen Unterkünften wohl ausharren mußten – niemals zuvor hatten sie eine solche Natur erlebt. Und schließlich gab es noch die Mahlzeiten aus den stets gleichen, ungewohnten und streng rationierten Portionen, die sie von den Fremden täglich bekamen, zu deren Verzehr sie sich jedesmal erst neu überwinden mußten. Gelang ihnen das nicht, würden sie unweigerlich wie Angorô, Sakujirô, Seishichi und Chôjirô enden, die, als hätten sie sich untereinander abgesprochen, kaum mehr etwas zu sich genommen hatten. Vor sich hin dösend waren sie auf ihrem Lager geblieben, so daß sich letztendlich keiner zu wundern brauchte, wie wenig sie dem kalten Klima noch entgegensetzen konnten. Der Tod hatte sich mit Erkältung, Hustenanfällen und nächtelangen Fieberphantasien angekündigt, bis er sie einen nach dem anderen von ihren Leiden erlöste.

Um einen solchen Winter zu überstehen, blieb ihnen wohl keine andere Möglichkeit, als sich mit der Sprache der Fremden, denen sie letztendlich auf Gedeih und Verderb ausgeliefert waren, irgendwie vertraut zu machen. Könnten sie sich erst einmal richtig verständigen, würde vieles sicherlich leichter werden: Sie könnten mit den Fremden über die bei ihnen auftretenden Krankheiten sprechen und womöglich auch ihren Bedürfnissen ausreichend Gehör verschaffen.

»Wären wir in der Lage gewesen, auch nur ein bißchen in ihrer Sprache zu reden, dann hätten wir nicht so hilflos zusehen müssen, wie die Gefährten langsam gestorben sind«, haderte Kôdayû.

»Ich habe da folgendes beobachtet«, ergriff Isokichi das Wort, »wenn die Fremden zu uns kommen, dann sagen sie manchmal doch so etwas Ähnliches wie *eto tschewo*, nicht?

Zuerst dachte ich, es hieße ›Ich will das hier‹, das war es aber nicht, genauso wenig wie ›Das ist dreckig‹. Auch wollten sie damit nicht fragen, ob es sich bei dem Gegenstand, auf den sie zeigten, um etwas Wertvolles oder Wertloses handelte. Nein, ich glaube, dieses *eto tschewo* bedeutet ganz einfach nur ›Was ist das?‹ Glaubt ihr's nicht? Wenn ihr meint, ich erzähle Märchen, dann prüft's doch einfach nach: Zeigt mit dem Finger auf irgend etwas und sagt dabei *eto tschewo*. Sie werden euch antworten und dabei über das ganze Gesicht strahlen.«

Kôdayû war es, als durchbräche mit Isokichis Beobachtungen erstmals ein Licht die unheimliche Dunkelheit, die sie seit ihrer Strandung umhüllte. Noch am selben Abend wandte er sich einem der Fremden zu, deutete auf dessen Schnupftabak und sagte: »Eto tschewo.«

»Poroschka«, erwiderte der Fremde.

Kôdayû wartete einen Moment, dann streckte er seine Hand aus und wiederholte:

»Poroschka«.

Ohne zu zögern reichte der Fremde ihm seinen Tabak. Auf diese Weise lernten die Japaner als erstes Wort der unbekannten Sprache *eto tschewo* und als zweites *poroschka*. Von da an zeigten sie jedesmal auf die verschiedensten Sachen, wenn sie mit den Fremden zusammentrafen:

»Eto tschewo.«

Nach und nach lernten sie so die Worte für die Dinge des alltäglichen Gebrauchs. Kleidung hieß *platje*, Mantel *kaftan*, Unterhemd *kamsol*, Gürtel *kuschaka*, Handschuh *pertschatka*, Schuhe *tufli*, Kissen *poduschka*, Frühstück *pauschna*, Mittagessen *obedat*, Lampion *fonari*, Topf *kotel*, Faß *botschka* und Teetasse *tschajnaja tschaschka*.

Jeden Abend notierte sich Kôdayû die während des Tages neu gelernten Begriffe. Eine gewisse Zeit lang war die gesamte Mannschaft mit Begeisterung bei der Sache, doch als es daran ging, sich die einzelnen Wörter auch einzuprägen, erlahmte das Interesse der meisten schnell, so daß am Ende nur er allein sich intensiv damit beschäftigte.

Sobald Kôdayû auch nur einen der Fremden zu Gesicht bekam, stellte er Fragen und ließ sich die Antworten in jener seltsamen Schrift aufschreiben, bis es dem so Geplagten zu viel wurde und er irgend etwas vor sich hinbrummend Kôdayû einfach stehenließ. Während die Gefährten abends dann alle am Feuer saßen, darüber diskutierten, ob und wann sie wohl die Heimat wiedersähen, ihr eigenes Unglück beklagten oder sich die Zeit mit Wettspielen verkürzten, widmete sich Kôdayû ausschließlich jenen fremdaussehenden Zeichen und vergaß darüber alles andere um sich herum. Die Gefährten interessierten ihn in solchen Augenblicken nicht mehr. Sollten sie sich nur vergnügen, ihre Gleichgültigkeit gegenüber seinen Sprachstudien störte ihn wenig, er vergrub sich nur um so tiefer in die Arbeit.

Die Worte mochten sich wohl aus einzelnen, jeweils nur einen Laut tragenden Zeichen zusammensetzen, wodurch sie eine gewisse Ähnlichkeit mit dem eigenen Silbenalphabet aufwiesen. Einzig Isokichi beteiligte sich – zwar nicht mit der gleichen Begeisterung, aber doch mit einiger Neugier – ebenfalls an dem Enträtseln der fremden Schrift und wurde zu einer wertvollen Hilfe für Kôdayû. Die beiden verglichen die Buchstaben der ihnen bereits bekannten Wörter mit denen, die ihnen am Tage zuvor neu in das Heft eingetragen worden waren. Anhand der übereinstimmenden Zeichen konnten sie dann die Lesung des neuen Wortes vermuten, ihre Ergebnisse ließen sie am folgenden Tag von den Russen überprüfen.

Im 6. Monat gab es die ersten Anzeichen, die das Ende jenes schier endlos dauernden Winters ankündigten. Die Sonnenstrahlen wurden wärmer, die Schneefälle nahmen ab und die Männer konnten die Mittagszeit auch außerhalb ihrer Hütte verbringen, ohne gleich Erfrierungen befürchten zu müssen. Daß sie überhaupt nach draußen gingen, war allein auf Kôdayûs Befehl zurückzuführen. Mit der knappen Bemerkung, sie bräuchten sich nicht vor der Sonne zu verstecken, scheuchte er sie immer wieder aus ihrer Unterkunft heraus – während des langen Winters hatten sie sich an das Nichtstun gewöhnt und zeigten wenig Neigung, auch nach dem offensichtlichen Ende der kalten Jahreszeit nach draußen zu gehen und sich zu bewegen.

Newidimow und seine Leute konnten auf dieser Insel nicht zu Hause sein, alles sah danach aus, als hätten sie sich nur für einen befristeten Aufenthalt eingerichtet. Sie waren ohne Familien, und einer richtigen Arbeit schienen sie auch nicht nachzugehen. Wie die Schiffbrüchigen führten sie ein ganz ähnliches Leben – ein Haufen Männer, die den ganzen Winter über nur um die Feuerstellen herumlagen und die Zeit vertrödelten. Zunächst hatten die Japaner vermutet, daß jenen Fremden das gleiche Schicksal wie ihnen widerfahren war, aber je länger der Winter gedauert hatte, um so klarer war es geworden, daß diese Einschätzung nicht richtig sein konnte: Die Fremden waren zu gut ausgerüstet – zweifellos waren sie auf einen solch strengen Winter vorbereitet gewesen, weder an Vorräten noch an warmer Kleidung hatte es ihnen gemangelt.

Zu Anbeginn des Frühlings erfuhren sie dann, warum sich die Fremden in dieser Gegend aufhielten. Wie aus dem Winterschlaf erwacht, veranstalteten sie ein geschäftiges Treiben, gaben den Inselbewohnern Anweisungen, worauf diese in den noch völlig schneebedeckten Feldern verschwanden oder mit ihren Booten – manchmal auch gemeinsam mit den Fremden – in das noch nicht treibeisfreie Meer hinausfuhren.

»Sieht so aus, als ob die diese *nerpy, bobra* und *siwutscha* jagen lassen und den Eingeborenen den Fang später abkaufen, was?« vermutete Koichi.

Kôdayû war derselben Meinung und nickte ihm nur kurz zu.

Eines Tages faßte sich Koichi dann ein Herz, ging auf eine Gruppe der Fremden zu und versuchte in Erfahrung zu bringen, wann endlich ein Schiff käme, um sie abzuholen. Koichi sagte immer wieder *korabli* (Schiff), eines der wenigen Worte, die er sich hatte merken können, zeichnete dabei mit seinen Händen die Form eines Segels nach und tat so, als näherte sich das Gebilde dem Ufer, worüber er eine große Freude zeigte – aber seine Gegenüber schienen nicht zu begreifen, was er von ihnen wollte und blickten ihn nur verständnislos an. Während er unermüdlich sein Schauspiel wiederholte, trat schließlich doch einer aus der Gruppe heran, malte vierundzwanzig Kreise auf ein Blatt Papier, setzte über die Kreise noch einen halben Mond und reichte Koichi den Zettel, der damit sogleich zu den Gefährten zurückeilte. Jeder begutachtete nun die verschlüsselte Botschaft, und es dauerte nicht lange, dann hatte sich die Mannschaft in zwei Lager gespalten. Für die einen bedeuteten die Kreise, daß in vierundzwanzig Tagen ein Schiff zu erwarten sei, die anderen waren vorsichtiger und glaubten eher an vierundzwanzig Monate.

Welche Meinung letztendlich ein jeder auch vertrat, alle warteten wie gebannt auf das Herannahen jenes ominösen vierundzwanzigsten Tages. Aber auch dieser verging, ohne daß das geringste Anzeichen eines Schiffes am Horizont zu sehen gewesen wäre. Ein Monat folgte dem anderen und nichts geschah. Vielmehr mußten sie feststellen, daß sich bald der Tag jährte, an dem sie zum erstenmal den Boden jenes unbekannten Landes betreten hatten.

»Wißt ihr noch, wie wir alle vor ein paar Wochen ganz gebannt auf diesen Vierundzwanzigsten gewartet haben, und er vergangen ist wie jeder andere auch? Mit dem heutigen Tag verhält es sich genauso. Wer von uns kann schon vorhersagen, wann ein Schiff anlegt, vielleicht wird es Monate dauern, vielleicht aber auch noch Jahre. Darum müssen wir uns endlich entschließen, hier ein Leben zu führen, als wären wir in Ise. Auch die Fremden haben in ihrer Heimat sicher Frau und Kinder. Das heißt, daß sie nicht ewig hier bleiben, sondern irgendwann an Bord eines Schiffes gehen werden. Bis dahin bleibt uns nichts weiter übrig, als geduldig abzuwarten. Und für den kommenden Winter laßt uns gemeinsam die nötigen Vorbereitungen treffen, damit diesmal keiner aus unserer Mitte sterben muß.«

Kôdayû war der Mann, der seine Worte auch in Taten umzusetzen pflegte. Von nun an halfen die Japaner den Fremden bei deren Arbeit, auch begleiteten sie die Inselbewohner auf ihren Fahrten zu den benachbarten kleinen Inseln, von denen sie manchmal bereits nach wenigen Tagen, manchmal aber auch erst nach mehr als einer Woche wieder zurückkehrten. Kôdayû indessen nahm kein einziges Mal an einer solchen Fahrt teil. Während die anderen auf See waren, beschäftigte er sich lieber mit seinem Tagebuch oder widmete sich eingehend seinen Sprachstudien. Sowohl die Russen als auch die Inselbewohner betrachteten den Gesinnungswandel ihrer Gäste mit Wohlwollen, so daß sie ihnen sogar einen Teil der Jagdbeute überließen, den Kôdayû dann als Vorrat für den Winter zurücklegte. Und infolge der Zusammenarbeit gelang es ihnen auch, sich mit der unbekannten Sprache mehr und mehr vertraut zu machen.

Isokichi und Koichi hatten dabei die wenigsten Schwierigkeiten, vor allem dem jungen Isokichi schien das Lernen leicht zu fallen, jeden Tag verkündete er eine neue Liste Wörter, die er sich eingeprägt hatte.

»Wenn man sich *eto ochota* – ›Ich will das!‹ – behält, reicht es eigentlich. ›Gib her!‹ heißt *poklon* und die Antwort wäre *otschen dowolen* – ›Danke‹ wahrscheinlich.«

Da Shinzô und Anzô hingegen die meiste Zeit mit den Inselbewohnern verbrachten, zeigten sie die größten Fortschritte bei deren Sprache.

Mit den neuen Tätigkeiten gestaltete sich das Leben der Schiffbrüchigen weitaus abwechslungsreicher. Herrschte bis dahin ob der hoffnungslosen Lage unter den Männern eher eine gereizte Stimmung, durch Erfolge und Mißerfolge bei der Jagd oder durch die seltsamen Gewohnheiten der Inselbewohner gab es immer etwas Neues zu erzählen, ab und zu schallte nun sogar Gelächter aus der Unterkunft der Japaner heraus.

Etwa einen Monat hatten sie auf diese Weise verbracht, da faßte sich Tôsuke plötzlich an die Brust, klagte über Herzschmerzen – und starb. Seit einigen Tagen hatten ihn die Gefährten dringend gemahnt, die an seinem Körper augenscheinlich dicker werdenden Schwellungen nicht auf die leichte Schulter zu nehmen und sich bei den Arbeiten so weit wie möglich zu schonen. Tôsuke aber, schon immer ein wenig dickköpfig, hatte dann immer nur »Ja, ja« gebrummt, sich aber weiterhin seiner Aufgabe gewidmet und alle Warnungen in den Wind geschlagen. Im nachhinein betrachtet war wohl bereits seit dem Winter mit seiner Gesundheit irgend etwas nicht in Ordnung gewesen. Da sie jedoch alle einer Beschäftigung nachgegangen waren, hatte er sich offenbar nicht ausschließen wollen, wie schwer es ihm auch gefallen sein mochte.

Auch der Sarg Tôsukes wurde am Fuße jenes Hügels beigesetzt, an dem bereits sieben der Gefährten ihre letzte Ruhestätte gefunden hatten. Die Männer standen schweigend vor den Gräbern, und jeder schien sich in Gedanken zu fragen, ob nicht er selbst vielleicht der nächste sei, den die anderen an diesen düsteren Platz tragen mußten. Als sie dann den Sarg in die Grube hinunterließen, vermochte Kyûemon seine Tränen nicht mehr zurückzuhalten: Irgendwann würde auch er genau wie der aus demselben Dorf stammende Tôsuke in einem finsteren Erdloch der Insel verschwinden.

»Na, Shin, wollter jetz' net lieber noch aans aushebbe? Im Winder, wenn de Schneestürm' komme, do is' des doch zu aastrengend«, flüsterte er Shinzô zu.

»Du willst es wohl unbedingt heraufbeschwören, wie?« Kôdayû blickte Kyûemon scharf an, »solches Gerede will ich nicht noch einmal hören.« Dann kehrte wieder Stille ein.

Im Gegensatz zu den früheren Beerdigungen waren außer dem alten Dschaimilowitsch auch Newidimow und zwei weitere Russen sowie einige der Inselbewohner, die kleine

Blumen vor das Grab legten, mit an den Hügel gekommen. Allein das Meer lag so ruhig wie an jenem Tag ihres ersten Begräbnisses und glich mit seiner grauen Färbung unverändert einer schweren Platte aus Blei, an deren felsigen Rand unermüdlich die Brandung schlug.

II

Auch die folgenden zwei Neujahrsfeste verbrachten die Japaner auf der Insel. Seit Tôsukes Tod hatte es keine ernsthaften Erkrankungen mehr gegeben, und das Leben lief in nunmehr gewohnten Bahnen ab: Während des Sommers waren alle mit der Seeotter- und Seehundjagd beschäftigt, im Winter verbrachten sie die Zeit in ihrer unterirdischen Behausung.

Kôdayû zählte inzwischen sechsunddreißig Jahre, Koichi vierzig. Die Matrosen Yosômatsu, Kantarô, Kyûemon, Tôzô und Shôzô waren alle jünger, was man ihnen gleichwohl nicht mehr ansehen konnte, denn in ihren Gesichtern hatte die entbehrungsreiche Zeit auf der Insel mit tiefen Furchen ihre Spuren hinterlassen, sogar in ihrem Äußeren waren sie den Inselbewohnern ähnlicher geworden, nicht zuletzt, da sie ihre verschlissenen Stoffe inzwischen je nach Laune gegen das Vogelfederkleid der Inselbewohner oder auch gegen Seelöwenfell eingetauscht hatten. Am auffälligsten jedoch waren Isokichi und Shinzô, der eine Anfang, der andere Ende zwanzig, ihres jugendlichen Aussehens beraubt, nicht unbedingt zu ihrem Nachteil, denn das harte Leben hatte ihnen ernste und entschlossene Züge verliehen.

Die meisten der neun hatten inzwischen auch eine der beiden Sprachen so weit gelernt, daß sie sich über die alltäglichen Notwendigkeiten verständigen konnten. Die Sprache der Russen beherrschte Kôdayû am besten, und wenn er sich mit Newidimow oder Dschaimilowitsch unterhielt, kam es kaum zu Verständigungsproblemen, so daß er schließlich herausfand, wo sie sich befanden.

Kôdayû wählte die übliche, allabendliche Mannschaftsversammlung, um zu berichten, was er in Erfahrung gebracht hatte. Zunächst glaubte ihm keiner, die Geschichte klang viel zu abenteuerlich. Jeder blickte verstohlen zu seinem Nachbarn: Es konnte einfach nicht stimmen, was sie gerade aus dem Munde ihres Kapitäns gehört hatten. Dann fragten sich aber doch die ersten, was denn eigentlich dagegen spräche, und da es keinen gab, der Kôdayûs Bericht hätte widerlegen können, begann sich dieser Gedanke allmählich in den Köpfen der Männer festzusetzen.

Kôdayû hatte der Mannschaft folgendes mitgeteilt: Die Insel, auf der sie gestrandet waren, hieße Amtschitka, läge sehr weit in nördlicher Richtung von Ezo entfernt und sollte zu einer Alëuten genannten ziemlich ausgedehnten Inselgruppe gehören. Die Fremden stammten alle aus dem Großreich Rußland und seien zum Erwerb von Seeotter- und Seehundfellen in jenes entlegene Gebiet geschickt worden. Neben Newidimows Männern in Amtschitka sollten auch noch weitere Gruppen aus demselben Land auf andere Inseln gebracht worden sein. Nachdem das Schiff die Männer abgesetzt hätte, sei es zum Sammellager der Felle auf den sogenannten Kommandeurinseln zurückgekehrt. Drei Jahre lang müßten sie ihren Auftrag in der Einöde erfüllen, dann käme wieder ein Schiff, auf dem sich ihre Ablösung befände. Sie könnten dann auch mit an Bord gehen und würden von Rußland aus vielleicht sogar in ihre Heimat gebracht werden.

»Das war das erste Mal, daß ich von einem solchen Land gehört habe. Aber wie dem auch sei, ich halte es für besser, wenn wir uns diesen Russen anvertrauen und mit auf ihr Schiff gehen, sonst müssen wir vielleicht ewig hier bleiben. Einmal dort angekommen, wird es schon irgendeinen Weg geben, der uns dann auch wieder nach Japan zurückführt.«

Mit diesen Worten hatte Kôdayû seinen Bericht beendet, aber seinen Gefährten schien die Gewißheit, sich so unendlich weit von der Heimat entfernt zu befinden, eher den letzten Funken Hoffnung geraubt zu haben. Von neuer Zuversicht konnte jedenfalls keine Rede sein, aber da es andere Aussichten zum Verlassen der Insel nicht gab, wartete schließlich ein jeder von ihnen geduldig auf das russische Schiff, das im Jahre Temmei 6 tatsächlich am Horizont zu erkennen war – sechsunddreißig Monate nach ihrer Strandung.

Alle lagen noch im tiefen Schlaf, als Newidimow plötzlich die Tür aufriß, »Das Schiff ist da!« brüllte und sogleich wieder verschwand. Augenblicklich stürzte die gesamte Mannschaft hinter dem Russen her. Für die Japaner war es das erste Mal, daß sie Newidimow so in Aufregung sahen. Gerade als Kommandant der Pelzhändler hatte er sich bis an die Grenze des Menschenmöglichen stets beherrscht und besonnen gezeigt, aber in diesem Moment – es sollte auch der einzige bleiben – lösten sich die aufgestauten Spannungen und wie ein Wahnsinniger lief er zum Strand hinunter.

Dann konnten auch sie sehen, wie ein großes Segelschiff auf die Insel zuzusteuern versuchte. Doch besonders beruhigend wirkte der Anblick des Schiffes nicht, denn die schwere See schien ein Anlegen an der kleinen Mole nicht zulassen zu wollen, mehr noch, fast sah es so aus, als wäre der schwere Segler nichts weiter als ein Spielball der Wellen, der jeden Augenblick in den Fluten versinken konnte.

Er versank aber nicht, lediglich die Ankunft mochte sich infolge des schlechten Wetters ein wenig verzögern. Das Schiff drehte ab und fuhr wieder auf das offene Meer hinaus, um offenbar eine ruhigere See abzuwarten. Auch die Inselbewohner versammelten sich am Ufer und schauten dem seltenen Schauspiel gebannt zu. An diesem Tag zeigte sich niemand in der Lage, irgendeiner Arbeit nachzugehen, bis zum Abend verharrten alle am Strand und keiner ging in die Unterkünfte zurück.

Am nächsten Morgen indessen war der Sturm stärker und die Wellen höher geworden, so daß an ein Anlegemanöver auch diesmal wohl nicht zu denken war. Zeitweilig verschwand das Schiff aus ihren Blicken, dann rief einer, daß es in die Bucht eingefahren sei, und alle eilten den Weg zu der angezeigten Stelle entlang. Newidimow war der Schnellste, und bald mußte er das Ende des Weges erreicht haben. Auch Kôdayû konnte die Spannung nicht mehr ertragen und folgte dem Russen dicht auf den Fersen.

Endlich hatten sie auch den letzten kleinen Hügel überquert, der ihnen noch die Sicht auf die Bucht verwehrte – aber dort lagen nur die Überreste eines von seinem Ankertau losgerissenen und auf die Riffe geworfenen Schiffes.

Reglos starrten Kôdayû und Newidimow auf das Meer hinaus. Ab und zu trug der Wind die Rufe der Mannschaft herüber. Schließlich wurden zwei kleine Boote zu Wasser gelassen, und als ob es nur diesen Augenblick abgewartet hätte, begann sich das Wrack langsam knirschend auf die Seite zu legen. Unwirklich wie das Gaukelbild einer fürchterlichen Halluzination spielte sich das Geschehen vor den Augen der Männer ab.

»Rettet das Schiff! Das Schiff!« schrie Newidimow.

»Nein. Aus. Es ist aus. Der Rumpf ist in zwei Teile zerbrochen«, erwiderte Kôdayû leise. Er kannte nur zu gut, was er da sah – das gleiche Bild wie an jenem Morgen vor drei Jahren, als die *Shinshô-maru* ebenfalls ein Opfer der Riffe geworden war. Nichts würde mehr zu gebrauchen sein. Newidimow neben ihm gab Laute von sich, die denen eines verwundeten Tieres weitaus ähnlicher waren als denen eines Menschen.

Das Schiff mit vierundzwanzig Mann Besatzung war mit reichlich Fellen von den Kommandeurinseln beladen und hatte vor der Heimfahrt nach Kamtschatka nur noch Newidimows Gruppe an Bord nehmen sollen.

Bald nach dem Unglück begannen die schwierigen Bergungsarbeiten. Auch Kôdayû und seine Männer leisteten tatkräftige Hilfe und als sie ziemlich erschöpft ihr Werk dann betrachteten, wandte sich Kôdayû an Newidimow und fragte ihn, wann denn wohl mit dem nächsten Schiff zu rechnen sei.

»Was weiß ich! Die da – die müssen's wissen!« Newidimow deutete gereizt auf seine neuangekommenen Landsleute. Kôdayû ging auf einen der Männer zu.

»Was fragst du mich? Vielleicht irgendwann – vielleicht auch nie«, bekam er zur Antwort.

Die Russen waren seit jenem Tag wie verwandelt. Daß das

Schiff an den Felsen zerschellt war, das sie von der Insel weg und wieder zurück in die Heimat bringen sollte, nahm ihnen völlig den Halt. Natürlich zeigten sich auch die Japaner enttäuscht, aber in anderer Weise, denn sie hatten die Insel schon damals als Schiffbrüchige betreten. Überdies war ihnen die Antwort auch gar nicht so leicht gefallen, ob es denn tatsächlich eine Verbesserung ihrer Situation darstellte, wenn sie an Bord des russischen Schiffes gingen.

Einige der Russen kümmerten sich fortan nicht mehr um Newidimows Befehle, verweigerten die Arbeit, holten sich aus den Unterkünften der Eingeborenen immer wieder Alkohol und veranstalteten wüste Gelage, bei denen der kleinste Anlaß genügte, um unvermittelt eine wilde Schlägerei in Gang zu setzen. Kôdayû und seine Männer versuchten so gut es irgend ging, mit jenen Unruhestiftern nicht in Berührung zu kommen, aber auch bei den übrigen schien Newidimows Autorität verschwunden zu sein, sie ließen die Arbeit liegen, schlugen sich jedoch nicht, sondern jammerten ständig, sie wollten wieder nach Hause, wollten Frau und Kinder wiedersehen. Mit ihrem wehleidigen Geheule boten sie keinen besonders tapferen Anblick, und Yosômatsu, der sie gut nachahmen konnte, machte sich einen Spaß daraus, seine Gefährten damit immer wieder zum Lachen zu bringen.

Einige Wochen nach dem Unglück suchte Newidimow mit ungewöhnlich ernster Miene die Unterkunft der Japaner auf:

»Kôdayû, ich habe keine Ahnung, ob und wann sich wieder ein Schiff hier blicken lassen wird. Angenommen, wir hofften auf die Ablösung, dann bedeutet das im günstigsten Fall, daß wir für die nächsten drei oder vier Jahre auf dieser Insel festsitzen werden. So lange hält das keiner mehr aus. Oder es kommt auch in zehn Jahren noch kein Schiff vorbei, vielleicht haben sie uns einfach vergessen, dann können wir hier warten, bis wir schwarz werden. Ich glaube, für uns gibt es nur einen Ausweg, und das heißt: Wir müssen selbst ein Schiff bauen und damit die Überfahrt nach Kamtschatka wagen! Wir bräuchten ja nur bis dorthin, der Rest ist dann überhaupt kein Problem mehr. Und ich will dir eins sagen, wenn ihr euch uns nicht anschließt, dann kommt ihr nie nach Japan zurück. Das, was wir brauchen, ist ein Schiff, und das werden wir bauen. Mit vereinten Kräften wird uns das gelingen, davon bin ich fest überzeugt. Was meinst du dazu?«

Für Kôdayû gab es keinen Grund, den Vorschlag Newidimows abzulehnen. Sie waren wohl mit der gemeinsamen Überfahrt nach Rußland am besten beraten.

»Wie viele kommen von euch mit?«

»Fünfundzwanzig.«

Die Zahl paßte genau auf Newidimow und seine Gruppe. Die gestrandeten Russen hingegen würden also auf der Insel bleiben, da sie die reguläre Ablösung stellten. Zusammen mit den neun Japanern benötigten sie demnach ein Schiff, auf dem vierunddreißig Personen Platz finden konnten, nicht zu vergessen die Felle und die Verpflegung. Wie knapp sie es auch schätzten, kleiner als sieben- oder achthundert *koku* Ladefläche durfte es nicht ausfallen.

»Habt ihr in eurer Mannschaft einige Leute, die sich im Schiffsbau auskennen?«

»Nicht speziell, aber niemandem von uns braucht man zu sagen, was ein Zimmermann zu tun hat«, antwortete Newidimow. Ob die Kenntnisse der Russen wirklich genügten, war im Augenblick zwar schwer zu beurteilen, im Vergleich zu den Japanern sahen sie aber weitaus kräftiger aus, und solche Bärenkräfte konnten bei diesem Vorhaben nur von Nutzen sein. Unter den Japanern befand sich indessen kein einziger, der sich einen ausgebildeten Zimmermann nennen durfte, gleichwohl besaß ein jeder der neun genug Fähigkeiten, um die anfallenden Arbeiten wohl zur Zufriedenheit auszuführen.

»Es wird seine Zeit dauern, aber gemeinsam mit den Russen könnten wir vielleicht wirklich so ein Schiff zusammenbauen«, dachte Kôdayû, während Newidimow den Männern ihr Vorhaben erläuterte, die ihn ungläubig und fast mitleidig anschauten, als habe er völlig den Verstand verloren: Nun hatte es also auch den Kommandanten erwischt, seit dem Schiffbruch war er ja sowieso immer seltsamer geworden.

Doch nachdem einige dann tatsächlich ernsthaft mit den Arbeiten begannen, kam einer nach dem anderen hinzu und bald hatte jeder seine Aufgabe zu erfüllen.

Die Russen bargen die wenigen noch brauchbaren Teile des zerschellten Seglers, während Kôdayûs Männer aus dem halb im Meer versunkenen und faulenden Rumpf der *Shinshô-maru* die bereits vom Rost befallenen Nägel herauszogen. Danach suchten sie die Küste ab, sammelten das angeschwemmte Treibholz ein und schleppten es zum Anlegeplatz, bis sich dort eine beträchtliche Anzahl hoher Stapel gebildet hatte. Das Holz der auf der Insel wachsenden Bäume eignete sich nicht zum Schiffsbau, und auch unter den angespülten Stämmen erwies sich nicht jeder als brauchbar, so daß sie erst zu Beginn des 9. Monats genügend Rohmaterial zusammengetragen hatten.

Drei der Russen – wahre Riesen von Gestalt – beratschlagten nun mit Koichi und Kyûemon, wie der Schiffsbau im einzelnen auszuführen sei. Konnten die Russen bereits einige Erfahrung im Zeichnen von Konstruktionsplänen vorweisen, so waren Koichi und Kyûemon völlige Anfänger auf diesem Gebiet, die in den ersten Tagen den Erklärungen ihrer Gegenüber kaum zu folgen vermochten, nach und nach die Zeichnungen aber lesen konnten und schließlich sogar eigene Entwürfe beisteuerten. Nicht wegen ihrer langen Erfahrung auf See hatte Kôdayû die beiden zu dieser Aufgabe bestimmt, ausschlaggebend war für ihn allein ihre außerordentlich rasche Auffassungsgabe gewesen.

Da seit dem 10. Monat Arbeiten im Freien wegen der anhaltenden Schneefälle unmöglich wurden, setzten die Männer das Zuschneiden des Treibholzes in zwei neu gegrabenen Erdbehausungen fort. Aufgrund des Platzmangels in den beiden Werkstätten konnten sich nicht alle daran beteiligen, der Rest nahm sich in den Unterkünften kleinere

Tätigkeiten vor, nicht wenige der Männer waren mit Stopfen und Ausbessern der vielen löchrigen Stellen in den Treibhölzern beschäftigt. Kôdayû und Newidimow beaufsichtigten den Fortschritt der Arbeiten, gaben hier und da Ratschläge und schlichteten die bisweilen aufkommenden Streitereien über die jeweils beste Vorgehensweise.

Ausgefüllt mit den einzelnen Beschäftigungen wurde der vierte Winter auf der Insel für die Japaner zu ihrem erträglichsten. Als sich die ersten Anzeichen eines Endes dieser nichtsdestotrotz lang währenden Kälteperiode bemerkbar machten und der Schneefall allmählich nachließ, verlegten sie die Arbeiten wieder ins Freie. Japaner und Russen waren allesamt so dick in ihren Fellen verpackt, daß sie anhand ihrer Kleidung nicht mehr voneinander zu unterscheiden waren, aber wo sie sich auch befanden, ihre Körpergröße verriet sie stets. Unter lauter ausgewachsenen Bären trotteten auch neun kleine herum.

Dann war der Rumpf des Schiffes fertiggestellt, und Newidimow ließ zur Feier des Tages die hölzernen Becher ausnahmsweise mit Alkohol füllen. Bald herrschte unter den Männern, die sich vor ihrem Werk versammelt hatten, eine ausgelassene Stimmung, ab und zu kam einer der Russen auch auf Kôdayû zu und schlug leicht mit seinem Becher gegen den des Japaners, bevor er ihn in einem einzigen Zug leerte. Diese merkwürdige kleine Zeremonie der Russen bereitete Kôdayû inzwischen keinerlei Probleme mehr, als ob er es nie anders gekannt hätte, hielt er ihnen seinen Becher ebenfalls entgegen.

Zwei Monate später gab es das nächste Fest. Feierlich kündigte Newidimow an, daß nun endlich die Zeit gekommen sei, an Bord ihres selbst gezimmerten Schiffes der Insel den Rücken zuzukehren. Auch Kôdayû hielt eine kurze Rede, langsam auf Russisch sprechend betonte er, es sei ihnen letztendlich nur deshalb gelungen, ein solch einzigartiges Schiff zu bauen, weil sie ihre Kräfte vereinigt hätten. Vor ihnen läge ihr gemeinsames Werk, eine Verbindung japanischer und russischer Anstrengungen und Fähigkeiten. Wieder liefen Kyûemon Tränen über die Wangen. Zwar weinte er immer nach dem Genuß von Alkohol, und normalerweise nahm niemand mehr Notiz davon, dieses Mal aber vermochte sich keiner der Gefährten der Wirkung zu entziehen.

»Ich waan' ja net nur aus Freud' ibber den gelungene Bau von dem Schiff do, ich bin aach uff unser'n Käpt'n stolz. Er is' sich saaner Sach' gewiß und waaß aach immer des richtische Wort. Saan Ufftrete is' es doch erst gewese, des uns de Achtung von dene Fremde do gegebbe hat.«

Kôdayû hatte Newidimow dem ihm als Kommandanten der Russen gebührenden Respekt entgegengebracht, die anderen aber wie Männer niedrigeren Ranges behandelt. Und sie hatten es akzeptiert, die ihm an Körperkräften weit überlegenen Russen, denn er strahlte eine natürliche Autorität aus, und niemals war der Eindruck entstanden, Kôdayûs Benehmen wäre nur eine Maske, hinter der er seine eigene Unsicherheit zu verbergen trachtete.

Die mit ihren Frauen und Kindern ebenfalls gekommenen Inselbewohner blieben nach dem Ende der beiden Reden noch recht lange in der Nähe des Festplatzes und schauten dem weiteren Treiben zu. Unter den Feiernden befand sich auch die zur Ablösung nach Amtschitka beorderte Mannschaft, die seit ihrer Ankunft ohne erkennbaren Grund eine feindselige Haltung Newidimow gegenüber eingenommen und während der ganzen Zeit des Schiffsbaus keinen Finger gerührt hatte, um bei den Arbeiten zu helfen. An jenem Tag aber waren auch sie zur Feier eingeladen – die einzigen, die sangen und tanzten.

»Ein Jahr lang haben wir genauso wie die gesungen. Im zweiten und im dritten Jahr sind sie uns dann im Halse steckengeblieben, unsere Lieder. Denen wird das Singen auch bald vergehen«, prophezeite einer von Newidimows Leuten.

In der Tat hatten die Russen nach ihrem ersten Jahr auf der Insel kaum noch einmal Lieder angestimmt. Die Japaner hatten es gar nicht erst versucht, denn wie sollten ausgerechnet jene neun Männer von kleiner Gestalt, die sich eher durch ein zurückhaltendes und ernsthaftes Wesen auszeichneten, in eine solche Laune kommen, wenn schließlich sogar die sangesfreudigen Russen verstummten?

In den letzten Tagen des 6. Monats rückte die endgültige Fertigstellung näher. Auch die Inselbewohner versammelten sich wieder, und während das Schiff bereits auf dem Wasser lag, führten einige noch letzte abschließende Arbeiten aus, andere hatten schon mit dem Beladen begonnen. Nach und nach wurden die Seehund-, Seeotter- und Seelöwenfelle sowie der aus getrocknetem Wildgansfleisch und getrocknetem Fisch für die insgesamt vierunddreißig Mann reichlich bemessene Proviant an Bord gebracht, der allein einen beträchtlichen Platz in Anspruch nahm. Normalerweise benötigte man etwa einen Monat, um von Amtschitka aus ans Festland zu gelangen, vorsorglich nahmen sie aber mehr Verpflegung mit.

Als für die Männer schließlich die letzte Nacht auf der Insel angebrochen war, erklärte Yosômatsu plötzlich:

»Ich bleibe hier! Wer weiß denn, ob wir mit dem Schiff da, erst einmal auf See, auch wieder an Land kommen? Hat euch denn die letzte Irrfahrt nicht genügt? Mir jedenfalls ist die Lust vergangen, da 'rauszufahren. Und selbst, nur mal so, wir erreichen wirklich dieses Kamtschatka, wer weiß, was uns dort alles erwartet? Hier wissen wir's genau: Wir haben unsre Wurzelsuppe, können Fisch essen – und bleiben wenigstens am Leben!«

»Genau, so schlimm ist das hier doch gar nicht, wir können uns ja sogar mit den Inselbewohnern verständigen«, stimmte Kantarô ein. Auch ihn schien aller Mut verlassen zu haben. Selbst Shôzôs und Isokichis Überredungsversuche nutzten nichts, die beiden wollten unter keinen Umständen mit an Bord gehen.

»Was kommt ihr euch so klug vor! Aber wenn ihr meint, dann bleibt nur hier. Ihr werdet schon sehen, was ihr davon habt. Wir leben jetzt noch, weil wir zu neunt sind. Wartet's ab, sobald wir weg sind, werden sie euch noch am gleichen Tag die Schädel einschlagen!« fuhr Kôdayû die beiden an.

Am nächsten Morgen gingen alle ein letztes Mal zu den Gräbern ihrer Gefährten. Die einzelnen Grabstätten hatten sie anstelle eines Grabmals jeweils mit verschiedenartigen Steinen gekennzeichnet, nun wucherte inzwischen überall Gras, so daß der kleine Friedhof aus der Ferne kaum noch auszumachen war. Isokichi und Shinzô richteten mit ihren selbst angefertigten Geräten, Sicheln und anderen Werkzeugen den Platz noch einmal ordentlich her, dann kehrten die Überlebenden der *Shinshô-maru* zur Mole zurück.

Vier Jahre hatten sie auf Amtschitka verbracht und während dieser Zeit selbst zu den Inselbewohnern ein herzliches Verhältnis entwickelt, von denen sie sich nun am Ufer verabschiedeten. Damals waren sie ihnen nur wie unheimliche Dämonen vorgekommen, doch mit der Zeit war dieser Eindruck allmählich einem anderen gewichen. In deren auf den ersten Blick so ausdruckslosen Gesichtern vermochten sie schließlich auch Freude und Ärger, Kummer und Zufriedenheit auszumachen – Dämonen zeigten solche menschlichen Regungen sicherlich nicht.

»Lebbt do wohl! Lebbt do in Fridde!« rief Kyûemon ihnen in seinem Wakamatsu-Dialekt zu. Kyûemon war von der Sprache der Russen kaum etwas im Gedächtnis haften geblieben, schon gar nicht von der der Inselbewohner, und so blieb ihm nun nichts weiter übrig, als sich der eigenen Mundart zu bedienen. Sein Wunsch allerdings, sie sollten glücklich und in Frieden leben – das war sowohl ihm als auch allen seinen Gefährten bewußt – würde sich nur schwerlich erfüllen, denn solange die Pelzhändler auf die Insel kamen, würden sie unter der Herrschaft der Russen stehen, deren Befehle befolgen und weiterhin ihr ärmliches Dasein fristen.

Newidimow war während der vergangenen Zeit zwar nie müde geworden, davon zu erzählen, daß vor ihnen eine ziemlich brutale Truppe nach Amtschitka geschickt worden sei, die die Inselbewohner zum Arbeiten gezwungen, beim kleinsten Anzeichen eines Widerstandes sofort zugeschlagen und auf diese Weise viele getötet hätte. Und im Gegensatz dazu ginge es den Eingeborenen unter seinem Kommando doch eigentlich recht gut.

»Gut gehen« dürfte allerdings kaum die richtige Bezeichnung gewesen sein. Zwar nahmen die Russen die herbeigeschafften Pelze nicht einfach an sich, sondern tauschten sie stets ein, doch ein gerechter, wirklicher Handel fand natürlich keineswegs statt, die Inselbewohner wurden ausgepreßt und übervorteilt, wie und wo es nur irgend möglich war.

Am schwersten fiel den Japanern der Abschied von dem alten Dschaimilowitsch, dessen Freundlichkeit und Ruhe sie tief beeindruckt hatte. Mit der russischen Kultur vertraut und einen russischen Namen tragend lag seine Heimat gleichwohl in Kamtschatka, so daß er sich auf Amtschitka eigentlich in einer recht merkwürdigen Lage befinden mußte; letztendlich gehörte er weder zu den Russen noch zu den Inselbewohnern. Er sei einer inneren Berufung gefolgt und hätte sich schließlich für ein Leben als Priester auf Amtschitka entschieden, hatte er ihnen eines Tages anvertraut, und so begegnete er unterschiedslos jedem ohne Feindseligkeit. Sie traten einzeln zu ihm hin, verneigten sich vor dem alten Mann, der wohl nicht mehr viele Winter erlebte, und erhielten seinen Segen, dann gingen sie an Bord.

Genau zur Mittagszeit trat die *Newidimow* ihre erste Reise an – das neue Schiff war von den Russen auf den Namen ihres Kommandanten getauft worden, die Japaner nannten es unter sich allerdings *Shinshô-maru*. Anfangs mit ein wenig Schlagseite legte der Zweimaster ab, passierte das letzte Riff und steuerte auf das offene Meer hinaus. Es war der 18. Tag im 7. Monat des Jahres Temmei 7 (1787).

Bald kamen auch die in der Mitte der Insel liegenden schneebedeckten Bergspitzen wieder zum Vorschein, die sie nur damals vor vier Jahren vom Schiff aus gesehen hatten.

Wie auf der *Shinshô-maru* sollten Kantarô, Kyûemon,

Tôzô, Shôzô, Shinzô und Isokichi die Arbeiten gewöhnlicher Matrosen verrichten und Koichi und Yosômatsu für die Verpflegung zuständig sein. Das Kommando ging ganz von selbst in die Hände der Japaner über, da die Russen als Pelzhändler von der Führung eines Schiffes nichts verstanden. Kôdayû übernahm die Rolle des Kapitäns, während sich Newidimow nur noch für die Beaufsichtigung der Routinearbeiten zuständig fühlte.

Im folgenden Monat, früh am Nachmittag des 23. Tages, lief ihr Schiff in den Hafen von Ust-Kamtschatsk ein. Nach den Berechnungen Newidimows betrug die Entfernung zwischen Amtschitka und dem Festland 1400 Werst, für die sie insgesamt fünf Wochen gebraucht hatten. Kôdayû waren diese russischen Maße nicht mehr fremd, er hatte herausgefunden, daß ein sogenanntes Werst in 500 Saschen unterteilt wurde, und ein Saschen fast genau 7 *kaneshaku* 8 *bu* entsprach. In den Augen der Japaner unterschied sich die Küste Kamtschatkas indessen nicht im mindesten von der, welche sie auf Amtschitka vorgefunden hatten. Und lediglich aus einem heruntergekommenen Schiffsanlegeplatz bestehend, ähnelte der Hafen auch keinesfalls ihrem heimatlichen Shiroko. Nicht ein einziges größeres Schiff war zu sehen, statt dessen tummelten sich in der Nähe des Kais einige Kinder, und ein paar Frauen zeigten sich damit beschäftigt, Beeren von den Ufersträuchern zu pflücken. Kôdayû betrachtete noch die Moskitonetzen ähnlichen, am Ufer wohl als Sonnenschutz aufgespannten Tücher, als Newidimow ihnen riet, nach dem Anlegen so lange an Bord zu bleiben, bis er die zuständigen Beamten von ihrer Ankunft benachrichtigt hätte.

Am folgenden Morgen erschien der Gouverneur Kamtschatkas, Major Orleankow. Dies war für die Japaner das erste Mal, daß sie mit einem ausländischen Beamten in Berührung kamen. Sie gingen an Land, und dort blieb ihnen dann nicht einmal die Zeit, sich von Newidimow und seinen Leuten richtig zu verabschieden. Vier Jahre ihres Lebens hatten sie miteinander auf einer einsamen Insel im Nordmeer verbracht, und nun wurden sie nach einigen aufgeregten Befehlen an den Schaulustigen vorbei quer durch die trostlose Siedlung zu einem Fluß und dort zu einem bereitliegendem kleinen Boot geführt.

»Die sehen aus wie in Ezo«, stellte Kôdayû unvermittelt fest, dem als einzigen der Mannschaft die Bewohner Ezos nicht unbekannt waren. Vielleicht hatte er sich auch nur getäuscht, aber seine Bemerkung löste sogleich ein aufgeregtes Stimmengewirr aus:

»Was? Wie in Ezo seh'n die aus? Dann –«

»– dann sind wir vielleicht auf Ezo?«

»Kamtschatka, Kamtschatka –«

»Wenn des desselbe wie Ezo is', halt nur a anner Nam'!?«

»Aber – die sehen doch alle wie Dschaimilowitsch aus . . .«

Augenblicklich verstummten die Männer und schauten in die Richtung, aus der die letzten Worte gekommen waren, dann wieder zu den Menschen am Straßenrande, die wiederum zu ihnen herüberschauten. Tatsächlich, so ganz dumm war es nicht, was dieser Isokichi da gerade von sich gegeben hatte, irgendwie ähnelten die Gesichter den Zügen jenes Alten auf Amtschitka. Auch Kôdayû fragte sich nun, wie er auf diesen Gedanken kommen konnte, oft genug hatte er mit dem aus Kamtschatka stammenden Dschaimilowitsch geredet, aber an Ezo hatte er dabei nie denken müssen.

Kamtschatka nannten die Russen auch diesen breiten und tiefen Fluß, dessen zu beiden Seiten dicht bewachsenes Bett sich wie ein Kanal durch ein weites, flaches, in Japan kaum zu findendes Land zog. Nach etwa fünf Werst stromaufwärts schienen sie ihr Ziel erreicht zu haben, denn ihr Boot steuerte langsam auf das linke Ufer zu. Man hieß sie von Bord gehen und führte sie in eine aus etwa hundertfünfzig Blockhütten bestehende Siedlung – Nischni Kamtschatsk, der Verwaltungssitz Kamtschatkas, in der den Japanern neben den Wohnhäusern zunächst die vielen Läden auffielen, vor denen Geflügel hing, und andere, in denen Pelze und Gebrauchsgegenstände verkauft wurden. Eine Kirche mit zwei Glokkentürmen konnten sie zwischen den Hütten ebenfalls entdecken.

In der Mitte der Ortschaft gelangten sie an ein Tor, das den Eingang zu einer viereckigen, von Palisaden umzäunten Festung bildete. Unter den Blicken der Wachtposten schritten sie hinein und kamen auf dem Weg zum Haus des Gouverneurs an einer zweiten Kirche vorbei, die im Gegensatz zur ersten keinen Glockenturm besaß, dann an einem Pelzlager, einer Waffenkammer und einem Laden, allesamt aus Lärchenholz gebaut, wie die Häuser der Siedlung auch.

Zum Abendessen mit dem Gouverneur gab es eine Fischmahlzeit aus getrocknetem *tschawytscha* und eine weißliche Suppe namens *trawa* in einer Blechschale serviert. Außerdem lagen auf dem Tisch einige recht merkwürdige Utensilien: kleine, bärentatzenartige Geräte, daneben etwa gleich große Dolche und Kellen, die sie offenbar anstelle der Eßstäbchen benutzen sollten, deren Gebrauchsweise ihnen aber völlig unklar war.

Die Japaner hatten an jenem Abend zum erstenmal westliches Eßbesteck kennengelernt, Dinge, mit denen sie während der ganzen folgenden Jahre stets ihre Mahlzeiten einnehmen mußten.

Kôdayû bekam einen Raum in Orleankows Haus, die anderen eine Unterkunft außerhalb des Forts zugewiesen.

Das Frühstück am nächsten Morgen bestand aus geröstetem Weizenbrot, abends erhielten sie die gleiche Suppe wie am Tag zuvor, nur etwas dicker, die sie an die Wurzelsuppe Amtschitkas erinnerte.

Später fanden sie heraus, daß es sich bei jener weißlichen Flüssigkeit um Kuhmilch handelte. Isokichi hatte sich gewundert, warum die Frau, die ihnen ihr Essen brachte, immer morgens mit einem kleinen Eimer in dem benachbarten Stall verschwand.

Eines Tages folgte er ihr heimlich und beobachtete sie dort

beim Melken braun- und schwarzgescheckter Kühe. Mit dem auf diese Weise gefüllten Eimer kam sie dann wieder ins Haus zurück.

Nachdem die Männer Isokichis Bericht vernommen hatten, wurde ihnen noch im nachhinein übel, und sie rührten die weiße Suppe nicht mehr an. Auch verkündeten sie den verdutzten Russen, daß sie Fleisch keinesfalls zu verzehren gedachten, und ließen das ihnen ab und zu auf den Tisch gestellte Rindfleisch einfach stehen.

Gouverneur Orleankow war ein Mann, der seinen Dienst vorbildlich erfüllte. Er widmete sich den Belangen der neu angekommenen Japaner mit der gleichen Gewissenhaftigkeit, mit der er sich auch den Problemen der Kamtschadalen und Korjaken zuwandte. Daß die Eingeborenen zu ihm in seiner Person als Gouverneur Vertrauen hatten, betrachtete er als eine seiner vordringlichsten Aufgaben.

Zu jener Zeit teilte sich Kamtschatka in die drei Verwaltungsbezirke Ischigsk, Aklansk und Nischni Kamtschatsk mit jeweils einer eigenen regionalen Behörde auf, der Amtssitz des für ganz Kamtschatka zuständigen Gouverneurs befand sich zusätzlich in Nischni Kamtschatsk – die Festung Orleankows, der der höchste Beamte auf der Halbinsel war. Dennoch ließ sich der Major seine hohe Stellung nicht anmerken, er hatte ein Ohr auch für die Eingeborenen und ging jeder kleinsten Beschwerde sorgfältig nach. Aber natürlich waren auch seine Befugnisse beschränkt.

In Sibirien hatte man im Jahre 1782 das System des Generalgouvernements eingeführt und somit erst kurze Zeit vor der Ankunft der Japaner um Kôdayû Irkutsk zum Amtssitz des Generalgouverneurs bestimmt, der von dort aus die vier Gouvernements Irkutsk, Jakutsk, Nertschinsk und Ochotsk verwaltete. Da Kamtschatka zu dem Gouvernement Ochotsk gehörte, mußte normalerweise zunächst um die Instruktionen des dortigen Gouverneurs nachgesucht werden, der wiederum keine Entscheidung treffen durfte, ohne nicht vorher die Meinung des Generalgouverneurs in Irkutsk eingeholt zu haben.

Aus diesem Grund konnte die Frage, wie mit den Japanern zu verfahren sei, nicht in Kamtschatka beantwortet, sondern der Fall mußte zumindest bis vor die Behörden in Ochotsk gebracht werden. Wo sich dann gewiß eine Lösung auch ihres Problems finden ließe, wie Orleankow versicherte. Die Tage verstrichen, ohne daß die Instruktionen aus Ochotsk eintrafen. Statt dessen wurde es langsam wieder kalt. Kôdayû und die ganze Mannschaft ahnten, daß ihnen nichts anderes übrigbliebe, als auch diesen Winter in der Fremde zu verbringen.

Um der tödlichen Langeweile zu entgehen, unterhielt Kôdayû sich oft mit den Bewohnern und machte sich ständig Notizen über ihr Leben in der Ortschaft. Ab und zu betrat er die zum Gedenken an Mariä Himmelfahrt errichtete kleine Festungskirche, in der sich auch ein Altar des heiligen Nikolaj befand, und bestaunte die vielen merkwürdigen Dinge, die dort aufgestellt waren. Noch seltsamer kam ihm aber die sich tagtäglich wiederholende Zusammenkunft der Bewohner in der Kirche mit den zwei Glockentürmen vor, denn kaum begannen die Glocken zu läuten, öffneten sich überall die Türen, die Bewohner traten heraus und verschwanden schließlich, einzeln oder in kleinen Gruppen, im Inneren des Gebäudes, das eine magische Anziehungskraft auf sie auszuüben schien. Und obwohl recht viele Menschen darin gemeinsam sangen, umgab eine eigenartige Ruhe den gesamten Platz. Mit tränengeröteten Augen verließen die meisten Männer und Frauen dann die Kirche wieder.

Kôdayû war jenes Zeremoniell bei seinem allabendlichen Weg zur Unterkunft der Gefährten aufgefallen. Zu gern hätte er einmal den Gebeten und Gesängen in der Kirche beigewohnt, aber das gestattete man ihm nicht.

In Nischni Kamtschatsk unterstanden Orleankow insgesamt mehr als neunzig Beamte, die ihren Dienst im Verwaltungsgebäude innerhalb des Forts versahen.

Die Region ernährte ihre Bewohner. Viele der Kamtschadalen widmeten sich dem Fischfang, durch Pökeln und Trocknen ließen sich reichlich Vorräte für den langen und harten Winter anlegen, und in den engen Gassen der Siedlung roch es fortwährend nach erhitztem Tran. Das genügend vorhandene Holz der Wälder in den nahegelegenen Bergen war vielseitig verwendbar, für die Blockhütten ebenso wie zum Bau kleinerer Schiffe. Zusätzlich hatten die Menschen die Baumstämme zur Verfügung, die auf dem breiten und tiefen Fluß wie aus dem Nichts angetrieben kamen. An der Küste wurde das aus dem Meer gewonnene Salz verarbeitet, die Felder in der Umgebung trugen hauptsächlich den von den Kamtschadalen angebauten Weizen und verschiedene Gemüsearten. Zudem mangelte es nicht an Wildgeflügel. Wie arm die russischen Beamten und Soldaten auch sein mochten, zu Festlichkeiten fand sich stets auch junger Schwan auf dem Speiseplan, Wildgänse und Möwen gab es in Hülle und Fülle, und solche Braten zählten daher keineswegs zu den besonderen Leckerbissen. Die Sträucher in den Wäldern trugen allerlei Beeren, die man in großen Mengen als Wintervorräte lagerte und die nach dem Fisch die wichtigsten Lebensmittel während der langen Frostperiode darstellten. Darüber hinaus befand sich in Nischni Kamtschatsk der Umschlagplatz für die hochwertigsten Zobel, die im ganzen Land gefangen wurden.

In der Ortschaft war neben den Kamtschadalen und Russen von Zeit zu Zeit auch eine kleine Anzahl Korjaken anzutreffen. Diese kamen nur, um Rentierfelle und -fleisch, in ihrer Heimat angefertigte Kleidungsstücke, Bettzeug und Dinge des täglichen Bedarfs zum Handel anzubieten, und da die Korjaken nicht allzu viel für ihre Waren verlangten, waren sie stets gern gesehene Gäste.

Sowohl das geistliche Oberhaupt Kamtschatkas, dem nach der Beschreibung in Lesseps Reisetagebuch ein bis auf die Brust reichender, prächtiger weißer Bart ein ehrwürdiges Aussehen verlieh, wie auch die Gerichtspräsidenten residierten in Nischni Kamtschatsk. Die beiden Gerichtshöfe, der eine zuständig für Straf- und Verwaltungsangelegenheiten, der andere für Streitigkeiten zwischen den Kaufleuten, unterstanden dem Gerichtshof in Ochotsk, dem sie detaillierte Berichte über ihre jeweiligen Urteile vorzulegen hatten.

Des weiteren mußten auch einige Verbannte, manche darunter schon mehr als dreißig Jahre lang, an diesem Ort ihre Strafe verbüßen.

Alles in allem sah es danach aus, als ob es sich in der Hauptstadt Kamtschatkas recht erträglich leben ließe, und dennoch sollte der folgende Winter für Kôdayû und seine Männer zu ihrem bittersten werden.

Wie Eis und Schnee Nischni Kamtschatsk zu verändern vermochten, ahnten die Japaner, die sich schnell an die neue Umgebung gewöhnt hatten, zu diesem Zeitpunkt noch nicht.

Auch wußten sie nichts von der Geschichte der Kamtschadalen, die so außerordentlich geduldig und gewissenhaft ihren Arbeiten nachgingen. Ihr auf den ersten Blick leicht mit den Bewohnern Ezos zu verwechselnder sanftmütiger Gesichtsausdruck schien nicht einfach nur auf eine anspruchslose, friedvolle Lebensart zurückzuführen zu sein, vielmehr drückte sich darin die stille Verzweiflung und Schicksalsergebenheit der Kamtschadalen dieser Gegend aus, denn sie trugen ein Erbe, das durch Verzicht und Unterwerfung gekennzeichnet war.

In einer Zeit, etwa fünfzig Jahre bevor Daikokuya Kôdayû den Boden Kamtschatkas betrat, spotteten die miserablen Lebensumstände der Eingeborenen jedweder Beschreibung.

Krascheninnikow, der in den dreißiger Jahren des 18. Jahrhunderts die Halbinsel besucht hatte, schildert die russischen Soldaten jener Zeit als Tyrannen, die sich wie skrupellose Sklavenhalter aufgeführt, um die geraubten Felle und sogar um ihre Diener Karten gespielt oder gewürfelt hätten, so daß ein Kamtschadale im Laufe des Tages nicht selten zwanzigmal seinen Besitzer wechseln mußte. Konnten sie ihre Steuern nicht bezahlen, konfiszierten die Eintreiber statt dessen deren warme Kleidung, zwangen Männer und Frauen zu den niedrigsten Arbeiten oder verschleppten sie bis nach Jakutsk, wo sie die Kamtschadalen auf dem in diesem Gebiet größten Sklavenmarkt verkauften.

Nach der 1935 in der japanischen Übersetzung von Harako Rintarô erschienen *Geschichte Kamtschatkas* des Sibirienforschers Okun lag das Verhältnis zwischen gewöhnlichen Bürgern und Sklaven laut einer Volkszählung des Jahres 1724 in der Festung Nischni Kamtschatsk siebenundzwanzig zu hunderteins, in Bolscheretsk vierunddreißig zu hundertacht und in Anadyr sechs zu siebzehn. Unter diesen Umständen ist es nicht verwunderlich, daß die Steuereintreiber manchmal ihre Willkür mit dem Leben bezahlen mußten, doch wurden die Täter gefaßt, so war diesen eine grausame Hinrichtung gewiß.

Für die Russen letztendlich recht unerwartet kam es dann im Juli 1731 in der Umgegend Nischni Kamtschatsks zu einem breit angelegten und sorgfältig vorbereiteten Aufstand der Kamtschadalen. Die Rebellen hatten erfahren, daß eine in Bolscheretsk stationierte, größere Einheit Kamtschatka verlassen und auf dem Seewege nach Anadyr verlegt werden sollte. Sie warteten, bis diesen Nachrichten gemäß das Schiff abgelegt haben mußte, dann griffen sie Fort Nischni Kamtschatsk an und töteten die gesamte Besatzung samt deren Familien.

Sie hatten zu früh losgeschlagen. Das Schiff mit jener russischen Einheit an Bord, das sich planmäßig bereits auf See hätte befinden sollen, lag noch an der Mündung des Kamtschatka vor Anker. Sobald das Gemetzel von Nischni Kamtschatsk bekanntgeworden war, setzte sich von dort unverzüglich eine zweiundsiebzig Mann starke Vorausabteilung in Marsch, der alsbald eine mit Kanonen und Mörsern ausgerüstete Kompanie nachfolgte. Die Aufständischen hatten sich inzwischen in das Fort zurückgezogen und erwarteten reichlich mit Proviant versehen den Ansturm der Russen. Doch es sollte keine lange Belagerung werden, denn mit ihren wenigen Gewehren, die restliche Bewaffnung bestand nur aus Pfeil und Bogen, zeigten sich die Kamtschadalen den Kanonen der Russen hoffnungslos unterlegen. Nach einer zweitägigen Schlacht brach der Widerstand mit der Erstürmung des Forts zusammen. In dem nunmehr aussichtslos gewordenen Kampf legten die letzten Kamtschadalen zuallererst an dem ihre Unterdrückung symbolisierenden Lagerhaus der Felle Feuer, dann in der gesamten Festung und stürzten sich in die Flammen. Allein ihr Anführer, Fjodor Chartschin, entschloß sich zur Flucht.

Der Brand von Nischni Kamtschatsk schien ein Signal für die Kamtschadalen gewesen zu sein, denn an den verschiedensten Stellen kam es nun zu Aufständen gegen die verhaßten Russen, deren gefährlichster unter Chartschin im Umkreis der Siedlung Elowka ausbrach. Nach einigen verlustreichen Scharmützeln einigte man sich auf Friedensverhandlungen, bei deren zweiter Chartschin gefangengenommen und die Rebellen ihres Kopfes beraubt wurden.

Danach gab es keine vereinten Angriffe der Kamtschadalen mehr, vielmehr teilten sie sich in kleine Gruppen auf und versuchten auf diese Weise, gegen die überall im Land immer zahlreicher werdenden russischen Einheiten Widerstand zu leisten. Ein Kamtschadalenstamm blieb in seinem Stützpunkt und bekämpfte die anstürmenden Soldaten von dort aus. Waren sämtliche Pfeile verschossen, brachten die Männer ihre Familien um und töteten anschließend sich selbst; ein anderer Stamm hatte eine Festung für insgesamt fünfhundert Insassen errichtet und sich dort verschanzt. Von dem Kugelhagel der russischen Kanonen eingedeckt, wählten sie am Ende lieber den Tod, als sich zu ergeben.

Die Unruhen setzten sich noch bis 1739 fort. Nach der Niederwerfung des Aufstands zog eine nach Kamtschatka entsandte gut ausgerüstete Sondereinheit die Verantwortlichen der blutigen Unruhen zur Rechenschaft. Der als Rädelsführer angesehene Chartschin und dessen Onkel Golgotsch wurden beide zum Tode durch den Strang verurteilt. Ohne ein Zeichen von Furcht, den Russen ins Gesicht lachend, sollen sie ihren letzten Weg angetreten haben.

Gleichzeitig wurde die Todesstrafe aber auch über die Kommandanten dreier Forts verhängt, unter deren Befehl die schlimmsten Übergriffe stattgefunden hatten. Als ein Zeichen des guten Willens und der Aussöhnung mit den Kamtschadalen führte man die Hinrichtungen in den jeweiligen Forts durch, um deutlich zu machen, daß die Obrigkeit ein solches Verhalten ihrer Beamten keinesfalls zu dulden gewillt war.

Dennoch muß Okun in seiner *Geschichte Kamtschatkas* vermerken:

Zwar wurden einige Verordnungen zum Schutz der Rechte der Eingeborenen erlassen, um ihre Einhaltung kümmerte sich allerdings niemand, allein die Steuerzahlung in Form der Felle hatte an den festgesetzten Tagen zu stimmen.

Eine grundlegende Schlußfolgerung hatten die Russen aber aus dem großen Aufstand von 1731 gezogen, und zwar diese, daß es für eine erfolgreiche Kolonialpolitik dringend geboten erschien, in den einzelnen Siedlungen der Ureinwohner die verantwortungsvollen Positionen mit Männern ihres eigenen Stammes zu besetzen. Einmal zu dieser Erkenntnis gelangt, wurde ohne allzu große Verzögerung in jeder Ortschaft ein Mann ausgewählt, der sich fortan Dorfvorsteher nennen durfte und zu dessen Aufgaben es gehörte, das Verhalten der Bewohner zu beobachten, Frieden zu stiften und ordnungsgemäß die Steuern einzuziehen. Gleichwohl waren die Unruhen auch mit dem System des Dorfvorstehers nicht gänzlich zu unterdrücken, und lange Zeit blieb es den russischen Soldaten außer zur Eskortierung des Steuereintreibers strengstens untersagt, die Dörfer der Kamtschadalen zu betreten.

Die nun in Nischni Kamtschatsk und Umgebung lebenden Kamtschadalen, die Enkel jener Männer, die sich fünfzig Jahre zuvor zum Aufstand gegen die Eindringlinge entschlossen hatten, erfuhren gewiß nicht mehr die brutale Behandlung der früheren Jahre, doch unbedingt leichter war ihr Leben dadurch nicht geworden; die Methode des Steuereintreibens mit der Zeit perfektioniert, ließ kaum noch irgendwelche Schlupflöcher zu. So rührte dieser sanftmütige Ausdruck ihrer Gesichter weniger von einer natürlichen Gutmütigkeit her, vielmehr legte er Zeugnis davon ab, wie ihr Widerstand gebrochen und sie gleich Haustieren gezähmt worden waren. Die Rolle der Kämpfer übernahmen die weiter im Norden lebenden Korjaken.

Etwa um die Zeit des 10. Monats erfolgte ein Wintereinbruch, der binnen kurzem Nischni Kamtschatsk fast völlig von der Außenwelt abschnitt. Wohl durften sich die Japaner rühmen, vier strenge Kälteperioden auf Amtschitka verbracht und einige Erfahrungen im Überwintern gesammelt zu haben, im Gegensatz zu den endlos wütenden, die Tage den Nächten gleichmachenden Schneegestöbern von Nischni Kamtschatsk schienen die Schneefälle Amtschitkas, auf das die von den Meereswinden meistens in weite Ferne getragenen dicken, grauen Wolken nur äußerst selten ihre gesamte Fracht entluden, lediglich ein harmloses Rieseln gewesen zu sein. Und statt des glitzernden, funkelnden Schauspiels, das der eisige Inselboden im Sonnenlicht geboten hatte, blieben auch die wenigen, von einer gespenstischen Stille geprägten Tage zwischen zwei Schneestürmen nun in tiefstes Dunkel gehüllt, an denen die Menschen geduldig versuchten, ihre hoffnungslos eingeschneite Siedlung so gut es eben ging von den gewaltigen Schneemassen zu befreien. An Handel war in solchen Zeiten natürlich nicht zu denken.

Kôdayû machte sich dann stets auf den Weg, um nach seinen außerhalb des Forts untergebrachten Gefährten zu sehen. Umgekehrt erhielt er auch Besuch von der Mannschaft, meistens waren es zwei gemeinsam, die an seine Tür klopften und ihm über die jeweilige Stimmung Bericht erstatteten.

Bereits seit einer Woche wütete der Sturm wieder ununterbrochen, als Isokichi und Shinzô den gefährlichen Weg durch das Schneegestöber wagten.

»Ihr!? Seid ihr denn von allen guten Geistern verlassen? Wie könnt ihr bei diesem Wetter – das darf doch nicht wahr sein! Wir haben's geschafft, bis heute durchzuhalten – und ihr wißt verdammt, was es uns gekostet hat. Keiner braucht mehr in der Fremde zu sterben, aber euch scheint's ja ans Herz gewachsen zu sein, dieses Nest – und ein weißes Grab ist ja auch ganz hübsch, wie? Fragt Koichi, ob er denn nicht alt genug wäre, von solchen Dummheiten zu lassen!«

Kôdayû war wütend. Daß Koichi die beiden geschickt hatte, nur weil er wegen des Sturms einige Tage nicht bei den Gefährten vorbeigeschaut hatte, war schlichtweg unmöglich gewesen. Koichis Absicht in allen Ehren, aber einer solchen Gefahr hätte er sie niemals aussetzen dürfen.

Danach sollte es nicht wieder vorkommen, daß sich einer der acht bei ihm meldete, solange es draußen heftig stürmte. Statt dessen klopfte es nun an seine Tür, kaum daß das Schneegestöber ein wenig nachgelassen hatte.

Den Japanern kam dieser Winter wie eine Unendlichkeit vor. Als sie sich schon fast nicht mehr erinnern konnten, wann denn eigentlich der erste Schnee gefallen war, begingen die Russen das Weihnachtsfest. Ausnahmsweise schneite es an jenem Tag nicht, an dem die Glocken der Kirche bis tief in die Nacht hinein läuteten. Kôdayû durfte an dem Bankett des Gouverneurs teilnehmen und saß mit Orleankow, einigen weiteren Beamten sowie den Würdenträgern des Ortes gemeinsam an der Tafel.

Die Tage darauf versanken wieder im Schnee, und erst eine Woche nach der Jahreswende konnte die Mannschaft auch Kôdayû Glück für das neue Jahr wünschen.

Zwar hatten sie bereits seit dem 11. Monat nur noch ab und zu Brot auf ihrem Eßtisch vorgefunden, und die Mahlzeiten aus Lachs und *tschawytscha*, die es dreimal täglich gab, waren gegen Jahresende auch immer kleiner geworden, aber bis zu diesem Zeitpunkt hatte kein einziger der Japaner daran gedacht, daß sich in Nischni Kamtschatsk die Vorräte je einmal verknappen könnten, doch dieser Zustand trat plötzlich, von einen Tag auf den anderen, ein. Mancher der Russen begann sogar schon, von einer bevorstehenden Hungersnot zu sprechen, denn obwohl die Beamten alles versuchten, um noch weitere Nahrungsmittel zu beschaffen, hätten viele ihre restlichen Vorräte vorsorglich versteckt, damit sie sie nicht mit den anderen teilen müßten.

Da die Japaner stets ihre gewohnten Mahlzeiten bekamen, machte sich trotz der kleiner gewordenen Portionen und der Gerüchte niemand größere Sorgen über das leibliche Wohl. Eines Tages jedoch stand eine Schüssel auf dem Tisch, in der sich ein Gemisch aus Fischrogen und Baumhaut befinden sollte. Koichi wagte sich als erster vor, probierte ein wenig davon, spuckte es aber sogleich mit der Bemerkung, das sei nichts zum Essen, wieder aus.

Zwei Tage lang blieben Koichi und die übrigen sieben Männer in ihrer Schlafkammer liegen und rührten keinen Bissen an. Da es draußen immer noch stürmte, wußte Kôdayû nicht, wie es um seine Gefährten stand, auch konnten sie ihn aus dem gleichen Grund nicht von ihrer mißlichen Lage in Kenntnis setzen und lamentierten statt dessen über ihr neues Unglück vor sich hin: Da seien sie nun jener einsamen Insel entkommen, hätten wieder Festland betreten und doch alles nur, um nun einen elenden Hungertod sterben zu müssen.

Am dritten Tage ohne Mahlzeit kam ein Beamter in die Hütte und brachte ihnen zwei Rinderschinken. Hart gefroren wie die beiden Stücke waren, sahen sie ihnen allerdings eher nach gerade ausgegrabenem und verfaultem Holz aus. Der Beamte merkte, wie die Japaner angewidert seine mitgeführte Kost betrachteten:

»In eurer Heimat ist es wohl verboten, Fleisch zu essen.

Wenn ihr das aber weiterhin so halten wollt, dann werdet ihr verhungern. Später könnt ihr eure Regeln ja wieder befolgen, aber in einer solchen Situation wird euch gewiß doch auch Fleisch gestattet sein.«

Da die Japaner aber nichts erwiderten, wiederholte der Mann seine Rede mehrmals, schließlich sagte er:

»Zeigt euch nicht so undankbar! Gerade weil ihr Fremde seid, bekommt ihr dieses Fleisch. Wenn ich den andern von eurem Verhalten erzähle – die würden mich eher für einen neidischen Lügner halten, als mir das hier zu glauben!«

Kaum hatte sich der Russe entfernt, nahm Isokichi eines der Messer zur Hand, schnitt ein Stück aus dem Schinken heraus und steckte es langsam, aber entschlossen in den Mund. Schließlich folgte einer nach dem anderen seinem Beispiel. Ließen sie das Fleisch unberührt, würden sie verhungern. Es war zu offensichtlich, daß jener Beamte recht hatte.

»Eßt weiter! Jetzt, wo wir schon einmal damit angefangen haben, was sollen wir uns da noch für Gedanken machen? Mit diesem Fleisch werden wir am Leben bleiben«, rief Koichi den noch zögernden Gefährten zu, dann schnitt er ein weiteres kleines Stück ab und bestimmte es zur Tagesration der acht Männer. Auch wollte er den Russen in den anderen Räumen ihrer Unterkunft etwas abgeben, aber weil es sich nach deren Worten um eine amtliche Zuteilung speziell für die Japaner handelte, schlugen sie das Angebot aus und verzehrten lediglich ihre Baumhaut- und Fischrogenmahlzeiten.

Allmählich legte sich auch dieser Schneesturm, so daß Kôdayû bei den Männern vorbeischauen konnte. Zwar hatte er gleichfalls mit bescheideneren Mahlzeiten auskommen, dank seiner Unterbringung im Hause des Gouverneurs aber nie ernsthaft Hunger leiden müssen. Für die Gefährten vermochte er gleichwohl nichts zu tun, um deren elende Lage zu verbessern. Während die gesamte Bevölkerung in der Siedlung am Hungern war, konnte er keine weitere Bevorzugung verlangen. Und selbst wenn er Forderungen stellte, war wohl nicht zu erwarten, daß die Russen sie erfüllten. So blieb ihm nichts weiter übrig, als sie eindringlich zum Durchhalten anzuspornen:

»Sie sagen, daß im 5. Monat alles überstanden sein wird. Dann wäre der Fluß wieder frei und wir könnten Fisch essen, soviel wir wollten. Also verliert nicht den Mut! Bis dahin müssen wir es einfach schaffen. Wir müssen!« schärfte Kôdayû ihnen immer wieder ein. Und da die kargen Mahlzeiten schließlich auch die Russen am Leben erhielten, sollten sie Baumhaut und Fischrogen ebenfalls zu sich nehmen, es sei letztendlich auch nur eine Frage der Gewöhnung.

Nach etwa drei Wochen hatten die Japaner einen der beiden Schinken vollständig verzehrt. Um den übriggebliebenen länger nutzen zu können, schnitten sie jeden Tag ein noch kleineres Stück ab, nahmen dazu eine Handvoll Weizen und bereiteten daraus eine Suppe. Auf diese Weise gelang es ihnen, einen weiteren Monat durchzustehen.

Inmitten dieser ernsten Versorgungslage kam im 2. Monat der Gouverneur von Ochotsk, Koslow-Ugrenin, mit einer Begleitmannschaft aus fünfzig Kosaken in Nischni Kamtschatsk an. Ugrenin war zwei Jahre zuvor zu einer Inspektionsreise durch ganz Kamtschatka aufgebrochen und befand sich auf dem Weg nach Bolscheretsk, wo er bis zum Ende des Winters zu bleiben gedachte.

Diese Reise des Gouverneurs hatte zu einigen bitteren Klagen der Kamtschadalen geführt, denn Ugrenin hatte nicht nur insgesamt dreihundert Schlittenhunde requiriert, sondern in jedem Dorf zusätzlich auch Felle verlangt und die Bewohner zu Arbeiten verpflichtet, ohne an eine Entlohnung nur einen einzigen Gedanken zu verschwenden. Drei lange Tage hielt sich der ungebetene Gast in Nischni Kamtschatsk auf, während derer sich Orleankow gezwungen sah, zu Ehren Ugrenins ein festliches Bankett zu geben – eine für die hungernde Siedlung nur schwer zu verkraftende Belastung. Kôdayû durfte als besonderer Gast auch an dieser Tafelrunde teilnehmen.

Zur Begleitung Ugrenins gehörte der spätere Autor des *Journal historique du voyage de Mr. de Lesseps*, Jean Baptiste Barthélemy de Lesseps. Ugrenin war in Petropawlowsk auf die Expedition La Pérouses gestoßen, von der ihm ein solch königlicher Empfang bereitet worden war, daß er Lesseps die Teilnahme an seiner Inspektionsreise gestattet hatte.

Diese drei Tage, die Ugrenin mit seinen Leuten in dem trostlosen Flecken Station machte, genügten Lesseps, um den Japaner intensiv zu beobachten und seine gewonnenen Eindrücke in dem oben genannten Buch festzuhalten.

Aber auch Lesseps selbst war während jener Reise beobachtet worden. In dem 1869 erschienenen Aufsatz des Historikers Sgibnjew, *Historische Grundzüge der wichtigsten Begebenheiten Kamtschatka betreffend*, ist folgende Bemerkung nachzulesen:

Es war vonnöthen, daß Ugrenin mehr als drei Monate in Bolscheretsk zubrachte, denn die Wege befanden sich in keinerlei passierbarem Zustande. Ein großer Theil der Mannschaft, auch der junge Lesseps und desgleichen der Polizeichef Schmarew, führten in dieser Zeit doch ein sehr unzüchtiges Leben. Fast jede Nacht riefen sie die Weiber und Töchter zu ihren Festen, auf denen sich Lesseps als der größte Schürzenjäger erwies. Später vermerkte er dazu, daß »die meisten russischen und kamtschadalischen Ehemänner gar nicht eifersüchtig scheinen, bey dem Betragen ihrer Weiber gern ein Auge zudrücken, und in diesem Stücke so gefällig sind wie nur immer möglich«. Daß der junge Lesseps, der unter dem besonderen Schutze des Gouverneurs stand, davon wirklich überzeugt gewesen war, ist durchaus wahrscheinlich.

Kôdayû hingegen plagten zu viele andere Sorgen, um sich mit den Besuchern näher zu beschäftigen oder gar Aufzeichnungen über sie anzufertigen. Für ihn existierten Ugrenin und Lesseps überhaupt nicht, denn seine Mannschaft war zu jener Zeit vom Hungertod bedroht. Kaum einem gelang es noch, von seinem Lager aufzustehen, die Kräfte der Männer schwanden in beängstigendem Maße. Nun dachte niemand mehr daran, an der Eßbarkeit der Nahrung zu zweifeln oder sich gar zu beschweren. Denn das Fleisch war längst verbraucht und die Baumhaut schon zu einer Delikatesse geworden, die sie genauso wie alle anderen Bewohner der Unterkunft von der Holzrinde abschabten und mit Wasser zu einem Brei vermischten. Doch mit dieser Hautsuppe als einziger Nahrungsquelle sollte es nur eine Frage der Zeit sein, bis es in Nischni Kamtschatsk den ersten Toten unter den Japanern zu beklagen gab.

Keiner wußte, unter welcher Krankheit Yosômatsu litt, dessen ganzer Körper einem Schwamm glich, und dessen Zahnfleisch eine schlimme Fäulnis befallen hatte. Nach dem Auftreten der ersten Schwellungen war er nicht mehr in der Lage gewesen, zu sprechen, geschweige denn sich zu bewegen, und seine letzten Tage verbrachte er in einer Art Dämmerzustand, ohne noch irgend etwas von seiner Umgebung wahrzunehmen.

Kurz darauf fiel Kantarô derselben Krankheit zum Opfer. Kôdayû konnten die Männer wegen des Wetters nicht vom Tod der beiden Gefährten benachrichtigen. Sie fertigten auf Koichis Anweisung zwei Holzkisten an, in die sie die Toten hineinlegten, trugen sie vor die Tür und entschieden, mit der Beerdigung bis zum Ende des tobenden Sturms zu warten.

»Sie haben nicht weggewollt, nein, sie haben nicht weggewollt. Mir klingen sie noch ganz deutlich im Ohr, ihre Worte: ›Fahrt ohne uns! Wir bleiben hier!‹ Ja, das könnt ihr mir glauben, sie haben es geahnt, sie haben geahnt, daß sie hier sterben würden.« Tôzô war seit dem Tod Yosômatsus und Kantarôs nicht müde geworden, den Gefährten die Befürchtungen der beiden immer wieder ins Gedächtnis zu rufen.

»Jetz' halt endlich dei Mund! Des is' ja net mer zum Aushalte, des Geschwätz do!«

Gewöhnlich waren sowohl Kyûemon als auch Shôzô recht friedliche Naturen, diesmal aber war selbst die Geduld dieser beiden erschöpft, was Tôzô jedoch nicht im mindesten kümmerte. Tagein tagaus wiederholte er die gleichen Worte, stets mit dem gleichen jammernden Ton:

»Sie haben nicht weggewollt, nein, sie haben nicht weggewollt –«

Nachdem das Schneegestöber endlich wieder etwas nachgelassen hatte, machte sich Kôdayû sogleich auf, um bei der Mannschaft nach dem Rechten zu sehen. Die Gegenbesuche waren nicht nur wegen des Sturms schon seit einiger Zeit eingestellt worden, jeder der Männer wäre unterwegs zusammengebrochen. Kôdayû öffnete die Tür und überblickte die Runde:

»Kan und Yosômatsu also.« Er hatte die beiden Särge vor dem Haus gesehen und gewußt, daß zwei der Gefährten fehlen würden.

Die Japaner erhielten die Erlaubnis, ihre Toten auf dem außerhalb des Forts gelegenen Friedhof zu bestatten, einer beteiligte sich jedoch nicht an dieser Arbeit: Tôzô. Der Tod der beiden hatte ihn so mitgenommen, daß er keinen Fuß vor die Tür setzen, auch nicht am Begräbnis der Gefährten teilnehmen wollte.

Für die übrigen erwies es sich als recht schwierig, den Friedhof überhaupt zu finden, da die ganze Gegend vom Schnee überzogen wie ein einziges weißes Feld aussah. Danach dauerte es noch mehrere Tage, bis sie den steinhart gefrorenen Boden vom Schnee freigeschaufelt und mit Hilfe von Feuer die Erde so weit aufgetaut hatten, daß Isokichi und Shinzô mit der Hacke ans Werk gehen konnten. Da die beiden Jüngsten mit ihren Kräften aber genau wie alle anderen am Ende waren, mußte diesmal jeder seinen Beitrag leisten.

Die Löcher waren noch nicht tief genug gegraben, da zwang ein neuer Sturm die Männer zu einer zweiwöchigen Pause. Als sie die Arbeit wieder aufnahmen, mußten sie ein drittes Grab ausheben: Auch Tôzô war nicht mehr am Leben. Am 6. Tag des 5. Monats hatte die seltsame Krankheit ihr drittes Opfer unter den Japanern gefordert, und nun stand Tôzôs Sarg genau wie die beiden anderen vor der Tür.

Erst viel später sollte Kôdayû erfahren, daß die drei Gefährten an einer Krankheit gestorben waren, die von den Holländern Scheurbuik genannt wurde und in chinesischen Medizinbüchern als »Krankheit der Zähne und des Zahnfleisches« aufgeführt war.

Der Sturm, dessen Ende Tôzô nicht mehr erlebt hatte, war der letzte dieses schier endlosen Winters gewesen. Immer weniger Flocken fielen vom Himmel, bis der Schneefall ganz aufhörte und die Temperaturen langsam wieder zu steigen begannen, auch Yosômatsu, Kantarô und Tôzô wurden nun beerdigt. Zu dieser Zeit schmolz bereits das Eis auf den Flüssen, und der Moment der ersten *bakleschka*-Jagd stand kurz bevor. Alle spürten, daß nun die schlimmsten Nöte überstanden waren, doch das nutzte den Toten nichts mehr, die in ihren Holzkisten lagen. Bei der Trauerzeremonie las ein genauso wie der alte Dschaimilowitsch in ein schwarzes Gewand gehüllter Priester ein russisches Gebet, schlug das Kreuzeszeichen, und jeder der Japaner wiederholte diese Geste des Russen. Für sie war es längst zu einer Gewohnheit geworden, Gebete auch auf diese Weise zu beenden.

Wie vorausgesagt, tummelten sich wenige Tage später in den Gewässern rings um Nischni Kamtschatsk Unmengen von *bakleschka*, und manchmal sah der Wasserspiegel ob dieser Fischmassen eher nach dunkler Tinte als nach klarem Wasser aus. Koichi, Kyûemon, Shôzô, Shinzô und Isokichi folgten den Bewohnern der Siedlung, gingen wie diese mit Netzen auf Fischfang und bereiteten auch wie diese ihre Beute zu, ohne zum Kochen der Fische jedoch Salz zu verwenden, denn daran mangelte es derart, daß die Preise in fast unbezahlbaren Höhen lagen.

Kaum waren die *bakleschka*-Schwärme verschwunden, fanden sich *tschawytscha* an deren Stelle ein. Diesmal war der Fischfang die Aufgabe der Frauen, die pro Tag etwa drei- bis vierhundert Exemplare an Land holten. Nach den *tschawy-*

tscha kamen Lachse, und zwar so viele, daß zwischen den einzelnen Fischen kaum noch ein Tropfen Wasser Platz gefunden hätte. Niemand mußte mehr hungern, und auch die Japaner verzehrten täglich Berge von Lachs. Als eines Abends wie gewöhnlich nur noch die Gräten in den Schüsseln übriggeblieben waren und sich alle auf ihren Plätzen ausruhten, schreckte Koichi die Männer mit ungewohnt mutloser Stimme aus ihrer Selbstzufriedenheit auf.

»Was kann uns denn die Zukunft schon noch bringen? Jetzt denkt doch einmal zurück: Bevor wir überhaupt dieses Amtschitka da draußen erreicht hatten, haben wir Ikuhachis Leichnam dem Meer übergeben müssen, aber wenn ich es mir recht überlege, dann hat er von uns allen doch eigentlich das beste Los gezogen. Ihn haben bis zum Schluß alle Gefährten noch umsorgt. Auf Amtschitka sind Bootsmann Sangorô, der Erste Offizier Jirôbei, Frachtaufseher Sakujirô und die Matrosen Angorô, Seishichi, Chôjirô und Tôsuke gestorben, sieben Mann, die für immer am Fuße dieses den rauhen Winden schutzlos ausgelieferten Hügels liegen. Und hier haben wir Yosômatsu, Kantarô und Tôzô verloren, das heißt, jede neue Station hat mindestens einer mit dem Leben bezahlen müssen, und jetzt gibt es nur noch uns sechs. Sollen wir denn da noch woanders hingehen? Was glaubt ihr wohl, was uns da erwartet? Ich hab's euch gerade gesagt: Einer von uns – und der will ich nicht sein. Die können befehlen, was sie wollen, die können versprechen, was sie wollen, ich jedenfalls gehe nirgendwo mehr hin!«

Allein Kôdayû hätte ihm wohl widersprochen, aber der war nicht da, und die anderen schwiegen. So ganz falsch war es möglicherweise ja auch gar nicht, was Koichi gerade gesagt hatte. Alles war nur schlimmer geworden, nach den Entbehrungen nun diese schreckliche Hungersnot in Nischni Kamtschatsk – die sie gleichzeitig aber auch vor dem nächsten Winter warnte, sie wußten, was sie erwarten würde und konnten geeignete Vorsorgemaßnahmen ergreifen. Warum also wieder in die Ungewißheit ziehen? Die Angst vor dem nächsten fremden Ort schien die Gedanken der Männer vollkommen zu beherrschen.

Einige Zeitlang starrten sie wortlos vor sich hin, bis Kyûemon langsam von einen zum anderen blickte:

»Nu will ich euch sache, was ich und des net erst seit gestern denk': Laßt uns doch endlich uffhöre, an aa Rückkehr nach Ise zu glaube. Ja, ihr habbt ganz recht gehört. Legt euer Hand uffs Herz und fracht euch selber: Gibt's denn wirklich aa solche Möschlichkeit? Na? Do guck'n se alle weg! Also gibt's die offebar net. Un jetz' frach ich euch, wer soll uns denn de Wesch nach Ise zeische? Wer bringt uns do hie zurück? Wißt ihr aa solche Mann, dann könnter ihn mir ruhisch nenne. Ich wär' doch de letzte, der den net bitte würd', uns zu führe – aber es is' ganz aafach, es gibbt den net. Und ich will euch aach verrate, warum es den net gibbt: Uns hat nämlich des Schicksal dazu verdammt, in a fremde Land, aag'schlosse von Schnee und Eis, de letzte Atemzuch zu tun. Genau des is' unser Bestimmung, und daran wird aach niemand was ändern könne. Deshalb hörter mich jetz' aa: Wenn's also so beschlosse is', was hindert uns do, des Land hier a wenisch zu erkunde? Was uns quält, des is' Ise ganz allaan. Abber das werde wir nie widderseh'n. Was kümmert's uns do, wo unser Wesch zu End is'? Soll'n se uns doch ruhisch an annere Orde bringe, un fresse uns do aach die wilde Tier', was soll's do, is' immer noch besser, als irschendwann hier zu sterbe. Ich jedefalls kann ihn net mer rieche, den Gestank von Lachs in dem elendisch verfluchte Nest!« steigerte sich Kyûemon in eine Mischung aus Wut und Enttäuschung hinein.

Gänzlich von der Hand zu weisen waren seine Überlegungen indessen nicht. Hätten sie nur erst einmal den Gedanken an Ise aus ihren Köpfen verbannt, bräuchten sie sich wohl auch keine Sorgen mehr zu machen, wohin man sie als nächstes bringen würde.

»Wo er recht hat, da hat er recht! Das, was uns verrückt macht, ist vielleicht tatsächlich einzig und allein unsere Sehnsucht nach Japan. Finden wir uns damit ab, daß wir dem Schicksal nicht entgehen und unsere Gräber irgendwo in der Fremde ausgehoben werden«, pflichtete Koichi ihm bei.

Kôdayû, der sich allein von dem Gedanken an die Rückkehr leiten ließ, ahnte von diesem Gespräch der Mannschaft nichts. Mit ihm als Kapitän hatten sechzehn Männer an Bord der *Shinshô-maru* den Hafen von Shiroko verlassen. Nur noch fünf davon waren am Leben, und weder er noch einer der fünf hatten die Gefährten, die den immer neuen Entbehrungen sowohl körperlich als auch geistig nichts mehr entgegenzusetzen gehabt hatten, vor dem Tod bewahren können.

»Ihr anderen aber habt es geschafft. Ihr habt durchgehalten, gekämpft und ihr besitzt auch diese Fähigkeiten, die man zum Überleben braucht. Du, Koichi, du warst der Schmächtigste von allen, um dich hatte ich mir anfangs die meisten Sorgen gemacht, aber du hast mich eines Besseren belehrt: Dein zäher Wille hat dir die fehlenden Muskelkräfte ersetzt. Du, Kyûemon, du hast kaum ein einziges Wort der fremden Sprache behalten können, aber dafür hat dich die Natur mit einem robusten Körper versorgt, und manchmal hast du uns sogar mit Gedanken verblüfft, die wir dir gar nicht zugetraut hatten. Ihr anderen drei, Shôzô, Shinzô und Isokichi, ihr seid kaum wiederzuerkennen, so sehr habt ihr euch seit Shiroko zu richtigen Männern entwickelt. Im letzten Winter, da wart ihr genau wie alle anderen nur noch Haut und Knochen, aber selbst die Russen haben gestaunt, wie schnell ihr nach den ersten Fischen wieder zu Kräften gekommen seid. Drei völlig verschiedene Naturen, jede mit ihren eigenen Vorzügen«, ließ Kôdayû in seinen Gedanken die Gefährten passieren.

Shôzô war der eigenbrötlerischste und schweigsamste unter ihnen, um so mehr hatte es die Mannschaft damals überrascht, als sie ihn eines Tages auf Amtschitka begeistert »Wunderschön, dieses Abendrot!« rufen hörten.

Nicht jeder besaß wohl die Gabe, den Zauber der Natur während einer Frostperiode zu bewundern, von der er nicht wußte, ob er sie überleben werde oder nicht. Und so hatte es zu ihm gepaßt, daß er während des Läutens der Kirchenglokken Nischni Kamtschatsks ins Schwärmen geraten war:

»Ach, ewig könnte ich da zuhören – in Ise, da klingen die Glocken überhaupt nicht so schön!«

Daraufhin war er allerdings von Kantarô fast verprügelt worden.

Tatsächlich schien sich Shôzô von der ganzen Mannschaft die wenigsten Sorgen um die Zukunft zu machen. Vermutlich dachte auch er wie alle anderen an zu Hause, aber diese Gedanken behielt er für sich, kein einziges Mal hatte er bisher über ihre Rückkehr gesprochen.

»Hey, Shôzô, erzähl uns doch wenigstens mal 'was von deiner Mutter! Die hat doch immer geklagt, was es für eine Strafe wäre, sowas wie dich als Sohn zu haben!«

Solche Sticheleien hatte er oft hören müssen, seine Miene jedesmal nur zu einem gezwungenen Lächeln verzogen und geschwiegen. Aber nicht nur seine Mutter hatte ihn für einen Nichtsnutz gehalten, auch die anderen Dorfbewohner hatten kaum ein gutes Haar an ihm gelassen. Zwar mochte selbst er eine Art Heimweh verspüren, aber er machte keineswegs den Eindruck, als ginge sein Herzenswunsch in Erfüllung, schickte man ihn nun wieder nach Ise zurück. Womöglich hatte es ihm auf Amtschitka sogar gefallen, zumindest einiges hatte er den Erlebnissen ihrer Irrfahrt augenscheinlich abgewinnen können, denn wie sonst hätte Shôzô, als der Aufbruch aus Nischni Kamtschatsk zur Sprache kam, mit einem seltsamen Glanz in den Augen fragen können:

»Wo geht's als nächstes hin?«

Shinzô hingegen war wohl derjenige unter ihnen, der sich am schnellsten auf eine neue Situation einzustellen vermochte, sein einziger Fehler – er war ein Frauenheld.

Schon auf Amtschitka gab es einigen Ärger, weil er sich allzu sehr für ein Eingeborenenmädchen interessierte, und als er dann in Nischni Kamtschatsk seine Aufmerksamkeit einer jungen Kamtschadalin zuwandte, hatte Yosômatsu ihn sich vorgeknöpft, ob er denn wirklich der Schwiegersohn von jenem Gemüsehändler werden wolle.

»Wenn er mich als Schwiegersohn will, warum nicht? Und wenn wir ein Kind bekommen, dann werde ich es Yosômatsu nennen!« hatte Shinzô aufreizend ruhig geantwortet, sich umgedreht und Yosômatsu einfach stehenlassen. Rot vor Zorn hatte der ihn noch zu packen versucht, Shinzô war aber schon nicht mehr zu sehen gewesen.

Isokichi zeichnete sich wie sein Vater Sangorô durch ein recht vermittelndes Wesen aus und verhielt sich niemals selbstsüchtig, obwohl sich Sangorô von Zeit zu Zeit durchaus auch als eigensinnig und unnachgiebig erwiesen hatte. Dem Jüngsten trugen sie öfter als allen anderen eine Arbeit auf, aber kein einziges Mal war eine Beschwerde von ihm zu hören. Darüber hinaus eignete er sich bemerkenswert rasch die Sprache der Russen an, die ihm genauso wie die der Eingeborenen Amtschitkas bereits recht flüssig über die Lippen kam. Inzwischen konnte er sich sogar schon in der Sprache der Kamtschadalen und Korjaken einigermaßen verständlich machen.

Viel hatten diese fünf durchgemacht, und gerade deswegen vermochte Kôdayû sich nicht vorzustellen, daß einer von ihnen ihre Irrfahrt noch mit dem Leben bezahlen sollte. Oft genug hatten sie in den vergangenen Jahren Särge zimmern müssen, doch jetzt glaubte er fest daran, daß Tôzôs Beerdigung in Nischni Kamtschatsk die letzte gewesen war.

Einige Tage später teilte Orleankow ihm mit, daß man sie in eine Ortschaft namens Tigil verlegen werde und von dort aus die Überfahrt nach Ochotsk erfolgen sollte.

»Ich weiß nicht, was das für ein Weg ist und ob wir ihn heil überstehen, aber wenn wir erst einmal in diesem Ochotsk angekommen sind und dort direkt mit den richtigen Behörden zu tun haben, dann verfrachten die uns bestimmt auf das nächste auslaufende Schiff, und wir gehen dann in irgendeinem Hafen auf Ezo wieder an Land«, erklärte Kôdayû den

Männern. Orleankow hatte ihm diese Möglichkeit in Aussicht gestellt, und es bestand für ihn kein Grund, an den Worten dieses aufrechten Beamten auch nur den geringsten Zweifel zu hegen, er vertraute ihm, so wie er dem Land vertraute, das der Major in seiner Eigenschaft als Gouverneur repräsentierte. Die Karte, die in Orleankows Zimmer hing, bezeugte recht ansprechend, um wieviel größer im Vergleich zu Japan dieses Rußland eigentlich war. Gleichwohl beeindruckte ihn nicht nur die Weite dieses Gebiets, in vielen Dingen schienen die Russen auch einige Schritte voraus zu sein.

Am Vorabend ihrer Abreise gingen sie ein letztes Mal zu den Gräbern von Yosômatsu, Kantarô und Tôzô. Ganz nach russischem Brauch legten sie Blumen vor die Grabsteine, bekreuzigten sich und beteten für die Seelen der Verstorbenen.

Schließlich wurden sie am 15. Tag des 6. Monats zum Fluß Bolschoj gebracht und auf vier dort wartende Boote verteilt. Als Eskorte gab ihnen Orleankow den Beamten Timofej Ossipowitsch Chodkewitsch mit, der selbst noch zwei weitere Beamte auswählte, außerdem gingen jeweils drei russische Soldaten an Bord, so daß dem Trupp zunächst insgesamt einundzwanzig Mann angehörten. Obwohl die sechs *ken* langen und drei *shaku* breiten Holzboote damit schon vollkommen ausgelastet waren, stiegen kurz vor dem Ablegen noch je zwei weitere Soldaten hinzu.

Die Fahrt gegen die Strömung des Bolschoj machte den Männern schwer zu schaffen und sie kamen nur sehr langsam voran. Warum sie nicht einfach das die Halbinsel durchziehende Gebirge überquerten, um an die gegenüberliegende Küste zu gelangen, blieb den Japanern ein Rätsel. Sie konnten sich kaum vorstellen, daß sich das Boot als das bestmöglichste Fortbewegungsmittel auf Kamtschatka und sogar in ganz Sibirien erwiesen haben sollte.

War die Quelle eines Flusses erreicht, mußten Gepäck und Boote auf Rollen umgeladen und auf diese Art die Wasserscheide überquert werden, um auf der anderen Seite die Reise fortsetzen zu können; eine Prozedur, die von alters her den üblichen Reiseweg bildete, sogar die meisten Kosaken entschieden sich für diese Methode, wenn sie die weite Strecke vom Ural bis zur Pazifikküste zum Zwecke des Pelzhandels zurücklegen mußten.

Von Nischni Kamtschatsk bis zur Quelle des Bolschoj benötigte der kleine Verband knapp zwei Wochen und für den Bergpfad einen ganzen Tag. Da sie auf dem neuen Fluß mit der Strömung fuhren, kamen sie recht schnell voran und erreichten bereits am 1. Tag des 7. Monats Tigil. Land- und Wasserweg zusammengefaßt hatten sie für eine Entfernung von 370 Werst fünfzehn Tage gebraucht. An zahlreichen Quellen befanden sich kleine Stationen, an denen die Reisenden ihre Boote zurücklassen und auf der anderen Seite in neue umsteigen konnten. Diese nützlichen Einrichtungen hatten es auch den Japanern erspart, ihre Boote mit über den Paß tragen zu müssen. Im Winter benutzen wir dieselbe Route – nur nicht mit Booten, sondern in von Hunden gezogenen Schlitten, antwortete Chodkewitsch auf Kôdayûs Fragen.

In Tigil angekommen, suchte Chodkewitsch unverzüglich den örtlichen Kommandanten auf, um ihm ihre Ankunft zu melden. Ungefähr einen Monat lang währte dann ihr Aufenthalt in der ebenfalls nur aus knapp einhundertfünfzig Hütten bestehenden Ortschaft, währenddessen sie einen reichlich bemessenen Reiseproviant für die normalerweise etwa zwei Wochen dauernde Überfahrt zusammenstellten.

Schließlich wurde ihnen die Nachricht überbracht, daß sie am ersten Tag des folgenden Monats Tigil in Richtung Ochotsk verlassen würden. Sogleich begaben sich Kôdayû und die Männer zum Kai, um das Schiff in Augenschein zu nehmen, mit dem sie bald in See stechen sollten. Im Hafen ankerte allerdings nur ein etwa 400 *koku* großer Einmaster. Andere Schiffe waren weit und breit nicht zu sehen.

»So kommen wir immer weiter von Japan weg«, flüsterte

Koichi seinem Nebenmann zu. Kyûemon nickte beklommen. Nur Kôdayû betrachtete die neuerliche Reise als einen Schritt auf ihre Rückkehr zu.

Auch am 24. Tag auf See meldete der Ausguck noch kein »Land in Sicht!« Allmählich neigten sich die Vorräte ihrem Ende entgegen, und die Stimmung an Bord verschlechterte sich zusehends. Die zweimal pro Tag ausgegebenen Rationen bestanden lediglich aus einem *tscheremscha* genannten salzigen Kraut und einem Becher Wasser.

Dann tauchten in der Ferne endlich die Umrisse einer Küste auf, was die gesamte Mannschaft in ein erleichtertes Jubelgeschrei ausbrechen ließ, das jedoch bald von der Erkenntnis verdrängt wurde, ziemlich weit nach Norden abgetrieben zu sein. Stets am Ufer entlang setzten sie die Fahrt in südliche Richtung fort, wann sie nun aber Ochotsk wirklich erreichten, wußte auch keiner der Russen zu sagen. Zudem herrschte ein äußerst flauer Wind, der sie kaum voranbrachte.

Drei Tage lang änderte sich nichts, auf der einen Seite die trostlos kahle Küstenlandschaft, auf der anderen das Meer, und Wind wollte erst recht nicht aufkommen. Mitten in den Gedankenspielen, ob sie nicht lieber den Landweg versuchen sollten, um damit gleichzeitig auch der ewigen Salzkrautesserei zu entgehen, blähten sich unversehens die Segel und in einer vor Momenten noch kaum für möglich gehaltenen Geschwindigkeit segelten sie gen Süden davon.

Bereits am späten Abend des folgenden Tages erreichten sie Ochotsk. Das helle Mondlicht erlaubte den Japanern seit ihrer Abfahrt aus Shiroko zum erstenmal wieder den Blick auf einen richtigen Hafen, in dem sich die Schiffe allerdings auch nicht an den Molen drängten. Die Stadt selbst mit ihren am Ufer dicht aneinandergereihten erleuchteten Häusern bot zwar keinen überwältigenden Anblick, konnte ihnen aber zumindest von weitem eine gewisse Zuversicht vermitteln.

Die Entfernung zwischen Tigil und Ochotsk beträgt auf

dem Seeweg 800 Werst, auf dem Landweg ist hingegen eine mehr als dreimal so weite Strecke zurückzulegen. Trotz der Verzögerungen auf See hätten sie Ochotsk über die Festlandroute auf keinen Fall schneller erreicht.

Den Japanern wurde verboten, das Schiff zu verlassen, und man schloß sie nach dem Anlegen sogleich in ihre Kabine ein. Allein Kyûemon und Shôzô fielen sofort in einen tiefen Schlaf, während ihre vier Gefährten vor Aufregung kein Auge zumachen konnten. Hin und wieder nickte einer der vier kurz ein, die meiste Zeit aber starrten sie wortlos in die Nacht.

Am nächsten Morgen brachten die Russen sie an Land und übergaben sie einigen Beamten, die am Ufer auf sie warteten.

»Der Hafen ist ja ganz passabel, aber dann dieses kleine Nest hier«, murrte Koichi, als man sie durch Ochotsk führte, das augenscheinlich kaum mehr als zweihundert Häuser aufzuweisen hatte. Die Hauptstraße verlief nicht am Hafen entlang, sondern traf in einem rechten Winkel von West nach Ost angelegt auf die Küstenlinie, und je weiter sie dem Meer auf dieser Straße den Rücken zukehrten, um so stärker machte sich bei ihnen ein Gefühl der Enttäuschung breit. Zwar war ihnen in der näheren Umgebung des Kais durchaus eine stattliche Anzahl von Gebäuden aufgefallen, nun standen rechts und links des Straßenrands aber nur noch vereinzelt Hütten, ein Bild, das insgesamt einen ziemlich erbärmlichen Eindruck hinterließ.

»Sieht ja alles gleich aus«, bemerkte Shôzô wenig begeistert über die uniforme Bauweise der Blockhütten.

»Dort drüben, in dem großen Gebäude, wohnen die Offiziere«, erläuterte der Beamte, der offensichtlich den höchsten Rang begleitete. Isokichi richtete ohne Zögern sogleich auf Russisch eine Frage an den Mann:

»Gibt es in der Nähe denn einen Fluß?«

»Ja hast du keine Augen im Kopf? Den Ochotsk nicht gesehen? Der Hafen liegt doch direkt an der Mündung!«

»Leben da Fische drin?«

»Dummer Kerl! ›Leben da Fische drin‹, du willst mich wohl zum Narren halten, was?«

»Kann man die auch essen?«

»Jetzt langt's aber, mein Freund«, knurrte der Beamte Isokichi gereizt an, »was glaubst du wohl, von was wir hier das ganze Jahr leben? Von Ameisen vielleicht?«

Isokichi lächelte den Beamten an, wandte sich dann wieder seinen Gefährten zu und teilte ihnen mit, was er gerade herausbekommen hatte, nämlich daß man in dieser Gegend wenigstens halbwegs genießbare Fische fangen könne.

Nach den Erfahrungen in Nischni Kamtschatsk war die Frage, wie es um die Versorgungslage in Ochotsk bestellt sei, eine Frage, die sie alle beschäftigt und nicht nur Isokichi auf den Lippen gebrannt hatte. Kôdayû dachte jedoch nicht ausschließlich an ihre zukünftigen Mahlzeiten, mit jedem Schritt, den sie sich vom Ufer entfernten, verlor er den Glauben, daß man sie nun mit dem nächsten verfügbaren Schiff unverzüglich in Richtung Heimat transportieren werde.

Nichts wies darauf hin, daß es in Ochotsk einen Beamten gab, in dessen Zuständigkeitsbereich die Belange ausländischer Schiffbrüchiger fallen mochten. Wahrscheinlich brachte man sie später in eine andere, größere Stadt. Die meisten Sorgen bereitete Kôdayû dabei der Gedanke an den neuerlichen Weg, der ihnen dann bevorstand, und das Überwintern in Ochotsk, denn auch in Nischni Kamtschatsk hatten sie erst einige Zeit bleiben müssen.

Der Beamte führte sie bis ans nördliche Ende des Ortes, zeigte auf einen dort vorbeifließenden, grau schimmernden, nicht allzu breiten Fluß, rief in Isokichis Richtung: »Und? Guck! Was ist das?«, erst dann lieferte er sie bei der Kommandantur ab.

Dort trafen die Japaner mit dem Stellvertreter Ugrenins zusammen, Iwan Gawrilowitsch Koch, der ihnen am Ende ihrer Unterredung als Quartier eine der Blockhütten in der Stadt zuwies. Ugrenin selbst befand sich immer noch auf seiner Inspektionsreise durch Kamtschatka.

Am nächsten Morgen ließ Koch an Kôdayû dreißig, an die anderen jeweils fünfundzwanzig Silbermünzen auszahlen. Zum erstenmal hatten die Japaner Geld eines anderen Landes in den Händen. Aus welchem Grund sie dieses Geld erhielten, sollte Kôdayû wenig später erfahren. Von neuem in die Amtsräume bestellt, setzte Koch ihn davon in Kenntnis, daß sie in zehn Tagen Ochotsk verlassen und in das 1013 Werst entfernt gelegene Jakutsk aufbrechen müßten. Da auf ihrem Weg keine Siedlung läge und außerdem bald mit dem Wintereinbruch zu rechnen sei, solle das Geld zur Vorbereitung ihrer Reise genutzt werden.

Als Kôdayû der Mannschaft die Neuigkeiten mitteilte, stockte selbst Kyûemon der Atem, den so leicht nichts aus der Ruhe bringen konnte, und auch Shôzô machte ein ziemlich verdrießliches Gesicht.

»Jetzt reicht's mir aber! Wie weit wollen die uns denn noch wegbringen? Von hier aus mehr als tausend Werst ins Landesinnere, dann können wir's vergessen, jemals wieder nach Ise zurückzukommen!« sprudelte es aus Koichi hervor, während Kyûemon mit dunklem Unterton warnte:

»Ich kann's ja jetz' net beweise, abber ich habbs deutlich im Gefühl: Des Jakutsk do, des is' a ganz besonner Ort, do halde se alle Schiffbrüchische gefange, die's an den ihre Küste do verschlache hat.«

Kôdayû versuchte zu beschwichtigen und erklärte ihnen, daß sowohl Nischni Kamtschatsk als auch Ochotsk zum Zuständigkeitsbereich der Behörden in Irkutsk gehörten und daß man nur über Jakutsk in diese wichtige Stadt gelangen könne. Jakutsk wäre genau wie Ochotsk Sitz eines Gouverneurs, aber ungleich größer als ihr jetziger Aufenthaltsort, so daß ihr Fall wahrscheinlich von den dortigen Beamten entschieden werde, und wenn sie nicht wenigstens bis Jakutsk gingen, müßten sie die Hoffnung auf eine Rückkehr nach Japan wohl oder übel begraben. Aber als ob er gegen eine Wand gesprochen hätte, blickte er nur in lauter skeptische Mienen.

»Wenn's euch so sehr gegen den Strich geht, sagt's halt dem Kommandanten! Ich kann euch auch allein in Jakutsk vertreten, das macht mir gar nichts aus. Aber wißt ihr auch, was das heißt? Das heißt, daß ihr hier überwintern werdet, hier in diesem verdammt schutzlosen Nest!«

Es war nur zu offensichtlich, daß sie in Ochotsk einen noch ungemütlicheren Winter als in Nischni Kamtschatsk verbringen würden. Der Ort war kaum größer, ihr Quartier einfacher und Felder hatten sie in der näheren Umgebung auch keine gesehen.

»Also sag schon, wie lange dauert's bis zu diesem Jakutsk?« fragte Shôzô nach einer Weile.

»Zu Pferde etwa zwei Monate«, antwortete Isokichi, der sich schon nach den verschiedensten Dingen erkundigt und nebenbei auch dieses herausgebracht hatte.

»Was? Zwei Monate? Da treffen wir ja die Zugvögel wieder, die seit gestern hier vorüberfliegen.«

Kôdayû hörte den beiden erleichtert zu, auch wenn er letztendlich nicht mit Sicherheit sagen konnte, was sie in Jakutsk erwartete. Wahrscheinlich wußte es Koch selbst nicht einmal genau. In ihrer jetzigen Lage blieb ihnen aber gar nichts anderes übrig, als die 1013 Werst durch die Einöde zurückzulegen.

Die Japaner hatten Ochotsk für einen kleinen, bedeutungslosen Flecken auf der russischen Landkarte gehalten, in Wirklichkeit aber spielte dieser Flecken – neben seiner strategisch günstigen Lage – bereits damals eine wichtige Rolle in bezug auf den Handel mit China. Sämtliche auf Kamtschatka und den Aleüten erbeuteten Felle wurden in Ochotsk gesammelt, über Jakutsk nach Irkutsk transportiert und von dort aus weiter zu der Grenzstadt Kjachta geschickt, um gegen chinesische Seide und Tee eingetauscht zu werden.

Bering hatte im Jahre 1727 anläßlich seiner ersten Fernostexpedition den inzwischen »Packstraße« genannten Weg von Jakutsk nach Ochotsk erkundet, ohne den sich die russisch-amerikanischen Handelshäuser wohl nicht so schnell hätten ausdehnen können. Gegen Ende des 18. Jahrhunderts, als Kôdayû und seine Mannschaft nach Rußland kamen, legten in manchen Jahren bis zu zehntausend mit Fellen beladener Packtiere diese Strecke zurück.

Genau genommen bestand die Packstraße aus zwei verschiedenen Wegen: Die kürzere Sommerroute führte von Jakutsk aus direkt nach Osten. Einige Werst vom Zusammenfluß der Amga mit der Aldan entfernt, mußte zunächst die Amga überquert werden, dann in der Nähe der Beloj-Mündung die Aldan. Im Tal der Beloj ging es weiter ostwärts, dann folgte die Südumgehung des Talbakan bis zum Fluß Akanatsch, schließlich noch die Überquerung der Judoma. Bering war Ende August 1726 mit 663 Pferden in Jakutsk aufgebrochen und zweieinhalb Monate später mit nur noch 396 Pferden in Ochotsk angekommen.

Die zweite Route zum Transport größerer und sperriger Waren hatte die Gruppe unter Führung Martin Spanbergs erkundet. Die Expedition verließ ebenfalls im Jahre 1726 Jakutsk und fuhr mit dreizehn Schiffen mittleren Tiefgangs auf der Lena bis zur Mündung der Aldan, auf der Aldan bis zum Zusammenfluß mit der Maja, und auf der Maja weiter bis zur Mündung der Judoma, die von den Verbindungsflüssen zur Lena am dichtesten an das Ochotskische Meer heranreichte. An einer Biegung der Judoma stand dann ein großes Holzkreuz, das den Weg in östliche Richtung zu der vorher genannten Packstraße wies.

Einige hundert Werst vor diesem Zeichen wurden die Schiffe Anfang November jedoch vom Eis eingeschlossen. Spanberg forderte von den in der Umgebung lebenden Jakuten Schlittenhunde, belud die Schlitten und ließ das restliche Gepäck am Ufer zurück.

Bering notierte später über die Expedition:

Um nicht unterwegs den Hungertod zu sterben, aßen die Männer das Fleisch der Tierkadaver, verzehrten Ledertaschen und Schuhe.

Spanberg benötigte für diesen letzten Teilabschnitt zwei Monate und traf erst Ende Januar 1727 mit nur noch vierzig der anfänglichen einhundert Schlitten in Ochotsk ein.

Als Aufbruchstag für die aus insgesamt siebzehn Reisenden bestehende Gruppe war der zwölfte des Monats bestimmt worden. Nachdem die Japaner von ihrem erhaltenen Geld Lederbeutel, Fellmützen, dicke Handschuhe und Winterstiefel erworben hatten, hielten sie sich in der verbliebenen Zeit zumeist am Hafen auf, um die dort im Bau befindlichen, recht seltsamen Schiffe zu begutachten, die laut Isokichi, der sich wie gewohnt schon beinahe mit jedem im Ort unterhalten hatte, speziell für Expeditionsfahrten vorgesehen waren.

»Irgendwann werden wir hier wieder stehen und an Bord eines Schiffes steigen, das nach Japan fährt«, hätte Kôdayû beinahe gesagt, sich im letzten Augenblick aber noch zurückhalten können. Selbst er mochte inzwischen nicht mehr recht an ihre Heimkehr glauben. Vielleicht machten sie auch den Weg nach Jakutsk umsonst oder Kyûemon hatte mit seiner Vermutung recht, daß man sie nur ins Landesinnere locken wollte, um sie dann für immer in jenem Sammellager verschwinden zu lassen.

Aber darüber wollte er sich nicht auch noch den Kopf zerbrechen, vielmehr beschäftigte er sich mit seinem Tagebuch, in dem er alle Beobachtungen und Ereignisse sorgfältig vermerkte.

Der Gruppe gehörten neben den sechs Japanern ein Steuerbeamter namens Wassili und seine drei Begleiter an, die Seeotter-, Seehund-, Marder- und Bärenfelle aus den verschiedenen Regionen Kamtschatkas nach Jakutsk zu bringen hatten, des weiteren ein Arzt mit seiner Familie, dessen Dienstzeit in Ochotsk beendet war, zwei Provinzialbeamte, ein Portugiese und ein Bengale.

Es hieß, bei dem Portugiesen und dem Bengalen handele es sich um die einzigen Überlebenden eines indischen Handelsschiffes, das in der Höhe der Kommandeur-Inseln in einen heftigen Sturm geraten und augenblicklich gesunken war. Von den zweiundsechzig Mann Besatzung, vorwiegend Chinesen, Franzosen und Bengalen, hätten sich nur diese beiden retten können, da sie nicht wie der Rest der Mannschaft sinnlos betrunken und daher noch im Vollbesitz ihrer Kräfte gewesen wären. Man hatte sie von Kamtschatka aus über den Landweg nach Ochotsk gebracht, wo sie etwa zur selben Zeit wie die Japaner angekommen waren.

Am festgesetzten Tag verließ die siebzehnköpfige Gruppe wie geplant auf der Sommerroute Ochotsk. Packpferde trugen die Zelte, das Futter und den Proviant für zwei Monate, die Verpflegung bestand hauptsächlich aus rundlichen kleinen Weizenbroten, doppelt gebacken, um sie länger genießbar zu halten. Dazu kam Rindfleisch, getrocknetes Gemüse, Zucker und Salz.

Sechzig Jahre nach ihrer Entdeckung durch Bering benutzten diese Route in Richtung Westen nun auch die sechs Überlebenden der *Shinshô-maru*.

Die Strecke führte sie durch ein schier endloses, dichtes Waldgebiet, nur langsam ging es abwechselnd zu Pferd und zu Fuß voran. Hatten die Landschaften Amtschitkas und Kamtschatkas jeden einzelnen der Männer in Erstaunen versetzt, diese sibirische Wildnis vermochte es nicht minder. Mit jedem Tag schienen sie immer nur tiefer in diesen Wald zu geraten, Bäume und Gestrüpp nahmen kein Ende.

Mit dem 10. Monat brach die Kälte ein. Sobald Hände und Füße zu erfrieren drohten, stiegen sie ab, liefen neben den Pferden her und saßen erst wieder auf, sobald sich der Körper ein wenig erwärmt hatte.

Zwei Wochen später wirbelten die ersten Flocken durch die Luft, und bald zeigte sich das Land von einer hohen Schneedecke überzogen. Zum Schutz vor der Kälte legten die Männer die Zeltböden mit Zweigen aus; oft mußten sie ihr Lager auf diese Weise allerdings nicht mehr aufschlagen, allmählich lichtete sich der Wald und etwa dreihundert Werst vor Jakutsk entdeckten sie ab und zu ein paar Hütten, in denen sie stets freundliche Aufnahme fanden, mancherorts schlachtete man sogar eigens Vieh – eine Behandlung, die wohl auf die Anwesenheit jener Steuerbeamten zurückzuführen war.

Am 9. Tag des 11. Monats erreichten sie endlich die Außenbezirke von Jakutsk, eine Stadt, die nur etwa aus mehreren hundert Häusern bestand, durchaus aber einen recht wohlhabenden Eindruck machte und zu einem Sammelbekken für die Reisenden aus aller Herren Länder geworden war. Dort residierte der Gouverneur für Nordostsibirien und Kamtschatka, der direkt dem Generalgouverneur in Irkutsk unterstand, was nicht unwesentlich zur der günstigen Entwicklung beigetragen hatte.

Vier Jahrzehnte vor Kôdayû war auch der deutsche Botaniker und Forschungsreisende Johann Georg Gmelin durch Jakutsk gezogen, dessen Beschreibung der Siedlung in seinem 1752 erschienenen Werk *Reise durch Sibirien von dem Jahr 1733 bis 1743* nachzulesen ist:

Die Stadt liegt auf einem ebenen Felde, auf dem linken Ufer der Lena, welche zweyhundert Deutsche Meilen von dannen in das Eismeer fällt. Unten wird die Stadt in die Quere von einem blinden Arme dieses Flusses durchschnitten, der meistens im Sommer und gegen den Herbst ausgetrocknet, im Frühjahre aber öfters voller Wasser ist, ja zu Zeiten Gelegenheit zu Ueberschwemmungen giebt. Derselbige Theil der Stadt, der jenseits und unterhalb diesem Arme liegt, heist bey den Einwohnern insgemein Sa Logom *oder jenseit des Thales. Denn* Log *bedeutet ein nicht tiefes Thal, und eben dieser blinde Arm siehet die meiste Zeit wie ein Thal aus, weil er meistentheils ohne Wasser ist. Beyde zusammen haben ohngefähr fünf bis sechs hundert hölzerne Wohnhäuser, die alle, etwa ein anderthalb Dutzend ausgenommen, keine sonderliche Figur von außen machen, auch inwendig keine ausnehmende Bequemlichkeit zur Wohnung haben. [. . .] Disseits ist die Festung, welche aus Holz gebauet. [. . .] In der Festung sind zwo Kirchen, eine stei-*

nerne und eine hölzerne, nebst des Woewoden Haus, der Kanzeley, und dem Archive. Ferner ist darin ein Vorrathskeller von Brandtwein, ein Pulvermagazin, die Tributcasse. Disseit des Thales liegt auch ein Mönchskloster, Spasskoi Monastir genannt, in welchem aber die meisten Mönche ausgestorben sind.

Erschöpft und vor Kälte zitternd kamen die Japaner in der Stadt an. Wohl hatten sie in den vergangenen Jahren bittere Winter erleben müssen, in Jakutsk schien es aber noch einige Grad eisiger zu sein. Erst einmal in ihrem Quartier angelangt, setzte keiner mehr einen Fuß vor die Tür. Nur an Tagen mit außergewöhnlich schönem Wetter wagte sich der eine oder andere für kurze Zeit nach draußen.

Das Gebiet um den 62. Breitengrad mit Jakutsk als Zentrum ist zweifellos die kälteste Region Rußlands. In den Städten Werchojansk (nördlich von Jakutsk) und Oimjakon (nordöstlich von Jakutsk) zeigt das Thermometer auf der Nordhalbkugel sonst nirgendwo erreichte Tiefstwerte von bis zu −70°C. Selbst in den Küstenregionen des Nordpolarmeeres ist es weitaus wärmer als im Inneren des Kontinents. In Jakutsk beträgt die Durchschnittstemperatur im Januar −43°C, im Juli +18°C, an nicht mehr als an fünfundneunzig Tagen im Jahr liegen die Temperaturen über dem Gefrierpunkt, die Differenz zwischen den Höchstwerten im Sommer und den Tiefstwerten im Winter übersteigt leicht einhundert Grad.

Der Sommer ist kurz, aber erstaunlich warm. Herbstliches Wetter stellt sich gewöhnlich nur im September ein, und bereits Anfang Oktober hält der Winter mit einigen windstillen, klaren Wochen Einzug, in denen die Temperaturen in Jakutsk durchschnittlich an achtundvierzig Tagen auf unter −40°C sinken, in Werchojansk sogar an siebenundachtzig Tagen. Die Schneedecke liegt indessen selten höher als vierzig Zentimeter, da es bei Unterschreitung der −30°C-Marke aufhört zu schneien. Das eisige, aber trockene und windstille Klima gilt als bei weitem erträglicher als die bei gemäßigteren Temperaturen herrschende Feuchtigkeit oder die strengen Polarwinde.

In Jakutsk stellten die Japaner zum erstenmal fest, wie unterschiedlich die Kälte sein konnte. Am meisten mußte man sich offenbar vor Erfrierungen in acht nehmen, denn viele der Einwohner litten unter Entstellungen im Gesicht, so daß Kôdayû seinen Männern strengstens untersagte, ihre Unterkunft ohne zwingenden Grund zu verlassen.

Nach zehn langen Tagen der Ungewißheit erhielt Kôdayû endlich den Befehl, im Rathaus vorstellig zu werden. Dort teilte ihm ein Beamter ohne viel Umschweife mit, daß sie wohl damit rechnen müßten, schon bald den Weg nach Irkutsk anzutreten. Auf Kôdayûs Frage, was er denn unter *bald* zu verstehen habe, verlor sich der Beamte in allerlei nichtssagenden Erklärungen und hieß Kôdayû schließlich in sein Quartier zurückkehren. Dort möge er auf einen Bescheid warten, fügte der Mann hinzu.

So unzufrieden Kôdayû mit diesen ausweichenden Antworten auch war, hatte er gleichwohl nicht den Eindruck, daß das Verhalten des Beamten auf dessen Böswilligkeit oder Desinteresse zurückzuführen sei, vielmehr schien es dem Russen vollkommen schleierhaft zu sein, was er mit ihnen letztendlich anfangen sollte.

»Hoffentlich verfallen Koichi und Kyûemon nicht wieder in ihr übliches Gejammer, wenn sie das jetzt hören«, dachte Kôdayû, als er die gebannten Blicke der Männer sah, die auf ihn gerichtet waren. Aber wider Erwarten blieb zunächst alles ruhig.

»Lassen wir uns doch einfach überraschen, wo sie uns noch alles hinbringen. Von Jakutsk nach Irkutsk, von Irkutsk nach Schnurzkutsk und von Schnurzkutsk nach Wurzkutsk, was soll's denn? Ich hab' nämlich gestern abend noch einmal nachgedacht: Wir sind hier in ein Land mit Menschen anderer Haarfarbe, anderer Augenfarbe und überhaupt ganz anderem Aussehen gekommen – aber nicht als geladene Gäste, sondern als Schiffbrüchige. Versteht ihr? Nichts weiter als ein paar lausige Schiffbrüchige – wie dürften wir uns da beschweren, wenn es nicht so geht, wie wir das wollen? Wir haben uns hier zu fügen, ob es uns paßt oder nicht. Darüber sollten wir uns alle wohl erst einmal richtig klarwerden.«

»Da hatter ja gar net so unrecht, de Koichi! Un dann: Wer kann sich dahaam schon rühme, so komische Orte wie den hier kennegelernt zu habbe? Wir abber wisse nu, daß selbst de schrecklichst' Kält' kaane d'von abhalte tut, Kinner zu mache, die könne's offebar aach bei solche Temperature ganz gut aushalte, was?« versuchte Kyûemon etwas Aufmunterndes beizutragen.

Auch wenn es entschieden war, daß sie *bald* nach Irkutsk geschickt werden sollten, so hatten sie sich zweifellos zunächst darauf einzurichten, den Winter in Jakutsk zu verbringen, und daher zeigte sich Kôdayû einigermaßen überrascht, daß man ihn bereits nach weiteren zehn Tagen von neuem ins Rathaus rief, um das notwendige Geld für die Ausrüstung entgegenzunehmen. Wie in Ochotsk bekam er selbst dreißig Silbermünzen ausgehändigt, während sich seine Gefährten mit jeweils fünfundzwanzig zufriedengeben mußten.

Wieder erkundigte er sich nach dem Reisedatum und der Dauer, erhielt aber lediglich die gleichen ungenauen Auskünfte, die ihm der Beamte schon beim ersten Mal gegeben hatte. Auch auf die Frage, warum man ihnen jetzt schon das Geld für die Reise gebe, die sie doch wohl erst im nächsten Jahr antreten sollten, blieb ihm der Russe die Erklärung schuldig. Seit jenem Tag herrschte unter der gesamten Mannschaft eine stete Unruhe. Was, wenn sie bei dieser grimmigen Kälte plötzlich den Befehl zum Aufbruch erhielten? Bis Irkutsk waren es 2486 Werst, mehr als die doppelte Wegstrecke von Ochotsk bis Jakutsk – und im Winter traute sich erst recht keiner zu, eine solche Entfernung zurückzulegen.

Trotz der frostigen Kälte trafen immer wieder Schlitten ein, und nicht selten konnte man in den Straßen diesen Fremden begegnen, die durch die weiße Schneewüste ihren Weg in die Stadt gefunden hatten. Vom Fenster ihrer Unterkunft aus beobachteten die Japaner die Neuankömmlinge, die ausnahmslos dick in mehrere Lagen Fell eingehüllt waren, eine Pelzmütze auf dem Kopf und an den Händen große, aus Bärenfell gearbeitete und mit Fuchsfell gefütterte Handschuhe trugen, mit denen sie ihr Gesicht bedeckten und nur einen kleinen Spalt für die Augen freiließen. Zumeist trafen die Reisenden in Gruppen von zehn oder zwanzig Männern ein, Menschen, die an diese eisigen Temperaturen gewohnt waren und denen es offensichtlich nicht allzu viel ausmachte, auch im Winter durch das weite Land zu ziehen. Aber auch unter diesen Hartgesottenen gab es einige, denen Ohren und Nase erfroren waren oder an deren Händen mancher Finger fehlte. Soviel war Kôdayû und seinen Gefährten klar: Für sie, die sie zum erstenmal solchen Kältegraden ausgesetzt waren, konnte eine Reise zu dieser Jahreszeit nichts anderes als den Tod bedeuten. Wenn auch nur ein einziger von ihnen unversehrt in Irkutsk ankommen sollte, gliche das unter diesen Umständen einem Wunder.

In den ersten Tagen des 12. Monats wurde Kôdayû erneut ins Rathaus gerufen. Am liebsten wäre er nicht hingegangen, eine untrügliche Stimme in seinem Inneren hatte ihn bereits ahnen lassen, was ihn dort erwartete.

Der Beamte eröffnete ihm, daß sie noch am Dreizehnten Jakutsk in Richtung Irkutsk zu verlassen und aus diesem Grunde unverzüglich mit den notwendigen Vorbereitungen zu beginnen hätten. Sie würden nicht allein reisen, sondern mit einigen anderen eine Gruppe bilden.

Kôdayû wollte mehr über diese Gruppe erfahren, doch sein Gegenüber wußte nicht mehr zu sagen, als daß sie zumindest von einem Beamten niederen Ranges, wahrscheinlich von Wassili Danilowitsch Buschnjew, begleitet würden, worüber allerdings noch keine endgültige Entscheidung getroffen sei. Diese Auskunft ließ Kôdayû auch nicht unbedingt sorgenfreier in die Zukunft blicken.

Niedergeschlagen verließ er das Gebäude. Was hatten sie nicht alles schon durchgemacht, wie viele Gefahren hatten sie nicht schon überwunden, um wenigstens bis nach Jakutsk zu gelangen? Und wie viele Gefährten hatten sie inzwischen nicht schon begraben müssen? Sollte das immer noch nicht genug gewesen sein? Was konnte ihnen auf dieser zwei oder drei Monate lang dauernden Reise nicht alles zustoßen? Stürme würden sie vielleicht unter einer meterhohen Schneedekke begraben, sie konnten vom Weg abkommen, sich in der endlosen Weite des Landes verirren, jämmerlich verhungern oder erfrieren. Und wer von ihnen kam denn überhaupt mit einem Schlitten zurecht? Sich ihre nächsten Wochen in immer düsteren Farben ausmalend, stapfte Kôdayû mißmutig durch den Schnee. Die Menschen, die mit Holzbeinen und auf Stöcken gestützt von Zeit zu Zeit an ihm vorbeihumpelten, machten ihn nur noch wütender. Er mußte in die entstellten Gesichter junger Mädchen schauen, die auf einer Gesichtshälfte keine Wange mehr hatten. Die ganze Haut war wie weggeschabt. Vielleicht schafften sie ja das Unmögliche und kamen tatsächlich lebend in Irkutsk an. Lebend ja, aber –

Den Männern stockte der Atem, als Kôdayû ihnen den Grund offenbarte, warum man ihn diesmal gerufen hatte. Koichi murmelte und brummte unablässig vor sich hin und schien etwas sagen zu wollen, brachte aber kein verständliches Wort zustande. Kôdayû ließ ihm nicht die Zeit, seine Sprache wiederzufinden:

»Jetzt beruhigt euch und dann hört mir gut zu. Wir haben unsere Gefährten auf Amtschitka und in Nischni Kamtschatsk begraben, und zwar so viele, daß von den siebzehn Mann nur noch wir sechs übriggeblieben sind. Von Begräbnissen sollten wir wohl ein für allemal genug haben. Aber die Reihe ist jetzt an uns und nach dem, was Isokichi gehört hat, wird es bis Irkutsk zwei Monate dauern, zwei Monate Eishölle, in denen verdammt viel passieren kann. Aber was rede ich von zwei Monaten – bis es mit dem ersten vorbei ist, braucht es gar nicht so viel Zeit. Und die anderen werden folgen, das geht dann alles ganz schnell. Wir wissen doch nichts, rein gar nichts davon, wie man sich am besten vor dieser Kälte schützen soll. Schon am ersten Tag werden Ohren und Nase erfrieren, am zweiten Hände und Füße und dann, am dritten – aus!« sagte Kôdayû mit einer schneidend harten Stimme, die die Männer nicht von ihm kannten. Keiner erwiderte etwas, alle starrten ihn nur an.

»Und jetzt merkt euch gut: Es braucht keiner zu glauben, daß es da draußen noch so etwas wie ein Begräbnis gibt. Die Toten bleiben liegen, wo sie umgefallen sind, auf Schnee, auf gefrorener Erde oder sonstwo. Nennt es grausam, brutal, unmenschlich – wie ihr wollt. Wir haben keine andere Wahl. Wer anfängt, sich um seinen Nebenmann zu kümmern, den erwischt's als ersten. Habe ich mich klar genug ausgedrückt? Keiner wird beerdigt, und wer krank wird, Erfrierungen bekommt oder was auch immer, der muß selber zusehen, wie er damit fertig wird!«

»Sin' ja dolle Aussichte«, preßte Kyûemon hervor, dem Enttäuschung und Entsetzen deutlich im Gesicht geschrieben standen. Kôdayû hatte indessen noch etwas hinzuzufügen:

»Nehmen wir an, einer wird gerettet, aber nur um den Preis einer erfrorenen Nase oder eines erfrorenen Beins, der kann die Rückkehr nach Ise vergessen. Ich sag' es noch einmal: Jeder ist für sich selbst verantwortlich, für die eigene Nase, die eigenen Ohren, die eigenen Hände und die eigenen Füße! Schützt euer eigenes Leben und nicht das Leben der anderen! Bis zum Dreizehnten bleiben uns gerade noch zehn Tage, und diese zehn Tage werden wir nutzen, um so viel wie möglich über Schutzmaßnahmen gegen die Kälte zu erfahren, das heißt, ab heute wird sich jeder einzeln bei den Russen und Jakuten erkundigen. Die leben lange genug hier und von denen werden wir erfahren, wie man Erfrierungen behandeln soll, was zu tun ist, wenn einen der Schneesturm weggerissen hat oder wenn man den Anschluß an die Gruppe verliert. Das fragt und was euch alles selbst noch einfällt. Danach besorgen wir uns gemeinsam Pelze, Handschuhe und Mützen. Da geht mir dann keiner alleine los, um sich irgendwelchen Kram zu kaufen, das machen wir alle zusammen!«

Kôdayû hatte sie völlig überfahren, kein einziger war zu irgendeiner Bemerkung, geschweige denn einem Widerspruch fähig.

Außer dem nicht sonderlich redegewandten Kyûemon schwärmte dann einige Tage lang die ganze Mannschaft aus, und da Kôdayû jeden einzeln sich verantwortlich fühlen gelassen und nicht im Schutz der Gruppe losgeschickt hatte, kamen am Ende einige wirklich nützliche Ratschläge zum Überleben zusammen.

Drei Tage vor dem Aufbruch bat Kôdayû einen alten Jakuten, ihnen bei der Auswahl ihrer Ausrüstung behilflich zu sein, es wurde nur das erworben, was der Alte geprüft und für gut befand. Neben einigen anderen Mitteln kauften sie auch Puder des Gewürznelkenstiels, das auf Butter gestäubt schnelle Linderung bei leichten Erfrierungen versprechen sollte.

Nach den letzten Einkäufen legten sie in ihrer Unterkunft probeweise die schwere Pelzkleidung an, setzten die Pelzmützen auf und zogen die großen Handschuhe über, bis alle so dick verpackt waren, daß keiner mehr wußte, welcher der Gefährten in den einzelnen Fellbündeln steckte. Isokichi und Shinzô machten sich einen Spaß daraus, auf Russisch oder in der Sprache der Jakuten einige Worte zu sagen – niemand hätte in diesem Augenblick vermutet, daß die beiden Japaner waren.

»Daß das eine Reise auf Leben und Tod wird, das scheint unsere Jüngsten wohl überhaupt nicht zu bekümmern«, stellte Koichi ziemlich mißmutig fest, »ihr braucht ja gar nicht mehr nach Japan zurück. Werdet doch einfach Russen oder Jakuten!«

Solange die beiden ihre Winterausrüstung trugen, standen mit Isokichi und Shinzô tatsächlich zwei Einheimische vor ihnen.

Am folgenden Tag erhielt Kôdayû von neuem den Befehl,

sich bei dem Beamten zu melden. Diesmal erwartete ihn auch ein etwa vierzigjähriger Russe, Wassili Danilowitsch Buschnjew, der die Japaner bis nach Irkutsk begleiten sollte. Von ihm erfuhr er, daß sie mit denselben elf Leuten, mit denen sie aus Ochotsk gekommen waren, wieder eine Gruppe bilden und gemeinsam den Weg nach Irkutsk zurücklegen würden. Erleichtert atmete Kôdayû auf. Je größer die Gruppe, um so besser. Und da es damals keinerlei Streitereien gegeben hatte, konnte diese Entscheidung eigentlich nur ein gutes Vorzeichen sein.

Kaum hatten die Gefährten die Neuigkeiten vernommen, brachen sie in lautes Jubelgeschrei aus. Koichi beruhigte sich als erster:

»Das war doch vorauszusehen!«

Und Isokichi offenbarte:

»Ich hab's schon lange gewußt. Der dunkelhäutige, dieser Bengale, den hab' ich mal in der Stadt getroffen, und da hat er mir erzählt, daß sie alle mit uns kommen würden.«

»Was? Du hast das gewußt? Warum hast du das nicht gesagt?« fragte ihn Kôdayû in leicht ärgerlichem Ton.

»Ah, hast du's etwa nicht –?« Isokichi schaute Kôdayû ungläubig an, denn er hatte sich wirklich eingebildet, daß Kôdayû nicht nur ebenfalls Bescheid gewußt, sondern daß er absichtlich geschwiegen hätte, damit sich alle bei den Reisevorbereitungen anstrengten und ihr Bestes gäben.

»Los, sag du 'was!« wandte sich Isokichi an Shôzô, um nicht allein dazustehen. Aber Shôzô lachte nur verlegen und sagte nichts, so als fürchtete er, von Kôdayû gemaßregelt zu werden.

»Na, Shô, du warst wohl auch im Bilde, wie?«

»Hm«, nickte Shôzô kleinlaut.

»Da haben wir ja zwei besonders helle Köpfe unter uns. Na denn, ab heute seid ihr die neuen Kapitäne – wie praktisch, da könnt ihr euch abwechseln.« Ziemlich unwirsch hatte Kôdayû auf das Geständnis der zwei reagiert, in Wirklichkeit jedoch war er überhaupt nicht böse, hatten die beiden doch in bisher nie gekannten Ausmaßen Verantwortungsbewußtsein bewiesen. Daß Koichi und Kyûemon aufgrund ihres Alters eher dazu neigten, sich über alles zu beklagen, den Mut zu verlieren und dann die Dinge einfach laufen zu lassen, war Isokichi wohl ebenfalls nicht entgangen. Folgerichtig hatte er nur Shôzô, dem ruhigsten unter ihnen, von dem Bengalen erzählt und sich auch nicht dem gleichaltrigen Shinzô anvertraut, dessen Naturell nicht unbedingt den Eindruck machte, als könne er ein Geheimnis für sich behalten, sondern ganz im Gegenteil befürchten ließ, daß er es bei der erstbesten Gelegenheit munter ausplaudern würde. Darüber hinaus mußte Shinzô – wenn auch aus anderen Gründen als Koichi und Kyûemon – erst von dem Ernst einer Sache überzeugt sein, bevor er sich mit der nötigen Sorgfalt an die Arbeit machte. In welche Siedlung sie auch immer gekommen waren, Shinzô hatte stets nur Augen für die Mädchen dort gehabt, alles andere schien sich nur noch in unwichtige Nebensächlichkeiten zu verflüchtigen. Wenn einer der Japaner tatsächlich Frostbeulen bekommen sollte, dann würde es sicherlich Shinzô sein, der in seiner Unbekümmertheit wohl die wenigsten Vorsorgen getroffen hatte und damit auch am anfälligsten für Erfrierungen war. Auch das mochte Isokichis Entscheidung beeinflußt haben, allein Shôzô ins Vertrauen zu ziehen.

Während ihres etwa einmonatigen Aufenthalts in Jakutsk lernte Kôdayû einiges über die in dieser Gegend lebenden Jakuten und machte sich sorgfältig Notizen in seinem Tagebuch. Schon in Nischni Kamtschatsk hatte er sich die Langeweile damit vertrieben, das Leben der dortigen Ureinwohner zu studieren und seine Beobachtungen genauestens aufgeschrieben. Nun, in Jakutsk, behielt er diese Gewohnheit bei.

Im Vergleich zu Nischni Kamtschatsk war die Zahl der in der Umgebung der Stadt lebenden Ureinwohner bei weitem größer. Außerdem siedelten sie verstreuter in einem ausgedehnteren Gebiet. Den Japanern waren die Jakuten bereits bei ihrer Ankunft in Ochotsk zu Gesicht gekommen, aber erst im Verlauf ihrer zweimonatigen Reise nach Jakutsk hatten sie während der wenigen Übernachtungen in deren Hütten erstmals einige von ihnen etwas näher kennengelernt.

In Jakutsk lebten auch viele Russen, aber die Jakuten bildeten doch den größeren Bevölkerungsanteil und nicht wenige unter ihnen hatten es zu einem gewissen Wohlstand gebracht, so daß sie durchaus gleichberechtigt mit den Russen Umgang pflegten. Sowohl die im Kern der Stadt als auch die an beiden Ufern der Lena sich befindenden Hütten der Jakuten wiesen allesamt den gleichen gedrungenen Baustil auf, gedeckt mit einem einfachen flachen Dach und die Wände verstärkt mit gehärtetem Rinderdung. Das Innere bestand aus einem einzigen, ebenen Raum, allein die Schlafstätte hob sich vom Erdboden ab.

Als wohlhabend wurden diejenigen bezeichnet, die jeweils mehr als tausend Pferde, Schafe und Kühe ihr eigen nennen konnten, gleichwohl unterschieden sie sich in Kleidung und Wohnung nicht von den ärmeren Leuten. Ein Gradmesser für den Wohlstand eines Jakuten war daneben die Zahl seiner Ehefrauen beziehungsweise seiner Hütten, denn es war ihnen gestattet, beliebig viele Ehefrauen zu besitzen, allerdings durften in einer Hütte keinesfalls zwei oder mehr Ehefrauen beherbergt werden. Für jede neue Ehefrau mußte demnach eine neue Hütte errichtet werden, und auf diese Weise konnte deren Zahl nur mit dem Reichtum des Betreffenden steigen. Die Aufwendungen für solch große Familien waren natürlich beträchtlich, aber da sämtliche Familienmitglieder arbeiteten, hatten alle genügend zum Leben.

Die Haar- und Augenfarbe der Männer und Frauen war schwarz, das Haar ausnahmslos zu Zöpfen zusammengebunden. Sie trugen leichte, aus Rinds- und Pferdeleder gefertigte, halblange Kleider, die Unterkleider hingegen waren aus Stoff. Ihre Mahlzeiten bestanden zumeist aus Fleischgerichten und kleinen runden, mit Weizenmehl vermischten Bällchen aus zerkleinerter Kiefernhaut.

Nicht nur an den Wänden der Hütten befand sich der hartgewordene Rinderdung, auch die Gefäße, in denen Weizen und Kiefernhaut zerstampft wurden, wiesen das gleiche Deckmaterial auf. Die Jakuten bestrichen die Innenseiten der Töpfe dick mit Dung und füllten darüber in Abständen mehrmals Wasser, das zu Eis gefroren den Gefäßen einen erstaunlichen Härtegrad verlieh. Kôdayû hatte sich anfangs gewundert, wieso die Jakuten Rinderdung benutzten, aber die Erklärung war dann eigentlich recht einfach gewesen: Die Erde war im Winter so fest, daß sich selbst mit dem besten Werkzeug kein Stück aus dem Boden lösen ließ.

Die Japaner hatten auch Gelegenheit, mit einem der Clanvorsteher der Jakuten zusammenzutreffen, der absolute Herrschaft über die in seinem Machtbereich lebenden Familien besaß und sich unter anderem für die ordnungsgemäße Zahlung der Pelzsteuer verantwortlich zeigte. Der Jakute trug eine scharlachrot gesäumte, grüne Uniform, die ihn als Beamten der russischen Regierung auswies und sein ganzer Stolz zu sein schien. Gegenüber den aus einem fremden Land gekommenen Gästen sprach er dann großspurig davon, daß die Jakuten dasjenige Volk seien, unter dessen Oberhoheit sämtliche anderen Stämme dieses Gebietes ständen. Im gleichen Tonfall erkundigte er sich:

»Wißt ihr von den Heldentaten des Tygyn?« Als sie mit dem Kopf schüttelten, prahlte er weiter:

»Tygyn! Der große Tygyn war der Herrscher aller Jakuten, ein König. Selbst die Russen nennen den Namen unseres ruhmreichen Helden mit Ehrfurcht!«

Später fragte Kôdayû einige Russen nach diesem Herrscher aller Jakuten, dem großen Helden Tygyn, man schaute ihn aber nur verständnislos an und wußte mit diesem Namen nicht das geringste anzufangen.

Ursprünglich hatten die Tungusen das in diesem Teil Sibiriens wohnende Volk als Jakuten bezeichnet, die Jakuten selbst nennen sich *sacha*. Den Forschungen russischer Ethnologen zufolge ist die Sprache der Jakuten völlig verschieden von denen der nördlichen Völker, starke Gemeinsamkeiten besitzt sie hingegen mit den Turksprachen. Auch widmen sie sich gänzlich der Pferde- und Viehzucht und nicht der Rentier- und Hundehaltung, wie zu jener Zeit im Norden üblich.

Wann die Nordwanderung der Jakuten begonnen hatte, kann heute nicht mehr genau bestimmt werden. Da sowohl ihre Sprache als auch ihre Kultur mit den Völkern im südlichen Zentralasien und in Südsibirien zweifellos einen hohen Verwandtschaftsgrad aufweisen, leben die Jakuten in ihrem Siedlungsgebiet gleichsam wie auf einer Insel. In ihrem Wortschatz finden sich viele Bezeichnungen für Tiere, die in den nördlichen Gefilden nicht beheimatet sind, beispielsweise für Elefanten und Kamele. Auch haben sie sich in ihrem täglichen Leben viele Eigenarten der südlichen Nomaden bewahrt.

Bevor die Russen in der ersten Hälfte des 17. Jahrhunderts in dieses Gebiet vorstießen, setzte sich das Volk der Jakuten aus mehreren freien Stämmen zusammen, die untereinander um die Oberherrschaft rangen. Unter den verschiedenen Clanführern war der legendäre Tygyn aus der Sippe der Kangalassken zweifellos der berühmteste. Ihm haftete der Ruhm an, die Borogonen, die Betyunen, die Nakhalen und alle anderen in der Umgebung lebenden Sippen unterworfen zu haben. Auch wenn es sich bei vielen der Heldentaten des großen Tygyn nur um Legenden handeln sollte, so werden sie von dem Historiker und Ethnologen Alexej Pawlowitsch Okladnikow in seinem 1955 erschienenen Werk *Geschichte der selbständigen Republik der Jakuten* doch nachvollziehbar und anschaulich dargestellt.

Aus der Zeit Tygyns, in der sich die Jakuten mit dem Vordringen der Russen konfrontiert sahen, stammen recht viele Überlieferungen, die von dem Ethnologen S. I. Bolo gesammelt und in dem 1960 herausgegebenen Buch *Legenden der Jakuten* des Jakutenforschers G. U. Ergis zusammengestellt sind:

Im Anschluß an das alljährlich zelebrierte Kumys-Fest, das einen auf dem Gipfel seiner Macht stehenden Tygyn feierte, waren die Russen durch geschickte Ausnutzung der Überschwemmungen infolge der Schneeschmelze recht schnell mit ihren Flößen in das Siedlungsgebiet der Jakuten vorgedrungen. Unverzüglich errichteten sie ein Fort mit Palisaden aus waagerecht aufeinandergelegten Baumstämmen, in dessen Inneres sie die auf den Flößen transportierten Hütten schafften. Das so plötzlich über Nacht entstandene Dorf hatte die Widerstandskraft der Jakuten vollständig gelähmt. Historisch belegt ist das Datum eines sogenannten »Lena-Forts«, das im Jahre 1632 unter dem Kommando des Kosakenhauptmanns Pjotr Beketow am rechten Ufer des Flusses errichtet worden war, wobei es sich möglicherweise um jenes in den Überlieferungen genannte »über Nacht entstandene Dorf« gehandelt haben könnte. Zehn Jahre später verlagerte man das Fort an eine Stelle am linken Ufer siebzig Kilometer flußaufwärts – damit war der Grundstein von Jakutsk gelegt.

Kaum hatten die Russen dieses erste Fort fertiggestellt, näherten sich die Jakuten, Männer, Frauen und Kinder, neugierig der auf so wunderliche Weise entstandenen Festung. Waren sie nahe genug heran, fielen wie von Geisterhand geworfen Süßigkeiten, Glasperlen und anderer Tand von den Palisaden herab. Als sich dann schließlich immer mehr Jakuten um die rätselhaften, glitzernden Päckchen und Kugeln geschart hatten, fiel von neuem etwas von den Palisaden, diesmal jedoch schwere Baumstämme, die viele der Versammelten unter sich begruben. Dann eröffneten die Russen mit ihren Flinten das Feuer, dem nur wenige der wild durcheinanderlaufenden Jakuten entkamen. Auf diese Weise hatte die Schlacht ihren Anfang genommen.

Tygyn sammelte seine Krieger auf einer Anhöhe am Ufer des Sees Sachsara und antwortete mit einem Pfeilregen auf den Angriff der Russen. Gegen Feuerwaffen hatte er bis dahin noch nie zu kämpfen gehabt und wußte daher auch nichts über die fatale Wirkung der Kugeln. Es heißt, Tygyn habe sich mit den Worten »Was mag das nur sein, das so seltsam durch die Lüfte rauscht, und dann im Körper der Menschen steckenbleibt?« eine der Kugeln aus seinem Helm herausgezogen, eine Geschichte, die vielleicht recht gut den unerschrockenen Charakter des auf dem Schlachtfeld unbesiegten Tygyn bezeichnen mag.

Sein Untergang begann erst mit Annahme der von russischer Seite vorgeschlagenen Friedensgespräche. Die Soldaten waren nicht im mindesten an Verhandlungen mit dem Jakutenführer interessiert, es ging einzig und allein darum, Tygyn in das eigene Lager zu locken. Dort zeigten sich die Russen dann außerordentlich kompromißbereit, um anschließend zu einem Versöhnungsbankett zu laden, auf dem Tygyn mit Wodka betrunken gemacht, in ein Loch geworfen und umgebracht wurde.

Zwei Söhne hatte Tygyn, aber da einer der beiden für sein Alter bereits über außergewöhnliche Körperkräfte verfügte, tötete er ihn mit eigener Hand: »Es darf nicht sein, daß einer heranwächst, der stärker ist als Tygyn!« soll er dabei gesagt haben. Als er dann die Falle bemerkte, in die er geraten war, habe er zum erstenmal seine damalige Tat bereut, wie die Legende zu berichten weiß.

Die russischen Historiker stimmen aber zumindest darin überein, daß Tygyn wirklich existierte und keine Erfindung des Volksglaubens ist. Über sein Ende hingegen sind die Meinungen der Experten geteilt. Entweder fand er 1631 in einer Schlacht mit Truppen General Galkins den Tod oder er geriet in Gefangenschaft und verbrachte seine letzten Tage als Geisel in Jakutsk.

Nach Tygyns Tod brach der Widerstand der Jakuten schnell zusammen, und die Russen drangen zügig bis in die ausgedehnten Waldgebiete des Ostens und Nordens Sibiriens vor. Ihre Aufgabe bestand darin, die dort lebenden Völker zu bezwingen und zu pelzsteuerpflichtigen Untertanen zu machen, was ihnen auch ohne allzu große Schwierigkeiten gelang. Bereits 1638, nur sieben Jahre nach der Unterwerfung der Jakuten, wurde Jakutsk zum zentralen Verwaltungssitz für das gesamte Gebiet bestimmt. Die ersten beiden aus Moskau geschickten Statthalter, Pjotr Golowin und Matwej Glebow, benötigten allerdings drei Jahre, um den weiten Weg bis Jakutsk zurückzulegen.

1641 wurden von dort achttausend Marderfelle geliefert, zehn Jahre später hatte sich diese Zahl nahezu verdoppelt. Die Felle waren indessen nicht allein für den russischen Adel bestimmt, sondern spielten auch eine wichtige Rolle im Handel mit China und den westeuropäischen Ländern. Die Ausfuhr der Pelze, die, wie der gesamte Außenhandel, allein staatlichen Stellen oblag, stellte mit etwa einem Drittel der jährlichen Einnahmen ein unverzichtbares Handelsgut für Rußland dar, ein Indiz gleichzeitig auch dafür, welch unermeßliche Zahl von Tieren in jenem Gebiet einmal beheimatet gewesen sein muß.

Die Höhe der den Ureinwohnern auferlegten Abgaben richtete sich nach dem jeweiligen Besitz. Grundsätzlich hatte ein Bauer pro Pferd oder Kuh in seinem Stall ein Marderfell zu entrichten. Eine in Jakutsk stationierte Einheit sorgte für die ordnungsgemäße Zahlung, kam es zu Versäumnissen, so drohte dem Sünder eine Gefängnisstrafe oder dessen Kinder mußten bis zur Tilgung der Steuerschuld im Fort bleiben, die manchmal vom Clanvorsteher, manchmal auch von den Russen direkt eingezogen wurde.

Diese Bedingungen erzwangen geradezu eine rücksichtslose Jagd. Der Bestand an Mardern nahm rapide ab und war innerhalb von fünfzig Jahren um die Hälfte reduziert, so daß die Behörden schließlich statt des Marderfells auch das billigere Rotfuchsfell akzeptierten, wiederum einige Jahre später auch Geld.

Die Zeit, in der Kôdayû in Jakutsk eintraf, war gekennzeichnet von den Aktivitäten, die diese Umstellung des Pelzsteuersystems begleiteten. Eine Untersuchung hatte zu der neuen Festsetzung geführt, daß grundsätzlich alle Männer zwischen achtzehn und fünfzig Jahren steuerpflichtig waren, statt Marderfellen sollten ebenfalls die Pelze von Eichhörnchen, Füchsen oder auch Geld zur Begleichung der Steuerschuld als gesetzeskonform gelten.

Die Russen hatten den Jakuten außer dieser Steuer noch eine andere, nicht minder schwere Pflicht auferlegt. Auf Verlangen der Behörden mußten sie unter anderem Nahrungsmittel bis nach Ochotsk und Kamtschatka befördern, des weiteren auch zwischen Jakutsk und Irkutsk oder von Jakutsk zu den verschiedensten Posten in der Umgebung. Die Zahl der für die Transporte allein nach Ochotsk abgestellten Pferde schwankte in der Mitte des 18. Jahrhunderts im Jahresdurchschnitt zwischen vier- und fünftausend, während die Zahl der Begleitmannschaft leicht die Tausender-Grenze überstieg. Von der Regierung wurden zwar pro Pferd drei Rubel und fünfzehn Kopeken vergütet, aber da das Geld durch die Hände vieler Beamten und der Clanvorsteher ging, verringerte sich die Summe zusehends, bis die Jakuten am Ende der Reihe schließlich nur einen Bruchteil des ihnen zustehenden Betrages ausgehändigt bekamen.

Da sich die für Steuern und Transport zuständigen russischen Beamten in allen Belangen auf die jeweiligen Clanvorsteher verließen, entwickelten manche unter ihnen – stellvertretend seien die Oberhäupter des Borogonen- und des Kangalassken-Clans, Aschjakow und Suilanow, genannt – beachtliche Fähigkeiten in Verwaltung und Organisation. Im Jahr der Ankunft Kôdayûs in Jakutsk hatte Aschjakow ein Gesuch an die Zarin Katharina verfaßt, in dem er um die Verleihung weiterer Rechte für die Clanvorsteher und um einen Status bat, der sie in nichts mehr von den russischen Adligen unterscheiden sollte. Jene grüne Uniform mit dem roten Saum bedeutete bereits einen Schritt in diese Richtung.

Kurz vor ihrem Aufbruch nach Irkutsk hörten die Japaner von einem Jakuten, den man wegen seiner Zauberkünste nur den Schamanen nannte. Als einziger neugierig geworden, in den Gesichtern der Gefährten stand ein deutliches ›Na und?‹ geschrieben, machte sich Kôdayû schließlich allein auf den Weg zu dessen Hütte, die sich in einem Dorf am Ufer der Lena befinden sollte. Sein in den langen Wintermonaten von Nischni Kamtschatsk entstandener Wissensdurst, unbedingt über all die merkwürdigen Dinge des fremden Landes Näheres zu erfahren, hatte sich inzwischen nur verstärkt. Sorgfältig schrieb er seine Beobachtungen auf, setzte oftmals auch einige Zeichnungen hinzu, und ließ einmal sogar einheimische Kinder Modell stehen. Russen und Jakuten, die ihm während der Arbeit zusahen, bewunderten den Fremden ob seiner Fähigkeiten, der zwar niemals eine besondere Zeichenausbildung erhalten oder sich durch ein außergewöhnlich künstlerisches Talent hervorgetan hatte, aber die Formen doch recht geschickt auf das Papier zu übertragen vermochte.

Während Kôdayû dem Schamanen gegenübersaß, einem hageren, etwa vierzig Jahre alten Mann, gab dieser immer wieder plötzlich wilde Schreie von sich oder brach in wirres Gelächter aus und benahm sich ganz so, als hätte ihn der Wahnsinn befallen. Kôdayû hatte bei dem Schamanen zunächst an die Taoisten im eigenen Land gedacht, doch jener schien weitaus rätselhafter zu sein. Um mehr über das Wesen der magischen Kräfte dieses wunderlichen Mannes zu erfahren, war Kôdayû eigentlich in dessen Hütte gekommen. Dort bekam er aber lediglich ein kunstvoll gestaltetes Pferdefell gezeigt, das so ausgestopft und aufgestellt war, daß es fast einem lebendigen Pferde glich. Nach den Worten des Jakuten, der ihm den Weg zu der Hütte gewiesen hatte, handelte es sich um ein besonderes, von dem Schamanen mit eigenen Händen abgezogenes Fell. Und wenn dieser wollte, so könne er mit seinen magischen Kräften dem Fell Leben einhauchen und es sogar über Hindernisse aus Holz springen lassen.

Gespannt wartete Kôdayû darauf, daß der Schamane ihm etwas von seinen Künsten vorführte, aber nichts geschah und welche Fragen er auch stellte, aus dem Munde des Schamanen erhielt er keine Antwort. Manchmal antwortete einer der Jakuten, die sich inzwischen vor der Hütte drängten – es war ja nicht unbedingt etwas Alltägliches, daß ein Fremder zu Besuch kam. Nur einmal, als Kôdayû sich danach erkundigte, wie sich der Schamane seine mystischen Kräfte denn angeeignet habe, entstand ein aufgeregtes Stimmengewirr, das Kôdayû nicht recht zu deuten wußte. Auf jedem der Gesichter spiegelte sich ein Ausdruck wider, als hätte er etwas Ungeheuerliches gefragt.

Verwunderlich indessen war diese Reaktion der Jakuten nicht, denn in ihrem Glauben stammten Schamanen nicht von Menschen, sondern von Göttern ab und verfügten als solche Wesen daher seit ihrer Geburt über magische Kräfte. Die meisten von den russischen Ethnologen gesammelten Sagen und Legenden über die Schamanen behandeln das Geheimnis, das sich um deren Geburt rankt.

In alten Zeiten lebte in dem Ort Mytachzach ein wunderschönes Mädchen. Es war so stolz auf seine Schönheit, daß es, obschon im heiratsfähigen Alter, keinen einzigen Gedanken daran verlor, jemals einem Manne das Ja-Wort zu geben.

Eines Morgens, als das Mädchen auf die Weide hinausgegangen war, begegnete ihr ein Jüngling, der auf einem prachtvollen Schimmel dahergeritten kam. Noch niemals zuvor hatte das Mädchen einen solchen Reiter gesehen. Er umkreiste sie auf seinem Pferde, flüsterte ihr zarte Worte der Liebe ins Ohr, und sie erlag seinem Werben. Die beiden wurden ein Paar und nach einigen Tagen sprach der Jüngling zu ihr:

»Ich, der Sohn des göttlichen Chara-Suorun, bin auf die Erde hinabgestiegen, um mich mit dir zu vermählen. Du wirst in neun Monaten zwei Kinder gebären, denen beiden eine besondere Gabe verliehen ist. Nimm zu gegebener Zeit das gescheckte Pferdefell, welches in deiner Hütte sich befindet, breite es unter den drei hohen, am Ufer des Waldsees stehenden Lärchen aus und bringe darauf die beiden Kinder zur Welt, die als zwei Raben sich auf einem der

tiefen, dicken Äste krächzend niederlassen werden. Sobald dies geschehen ist, umkreise dreimal den Baum, berühre dabei mit deinem Unterkleide den Stamm und die beiden Raben werden auf das gescheckte Fell hinunterfallen. Berühre sie nicht, sondern wickele sie in das Fell ein und lege das Bündel in eine Ecke deiner Hütte. Nach drei Tagen werden aus den Raben Menschen geworden sein. Den älteren nenne Dschaanai-Bytschky, er wird mit einundvierzig Jahren Schamane werden und solche Wunderkraft besitzen, daß er Hirsche und Rehe in einem Atemzug hinwegzublasen vermag. Den jüngeren nenne Exekjuleech-Ergen, dieser wird mit vierzig Jahren Schamane werden und die Fähigkeit besitzen, Heu in der Luft tanzen zu lassen.«

So sprach der Jüngling und verschwand. Das Mädchen handelte genau so, wie es der vom Himmel herabgestiegene Sohn eines Gottes verlangt hatte. Auf diese Weise waren jenem Dorf zwei Schamanen gegeben worden.

Am 13. Tag verließen die Japaner nach einem dreißigtägigen Aufenthalt Jakutsk. Zu der achtzehnköpfigen Gruppe gehörten neben Kôdayû mit seinen fünf Gefährten wie erwartet die Personen, mit denen sie gemeinsam den Weg von Ochotsk bis Jakutsk zurückgelegt hatten, des weiteren noch der Beamte Wassili Danilowitsch Buschnjew. Die Japaner unternahmen zum ersten Mal in ihrem Leben eine Reise mit einem Schlitten. Die russischen *kibitka* waren überdacht, ähnlich einer Sänfte, und boten den Reisenden ausreichend Platz, selbst der Proviant ließ sich bequem unterbringen. Von mehreren Pferden gezogen glitten die Fahrzeuge mit unglaublicher Geschwindigkeit über die Schneedecke hinweg, eine zurückgelegte Tagesstrecke von mehr als einhundert Werst war keine Seltenheit.

Auf dem ersten Fünftel ihres 2486 Werst langen Weges waren vereinzelt noch einige Dörfer der Jakuten zu sehen, danach begann die weite, menschenleere Eiswüste. Ungefähr alle zehn *ri* erreichten sie eine Station, an der jedesmal die Pferde gewechselt wurden. Um unnötige Verzögerungen zu vermeiden, hatte man den Pferden kleine Glöckchen umgehängt, die den Stationsbediensteten das Nahen einer Reisegruppe ankündigten.

Die Fahrt verlief gänzlich ohne nennenswerte Zwischenfälle, die einzige Prüfung bestand darin, tagein tagaus den monotonen Anblick der ewig gleichen weißen Landschaft zu ertragen, für das Weiterkommen sorgten die Schlitten. Die Japaner beschlich nur dann ein ungutes Gefühl, wenn manchmal in den Abendstunden oder während der finsteren Nächte die Wölfe heulten, aber allmählich gewöhnten sie sich auch daran, und bald jagte ihnen der schauerliche Ton keinen Schrecken mehr ein.

Je weiter sie nach Süden kamen, um so häufiger säumten statt der Lärchen, die den hauptsächlichen Baumbestand der Jakutsker Region bildeten, Kiefernwälder den Weg, in denen sich auch einige der japanischen *goyômatsu* ähnelnde mächtige Bäume befanden. An den von den Russen *kedr* genannten Bäumen hingen gewaltige Zapfen, die nicht nur Bären und Mardern, sondern auch den Dorfbewohnern als Nahrung dienen sollten. Alle übrigen Bäume und Sträucher hatten ihre Blätter verloren, nur das dunkle Grün der Kiefern schimmerte den Reisenden entgegen.

Des öfteren bemerkten sie nun hohe, mit ihren Ästen fast in den Himmel reichende Bäume, die es in Jakutsk nicht gegeben hatte. Inmitten der schneeverwehten Ebenen boten sie ein majestätisch prächtiges Bild, das nur von Zeit zu Zeit ausgedehnte, sich über viele Werst erstreckende Birkenwälder unterbrachen.

III

Auch den ersten Tag des Jahres Temmei 9 (in Japan hatte unterdessen der Jahresname gewechselt und man schrieb das Jahr Kansei 1 – wovon Kôdayû und die Männer natürlich nichts wußten –, nach westlichem Kalender 1789) verbrachten die Japaner auf ihren Kibitka. Mehr als sechs Jahre waren vergangen, seitdem die *Shinshô-maru* den Hafen von Shiroko mit Kurs auf Edo verlassen hatte.

Bald kündigten einzelne Blockhütten und kleinere Dörfer die Nähe einer Stadt an, und eines Abends tauchten die Schlitten in eine faszinierende Landschaft von weit verstreut liegenden, gänzlich mit Kiefern und Birken bewaldeten Hügeln ein. Danach dauerte es nicht mehr lang, bis auf der rechten Seite das gefrorene Flußbett der Angara in Sicht kam. Der Weg führte nun stets an deren weißem Lauf entlang, am 7. Februar passierten sie das Stadttor und waren am Ziel ihrer Reise angelangt: Irkutsk.

Als Quartier wurde den Japanern eines der Häuser des Hufschmieds Chorkow im Bezirk Uschakow zugewiesen, das fünf von ihnen in der Freude und Genugtuung bezogen, die eisige Kälte unbeschadet überstanden zu haben. Shôzô hingegen vermochte die gute Stimmung unter der Mannschaft nur bedingt zu teilen, seit einigen Tagen bereits hatte er Schmerzen in seinem Bein verspürt, unterwegs aber geschwiegen und erst nach ihrer Ankunft in Irkutsk den Gefährten davon erzählt.

Die mehr als dreitausend Häuser schmiegten sich dicht zusammengedrängt zwischen eine Hügellandschaft und die beiden Biegungen der Angara, die der Fluß an dieser Stelle machte. Neben einfachen Gebäuden standen die unterschiedlichsten Läden, auch Kirchen, Schulen und Krankenhäuser fehlten nicht, des weiteren zeugten zahlreiche Villen vom Wohlstand ihrer Bewohner. Rathaus, Ämter, Geschäfte und die normalen Wohnhäuser waren meistens aus Holz gefertigt, seltener aus Lehm. Selbstverständlich zählte der Sitz des Generalgouverneurs genauso wenig wie die Behörde des Gouvernements Irkutsk, die jener in Jakutsk übergeordnet war, zu den bescheideneren Anwesen der Stadt.

Der Hafen, um den der wohlhabendste Bezirk lag, bildete das Zentrum von Irkutsk. Dort befand sich auch ein etwa eineinhalb Quadrat-*chô* großer Handelskomplex, in dem sämtliche Gebäude aus Lehm und die Dächer aus Kupfer gefertigt waren und den auf einer Seite das Behördenviertel, auf der gegenüberliegenden das Geschäftsviertel der kleineren Händler umschloß.

Das Leben in diesem abgegrenzten Bereich war strengen Regeln unterworfen: Die Kaufleute kamen morgens in aller Frühe, gingen bis zum späten Abend ihren Geschäften nach und kehrten dann wieder in ihre außerhalb des Areals liegenden Häuser zurück. Das konnten sie auch unbesorgt tun, denn das Gebiet wurde Tag und Nacht von Soldaten bewacht und die ankommenden Personen genauestens kontrolliert, so daß sich niemand vor Dieben zu fürchten brauchte. Aus diesem Grund war der Markt nicht nur bei den einheimischen Kaufleuten beliebt, sondern lockte auch Händler aus China und Korea an, wodurch ein lebhafter Warenaustausch in allen nur erdenklichen Pelzsorten, Heilmitteln, in Schminke, Gesichtspuder, Tee, Zucker, feinstem Tuch, Gefäßen aus edlen Hölzern und anderen wertvollen Dingen mehr stattfand.

Von der Schönheit der Angara, jenes dem Baikalsee entfließenden Stroms, hatten die Japaner bereits in Jakutsk gehört, und sowohl die Schlittenführer als auch ihre Reisegefährten schwärmten des öfteren genauso von dem kristallenen Glitzern des Wasserspiegels wie von dem Labsal eines Bechers klaren Angarawassers. Bei ihrer Ankunft in Irkutsk war es jedoch nicht möglich, die Worte der Russen auf ihren Wahrheitsgehalt zu überprüfen, denn die Oberfläche des Flusses zeigte sich vollständig mit einer dicken Eisschicht bedeckt, auf der unzählige Pferdeschlitten dahinjagten, und wenn es nicht auch einige Fischer gegeben hätte, die sich um die ins Eis geschlagenen Löcher versammelt hatten, wäre es den Japanern sogar verborgen geblieben, daß es sich bei dieser weißen Straße in Wirklichkeit um einen Fluß handelte.

Im Hafen kamen die aus der weiter westlich gelegenen Stadt Jenissejsk herangeschafften unzähligen Waren mit den auf Pferdeschlitten über den Baikalsee beförderten Kisten und Kasten zusammen, so daß die Verladearbeiter nie über zu wenig Beschäftigung klagten. Die unter ständiger Bewachung stehenden Lagerhäuser waren gewöhnlich gut gefüllt, in manchen Zeiten reichten deren Kapazitäten sogar kaum aus, und Pelze und Teekisten mußten notgedrungen unter freiem Himmel gestapelt werden.

Zum Uschakow-Bezirk, der sich zu beiden Seiten der Uschakowka bis zur Mündung in die Angara entlangzog, gehörte ein sich am linken Ufer erstreckendes Wohngebiet sowie das Handwerkerviertel am rechten Ufer, in dem die Japaner Unterkunft gefunden hatten. Sogleich war ihnen dort das geschäftige Treiben aufgefallen, das Jakutsk und Ochotsk wie ausgestorben wirken ließ. Nun befanden sie sich mitten darin, die Angara war nicht allzu weit entfernt und von ihrem Quartier aus konnten sie die beiden majestätischen Türme des Nonnenklosters Snamenskoj in den Himmel ragen sehen.

Mit Irkutsk betraten die Japaner, überwältigt von den vielen unbekannten Dingen, die sich ihren staunenden Blicken boten, die erste wirkliche russische Stadt. Die Berge im Rükken, im Vordergrund der Fluß, umrahmt von dichten Wäldern – alles fügte sich zu einem wahrhaft harmonischen Bild. Kein Vergleich zu der grauen, eintönigen Welt der Siedlungen, die sie bisher gesehen hatten; die Menschen schienen sich in Irkutsk wohlzufühlen, und diejenigen, die den Japanern auf der Straße begegneten, waren zumeist in wertvolle Kleidung gehüllt und trugen Filzschuhe statt der bisher üblichen Stiefel aus Rentierleder. Vor allem die Frauen waren sehr hübsch anzusehen.

In der Stadt gab es viele Kirchen, jede mit einem Glokkenturm und kleineren Nebentürmen, Gebäude von unsagbarer Schönheit: die Kirchen Trojzkaja, Spasskaja, Bogojawlenskaja und Krest-Wosdwischenskaja sowie das Kloster Snamenskoj, um nur die herausragendsten zu nennen. In jeder einzelnen Kirche läuteten täglich die Glocken, die Gläubigen fanden sich zum Gebet ein, dankten ihrem Gott für das Glück des angebrochenen Tages und baten um seine schützende Hand auch für den nächsten Morgen.

Dieser Ort nahm den Japanern zum erstenmal die Angst vor der bitteren Kälte, die seit den letzten Jahren ihr ständiger Begleiter gewesen war. Solange sie in Irkutsk blieben, würde keiner der ihren verhungern oder erfrieren müssen. Es schneite zwar nicht unbedingt weniger als in Jakutsk, aber den Flocken fehlte die Festigkeit, so daß die Stadt an den meisten Stellen nur unter einer vergleichsweise dünnen Dekke lag. Auch das Klima war längst nicht so streng. Mitte Januar stellten sich gewöhnlich die tiefsten Temperaturen ein, doch schon im Februar verloren die Minusgrade ihren Schrecken und das Thermometer stieg unaufhaltsam an.

Mit dem im Jahre 1618 eingerichteten Stützpunkt Jenissejsk und der Angara als wichtigster Wasserstraße gelang es den Russen, bis in die Gegend des Baikalsees vorzudringen. 1631 bauten sie Fort Bratsk, von dem aus Kosakenführer Iwan Pochabow mit einer Abteilung zur Insel Dschatschi am Zusammenfluß Angara/Irkut aufbrach, dort sein Winterlager aufschlug und somit den Grundstein für das erste Bauwerk im ausgedehnten Stadtgebiet des heutigen Irkutsk legte. Pochabows Auftrag bestand im Eintreiben der Pelzsteuer von den in diesem Gebiet lebenden Burjaten und Mongolen, ein Auftrag, den Pochabow laut Berichten des Sibirienforschers und Historikers Gerhard Friedrich Müller mit äußerst brutalen Methoden ausführte, die eine Massenflucht der Burjaten in die Südmongolei nach sich zog. Jahrelang sollen sie aus Furcht vor den Kosaken nicht zurückgekehrt sein.

Dschatschi, das die Form eines Dreiecks bildete, befand sich mitten im Irkut, direkt an dessen Mündung in die Angara, und war, wie sich bald herausstellte, als Winterlager eher ungeeignet. Die Kosaken zogen daher im Jahre 1661 auf die rechte Uferseite der Angara um und befestigten dort ein neues Fort – das heutige Zentrum von Irkutsk – mit einem sechs Meter hohen Wachturm, Lagerschuppen für die eingezogenen Felle und einem speziellen Gefängnis, das zur Unterbringung der Geiseln diente.

Vierzehn Jahre später machte der nach Mandschu-China beauftragte Gesandte Nikolaj Gawrilowitsch Spafari in Fort Irkutsk Station und notierte die folgenden Zeilen in sein Reisetagebuch *Sibirien und China:*

Das Fort Irkutsk lieget auf der Ebene längs des rechten Ufers der Angara und ist wahrlich eine großartige Feste. Es stehen dort mehr als vierzig Hütten für die Kosaken und auch für die gewöhnlichen Einwohner ist gesorget. Das Erdreich eignet sich hervorragend zum Getreideanbau. Im Fort selbst befindet sich eine mit dem Namen des gütigen Erlösers versehene Kirche. [. . .] Um die Flucht der Familien aus dem kaiserlichen Rußland zu verhindern, sperrten die Kosaken einige Menschen aus dem Volke der Burjaten und Tungusen in jenes Gefängnis ein. Als Steuer sind von jedem männlichen Burjaten ein Zobelfell, in manchen Fällen auch zween an die neuen Herren zu entrichten.

1682 wurde Irkutsk von der Verwaltung aus Jenissejsk unabhängig und der erste Statthalter, Wlasjew mit Namen, bezog seinen Posten. 1690 bekam Irkutsk das Stadtrecht und vom Sibirienamt in Moskau die Erlaubnis verliehen, ein eigenes Wappen zu tragen. Wohlstand und Stärke sollte es symbolisieren, und man entschied sich für eine Wildkatze mit einem Marder zwischen den Zähnen auf silberfarbenem Grund. Gleichwohl reichte die Einwohnerzahl nicht an die von Jenissejsk heran, das Handelsvolumen blieb weit hinter dem zurück, was in Nertschinsk und Jenissejsk umgeschlagen wurde, und das wichtigste Pelzsammellager hieß immer noch Jakutsk.

In der Folge gewann Irkutsk dank seiner günstigen geographischen Lage aber zusehends an Bedeutung. Am Zentrum der Ural-Pazifik-Route gelegen, von der auch die Handelsstraßen nach China und in die Mongolei abzweigten, entwickelte sich die Ansiedlung schnell zu einer lebendigen Kaufmannsstadt. Zunächst machten die Händler in Irkutsk nur vorübergehend Station, um sich dort auf die Überquerung des Baikalsees vorzubereiten, die besonders wegen der stürmischen Winde im Spätherbst kein allzu leichtes Unterfangen darstellte. Mit der Zeit erwies sich die Lage der Stadt jedoch als derart günstig, daß die Kaufleute feste Niederlassungen einrichteten, die Bevölkerung stetig zunahm und Mitte des 18. Jahrhunderts rund viertausend Menschen in Irkutsk lebten.

Anfangs stand allein der Pelzhandel im Mittelpunkt der Geschäfte, gleichzeitig kamen aber auch mehr und mehr Kaufleute und Handwerker in die Stadt, die nichts mit Pelzhandel oder -verarbeitung zu tun hatten, was ein übriges zum Aufblühen Irkutsks beitrug. Ein weiterer großer Schritt für die Entfaltung bedeutete der Abschluß des Vertrags von Kjachta, der für eine Belebung des Staatshandels zwischen Rußland und Mandschu-China sorgte. Zunächst bildeten im 18. Jahrhundert hauptsächlich russische Felle und chinesische Tuche die Tauschprodukte, später konzentrierte sich die Nachfrage auf russische Stoffe und chinesischen Tee.

Die Fertigstellung im Jahre 1760 der als Moskau-Straße bezeichneten Verbindung zwischen Ural und dem Osten des Landes ermöglichte dann mittels Pferdewagen einen breitangelegten Warentransport auf dieser Strecke, die sich bald zu einem der wichtigsten Handelswege Rußlands entwickelte. Auch mit Fußketten gefesselte Strafgefangene auf ihrem Weg in die östlichen Verbannungsorte bekam man nicht selten zu sehen. Von Irkutsk betrug die Entfernung nach Sankt Petersburg 5821, nach Moskau 5093 und nach Tobolsk 2959 Werst.

Als die Japaner um Kôdayû in Irkutsk eintrafen, war die Moskau-Straße bereits seit gut zwanzig Jahren vollendet.

1765 legte die Zarin das Gouvernement Irkutsk mit der Stadt Irkutsk als Verwaltungssitz eines vom Jenissej bis zur Pazifikküste reichenden Gebiets fest und teilte 1782 im Zuge der großen Landreform das Gouvernement in die kleineren Verwaltungseinheiten Irkutsk, Jakutsk, Ochotsk und Nertschinsk ein, deren oberste Behörde ihren Sitz wiederum in Irkutsk hatte.

Schon 1756 war in Irkutsk ein ständiger Pelzmarkt eingerichtet worden, dessen Attraktivität die Händler immer weiter nach Osten bis über Kamtschatka hinaus zum Pelzerwerb ausschwärmen ließ. Zwischen 1743 und 1799 brachen mehr als hundertmal Schiffe zu den Alëuten und an die Nordwestküste Nordamerikas auf und führten der Staatskasse Pelze im Wert von acht Millionen Rubel zu.

Inmitten dieser bewegten Zeit zerschellte die *Shinshô-maru* an den Klippen der Alëuteninsel Amtschitka.

Die ersten Tage in Irkutsk verliefen ereignislos, und die Japaner erholten sich langsam von den Strapazen der Reise, als ein Aufschrei Shôzôs die Ruhe in der Unterkunft beendete.

In Jakutsk war Kôdayû überzeugt gewesen, daß eine Erfrierung nur den hätte treffen können, der gewöhnlich alles auf die leichte Schulter zu nehmen pflegte: Shinzô. Nun mußte sich hingegen der ein wenig träge, im Grunde aber recht umsichtige Shôzô darauf gefaßt machen, vielleicht sogar ein oder zwei Zehen zu verlieren. Doch die Sache war viel ernster, als Kôdayû es sich vorstellte, nicht einmal Shôzô selbst ahnte, wie schlimm es in Wirklichkeit um ihn stand.

Shôzô schrie und krümmte sich vor Schmerzen, schien nach zwei Tagen aber das Ärgste überwunden zu haben und meinte lediglich, nun merke er unterhalb des Knies überhaupt nichts mehr. Kôdayû betastete Shôzôs Bein, aber seine Finger berührten nichts Lebendes. Erschrocken hielt er inne –

wenn er ein wenig fester drückte, würde dieser bläulich-schwarz verfärbte Klumpen Fleisch sofort auseinanderfallen.

Kôdayû eilte zu dem Beamten, der ihnen die Unterkunft zugewiesen hatte. Dem herbeigerufenen Arzt schienen die Symptome nichts Ungewöhnliches zu sein, denn mit einem kurzen Blick auf Shôzôs Bein erklärte er, daß es nur noch eine Frage der Zeit sei, bis auch der gesunde Oberschenkel befallen sei und schließlich der Tod eintreten werde. Man müsse sofort operieren. Ohne noch viel Worte zu machen, wies der Russe seine Helfer an, nahm eine große Säge zur Hand und trennte das Bein unterhalb des Knies ab. Dann tränkte er ein Tuch in eine alkoholische Flüssigkeit und umwickelte die Wundöffnung. Ehe die Japaner begreifen konnten, was überhaupt geschehen war, hatte Shôzô sein Bein verloren.

Nur Kôdayû und Koichi blieben bei der Operation im Raum. Trotz seiner entsetzlichen Schmerzen ertrug Shôzô alles tapfer und gab keinen einzigen Laut von sich. In den letzten Jahren hatten sie oft genug über Shôzôs Fähigkeit gestaunt, die größten Widrigkeiten mit der ihm eigenen stillen Ausdauer zu meistern, aber daß er auch bei diesen Qualen die Zähne zusammengebissen hatte, grenzte wirklich an übermenschliche Kräfte.

Die Heilung der Wunde machte gute Fortschritte, wie es jedoch in Shôzô selbst aussah, der seit jenem Tag nur unentwegt an die Decke starrte, wußte keiner zu sagen. Erkundigte sich einer der Gefährten nach seinem Befinden, so antwortete er nur, das Liegen mache ihm manchmal ein wenig zu schaffen, sein Bein hingegen erwähnte er mit keinem Wort.

»Wenn er uns hören kann, dann ist alles, was auch nur im entferntesten mit ›Bein‹ zu tun hat, ab jetzt tabu, verstanden!« schärfte Koichi den beiden Jungen ein. »Wenn er es überwunden hat, dann wird er schon ganz von selbst anfangen, davon zu sprechen. Bis dahin halten wir aber den Mund.«

Es sollte lange dauern, bis sie das Wort »Bein« oder ähnliches wieder einigermaßen unbefangen benutzen konnten. Shôzô antwortete so einsilbig wie eh und je, nur aus seinem

Gesicht war die frühere Unbekümmertheit vollständig verschwunden; der Verlust des Beins hatte sein Gesicht zu einer steinernen Maske werden lassen, in der sich nicht die kleinste Gefühlsregung zeigte.

»Ja, das ist ein Unglück, aber es ist nicht zu ändern. Soll er's doch erst einmal am Stock versuchen, und dann, mit ein bißchen Übung, dann wird er auch halbwegs wieder gehen können. Das klappt bestimmt«, meinte Koichi, als sie gemeinsam am Tisch saßen und die Tür zu Shôzôs Raum geschlossen war, aber seine Stimme klang alles andere als zuversichtlich. Kyûemon sprach als erster aus, was auch Shinzô und Isokichi dachten:

»Gesetzt de Fall, ich maan', wenn's wirklich ma so weit käm', un wir aanes Daachs nach Ise zurückkehre dun, ob wir ihn do hie mitnehme könne? Mit dem Baa? Also, ehrlich gesacht, wenn ich hier krank werde würd', ich wär' libber tot, als daß die mich so heile wie de Shôzô. Die, die jetz' uff Amtschitka an dem Hüschel do liege, odder die, die in dem Nischni Kamtschatsk do verhungert sin', dene geht's doch all besser jetz' als unserm Shô. Wenn ich den sa leere Aache seh' –«

»Hör auf mit dem dummen Geschwätz!« unterbrach ihn Kôdayû ärgerlich, »selbst wenn ein Bein fehlt, oder auch alle beide, für uns darf es nichts anderes als den Gedanken an die Rückkehr geben. Ist es denn wirklich so schön, in der Fremde zu sterben? Die, die auf Amtschitka und in Nischni Kamtschatsk bleiben mußten, die sind gestorben, ohne zu wissen, ob nicht wenigstens einer von uns die Erde Japans wieder betreten wird. Wir auf jeden Fall haben bis jetzt durchgehalten. Wir müssen zurückkehren und erzählen, wie sich alles zugetragen hat, das sind wir ihnen schuldig!« Kôdayûs feste Stimme ließ keinen Zweifel daran, daß es ihm ernst war mit seinen Worten. In Wahrheit wunderte er sich selbst, wie es ihm möglich war, mit einer solchen Überzeugung zu sprechen, denn Shôzôs Krankheit war nicht das einzige Ereignis, das ihn die Zukunft in immer dunkleren Farben malen ließ.

Hatte er nicht seine ganze Kraft aus der Hoffnung geschöpft, in Irkutsk endlich könnten jene Entscheidungen getroffen werden, die die Befugnisse der Beamten sowohl in Nischni Kamtschatsk als auch in Ochotsk offenbar bei weitem überschritten? In Irkutsk befand sich der Amtssitz des Generalgouverneurs, dessen Vollmachten wohl auch die Behandlung ausländischer Schiffbrüchiger umfassen durften. Aus diesem Grund hatte er die Gefährten ermuntert, auch noch diesen weiten Weg zu gehen, aber gerade weil ihr Fall nun in die Mühlen dieser großen Behörde geraten war, mochte alles nur noch schwieriger geworden sein.

In den kleineren Siedlungen hatte Kôdayû jeweils mit den höchsten Beamten ruhig reden, ihre Situation ausführlich darstellen und sich an deren vergleichsweise noch recht präzisen Anordnungen orientieren können, in Irkutsk hingegen war er bisher noch von keinem einzigen höheren Beamten angehört worden. Wann immer er um ein Gespräch nachsuchte, jedesmal erschien ein anderer und hieß ihn mit den Worten wieder gehen, daß man über das Schicksal der japanischen Schiffbrüchigen in der Hauptstadt berate, daß eines Tages schon eine Anweisung eintreffen und man gemäß dieser Instruktion den Fall entscheiden werde. Nicht anders als in Nischni Kamtschatsk, Ochotsk und Jakutsk schienen auch die Beamten in Irkutsk ohne Konsultationen mit ihrer vorgesetzten Behörde nichts unternehmen zu können. Wenn tatsächlich noch nicht einmal der Generalgouverneur eine endgültige Entscheidung fällen durfte, wer sollte ihnen dann zur Rückkehr in die Heimat verhelfen?

Kôdayû schilderte Buschnjew seine Sorgen, aber auch für Wassili Danilowitsch war die ganze Angelegenheit nicht ganz durchschaubar, und er antwortete nur, daß er demnächst nach Jakutsk zurückkehren und dort seinem Vorgesetzten genauestens Bericht erstatten werde. Nach Buschnjews Abreise verging ein Tag wie der andere, von den Beamten hörten sie nichts mehr.

»Vergesse habbe die uns, aafach vergesse!« grummelte es manchmal aus Kyûemons Ecke, worauf immer eine gewisse Unruhe unter den Männern entstand.

»Ja, ich glaub' auch bald, an uns denkt keiner mehr.«

»Hört doch mit der Unkerei auf! Sie werden ihre Instruktionen schon noch bekommen. Bis dahin müssen wir uns eben gedulden. Jetzt haben sie uns eigens in diese große Stadt gebracht, sie geben uns jeden Tag unsere Mahlzeiten, und da ist ja wohl nicht anzunehmen, daß sie uns wirklich vergessen haben.« Kôdayû wurde nie müde, dies zu wiederholen, doch innerlich plagten ihn genau die gleichen Ängste.

Nachdem sie bereits etwa einen Monat in Irkutsk verbracht hatten, kamen zwei Russen in ihre Unterkunft und stellten sich in einer Sprache vor, die ihnen irgendwie vertraut vorkam: Japanisch.

Der eine der beiden nannte sich Trapesnikow, Sohn des Schiffbrüchigen Kyûtarô, der andere sagte, er sei Tatarinow, Sohn des Schiffbrüchigen Sannosuke.

Fast hätten die Männer gelacht. Das konnte nur ein plumper Scherz dieser zwei sein, zu leicht war der Schwindel zu entlarven, denn ihre Gesichtszüge sahen keineswegs japanisch aus, und auch Haar- und Augenfarbe hatten nichts mit der japanischen gemein. Ihre Väter sollten Japaner gewesen sein? Ein einziger Blick genügte, und jeder wußte, wer da in Wirklichkeit vor ihnen stand: zwei Russen, die ihre Sprache zu imitieren versuchten. Nur – wieso gab es in diesem entfernten Land Menschen, die, wenn auch nur gebrochen, sich offenbar auf Japanisch verständlich machen konnten? Wer waren diese beiden, die auf einmal vor ihnen aufgetaucht waren?

»Ihr wollt uns also weismachen, daß eure Väter Japaner gewesen sind«, ergriff Koichi das Wort, aber das schien die Japanischkenntnisse ihrer beiden Besucher bereits zu überfordern, denn anstatt eine Antwort zu geben, lächelten sie nur verlegen vor sich hin und blickten ziemlich hilflos in die Runde. Koichi merkte, daß sie ihn nicht verstehen würden, auch wenn er dieselben Worte noch einmal langsam wiederholte, und versuchte etwas anderes:

»Die Vorfahren von euch beiden -« Da sich der Gesichtsausdruck der zwei aber kein bißchen änderte und sie Koichi nur weiter freundlich anlächelten, unterbrach ihn Isokichi:

»Komm, laß! Das nutzt nichts. Ich versuch's mal mit Russisch!« und nach einigem hin und her wandte sich Isokichi wieder seinen Gefährten zu:

»Sie sagen, daß es außer ihnen noch jemanden gibt, der Japanisch sprechen kann.«

Kôdayû hatte die ganze Zeit nichts gesagt, nur die Gesichtszüge und das Benehmen der beiden Besucher eingehend beobachtet. Was sollte er nun davon halten? Er konnte die beiden nicht ansprechen, in seinem Kopf jagte ein Gedanke den anderen. War es nun zum Freuen oder zum Weinen, daß es außer ihnen offensichtlich weitere Japaner gab, die so wie sie als Schiffbrüchige in dieses Land gekommen waren? Eine Erkenntnis, die ihnen Mut machen, oder ganz im Gegenteil, die ihnen auch noch den letzten Funken Hoffnung rauben sollte, jemals wieder in die Heimat zurückzukehren? Wie sehr er auch darüber nachdachte, Kôdayû fand keine Antwort auf diese Fragen, allein eine unbestimmte Schwermut nahm mehr und mehr von ihm Besitz.

Die beiden merkwürdigen Besucher sahen wohl mit der Angabe ihrer Herkunft den Zweck ihres Kommens als erfüllt an, denn sie verschwanden alsbald und ließen ziemlich verstörte Japaner zurück. Erst allmählich wurde ihnen die eigentliche Bedeutung des eben Gehörten bewußt und jedem lief ein kalter Schauer über den Rücken. Eine unheimliche Stille lag in dem Raum.

Koichi, der die meisten Worte mit den beiden gewechselt hatte, fand als erster die Sprache wieder:

»Die bringen Unglück! Hol mir einer Salz, wer weiß, was sonst passiert!«

Isokichi hatte offenbar auch schon seine Fassung wiedergewonnen, stand auf, wühlte in ihrem Vorratsschrank herum und brachte schließlich einen Block Salz zum Vorschein, den er mit den Fingerspitzen zerkleinerte. Eilig bestreute er damit den Boden an der Tür, durch die die Fremden hereingekommen waren. Den Rest verteilte er über sich selbst, Koichi, Kôdayû, Kyûemon und Shinzô.

»Vergiß de Shô net!« mahnte Kyûemon. Isokichi ging in das Nebenzimmer zu dem friedlich schlafenden Shôzô und bestreute auch ihn mit Salz.

Die Männer hatten zum erstenmal Menschen gesehen, die nur einen japanischen Elternteil besaßen. Als Trapesnikow und Tatarinow noch im Raum waren, hatte es sie fasziniert, daß diese beiden tatsächlich japanische Worte benutzen konnten, doch ihre Faszination wich schnell dem angstvollen Gefühl, sie hätten etwas Ungeheuerliches, etwas streng Verbotenes gesehen, ein höchst unangenehmes, ja, fast schon widerwärtiges Gefühl, dem sie nicht zu entfliehen vermochten.

Kôdayû, der mit den Fremden kein einziges Wort gewechselt hatte, sagte auch noch nichts, nachdem sie schon einige Zeit wieder gegangen waren. Plötzlich mit der Tatsache der Existenz anderer japanischer Schiffbrüchiger konfrontiert – nicht einmal im Traum wäre er auf einen solchen Gedanken gekommen. Die Väter der beiden hießen also Kyûtarô und Sannosuke, waren an Rußlands Küste gestrandet und hatten in diesem Land gelebt, daran gab es nichts zu zweifeln. Aber sollten sie denn die einzigen gewesen sein, denen ein solches Schicksal widerfahren war? War es denn nicht möglich, daß es nicht noch mehr Japaner nach Rußland verschlagen hatte? Kôdayû zitterte am ganzen Körper, aber es war ein Schaudern, das sich von dem seiner Gefährten unterschied.

Wenn es wirklich solche Schiffbrüchigen gab, wie mochte es ihnen ergangen sein? Ihm war noch nie ein Gerücht zu Ohren gekommen, daß Schiffbrüchige ihren Weg zurück nach Japan gefunden hatten. Eine derartige Begebenheit hätte sich wie ein Lauffeuer verbreiten müssen, oder es wäre doch zumindest davon gesprochen worden, aber er erinnerte sich nicht, jemals auch nur eine Andeutung von einem solchen Ereignis gehört zu haben. Ihm war, als sei ihnen mit jenen beiden unglückseligen Gestalten ihr eigenes zukünftiges Schicksal erschienen, ein Schicksal, dem sie nicht mehr entgehen würden, welche Anstrengungen sie auch unternähmen, um diesem Land den Rücken zuzukehren.

Nach drei Tagen kamen Trapesnikow und Tatarinow wieder. Diesmal umringten Koichi, Kyûemon, Isokichi und Shinzô die beiden nicht wie zuvor, sondern blieben zögernd und unsicher in einiger Entfernung stehen und überließen das Sprechen Kôdayû, der auf Russisch und Japanisch versuchte, soviel wie möglich über deren Väter zu erfahren. Isokichi stand Kôdayû schließlich bei so gut er konnte, aber es war letztendlich nicht viel, was sie aus den beiden herausbrachten.

Die Fischer Kyûtarô und Sannosuke seien auf Kamtschatka gestrandet, hätten dann in Irkutsk gelebt, jeweils eine Russin zur Frau genommen und seien vor zehn Jahren gestorben, als sie, Trapesnikow und Tatarinow, gerade in ihrem zwanzigsten Lebensjahr standen. Auch hätten noch andere Japaner dort gelebt, von denen einige mehrere Jahre in einer Stadt namens Sankt Petersburg verbracht haben sollen, und alle Japaner seien von der russischen Regierung versorgt worden.

Kôdayû und Isokichi stellten abwechselnd ihre Fragen, und bald wurde die Scheu der Gefährten geringer, und sie wagten sich nach und nach aus dem Hintergrund hervor. Mochte den beiden Besuchern auch etwas Dämonisches anhaften, das eine Berührung mit ihnen nicht ratsam erscheinen ließ, die Neugier gewann letztendlich die Oberhand. Keiner wollte noch länger abseits stehen und die Antworten Tatarinows und Trapesnikows verpassen.

Doch es war nichts mehr aus den beiden herauszubekommen. Vielleicht wäre manche Ungereimtheit aufgelöst worden, wenn sie deren Mütter hätten befragen können, aber Tatarinows Mutter war bereits gestorben und Trapesnikows Mutter wohnte nicht mehr in Irkutsk.

»Sagt mal, wovon lebt ihr hier eigentlich?« wechselte Kôdayû das Thema.

Tatarinow erwiderte, daß er zur Zeit gar nichts mache, bis vor fünf Jahren aber Japanischunterricht gegeben habe.

»Japanischunterricht? Wem habt ihr denn Japanischunterricht gegeben?«

»In einer Schule, da haben wir Japanisch unterrichtet.«

»In dieser Schule, wer hat dort Japanisch gelernt?«

»Schüler.«

»Was für Schüler? Erwachsene oder Kinder?«

»Erwachsene und Kinder.«

»Wie viele ungefähr?«

»Manchmal zehn, manchmal auch nur fünf. Als ich klein war, da waren es ungefähr zehn Schüler, und mein Vater und noch sieben andere Japaner haben unterrichtet. Aber mit der Zeit wurden es immer weniger Schüler und Lehrer, und jetzt ist die Schule geschlossen.«

»Warum haben die Schüler Japanisch gelernt?«

»Um Dolmetscher zu werden.«

»Sind alle Schüler, die an dieser Schule Japanisch gelernt haben, Dolmetscher geworden?«

»Das weiß ich nicht genau. Manche sind es wohl geworden, manche nicht.«

»Warum weißt du das nicht?«

»Ich weiß es eben nicht.«

»Die Schüler, die Japanisch gelernt haben, leben die in Irkutsk?«

»Manche leben hier, manche nicht.«

»Die, die in Irkutsk leben, was machen die?«

»Manche haben einen Gemischtwarenladen, manche arbeiten bei Pelzhändlern.«

»Und von denen, die Dolmetscher geworden sind, ist da auch einer hier?«

»Ja, einer. Der ist es zwar geworden, aber weil er kaum Japanisch reden kann, macht er im Moment nichts.«

»Wen soll er denn auch dolmetschen, dieser Dolmetscher?

Und selbst wenn er wollte, es sind doch gar keine Japaner da!«

»Ihr seid da.«

»Ja, wir sind da, aber außer uns doch niemand, oder?«

»Im Moment nicht. Aber vielleicht kommen später noch andere.«

»Und was machst du jetzt?« Diesmal hatte Koichi die Frage gestellt.

»Ich mache nichts.«

»Wenn du nichts machst, wer gibt dir dann dein Essen?«

»Ich bekomme Geld von der Regierung.«

»Viel?«

»Ziemlich wenig.«

»Wenn's so wenig ist, wie kannst du dann davon leben?«

»Ich gehe manchmal zu einem Pelzhändler, um zu arbeiten.«

Danach wandte sich Koichi Trapesnikow zu, der die Fragen auch nicht klarer beantwortete, dafür aber noch länger als Tatarinow zum Nachdenken benötigte. Zwar konnten sie es ihm wohl nicht verübeln, wenn er eben etwas mehr Zeit brauchte, aber meistens endeten seine Überlegungen nur mit einem hilflosen »Ich weiß nicht«, das Koichi allmählich immer unfreundlicher werden ließ.

Schließlich stammelten die beiden etwas, das danach klang, als wollten sie später noch einmal wiederkommen, und verließen wie zwei Verdächtige nach einem plötzlichen »Los, haut ab!« der Polizeioffiziere fluchtartig und mit schweißnasser Stirn das Quartier.

»Die sehen aus wie die Russen, aber wenn sie den Mund aufmachen, dann merkt man, daß es keine richtigen Russen sind. Die haben kein reines Blut. Und man weiß auch nicht, was sie wollen. Aus deren Gerede wird doch kein Mensch schlau«, stellte Isokichi unzufrieden fest.

»Und mit diesem ängstlichen Getue, haben doch nichts verbrochen, oder? Die soll'n uns richtig anschauen und offen sagen, was Sache ist!« stimmte ihm Koichi sogleich zu. Auch Shinzô polterte:

»Wissen nichts über ihre Väter! Die sind doch nicht ganz klar im Kopf! Warum die überhaupt hierher gekommen sind, das muß mir mal einer erzählen!«

Jetzt fehlte nur noch Kyûemons Bemerkung, die kam zwar, aber ganz anders, als seine drei Vorredner es vermutet hätten:

»Ach hört doch uff! Die arme Kerl'! Wenn ihr net wißt, was die von uns wollte, dann seider doch selber schuld. Habbter ihne denn a aanzsches Mal de Möschlichkeit gegebbe, daß se sache dun, was se uns vielleicht zu sache habbe? Naa, des habbter net, un so wieer die ins Verhör genomme habbt, da hätt aach ich Angst gekriegt.«

Sprachlos geworden mußten sich die Gefährten eingestehen, daß es tatsächlich genauso gewesen war, wie Kyûemon sagte.

»Aach die sin' net anners als wir! Weil jemand aus de Land ihrer Väter komme is', do wollte se ebbe mal frache, wo denn in des Jaban genannte fremde Land eischentlich unser Heimat is'. Könnter euch des denn net vorstelle? Rede wollte se, un zuhöre wollte se, glaabt mer des! Abber was erlebe se statt desse? Kaa freundlich Wort, kaa aanzsches, im Geschenteil, 's ging net anners zu, als hätt' ma se vor's Strafg'richt gezerrt. Ich habb die beide von der Seit' beobacht', mir ham se wirklich leid gedan. Hört ihr beide, hätt' ich gesacht, hört, wir wolle euch von de Land euer Väter berichte: Dort fängt ma reichlich gute Fisch, täschlich esse de Mensche *sashimi* un in jede Haus werde jetz' ganz besonner *mochi* zubereitet. Un da gibbt's die toll' *shiruko* Supp', heiß un süß, un dann *sushi* dazu, un *tororo* uff Reis – ahh, des kamma ja gar net beschreibe, wie wunnerbar des alles schmeckt –«

»Red nicht vom Essen, Mann! Wir haben doch ausgemacht, darüber nicht zu sprechen«, stoppte Koichi unsanft Kyûemons Schwärmerei.

»Was? Vom Esse? Ich red' doch gar net vom Esse. Ich habb ja bloß g'meint, daß wir ihne unbedingt aach davon was erzähle sollt, odder etwa net?«

Kyûemon hatte mit seiner Vermutung wohl nicht ganz unrecht, denn Tatarinow und Trapesnikow schienen sich dieser Tortur nicht ein weiteres Mal aussetzen zu wollen und blieben seit jenem Tag der Unterkunft der Japaner fern.

Sollten sie sich wider Erwarten anders besinnen, so hatte Kôdayû sich vorgenommen, sie besonders freundlich zu empfangen, ihnen geduldig zuzuhören und sie auch um Rat für ihr weiteres Vorgehen zu bitten. Es waren viele Fragen offengeblieben, und die Geschichte der beiden hatte nur noch weitere Fragen entstehen lassen.

Natürlich bräuchte er nicht auf das Erscheinen der beiden zu warten, ein Besuch im Rathaus genügte wohl, um ihr Quartier ausfindig zu machen, aber Kôdayû schob derartige Bemühungen immer wieder hinaus. Wollte er sie denn wirklich wiedersehen, bei den Dingen, von denen sie gesprochen hatten: von einer japanischen Schule, von Dolmetschern und von Geld, das die Regierung ihnen zahlte? Der feste Wille, so weit wie möglich alles von sich fernzuhalten, was auf einen noch längeren Aufenthalt in Rußland hindeuten könnte, ließ ihn auch davor zurückschrecken, mehr über Trapesnikow und Tatarinow zu erfahren.

Statt dessen ging Kôdayû, obwohl ihm selbst inzwischen die Besuche reichlich sinnlos vorkamen, unentwegt spätestens an jedem dritten Tag zu den Beamten, die ihm nach wie vor nichts Neues zu sagen hatten.

Am 27. März starb der Priester der Wladimir-Kirche, Johann Gromow, im Alter von dreiundsiebzig Jahren. Die Glocken läuteten zu ungewohnter Stunde, und jedem, von den Körbe schleppenden alten Frauen bis zu den Arbeitern, die an den vielen sonnigen Plätzen zusammenstanden, war Trauer und Betroffenheit anzusehen.

Anfang April zeigten sich die ersten Wirkungen der schon recht warmen Sonnenstrahlen, die Eisdecke der bis dahin fest zugefrorenen Angara brach mit einem ohrenbetäubenden Krachen langsam auseinander. Kaum war dieses Geräusch auch zu den Ohren der Japaner gedrungen, stürzten sie aus dem Haus und mischten sich unter das zum Ufer strömende Volk. Es gab kein Ausweichen mehr. Koichi und Kyûemon rannten. Isokichi und Shinzô rannten. Nur Kôdayû hielt mitten im Laufen inne, dachte an Shôzô, den sie allein zurückgelassen hatten, und kehrte trotz der überfüllten Straßen wieder um. Shôzô lag wie immer auf dem Rücken, die Arme hinter dem Kopf verschränkt und den Körper vollständig in die Decke gehüllt.

»Das Eis der Angara scheint zu brechen«, sagte Kôdayû, als er ins Zimmer trat.

»So? Das Eis bricht also«, erwiderte Shôzô gleichgültig.

»Willst du es nicht sehen?« fragte Kôdayû. Falls Shôzô nickte, dann wollte er ihn mitnehmen. Mitnehmen hieße natürlich tragen, aber das änderte nicht das geringste an seinem Entschluß.

Shôzô schüttelte den Kopf.

Vielleicht sollte er es trotzdem versuchen, den Gefährten zum Mitkommen zu bewegen. Seit der Operation hatte keiner von ihnen Shôzô ohne den Schutz seiner Decke gesehen, wohl auch nicht sehen wollen, genau wie umgekehrt Shôzô sein Bein unter allen Umständen zu verbergen trachtete. Früher oder später würde es dazu kommen, aber so lange Shôzô selbst noch davor zurückschreckte, so lange wollten sie auf seine Gefühle Rücksicht nehmen.

Wenn er doch jetzt nur den Mund aufmachen würde, das Eis der Angara selbst sehen wollte, jetzt wäre es für ihn doch eine gute, wenn nicht sogar die Gelegenheit, hoffte Kôdayû.

»Willst du es denn wirklich nicht sehen?«

Shôzô schüttelte abermals den Kopf. Als sich Kôdayû schon resignierend abwandt, kam Isokichi ins Zimmer gestürzt.

Isokichi hatte die schweren Eisschollen dahintreiben sehen und war sogleich zur Unterkunft zurückgeeilt – er wollte es nicht zulassen, daß Shôzô diesen Anblick versäumte und ganz außer Atem rief er ihm zu:

»Auf, halt dich bei mir fest! Jetzt geht's zum Fluß! Das mußt du unbedingt gesehen haben – das Eis, auf dem sie bis heute mit ihren Schlitten gefahren sind, das bewegt sich! Das Krachen, das ist das Eis, das auseinanderbricht!« Unverändert laut war jener knirschende Ton zu hören.

»Auf jetzt, halt dich fest!« Isokichi hatte sich gebückt und wartete auf eine Reaktion. Nichts geschah, doch dann spürte er, wie zuerst eine Hand Shôzôs und dann die andere sich auf seine Schultern legte. Er richtete sich auf und trug den Gefährten hinaus.

Dicht gedrängt standen die Menschen am Ufer der Angara. Die dicke Eisschicht, die bis zum vorigen Tag noch den Fluß bedeckt hatte, war überall gerissen und in unzählige Schollen zerbrochen, die sich gemeinsam fortbewegten, als folgten sie einer höheren Weisung. In der Mitte trieben die Schollen, kleine Grüppchen bildend und sich gegenseitig immer wieder anstoßend, bereits mit beträchtlicher Geschwindigkeit flußabwärts. Dazwischen schimmerte die blaßblaue Farbe des Wassers hindurch, manchmal schäumte sogar ein wenig die weiße Gischt empor.

In Ufernähe hatten sich noch keine Schollen gelöst, aber die gewaltige Kraft, die die Eisdecke zum Bersten brachte, ließ auch dort unverkennbar eine Bewegung in der starren Masse entstehen. Mit jedem Schritt, den die Männer näherkamen, hatten sie das Gefühl, in eine fürchterliche Kanonade geraten zu sein, mit solchem Getöse zerbrach das Eis. Schweigend standen die Menschen am Ufer, starrten gebannt auf das gewaltige Schauspiel, das ihnen die Angara bot, und mancher der Alten sank auf die Knie und dankte Gott mit inbrünstigem Gebet.

»Einhundertsieben Tage hat es diesmal gedauert, bis sie uns endlich wieder ihre Schönheit zeigt«, hörte Kôdayû eine Frau hinter sich erleichtert sagen. Kyûemon hatte in der Zwischenzeit Shôzô übernommen, und über dem Anblick des Flusses hätte auch Kôdayû den Gefährten beinahe vergessen:

»Wenn wir hier zu lange bleiben, wird er sich wohl erkälten. Die Decke hält nicht allzu warm, und der Wind ist noch ziemlich kalt. Laßt uns jetzt gehen.«

Koichi löste Kyûemon ab, und die Männer traten den Heimweg an. Widerspruchslos ließ Shôzô alles mit sich geschehen. Die gemeinsame Besichtigung der zerberstenden Eisdecke hatte die beste Gelegenheit geboten, Shôzô in ein halbwegs normales Leben zurückzuführen. Während die Gefährten ihn trugen, konnte er es nicht mehr verhindern, daß sie mit seinem Beinstumpf in Berührung kamen. Welchen Zweck sollte es also noch haben, sein Gebrechen weiterhin vor ihren Blicken zu verbergen?

Erst nach einigen Tagen wurden die Geräusche, die vom Fluß herüberwehten, allmählich dumpfer, bis sie sich schließlich ganz im Nichts verloren – und der Frühling richtig begann. Mit dem glitzernden Blau der Angara und dem satten Grün der umliegenden Hügellandschaften verwandelte sich gleichzeitig auch die Stadt. Bald kamen bereits wieder die ersten Lastschiffe aus Jenissejsk, über den Baikalsee diejenigen mit Waren aus China, und auch die kleinen Flöße nahmen ihren Fährbetrieb an den wichtigen Anlegestellen im Uschakow-Bezirk wieder auf.

Der Staub und Dreck, den die warmen Frühlingswinde durch die verwinkelten Straßen und Gassen wirbelten, hielt niemanden davon ab, wie befreit durch Irkutsk zu laufen, als gälte es, jede Minute nachzuholen, in der man wegen der kalten Temperaturen im Haus eingesperrt war. Eine immer größere Anzahl Reisender kam in die aus ihrem Winterschlaf erwachte Stadt. Auch die Japaner blieben nicht in ihrem Quartier, sondern mischten sich unter die Leute, betrachteten Läden und Geschäfte, besonders gern aber die nun nicht mehr gänzlich verhüllten Beine der Frauen.

»Hee, habt ihr die Beine gesehen? Das is' ja nich' zu fassen!« fielen Shinzô fast die Augen aus dem Kopf.

»Dir hätten sie das Bein lieber abnehmen sollen, das wäre besser gewesen«, knurrte Koichi.

Shôzô aber saß täglich am Eingang des Hauses und beobachtete die Menschen, die die Straße entlanggingen. Seit jenem Tag am Ufer der Angara schämte er sich seines Gebrechens nicht mehr, er kam sogar selbständig zum gemeinsamen Essen auf seinen Krücken heran.

Wieder saß er eines Tages stundenlang auf seinem Stuhl vor der Tür.

»Seltsam, aber irgendwie riecht's hier doch nach unserer *jinchôge!*« hörten ihn die Gefährten diesmal ab und zu freudig überrascht vor sich hin murmeln.

Der angenehm milde Duft, der Shôzôs Nase in die Irre führte, kam von einer der Kirschblüte ähnelnden kleinen Blume, die die Russen *tscheremucha* nannten und die in jedes griesgrämige Gesicht eine Spur von Heiterkeit hineinzuzaubern vermochte.

In der Nacht des 23. April 1789 schreckten heftige Erdstöße die Einwohner von Irkutsk aus ihren Betten. Auch die Japaner rannten auf die Straße, doch das Beben dauerte nur kurz, und als Shôzô endlich herausgehumpelt kam, waren die letzten Erschütterungen bereits vorüber.

»Daß es hier auch Erdbeben gibt!« wunderte sich Koichi. Ungläubig blieben sie eine Weile stehen, dann schaute Kyûemon zu den hell leuchtenden Sternen empor, bis schließlich einer nach dem anderen seinen Blicken folgte.

»Wemmer von Ise guckt, ne, do sieht des da obbe doch b'stimmt ganz anners –«

»Ja, und den da und den, die kann man in Ise wahrscheinlich überhaupt nicht sehen.«

So redeten sie alle durcheinander, außer Shôzô, dessen Blicke auf den Boden geheftet waren.

»Geht lieber wieder ins Haus, als hier draußen so laut herumzuschwatzen«, drängte Kôdayû. In Shôzôs Gegenwart von dem Sternenhimmel Ises zu reden, konnte er nicht gutheißen.

Einige Tage nach dem Erdbeben kam ihm auf dem Rückweg von einem seiner üblichen Besuche im Rathaus Timofej

Ossipowitsch Chodkewitsch entgegen, jener Beamte aus Nischni Kamtschatsk, der sie bis nach Ochotsk begleitet hatte. Kôdayû freute sich mächtig, diesen Mann wiederzusehen, und auch Chodkewitsch schien es nicht anders zu gehen.

»Was? Bis hierher seid ihr –?« Chodkewitsch konnte es kaum fassen, den Japaner so weit im Landesinnern anzutreffen. »Ich denke, ihr seid schon auf einem Schiff mit Kurs auf Japan oder wartet wenigstens in Ochotsk nur noch auf die Abfahrt!?«

»Von wegen. Ganz im Gegenteil.« Kôdayû berichtete dem Russen, was ihnen seitdem alles widerfahren war, daß man sie immer weiter, von Ochotsk bis Jakutsk und von Jakutsk nach Irkutsk geschickt habe, daß man sie durchaus gut verpflege, was allerdings ihre Rückkehr in die Heimat beträfe, sie noch nicht eine einzige klare Auskunft erhalten hätten.

»Das ist schlimm«, pflichtete Chodkewitsch ihm bei, »aber kein Grund zum Verzweifeln. Ich bin nämlich nach Irkutsk versetzt worden, zwar erst seit kurzem, aber ich werde euch bestimmt helfen können. Wenn es Probleme gibt, dann zögert nicht, direkt zu mir zu kommen.«

Noch während er ihnen über das unerwartete Wiedersehen mit Chodkewitsch berichtete, brachen die Männer in lautes Jubelgeschrei aus, alle konnten sich noch gut an den stillen und aufrichtigen, etwa vierzigjährigen Beamten aus Kamtschatka erinnern. Doch dann wurde Kyûemon plötzlich wieder ernst:

»Erwartet jetz' nur kaane Wunner von dem! Die Russe do, die verspreche viel, abber wenn's ans Halte geht – ja, ja, ich waaßes aach, de Chodkewitsch, der hat sich wirklich für uns aag'setzt, abber g'rad des isses wohl, warummer wahrschanlich bis a saa Lebensend' in Sibirie do bleibe tut. Normalerweis' tue die ihr Beamte doch nach aansche Jahr uff Kamtschatka in a wärmer Geschend versetze, aber de Chodkewitsch, den habbe se jetz' g'rad ma bis Irkutsk gelasse, an aane genauso kalte und fast genauso weit von de Haaptstadt entfernt geleschene Ort. Na ja, is' halt aa nur a ammer Kerl.«

Ein paar Tage später stattete Chodkewitsch den Japanern einen Besuch ab. Wie er inzwischen herausbekommen hatte, war das Gesuch, die Japaner in ihre Heimat zurückzusenden, nach Sankt Petersburg geschickt worden.

Da es sich um einen beispiellosen Fall handele, sei anzunehmen, daß man dort für die endgültige Entscheidung einige Zeit benötige, gleichwohl in nicht allzu ferner Zukunft sicherlich eine gute Nachricht eintreffen werde. Bis dahin solle man nicht den Mut verlieren und geduldig auf die Instruktionen warten. Chodkewitsch verstand es recht gut, den Japanern neue Hoffnung zu geben.

Danach schaute er von Zeit zu Zeit bei ihnen vorbei und machte sie auch mit den wohlhabendsten Bürgern Irkutsks bekannt, in deren stattlichen Häusern sie von nun an häufig zu Gast waren.

In Irkutsk wohnten mit den Schelechows, Sibirjakows, Mylnikows und Basnins einige der reichsten Familien Rußlands, die entweder durch Pelzhandel oder den Warenaustausch mit China zu ihrem Wohlstand gelangt waren, daneben aber auch Wodkabrennereien, Geldverleih und anderes mehr betrieben. Die Straßen, an denen ihre Villen lagen, trugen den Namen der jeweiligen Familie, so hieß die Straße der Basnin-Villa Basninskaja, die der Mylnikow-Villa Mylnikowskaja.

Die Gastgeber der Japaner gehörten allesamt dieser Gesellschaftsschicht an. Im Laufe solcher Abende mußten sie dann stets über alles berichten, was ihnen bisher zugestoßen war, angefangen mit dem Schiffbruch der *Shinshô-maru*.

Bei Verwandten der Mylnikows bestand einmal die gesamte Zuhörerschaft allein aus Frauen, die sich so gerührt zeigten, daß bald ein tränenreiches Schluchzen und Seufzen die Worte der Japaner überdeckte. Bei den Basnins versammelten sich ein andermal hingegen nur wenige Familienmitglieder, darunter eine offenbar recht eigensinnige Alte, die mehrmals mit ihrem Stock auf den Boden pochte, während sie ihre Geschichte erzählten. Dann wurde es immer ganz still, und keiner getraute sich weiterzusprechen, aber schließlich klärte sich alles zum Besten auf, denn mit dem Pochen wollte sie nur ihre tiefe Anteilnahme an dem Schicksal der Männer zum Ausdruck bringen:

»Ich möchte ja lieber sterben, als auch nur ein halbes Jahr von meinen Lieben getrennt zu sein, aber ihr unglücklichen Fischer, die ihr aus einem fremden Land gekommen seid, ihr habt eure Heimat schon sieben lange Jahre nicht wiedergesehen. Das ist so traurig!« Dazu klopfte sie wieder langsam mit ihrem Stock auf den Boden. Sie meinte es bestimmt aufrichtig, schauten sie indessen in das mürrische Gesicht der Alten, kam es ihnen so vor, als hätte sie etwas ganz anderes gesagt. Aufs äußerste erzürnt war in jenem Kreis aber tatsächlich jemand, ein etwa fünfzig Jahre zählender, schweigsamer Mann, der sich gelegentlich an seine Nase faßte und dabei merkwürdige Töne von sich gab, und es schien, als ärgere er sich über die eigenen Beamten, die die Japaner so lange auf eine Antwort warten ließen.

Anfangs hatten Kôdayû und die Männer die Einladungen noch freudig angenommen, allmählich fielen sie ihnen jedoch zur Last. Natürlich schmeckten die Mahlzeiten, natürlich lernten sie dadurch viele Menschen kennen und natürlich waren die Abende ein ausgezeichnetes Mittel, die Langeweile zu vertreiben, aber nach und nach wurden sie es müde, immer wieder die gleiche Geschichte zu erzählen. Die Zuhörerschaft änderte sich, ihre Geschichte nicht. Kam von neuem ein Bote, so befolgten sie die Einladung nur noch mißmutig, ihnen war es inzwischen lieber geworden, wenn man sie in Ruhe ließe.

Kôdayû mußte nun erst zwei der Gefährten bestimmen, die sich dann zähneknirschend in ihr Schicksal ergaben und ihn begleiteten. Er selbst blieb indessen nie zu Hause. Soweit ihre Gastgeber den höheren Kreisen in Irkutsk angehörten, konnte es nur von Vorteil sein, sie kennenzulernen. Niemand vermochte zu sagen, ob sie nicht doch eines Tages auf die Unterstützung jener Leute angewiesen waren.

Am 20. Juni traf Iwan Alferjewitsch Pil als Nachfolger des bisherigen Generalgouverneurs in Irkutsk ein. Zu seinem Empfang hatte man ein neues Stadttor errichtet, an dem sich nun eine große Menschenmenge versammelte und eine Abteilung Soldaten angetreten war, die Pil mit Salutschüssen begrüßte. Auch die Japaner standen am Tor, um dem Spektakel beizuwohnen.

Vielleicht besaß dieser neue Gouverneur weitreichendere Vollmachten als der alte, vielleicht war er sogar in der Lage, auch über ihren Fall eine selbständige Entscheidung zu treffen. Dieser Gedanke ließ Kôdayû nicht mehr los. Aber er wartete vergebens, auch nach dem Einzug Iwan Alferjewitsch Pils wurde er nicht zu den Beamten gerufen, und bei seinen steten Anfragen wiederum hatten sie ihm nichts Neues mitzuteilen.

Am 1. August verstarb im Alter von 69 Jahren der Patriarch von Irkutsk. Noch tiefer als im März, als die Bevölkerung den Tod Johann Gromows hatte beklagen müssen, hüllte sich die Stadt in Trauer. Sogar die Kinder machten es den Erwachsenen nach und gingen mit gesenkten Köpfen wortlos ihres Weges.

Shôzô verhielt sich seit einiger Zeit recht seltsam, keiner wußte genau, wann er zum erstenmal dieses Gebaren gezeigt hatte. Bei jedem Läuten der Kirchenglocken erhob er sich trotz der Schwierigkeiten, die ihm sein Bein bereitete, und blickte andächtig zu Boden. Selbst wenn sie alle in eine lebhafte Unterhaltung vertieft waren, nichts konnte Shôzô davon abhalten: Sobald die Glocken ertönten, stand er auf, umklammerte mit der einen Hand seinen Stock und verharrte im stillen Gebet. Die Gefährten unterbrachen dann ihr Geplauder und warteten mit feierlich-ernster Miene, bis sich Shôzô wieder setzte. Allem Anschein nach gab ihm der fremde Glaube die Kraft, sich mit dem Verlust seines Beines abzufinden.

Mitte August bekam Kôdayû den Befehl, sich umgehend

im Rathaus zu melden. Endlich war es soweit! Endlich würde man ihnen die langersehnte Nachricht übermitteln! Kôdayû rannte und nichts hätte ihn auf seinem Weg aufhalten können.

Er betrat das Gebäude und wurde in ein Zimmer geführt, in dem ein Beamter saß, an dessen Gesicht er sich nur dunkel erinnern konnte. Der Mann verkündete ihm dann allerdings nicht das, was er erwartet hatte:

»›Die japanischen Schiffbrüchigen haben den Gedanken an eine Rückkehr in ihre Heimat aufzugeben und sich fortan als Bedienstete Rußlands zu betrachten.‹ So lautet die euch betreffende Anweisung, die wir erhalten haben. Ich kann die Enttäuschung verstehen, aber da es sich um einen Befehl aus der Hauptstadt handelt, ist es aussichtslos, daran etwas ändern zu wollen. Findet euch nun damit ab und fügt euch in euer Schicksal!«

Das war es also. Die in all den Jahren irgendwo im verborgensten Winkel seines Kopfes schlummernde Befürchtung hatte sich bewahrheitet. Daher im ersten Moment nicht einmal sonderlich überrascht, überlegte er sich nur, daß ein Streit mit dem Beamten wohl zwecklos sei, und erkundigte sich lediglich, wann sie denn mit der nächsten Antwort rechnen könnten, falls sie ein neuerliches Gesuch einreichten.

»Gewöhnlich dauert es etwa sechs Monate, das hieße also frühestens im Februar oder März des nächsten Jahres«, erwiderte der Beamte.

Mit finsterer Miene kehrte Kôdayû in ihre Unterkunft zurück. Erst allmählich wurde ihm die Bedeutung des gerade Gehörten bewußt: Das Schicksal brach tatsächlich in genau der gleichen Weise über sie herein, wie es über jene Japaner hereingebrochen war, die es vor ihnen nach Rußland verschlagen hatte.

Koichi und Kyûemon glaubten ihren Ohren nicht zu trauen, aschfahl starrten sie Kôdayû an, während die beiden jüngeren, Isokichi und Shinzô, wesentlich gefaßter wirkten.

Innerlich hatten sie wohl damit gerechnet, daß sie eines Tages einen solchen Befehl entgegennehmen müßten:

»So? Ist's jetzt entschieden, daß wir nicht nach Ise zurückkehren? Was hilft's schon, sich dagegen noch zu sträuben. Lassen wir's sein!«

Shôzô sagte nichts, allein ein Ausdruck der Erleichterung huschte kurz über sein Gesicht.

Von jenem Tag an waren Isokichi und Shinzô wie verwandelt und zeigten ein lebhaftes Interesse für die Fischfangmethoden der Russen. Wenn sie ihr Leben schon einmal dort verbringen würden, dann mochte es wohl nicht das Schlechteste sein, sich damit vertraut zu machen. Schließlich waren sie in Ise ja auch Fischer gewesen und so dürfte es kaum größere Schwierigkeiten geben, wenn sie nun ebenfalls einer solchen Arbeit nachgingen.

Meistens verließen die beiden früh am Morgen das Quartier und begaben sich zu der Stelle, an der sie am vergangenen Abend die sardinengroßen Köder ausgelegt hatten. Dann zogen sie die an den Haken zappelnde Beute ans Ufer, zumeist die bis zu drei *kamme* schweren, reptilähnlichen, sich fast ausschließlich in den tieferen Stellen der Biegungen und Seitenarmen der Angara tummelnden *schtschuka*, und töteten sie durch Schläge mit einer Eisenstange auf den Kopf.

»Anderes Land, andere Fische – ihr macht's jetzt wohl nach der russischen Methode«, empörte sich Koichi, aber nur kurz, da dieser monströse Fisch sowohl gekocht als auch gebraten vorzüglich schmeckte. Er und Kyûemon, mit einem Mal um Jahre gealtert, vertrödelten den ganzen Tag im Haus.

Shôzô hingegen ging fortan regelmäßig zum Gottesdienst. Anfangs hatte er sich noch bemüht, die Besuche geheimzuhalten, und war zu bestimmten Zeiten dann einfach verschwunden gewesen, aber nachdem es nur allzu offenkundig geworden war, hatte er der Geheimniskrämerei schließlich ein Ende bereitet. Tag für Tag sahen sie ihn auf seinen selbstangefertigten Krücken langsam die Straße bis zur Kirche hinuntergehen. Auch wenn sie sich nicht unbedingt darüber freuten, tadeln wollten sie ihn ob seiner neuen Gewohnheit nicht, und so herrschte meistens Schweigen, sobald Shôzô sich wieder auf den Weg zur Kirche machte. Sie blickten ihm dann alle hinterher, und wenn seine humpelnde Gestalt kleiner und kleiner wurde, sagte Kyûemon manchmal leise:

»Bald is' unser Shô kaa richtischer Jabaner mehr!«

Wie von einem Baum im Herbst die Blätter allmählich abfielen, so mochte in den Augen Kyûemons auch Shôzô sich seiner japanischen Gebräuche einen nach dem anderen entledigen.

Unermüdlich besuchte als einziger Kôdayû ihre inzwischen zahlreichen russischen Bekannten, beklagte sich über die hoffnungslose Lage, in die sie geraten waren, und erkundigte sich, welche Maßnahmen wohl die geeignetsten seien, um trotz der Ablehnung die Erlaubnis zur Heimkehr zu erhalten. Wen er auch aufsuchte, überall strömte ihm ein aufrichtiges Gefühl der Anteilnahme entgegen, aber er fand keinen einzigen, der ihm einen nützlichen Ratschlag geben konnte – allerdings nicht aus Böswilligkeit, man wußte einfach selbst nicht genau, wie der Japaner sich in dieser Situation am besten verhalten sollte.

Gegen Ende August ließ die Kraft der Sonnenstrahlen mit einem Mal merklich nach. Die Zugvögel begannen wieder ihre Reise, und ein Schwarm nach dem anderen flog mit seiner Bahn dem Lauf der Angara folgend in Richtung Süden davon.

Inzwischen verbrachten sie bereits den siebten Herbst in dem fremden Land, und so stark wie nie zuvor verspürte Kôdayû den Wunsch, nach Japan zurückzukehren. Wie beneidete er sie, diese Vögel, die jetzt in den Süden zogen, doch ließ er sich nichts anmerken. Keiner der Gefährten ahnte, was wirklich in ihm vorging.

An einem der letzten Tage des August überraschten Trapesnikow und Tatarinow die Japaner mit ihrem Besuch, bei dem sie lediglich über einige recht belanglose Dinge sprachen und sich bereits nach einer knappen halben Stunde wieder verabschiedeten; um so erstaunlicher war es, daß ausgerechnet Shôzô sogleich den Zweck ihres Besuchs zu erkennen vermochte:

»Die beiden wollten uns fragen, ob wir nicht Lust hätten, Lehrer an der japanischen Schule zu werden. Wenn wir das machen würden, dann könnte die zur Zeit geschlossene Schule an der Samorskaja-Straße, das ist die, die zum Baikalsee führt, wieder ihre Pforten öffnen.«

Kôdayû dämmerte es:

»Du hast dich doch nicht etwa heimlich mit den beiden getroffen?«

»Ja, also, nicht eigentlich oft, aber . . .«, brachte Shôzô kleinlaut hervor.

»Wenn du dich mit ihnen treffen willst, warum nicht? Schließlich fließt in ihren Adern das gleiche Blut wie in unseren«, erwiderte Kôdayû ruhig, mehr fiel ihm in diesem Augenblick nicht ein. Ob er aber den Vorschlag Trapesnikows und Tatarinows guthieß oder ob er nichts davon wissen wollte, weder seine Worte noch sein Mienenspiel ließ einen Hinweis darauf erkennen.

Der Beamte hatte ihm Mitte August mit der Weisung aus der Hauptstadt lediglich eröffnet, daß sie in Rußland bleiben und dem Staat zu Diensten sein müßten, doch was sich hinter dieser Bemerkung verbarg, war für Kôdayû nun nicht mehr schwer zu erraten.

Man würde von ihnen verlangen, daß sie als Lehrer den japanischen Sprachunterricht in der einst eigens zu diesem Zweck gegründeten Schule weiterführten. So mußte es allen ihren Vorgängern ergangen sein, keiner von ihnen hatte je die Heimat wiedergesehen und alle waren sie irgendwann in Rußland gestorben, in fremden Diensten, als japanische Sprachlehrer jener Schule. Und die Linie hatte sich offenbar nicht fortgesetzt, denn es waren nur noch Trapesnikow und Tatarinow übriggeblieben, Japaner der zweiten Generation, deren Kenntnisse von der Sprache ihrer Väter nicht ausreichten, um sie weiter vermitteln zu können. Nun waren neue japanische Schiffbrüchige angespült worden, was bot sich aus Sicht der Russen Näherliegendes an, als das Institut von neuem zu eröffnen?

Aber aus welchen Gründen mochten sich die Russen damals entschlossen haben, eine solche Schule einzurichten, und warum wollte man den Unterricht nun fortsetzen? Daß es sich nicht allein um ihre Zukunft, sondern um Japan als Ganzes handeln mußte, begann Kôdayû allmählich zu begreifen.

Er schloß die Augen. Verschwommen bildeten sich die weiten Fanggründe im Gebiet der Aléuteninseln aus, auf deren einer sie mehr als drei lange Jahre ihres Lebens verbracht hatten, die Häfen Kamtschatkas, dann die Russen, die bis in diese Gegenden vorgedrungen waren und die dort lebenden Eingeborenen in ihre Dienste gezwungen hatten, die mit Pelzen voll beladenen Schiffe, die Verladeanlagen, Speicher, Zollgebäude, Kirchen und die Unterkünfte der Soldaten.

In diesem Moment fühlte Kôdayû zum erstenmal, wie klein Japan war, wie bescheiden und wie schutzlos es inmitten des großen Meeres lag. Was in der nördlich von Ezo gelegenen Region vorging – außer ihnen gab es keinen einzigen Japaner, der das wissen konnte. Und deshalb mußte er, koste es, was es wolle, unbedingt wieder an Bord eines Schiffes, das nach Japan segelte; ein Gedanke, der sich untrennbar mit der Sehnsucht nach Ise verband.

Kôdayû rief die fünf Männer zusammen:

»Ich möchte, daß ihr euch das zu Herzen nehmt, was ich euch jetzt zu sagen habe: Was sich uns auch immer in den Weg stellt, nichts darf uns hindern, nach Ise zurückzukehren, und nicht einen einzigen Augenblick dürfen wir uns damit abfinden, daß man hier in diesem fremden Land unsere Gräber ausheben will. Auch Shô kommt mit zurück. So ein Bein hat noch keinen zum Aufgeben gebracht. Unsere Heimat liegt in Ise, und nur dort wollen wir auch sterben, niemals hier. Daß wir zurückkehren, das sind wir auch unseren Gefährten schuldig, die auf Amtschitka und in Nischni Kamtschatsk ruhen. In uns muß der unbedingte Wille zur Rückkehr erhalten bleiben.«

Koichi und Kyûemon, Isokichi, Shinzô und Shôzô, alle schwiegen, als Kôdayû geendet hatte. Was hätten sie auch erwidern sollen? Sicher gingen sie gerne an Bord eines Schiffes, das sie wieder zurück nach Japan brachte, aber dieses Schiff gab es nicht und würde es vielleicht auch niemals geben.

Mitte September wurde das einmal im Jahr mehrere Tage lang andauernde Irkutsker Marktfest feierlich eröffnet. Im Innern des eineinhalb Quadrat-*chô* großen besonderen Marktbezirks herrschte ein gewaltiges Gedränge, die eigentliche Attraktion waren jedoch die in dem angrenzenden Gebiet aufgestellten unzähligen kleinen Stände und Buden.

Schon seit dem Monatsanfang legten die ersten Schiffe beladen mit Waren aus aller Herren Länder im Hafen an. Neben denen aus Europa, die ihren langen Weg über Werchni-Ustjug, Kasan, Tobolsk, Tomsk, Jenissejsk und schließlich über Bratsk nach Irkutsk gefunden hatten, wurden Tee und Seide aus China, Produkte aus Buchara und Samarkand, aus Indien und Persien feilgeboten.

Der Strom der Menschen sog auch die Japaner ein. Wohin sie sich wandten, überall schlug ihnen das gleiche unglaubliche Gewühl, die gleiche unglaubliche Geschäftigkeit und der gleiche unglaubliche Lärm aus unzähligen Kehlen entgegen – kein Vergleich zu den Festen in Ise oder selbst in Edo. Sie bekamen Dinge zu sehen, die sie vorher nie für möglich gehalten hätten.

Ein wahrer Hüne mit einem Vollbart, der gerade noch Platz für ein funkelndes Augenpaar ließ, stand an einer Straßenecke, hielt einen riesigen Bären an seiner Kette fest und wartete darauf, daß sich eine genügend große Anzahl von Menschen versammelt hatte. Dann ein wilder Schrei und augenblicklich wälzten sich Hüne und Bär verbissen miteinander kämpfend am Boden, bis das Tier vor Erschöpfung liegenblieb, worauf der Bärtige wieder einen Schrei ausstieß und mit zerrissenen Kleidern und aus mehreren Wunden blutend die von den Schaulustigen hingeworfenen Münzen einsammelte. Nicht weit davon entfernt verdienten zwei Kolosse, die einem anderen Menschenschlag als der Bärenkämpfer anzugehören schienen, mit Ringen und Faustkämpfen ihr Geld. Manchmal stieg auch einer aus den Reihen der Zuschauer auf das Podium, um seine Kräfte mit ihnen zu messen. In den Zelten daneben führten Chinesen ihre Zauberkünste vor, und Schwertschlucker und Schlangenbeschwörer wetteiferten ebenfalls um die Gunst des Publikums.

Die angebotenen Waren und die Attraktionen waren so vielfältig und ungewöhnlich wie die Besucher des Marktes selbst. In schwarze Gewänder gehüllte Nonnen, Soldaten und Bauersfrauen liefen bunt gemischt durcheinander, Riesen neben Zwergen, Greise neben Kleinkindern, Chinesen neben Indern, Jakuten neben Burjaten und Mongolen.

Vor Ständen mit Pelzen, Handarbeiten und Fischereiutensilien von den Alëuten und Kamtschatka hielten sich die Japaner besonders lange auf. Vor allem Kyûemon und Koichi schienen ein Wiedersehen wie mit einem seit langem vermißten alten Freund zu feiern, wenn sie die vertrauten Waren so liebevoll in die Hände nahmen, als wollten sie sich nie wieder von ihnen trennen.

Das Geschrei der Kleiderhändler, die ihre Waren anpriesen, war kaum zu überhören und lockte auch die Japaner an, die beobachten konnten, wie die Burjaten-Frauen beim Messen und Abrechnen schamlos von den Händlern betrogen wurden, andererseits aber auch geschickt Stoffe unter ihren Röcken verschwinden ließen.

Während des immer gleichen geschäftigen Treibens an den Markttagen begann sich die Landschaft allmählich in herbstliches Gelb zu wandeln, die Nächte wurden kühler und gegen Ende September setzte der erste Schneefall ein. Die Japaner befürchteten schon den Anfang langer und heftiger Schneegestöber, aber jene ersten Flocken waren nur einige harmlose Wintervorboten, denen weiterhin sonnige und wolkenlose Tage folgten.

»Ihr seid alle bei Kirill Laxman eingeladen!« verkündete Chodkewitsch, kaum hatte er am Tisch Platz genommen. Keinem der Japaner sagte der Name Laxman etwas, und außer Kôdayû war jeder der fünf plötzlich mit irgendeiner Arbeit beschäftigt: Es galt, sich vor der unangenehmen Pflicht zu drücken, in der gezwungenen Atmosphäre eines jener reichlich ausgestattenen Säle ihre Geschichte wohl nun schon zum hundertsten Male zu erzählen.

»Alle habe ich gesagt. Und glaubt mir, es ist diesmal wirklich besser, wenn ihr alle hingeht«, drängte Chodkewitsch sie unerwartet ernst, »Laxman ist nämlich einer, der euch wirklich helfen könnte.«

»Wieso? Was für eine wichtige Rolle spielt der denn, dieser Laxman?« fragte Kôdayû.

»Wenn du mich so fragst – Laxman, der ist eigentlich ziemlich schwer zu beschreiben. Jedenfalls, im Auftrag Seiner Majestät ist er vor einigen Jahren nach Irkutsk gekommen, um die Mineralvorkommen der Gegend zu erforschen. Bis dahin war er zeitweilig Polizeichef in Nertschinsk, Mineningenieur soll er auch gewesen sein. Und davor hat er an der Petersburger Akademie Chemie und Warenhandel gelehrt – ihr seht, ein vielseitiger Mann. Übrigens ist er aufgrund seiner Arbeiten über die Religion der Mongolen und die Sprache Tibets zum Mitglied der Akademie der Wissenschaften in Stockholm ernannt worden. Soweit ich weiß, widmet er sich jetzt ganz der Geologie und Botanik«, erklärte Chodkewitsch, dann schien er kurz nachzudenken und nach einer kleinen Pause fuhr er fort: »Ach ja, genau. Eine Glasmanufaktur betreibt er hier auch noch.«

Kôdayû hatte kaum etwas von dem verstanden, was ihm Chodkewitsch gerade erzählt hatte, nur daß Laxman im Dienste des hiesigen Herrschers stand, in Irkutsk Steine untersuchen sollte, nebenbei Glas herstellte und sich darüber hinaus mit allerlei anderen Dingen beschäftigte, die Kôdayû überhaupt nichts sagten, ihn interessierte nur eins:

»Und der kann etwas für uns tun?«

»Wenn es Laxman für richtig hält, wenn ihr ihn überzeugen könnt, dann wird er ohne Zögern auch seinen ganzen Einfluß geltend machen, um euch zu helfen. Und glaubt mir, der erreicht alles, was er will. Mehr als alle Beamten in Irkutsk zusammen hat er Beziehungen zu den höchsten Stellen in der Hauptstadt.«

Die Gefährten waren zwar noch immer nicht sonderlich von dem bevorstehenden Besuch begeistert, aber da Chodkewitsch sich offenbar doch sehr bemüht hatte, wollten sie ihn nicht vor den Kopf stoßen und willigten schließlich ein, ihn und Kôdayû zu begleiten.

Laxmans Haus, nicht allzu weit entfernt von dem ihrigen im Wohnviertel des gleichen Bezirks gelegen, hatte mit den Anwesen, in die sie bisher eingeladen waren, nicht viel gemein. Im gewöhnlichen Blockhausstil gebaut, machte es zwar keinen ärmlichen Eindruck, aber die Bewohner schienen nicht unbedingt im Überfluß zu leben.

Zunächst wurden sie durch zwei Zimmer, die sich in ihrer Unordnung eher als Mischung zwischen Krämer- und Trödelladen präsentierten, in die Wohnstube geführt. Mit welchen Dingen die beiden Räume im einzelnen vollgestopft waren, vermochten sie in der kurzen Zeit kaum wahrzunehmen. Quer durcheinander lagen in den Regalen Bücher, Papierstapel, kleine Gesteinsbrocken, sowie Schachteln mit Sand und Knochen, von denen man nicht sagen konnte, ob es sich um Menschen- oder Tierknochen handelte. Auch der mitten im Raum aufgestellte, große Schreibtisch diente seinem Besitzer wohl eher zur Ablage unzähliger Bücher.

Die sogenannte Wohnstube unterschied sich kaum von den beiden vorangegangenen Räumen, vielmehr machte sie den gleichen wirren Eindruck, denn hier wie da lagen in den Regalen die Bücher zuhauf. Um das kleine Öfchen in der

Ecke standen ohne erkennbare Ordnung mehrere Stühle herum, und ein kleiner Tisch war noch vorhanden, so daß das verhältnismäßig geräumige Zimmer eher verwinkelt und eng wirkte.

Hinter dieser Wohnstube befand sich, wie sie später erfuhren, noch das Arbeitszimmer des Hausherrn, das ihnen jedoch vorerst verschlossen blieb. Von der Wohnstube aus war ein Teil des Gartens zu sehen, den man ebenfalls nicht zu den gewöhnlichen zählen durfte. Zunächst fielen ihnen mehrere Treibhäuser aus Glas mit je einem oder zwei Schornsteinen auf, dann bemerkten sie einen Ofen, der eine gewisse Ähnlichkeit mit denen für Töpfereiarbeiten benützten Öfen aufwies, und schließlich ein in dessen Nähe befindliches windmühlenartiges Gebilde, welche Aufgabe das aber erfüllen sollte, blieb ihnen schleierhaft. Einige Blumenbeete waren auch angelegt, irgendwelche Pflanzen konnten sie darauf allerdings nicht erkennen. Lediglich viele Kisten und Kästen mit Splittern und Bruchstücken von Steinen lagen so wie im Haus ebenfalls im Garten überall herum.

Die Japaner nahmen auf den wahllos herumstehenden Stühlen Platz und warteten still auf das Erscheinen ihres Gastgebers. Die Blicke der Männer schweiften durch den Raum und jeder war zu sehr mit seinen eigenen Gedanken beschäftigt, als mit seinem Nebenmann auch nur ein Wort zu wechseln. Besonders die Wand, an der statt der Bücherregale mehrere Karten unbekannter Gegenden hingen, zog ihr Interesse magisch an.

»Die da hinten, das ist sicher eine Meereskarte«, brach Isokichi nach einer Weile die Stille.

»Von welchem Meer?«

»Ja, das weiß ich auch nicht!«

»Und? Wozu brauchen sie die?«

»Für die Navigation, nehme ich doch an.«

»Tatsächlich? Ja, aber wie haben sie die denn gemacht?«

»Na ja, gemessen werden sie's haben.«

»Wie? Gemessen?«

»Was weiß ich, aber irgendwie werden sie's schon gemessen haben!«

Während Isokichi und Shinzô sich über die Meereskarte unterhielten, betrat ein etwa fünfzig Jahre alter, kleiner, rundlicher und bärtiger Mann mit leicht gekrümmtem Rükken und eigentümlich wippendem Gang den Raum. Seine Kleidung ähnelte weder der eines Beamten noch der, die sie sich von einem Wissenschaftler vorgestellt hatten. Mit kalten, nichts Gutes verheißenden Augen musterte er die Gesichter seiner Besucher.

»Ohne Zweifel, ihr seid Seeleute aus Japan«, sagte Laxman schließlich, nachdem er alle der Reihe nach betrachtet hatte. »Und dahin wollt ihr also unbedingt wieder zurück? Na, kein Wunder, ist ja auch die Heimat, was! Aber jetzt berichtet mir erst einmal kurz, wann und wo euer Schiff manövrierunfähig geworden ist, wo ihr gestrandet seid und was ihr bis zum heutigen Tag alles gemacht habt. Eins noch vorweg: soweit ich euch helfen kann, werde ich euch helfen, darauf könnt ihr euch verlassen. Wenn die es dann endlich entschieden haben, kann alles ganz schnell gehen. So weit entfernt liegt euer Japan ja nun auch wieder nicht«, nahm eine kleine Glocke vom Tisch und läutete. Eine junge Frau, bei der es sich offenbar um seine Ehefrau handelte, die nach ihren Gesichtszügen zu urteilen allerdings noch keine dreißig sein konnte, kam mit einem kleinen Mädchen an der Hand zur Tür herein, und Laxman ordnete an, man möge nun den Gästen die Abendmahlzeit servieren.

»Gern«, erwiderte die Frau sanft und wollte gerade wieder hinausgehen, als Kôdayû nach Namen und Alter des kleinen Mädchens fragte.

»Sie heißt Marija, kam im Jahre 1781 in Moskau zur Welt und wird bald acht werden.«

»Ist sie euer einziges Kind?«

»Nein, nein, sie hat noch fünf Brüder: Martyn, Afanasi, Josif, Kasjan und Konstantin. Sie sind alle zu Beginn der siebziger Jahre in Sankt Petersburg geboren worden«, entgegnete sie lächelnd. Demnach dürfte der Älteste jetzt ungefähr achtzehn, neunzehn sein, überschlug Kôdayû im Kopf, und die Frau, wie knapp er auch immer rechnen mochte, mindestens vierzig. Aber wie vierzig sah sie nun wirklich nicht aus.

»Zwei fehlen noch, die sind aus meiner ersten Ehe«, ergänzte Laxman mit unverändert steinerner Miene, und seine Frau fügte hinzu, daß der ältere der beiden Gustaw und der ein Jahr jüngere Adam hieße. Adam sei zwar seit zwei Jahren Polizeichef in Gischiga an der Ostküste, aber wie ihr Vater zeigten beide ein schier unerschöpfliches Interesse an naturwissenschaftlichen Forschungen aller Art. Dieses kurze Gespräch genügte Kôdayû, um Vertrauen zu der Familie zu fassen. Sowohl Laxman als auch dessen Frau schienen ihm aufrichtige, offenherzige Menschen zu sein.

Kôdayû berichtete schließlich die wichtigsten Ereignisse ihrer letzten Jahre, wie es von ihm verlangt worden war. Ab und zu unterbrach ihn Laxman mit Fragen, auf die dann jeweils einer der Gefährten eine Antwort gab.

Im Unterschied zu ihren vorhergehenden Einladungen, bei denen sie meistens den Eindruck gewonnen hatten, der Wißbegier ihrer Gegenüber sei bereits mit einigen oberflächlichen Betrachtungen genüge getan, hakte Laxman immer wieder nach. Einmal wollte er die Farbe des Sandes an der Küste wissen, ein andermal die der Felsen, dann wieder erkundigte er sich in allen Einzelheiten nach den Vogelarten.

Zu ihrem größten Erstaunen reichten Laxman ihre Ausführungen aber bei weitem nicht aus. Shinzô, der leichtsinnig genug gewesen war, sein in Nischni Kamtschatsk gelerntes Kinderlied zu erwähnen, mußte es sogleich vortragen. Isokichi wurde dazu verpflichtet, die Wörter der verschiedenen Eingeborenensprachen aufzuschreiben. Koichi ließ er die Zubereitungsart des Alkohols auf Amtschitka erklären und Kyûemon die Form der Gräber der Eingeborenen nachzeichnen.

Über Japan stellte Laxman hingegen keine einzige Frage. Als sie schließlich die Rede auch darauf brachten, winkte er ab und bestimmte, daß sie erst zu einem späteren Zeitpunkt, aber dann in Ruhe und ausführlich, von ihrer Heimat erzählen sollten.

Nach einer Weile, draußen war es bereits dunkel geworden, trugen die Kinder das Abendessen herein. Für die Japaner wurde dieses Abendessen zu dem gemütlichsten seit ihrer Ankunft in Irkutsk: Keine jener gezwungenen Tischsitten beherrschte die Tafel, zwanglos durften sie zu den Gläsern greifen und von allem probieren, so oft sie mochten. Am besten schmeckte ihnen ein der heimatlichen Lachsforelle ähnlicher *omul* genannter Fisch aus dem Baikalsee. Die Hausfrau hatte ihn auf zweierlei Arten, geräuchert und in Öl gebraten, zubereitet. In einer Jahreszeit, in der es kaum frischen Fisch gab, wahrlich ein Leckerbissen, was sich allein schon daran zeigte, daß der sonst mit Worten so sparsame Shôzô die Speisen am ausgiebigsten lobte:

»Ah! Das ist gut! Als wär's Fisch aus Ise!« wiederholte er ein um das andere mal. Nachdem sie alles verzehrt hatten, ging Laxman in sein Arbeitszimmer und kam mit einer Landkarte in der Hand zurück, die er vor Kôdayû ausbreitete:

»Ich glaube, sie ist ziemlich grob gezeichnet. Du wirst bestimmt einige Ungenauigkeiten entdecken. Die möchte ich gern von dir verbessert haben.«

Kôdayû zögerte, und selbst wenn Laxman ihm befohlen hätte, nun sofort mit den Korrekturen zu beginnen, wäre er im Augenblick gar nicht in der Lage gewesen, sich eingehend mit der Karte zu beschäftigen.

Ôsaka und Ise lägen zu weit auseinander, Ise und Edo hingegen zu nah beieinander, doch weitere Angaben mochte er nicht machen und bat Laxman, ihm die Karte für einige Zeit zu überlassen, damit die ganze Mannschaft etwaige Änderungen besprechen könne. Zum einen wollte er sich eine von einem fremden Land angefertigte Karte Japans genau betrachten, zum anderen bereitete ihm dieser Auftrag auch ein gewisses Unbehagen und bevor er dort etwas eintrug, wollte er erst über die Folgen nachdenken, die sich für Japan daraus vielleicht ergaben.

Dennoch fühlten sie sich ohne Ausnahme bei der Familie Laxman sehr wohl. Der Hausherr selbst schien zwar ein schwieriger Charakter zu sein, nicht leicht zufriedenzustellen und sicherlich auch in gewisser Weise eigensüchtig, aber er sagte doch offen, was er dachte. Es sah nicht danach aus, als wolle er ein falsches Spiel mit ihnen treiben, und von seiner Frau wurden sie behandelt, als gehörten sie richtig zur Familie.

»Euer Rückkehrgesuch, das schreiben Chodkewitsch und ich an eurer Stelle. Bei einer solchen Sache ist es ziemlich wichtig, eine gewisse Form zu beachten. Aber laßt das nur ruhig unsere Sorge sein!« sagte Laxman beim Abschied – die ersten wirklich vielversprechenden Worte, die sie in Irkutsk gehört hatten. »Und vergeßt nicht, wieder einmal vorbeizukommen. Wenn ihr wollt, auch jeden Tag. Etwas zum Essen steht immer bereit, und als Ausgleich dafür könnt ihr mir dann ein paar Sachen abnehmen, die Arbeit ist hier noch nie ausgegangen.«

Schon zwei Tage später konnte Kôdayû das versprochene Gesuch entgegennehmen und es dem zuständigen Beamten übergeben.

Ende August waren bereits die ersten Vogelschwärme in Richtung Süden geflogen, nun zogen auch Wildgänse und Kraniche dem Lauf der Angara folgend davon. Für die Einwohner Irkutsks war es das untrügliche Zeichen, daß der Wintereinbruch nun unmittelbar bevorstand, und überall begann man, sich gewissenhaft auf die langen und kalten Wochen vorzubereiten.

Sie waren nicht zu sehen, aber man konnte jene Stellen am Himmel deutlich spüren, die wohl nicht genügend Kraft besaßen, um dem sicheren Angriff des Winters zu trotzen, der das tiefblaue Tuch dort als erstes zerreißen würde.

Der Jahrestag der Thronbesteigung Katharinas der Zweiten fiel auf den 22. September, aber außer den zur Würdigung des Ereignisses offiziell vorgeschriebenen Zeremonien wurde in Irkutsk keine besondere Feier abgehalten, sogar der Unterricht an den Schulen fand wie üblich statt.

Ob sie nicht Lust hätten, in den umliegenden Wäldern mit nach Beeren und Pilzen zu suchen, fragte Laxmans Frau an einem der letzten Herbsttage. Freudig waren sie alle, auch Shôzô, der Einladung gefolgt. Die niedrigen Sträucher, an denen violettfarbene Beeren hingen – *brusnik* und *moroschk* – wuchsen so dicht beieinander, daß der ganze Boden mit grünen Matten bedeckt schien, nur ab und zu von großen Pilzbeständen unterbrochen. Die Japaner erinnerten sich daran, daß die Kamtschadalen ebenfalls Beeren und Pilze gesammelt und diese in der Siedlung sogleich zubereitet hatten. Bei dem Gedanken an die süßen Früchte und eine reichliche Pilzmahlzeit lief ihnen bereits das Wasser im Mund zusammen. Wieder in Irkutsk mußten sie dann aber enttäuscht feststellen, daß Frau Laxman gar nicht daran dachte, ihnen eine solche Mahlzeit zu servieren, sondern aus den Beeren Marmelade kochte und die Pilze in Essig einlegte, um sie auch im Winter in der Speisekammer vorrätig zu haben.

Im Wald hatten sie auch Spechte und Fasane bemerkt, Vogelarten, die sie bereits auf Kamtschatka entdeckt hatten. Viele Arten sahen sie aber nun zum erstenmal, darunter eine mit ungewöhnlich langen Kopffedern, die die Russen *rjabtschik* nannten.

Am 9. Oktober wurde in der Irkutsker Werft das erste Schiff fertiggestellt, das regelmäßig auf dem Baikalsee verkehren sollte. Ein Ereignis, das die Stadt wesentlich mehr in Aufregung und Bewegung versetzte als der Jahrestag der Thronbesteigung zwei Wochen zuvor, und die ganze Einwohnerschaft war auf den Beinen, um den Stapellauf des Schiffes nicht zu versäumen. Auch die Japaner reihten sich mit ein, aber als dann der Stolz von ganz Irkutsk endlich die

Angara entlanggesegelt kam, vermochten sie eigentlich nur die Ausmaße des Schiffs zu beeindrucken, alles andere –

»Die bräuchten uns nur genügend Material zur Verfügung zu stellen –«

»– dann bauen wir uns selber so ein Schiff!«

»Genau. Un wemmer ferdisch sin', dann –«

Eine Weile träumten sie von diesem Plan, der ihnen gar nicht so phantastisch erschien, schließlich hatten sie damals auf Amtschitka reichlich Erfahrungen im Schiffbau gesammelt, die sie nun möglicherweise auch für die Konstruktion eines größeren Schiffes nutzen konnten. Doch diesen Gedanken behielt jeder für sich. Stillschweigend waren sie übereingekommen, jene Zeit auf Amtschitka mit keinem Wort mehr zu erwähnen.

Auf dem Rückweg schauten sie bei der in einem Außenbezirk gelegenen Glasfabrik vorbei, von der man gewöhnlich nur als »Laxmans Glasfabrik« sprach, obwohl sie eigentlich unter der gemeinsamen Leitung von Laxman und dem aus der Irkutsker Gegend stammenden und als Kaufmann weithin geachteten Baranow stand. Die Japaner hatten noch nie zuvor einen Ort betreten, an dem man Glas herstellte, wenngleich auch im damaligen Japan Glaswaren nichts Unbekanntes waren, für die es die Bezeichnung *biidoro*, abgeleitet vom portugiesischen *vidro*, gab.

Kaum hatten sie einen Fuß in das völlig in heiße Dämpfe gehüllte Innere dieser Fabrik gesetzt, blieben sie wie angewurzelt stehen: Waren sie nicht aus Versehen in die Hölle geraten? Überall standen Öfen der unterschiedlichsten Größe, aus denen die Flammen hervorzüngelten. Dazwischen bewegten sich im ganzen etwa fünfzig halbnackte Männer, einige mit langen Eisenröhren in den Händen, deren eines Ende sie an den Mund geführt hatten und in das sie unter ständigem Drehen der Stange mit voller Kraft hineinbliesen. Wenn die am anderen Ende befestigte rot glühende Masse auf diese Weise in eine Form gebracht war, verbanden sie sie geschickt mit einem anderen zähflüssigen Stück, um so nach und nach ein ovales Gebilde zu erzeugen, das sie dann in einen der Öfen schoben und wie durch ein Wunder als eine fertige Glasplatte wieder herauskam.

»Heute machen sie nur Platten, morgen sind Flaschen und Schüsseln dran«, rief Isokichi, dessen Wissensdurst wie üblich stärker als die Furcht vor dem Neuen gewesen war.

»Was? Das is' ja . . . das gibt's doch nicht!« stammelte der ansonsten nicht allzu leicht zu verblüffende Koichi. Auch Kyûemon schaute den Arbeiten gebannt zu:

»So mache die des also, des *biidoro?!*« und näherte sich einem der Männer, wich aber vor der Hitze gleich wieder zurück: »Bloß net zu nahe komme! Des gibbt Verbrennunge!«

Nach diesem ersten, kurzen Besuch kam Kôdayû regelmäßig in der Glasmanufaktur vorbei. Manchmal forderte er einen der Gefährten auf, sich ihm anzuschließen, manchmal ging er aber auch allein und suchte die Gesellschaft Laxmans, den er bei diesen Gelegenheiten stets mit Fragen überhäufte, allerdings nur so lange, bis er merkte, wie Laxman die Lust an ausführlichen Erklärungen verlor, was durchaus recht schnell passieren konnte. Schließlich vermochte er auch ohne dessen Hilfe einige Grundlagen der Glasherstellung nachzuvollziehen: Als Rohstoffe benötigte man unter anderem gemahlene weiße Steine, Bergsalz und Weizenkörner. War die geschmolzene Glasmasse hart geworden, mußte man vor dem Schneiden die gewünschte Stelle mit einem in Salzwasser getauchten Pinsel gründlich bestreichen. Bei Spiegelglas kam statt gewöhnlichem nur Pulver aus hochwertigen Steinen in Frage. Die Glasmasse wurde dann auf einer Platte verteilt und poliert, anschließend entfernte man die Platte und brachte auf der Rückseite eine Mischung aus Quecksilber und anderen chemischen Substanzen auf. Für Tassen und Schüsseln stellte man als erstes eine Form aus Ton her, füllte mit Hilfe der Eisenstange die Glasmasse hinein und in einem letzten Arbeitsgang blieb nur noch das Glätten der Stangenansatzstelle übrig.

Bei der Herstellung der Glaswaren durfte Kôdayû jederzeit zusehen, von Laxmans Experimenten in der Fabrik erfuhr er hingegen nichts. Laxman hatte sich schon seit langem mit dem Gedanken getragen, statt Pottasche bei der Produktion Glaubersalz zu verwenden, und nun in Irkutsk bot sich ihm die Gelegenheit, seine Ideen zu verwirklichen, deren Ergebnisse er in einem 1796 erschienenen Aufsatz zur Glasherstellung veröffentlichte.

Da es für die Japaner im winterlichen Irkutsk nichts Größeres zu tun gab, war es mittlerweile fast schon zur Gewohnheit geworden, daß sie sich bei Laxman in dessen Haus aufhielten. Bereitwillig wurde ihnen dort jedesmal die Tür geöffnet, und wie es schon das Abfassen des Gesuchs gezeigt hatte, waren Laxmans Worte, mit denen er sie bei ihrem ersten Besuch verabschiedet hatte, keine leeren Versprechen gewesen: Sie waren immer willkommen – und es wartete auch immer irgendeine Arbeit auf sie, sei es das Ordnen von Pflanzensamen, das Zermahlen von Mineralien oder das Spezifizieren von Blumen und Gräsern.

Noch nie hatte Kôdayû einen solchen Menschen wie Laxman getroffen, in dessen Kopf die merkwürdigsten Ideen beheimatet waren, die auf sonderbare Weise aber stets zu einem brauchbaren Ergebnis führten und keine nutzlosen Spielereien zu sein schienen. Am meisten bewunderte er die Vielseitigkeit dieses Mannes, dessen Forschungen sich nicht auf ein einziges Spezialgebiet konzentrierten, sondern die unterschiedlichsten Bereiche umfaßten. So widmete er sich der Klimabeobachtung, stellte Bodenuntersuchungen an und katalogisierte die Pflanzenwelt der Umgebung.

In den recht seltenen Fällen, in denen Laxman einmal gutgelaunt war, erklärte er ihnen, welche Sorten von Mineralien in der Nähe des Baikalsees und am Ufer der Angara vorkamen und gleich dazu, wie die angrenzenden Gebirgszüge entstanden waren. Den Japanern blieb während solcher Vorträge nichts anderes übrig, als wortlos staunend die vor ihnen liegende Karte zu betrachten und Laxman zu lauschen, der von einer ungeheuer weit zurückliegenden Vergangenheit sprach, von der sie zum erstenmal in ihrem Leben etwas hörten. Ob diese Erklärungen der Wahrheit entsprachen oder ob es sich dabei nur um Laxmans eigentümliche Phantasien handelte, vermochten sie letztendlich zwar nicht zu beurteilen, doch in dem Augenblick, in dem er ihnen davon berichtete, hatten sie stets den Eindruck, es könne sich alles nur auf diese eine Weise zugetragen haben.

Ein andermal zeigte er ihnen die Steine, die die gesamte Fachwelt als seine Entdeckungen anerkannte: den Viluit und den Baikalit.

»Deine Funde sind alle hier in diesem Zimmer aufbewahrt?«

»Frag nicht solchen Unsinn, Kôdayû! Den größten Teil meiner Entdeckungen kann man nicht von der Stelle bewegen. Da ist zum Beispiel die Salzquelle am Ufer der Angara, von der mir zwar noch keiner glaubt, daß es sich wirklich um eine Salzquelle handelt, aber ich bin fest davon überzeugt, es kann gar nicht anders sein. Wenn es wieder Frühling wird und der Schnee schmilzt, zeige ich sie euch. Die Kohlevorkommen von Tscheremchowo, die Gipssteine in der Gegend von Balagansk, das Eisenerz am Ufer des Belaja – all das habe ich gefunden!«

Ein unüberhörbarer Stolz schwang in Laxmans Stimme mit, bei dessen Gestalt und Gehweise Kôdayû stets an einen japanischen Holzfäller denken mußte. Nur die hell glänzenden Augen paßten nicht zu diesem Vergleich, in denen Kôdayû den Widerschein von Selbstvertrauen, manchmal aber auch von Einsamkeit zu erkennen glaubte.

Nach und nach änderte sich nun der Stil der Tagebucheintragungen Kôdayûs, wohl eine natürliche Folge seiner regelmäßigen Begegnungen mit Laxman, die sich auf die Exaktheit der Aufzeichnungen positiv auszuwirken begannen.

Die gegenwärtige Stadt Irkutsk, man schreibet nach dem hiesigen Kalender den November des Jahres 1789, besteht aus insgesamt 3580 Gebäuden. Die Anzahl der Einwohner beträgt 9522. Handelsviertel gibt es zwey, von denen das eine 224 kleine Läden, das andere 243 umfasset. Des weiteren finden sich 67 Brotgeschäfte, 36 Fleischhändler, 6 Handelshäuser der Regierung, welche feilbieten die mannigfaltigsten Waren wie Lebensmittel, Salz, Alkohol, und Schießpulver. Folgende Handwerksgewerbe sind außer der Glasmanufaktur des Laxman vorhanden: Schmieden, Lederbearbeiter, Mehl- und Holzwerke, Ziegeleien, welche allerdings durchweg kleiner als jene Glasmanufaktur sind. Von Kirchen und Klöster besitzet die Stadt 10. Es sind 4 Straßen, welche aus Irkutsk hinausführen. Dabei handelt es sich um die Moskaustraße, die Samorskistraße, die Krugomorskistraße und die Jakutskstraße.

Dies alles war von Kôdayû selbständig bei seinen Spaziergängen durch die verschneiten Straßen von Irkutsk zusammengetragen worden. Shôzô hatte er beauftragt, die genaue Zahl der Mönche und Nonnen herauszufinden, aber trotz seiner regelmäßigen Kirchenbesuche zeigte sich dieser nicht imstande, ihm die gewünschten Auskünfte zu besorgen, nicht aus Faulheit – Shôzô wußte nur einfach nicht, wie er es hätte richtig anstellen sollen.

Die täglichen Schneefälle reichten nicht an die Mengen Amtschitkas oder Kamtschatkas heran, lediglich an den schattigen Stellen bildete sich eine einigermaßen dicke Schneedecke aus. Auch herrschten äußerst frostige Temperaturen, nichtsdestoweniger konnte man zur Mittagszeit ins Freie gehen, ohne Erfrierungen befürchten zu müssen, und wenn nicht gerade ein Schneesturm die Stadt heimsuchte, hatten sogar die Läden am Markt und im Handelsviertel geöffnet. Sobald aber die Dämmerung anbrach, war urplötzlich kein einziges Fußstapfen mehr zu vernehmen. In der Nacht lag Irkutsk wie ausgestorben.

An den langen Winterabenden fanden sich die Japaner regelmäßig in der Nähe ihres Öfchens zusammen, die gegenüberliegende Seite und die restlichen Räume des Quartiers hingegen blieben verwaist. Manchmal saßen sie dann nur schweigend beieinander, manchmal plauderten sie auch mehr oder weniger lebhaft über die Ereignisse des vergangenen Tages, zu fortgeschrittener Stunde aber kreiste jede Unterhaltung um die eine Frage, mit welcher Antwort sie wohl auf das von Laxman und Chodkewitsch verfaßte Gesuch zu rechnen hätten.

Kyûemons Reaktionen hingen dabei vollkommen von seiner Tageslaune ab, in einem wahren Wechselbad der Gefühle verbreitete er Zuversicht, indem er sie schon im folgenden Jahr wieder in Ise sah, nur um einen Abend später in den tiefsten Sarkasmus zu verfallen:

»Wemmer hier zu Staub geworde sin', dann kann uns de Wind zusamme middem Pferdemist durch die Lüfte wehe – dann komme mer ebbe so zurück.«

Die Gefährten hatten sich daran gewöhnt, ab und zu mit dem Kopf zu nicken und ihn im übrigen ohne Widerspruch weiter reden zu lassen, denn Widerspruch war nicht das, was er in solchen Augenblicken vertragen konnte. Wurde er andererseits aber überhaupt nicht beachtet, war das Ergebnis das gleiche: Kyûemon geriet unweigerlich in Wut. Meistens übernahm Koichi die schwierige Rolle des Zuhörers und hatte letztendlich stets etwas Harmloses und Ausgleichendes parat, das Kyûemon mit einem Ich-habe-recht-Gesicht schließlich zum Schweigen brachte.

Nach einiger Zeit verließ Kôdayû als erster den gemeinsamen Raum, um sich wie üblich in Ruhe seinen Aufzeichnungen zu widmen. Diesmal aber fiel es ihm schon bald recht schwer, sich weiter zu konzentrieren, viel zu oft durchkreuzten die Sorgen um die Gefährten jeden klaren Gedanken. Er legte seinen in all den langen Jahren sorgsam gehüteten Schreibpinsel zur Seite, ging wieder nach drüben und warf zunächst einen Blick auf den, der den Wunsch nach Rückkehr in die Heimat sicher schon längst aufgegeben hatte und um den er sich gerade deswegen die meisten Sorgen machte.

Shôzô saß ein wenig zurückgezogen gegen die Wand gestützt und schaute ruhig zu ihm herüber. Kôdayû überblickte die Runde: Shinzô fehlte, wie so häufig in letzter Zeit.

»Ach laß doch, der ist doch noch jung!« beschwichtigte Koichi, auch Isokichis und Shôzôs Bemerkungen klangen eher verständnisvoll, aus Kyûemons Ecke kamen jedoch ganz andere Töne:

»Genau so sin' se, die Witwe, die habbe kaa Geduld mer. Ziehe sogar sowas wie'n Shin ins Haus un halte den do fest!«

Einige Tage zuvor hatte Kyûemon noch gewettert: »Der blöde Kerl! Verrät wegge a Weibsbild sei Gefährde un tut dann womöschlich noch hier bleibe! So a Dummkopp!«, sah an diesem Abend aber Shinzô offensichtlich in der Rolle des Verführten.

Kôdayû war es natürlich nicht verborgen geblieben, daß sich Shinzô seit einiger Zeit ab und zu bei einer in ihrer Nähe wohnenden Witwe namens Nina aufhielt. Und dort war er nun wohl abermals zu Gast. Kôdayû setzte sich wieder an seinen Schreibtisch. Vielleicht hatte Koichi gar nicht unrecht: Am besten ließ man Shinzô gewähren, Hauptsache er holte sich bei seinen häufigen Nachtspaziergängen keine Erfrierungen, die ihn dann dem gleichen Schicksal wie Shôzô auslieferten – aber war er trotz seiner beiden gesunden Beine nicht Shôzô bereits gedanklich weitaus näher, als ihnen allen lieb sein konnte? Ob nun von Shôzô oder gar von dieser Nina beeinflußt, auffällig war es schon, daß Shinzô neuerdings damit begonnen hatte, in die Kirche zu gehen und sich bemühte, dies vor ihnen geheimzuhalten.

Am 24. November gegen Mittag kündigten kleinere Erdstöße ein größeres Beben an, das am frühen Morgen des folgenden Tages die Menschen aus dem Schlaf schreckte. Noch in den Nachthemden, lediglich mit übergeworfenen Mänteln, eilten Kôdayû, Koichi und Kyûemon ins Freie, dahinter kam Isokichi mit Shôzô auf dem Rücken herausgestürzt – nur Shinzô war nirgendwo zu sehen. Seit jener Nacht war offenkundig, was sie bisher nicht wahrhaben wollten:

Wie weit sich Shinzô eigentlich schon von ihnen zurückgezogen hatte.

Den Weihnachtsabend verbrachten sie gemeinsam mit der Familie Laxman, für fünf der Japaner eine völlig neue Erfahrung, allein Kôdayû hatte schon einmal in Nischni Kamtschatsk an einer solchen Festlichkeit teilgenommen. Die Kerzenlichter gaben dem Raum eine feierliche Atmosphäre, und Laxman hieß sie an der langen Tafel Platz nehmen, an der bereits seine Frau, die Söhne Martyn, Afanasi, Josif, Kasjan, Konstantin und die Tochter Marija saßen. Auf mehreren großen Tellern lockten die vorzüglichsten Speisen, und in einigen der Flaschen schimmerte schwerer dunkelroter Wein.

Zwei der Stühle waren leer geblieben. Erst als das ganze Fest schon fast vorüber war, erschienen auch die beiden noch fehlenden Gäste. Zunächst betrat Laxmans Sohn aus erster Ehe das Zimmer, der seit 1787 die Polizeistation in Gischiga leitete. Einige Tage zuvor in Irkutsk angekommen, hatte er bei den Eltern seiner Frau übernachtet und kam erst an diesem Abend wieder in das Haus seines Vaters. Trotz seines hohen Postens zählte er nicht mehr als vierundzwanzig Jahre.

Kôdayû schaute zu, wie Vater und Sohn sich lange umarmten, wie Adam zu seiner Stiefmutter ging, sie ebenso herzlich begrüßte, und wie er sich dann den Kindern zuwandte, jedes einzelne auf die Wange küßte, an seine Brust drückte und jedem danach leicht auf die Schulter klopfte – vor drei Jahren hatten sie sich zum letztenmal gesehen. Kôdayû schloß die Augen. Er war nicht mehr in diesem Raum. Er sah die Gesichter seiner eigenen Familie, seiner alten Mutter . . .

Niemand bemerkte in diesem Augenblick Kôdayûs Zittern. Auch nicht sein leichtes Kopfschütteln, mit dem er dieses Gefühl verscheuchte, das ihn im nächsten Moment völlig zu übermannen drohte. Ohne Unterlaß hatte er während der langen Monate auf See an die Daheimgebliebenen gedacht, aber es nach ihrer Strandung auf Amtschitka vermieden, sich auch nur ein einziges Mal die Züge der Menschen, die ihm lieb waren, vor Augen zu rufen. Spürte er, wie ihre Gesichter von Zeit zu Zeit sich unversehens doch abzuzeichnen begannen, versuchte er, diesen Bildern unter allen Umständen zu entfliehen. Wie schwer es ihm auch jedesmal gefallen war, bislang hatte er es geschafft, und nur auf diese Weise war es ihm möglich gewesen, seit sechs Jahren das Leben in der Fremde einigermaßen ertragen zu können. Seine Mutter, seine Frau, sie gab es für ihn nicht mehr.

»Jetzt fehlt nur noch Gustaw, der Älteste, dann wäre unsere Familie vollständig beisammen«, sagte die so jung aussehende, zierliche Frau, die zur Feier des Tages eine Halskette aus blauen Steinen trug, die Laxman ihr aus dem Ural mitgebracht hatte. Mit dem fünfundzwanzigjährigen Gustaw, der seinen Dienst in der Hauptstadt Sankt Petersburg versah, bestand die Familie aus insgesamt zehn Personen.

Adam Laxman scherzte zunächst ein wenig mit den Kindern, dann wandte er sich aber doch recht schnell seinem Vater zu. Kôdayû wußte nicht recht, welche Art der Unterhaltung er zwischen den beiden erwartet hatte, jedenfalls nicht die, deren Zeuge er nun war: Adam erstattete seinem Vater einen ausführlichen Bericht über Natur und Bevölkerung Gischigas – es sah ganz danach aus, als hätte er vor seinem Dienstantritt den väterlichen Auftrag erhalten, diesbezügliche Studien zu betreiben. Ab und zu nippte Laxman an seinem Glas, nickte beifällig und schien über den Schilderungen seines Sohnes alles andere vergessen zu haben.

So verstrich langsam die Zeit, bis ein etwa fünfundvierzig Jahre alter Mann von stattlicher Erscheinung ins Zimmer trat, kaum hatte man draußen eine Kutsche vorfahren hören.

»Schelechow!« rief Laxman, und die Japaner wußten, daß der letzte Gast dieses Abends kein geringerer als der reichste Kaufmann Irkutsks war. Schelechow schüttelte nacheinander die Hand von Kirill und Adam, begrüßte die Frau des Hauses mit einem Kuß auf die Wange, setzte sich auf den einzigen noch frei gebliebenen Stuhl und goß sich ein Glas Wodka ein. Nachdem Laxman ihm die Japaner vorgestellt hatte, stand Kôdayû auf und reichte Schelechow die Hand, die dieser mit festem Händedruck ergriff:

»Gerade in dem Jahr, als ihr auf Amtschitka gestrandet seid, war ich auch in dieser Gegend, nur ein bißchen weiter nördlich. Seeotter- und Seehundjagd, ihr versteht? Eigentlich hätten wir uns dann ja zum erstenmal irgendwo da auf einer Insel, umgeben vom grauen Meer, begegnen müssen, aber was passiert? Wir treffen uns hier in Laxmans Wohnstube, mitten in Irkutsk, und draußen läuten die Weihnachtsglocken!« überschüttete Schelechow sie mit einem jovialen Redeschwall, doch seine Stimme klang monoton und kalt.

Sie waren schon bei vielen der wohlhabenden Kaufmannsfamilien zu Gast gewesen, bei den Sibirjakow, den Mylnikow und den Basnin, aber alle diese berühmten Namen wurden von einem einzigen überragt: Schelechow, der nicht nur eine Villa und ein weiträumiges Gebiet im Stadtzentrum von Irkutsk sein eigen nannte, sondern auch mit einer der schönsten Frauen der ganzen Gegend verheiratet sein sollte. Und nun stand ihnen dieser Mann leibhaftig gegenüber.

Kôdayû entging es nicht, wie das Erscheinen Schelechows die friedliche und ruhige Stimmung des Festes veränderte. Als fühlten sie sich nicht mehr ganz wohl in der neuen Atmosphäre, verließen die sechs Kinder eins nach dem anderen die Tafel und zogen sich in ihre Zimmer zurück. Auch die junge Frau war auf einmal nicht mehr zugegen.

Laxman, der das alles überhaupt nicht zu bemerken schien, beugte sich mit vom Alkohol geröteten Gesicht zu Schelechow hin und herrschte ihn an:

»Los, trink!« Schelechow leerte sein Glas und Laxman nickte zufrieden:

»Gut, gut. Den Rest meines Lebens, den will ich den Gesteinen der sibirischen Küste und den Inseln dort widmen. Komm, Schelechow, du hilfst mir dabei!«

Ob Laxman betrunken war oder nicht, jedenfalls wiederholte er diese Prozedur mit Schelechow danach noch ein paarmal. Dieser fertigte ihn stets kurz ab und wandte sich dann sogleich wieder den Japanern zu:

»Auf euren Inseln, erzählt mal, was kann man denn da alles jagen, und wie sieht's mit dem Anbau aus?«

»Ja, also, Fisch und . . . Holz . . . und . . . Reis und wilde Tiere und –«

»Was für Tiere?« unterbrach Schelechow.

»Ja – Wildschweine, Bären, Füchse, Wölfe.«

»Welche Art Füchse? Wie viele im Jahr?«

Als Schelechow merkte, daß sie ihm darüber nichts Genaues erzählen konnten, drängte er nicht weiter, sondern wechselte das Thema: Welche Fischarten es gäbe und wie es um den Walfang bestellt sei. Doch auch diesmal vermochten die Antworten Schelechow offenbar nicht besonders zufriedenzustellen. Laxmans Fragen hatten eben gewöhnlich eine etwas andere Zielsetzung gehabt.

Nach etwa einer Stunde erhob sich Schelechow und meinte, daß es für ihn nun langsam Zeit wäre, sich zu verabschieden.

»Ich erwarte euch demnächst einmal bei mir zu Gast. Ich mit meinen Verbindungen und auch Laxman, wir werden schon mit den richtigen Leuten sprechen, und dann wird euer Wunsch auch gar nicht mehr so schwer zu erfüllen sein.«

Keinem der Japaner behagte das Wesen Schelechows, und eigentlich wollten sie mit ihm lieber nichts mehr zu tun haben, aber falls er ihr Gesuch tatsächlich unterstützte, dann konnte er für sie vielleicht sogar weitaus nützlicher als Kirill Laxman sein.

Kôdayû versprach, sie kämen recht gern bei ihm vorbei, und begleitete Schelechow bis zu dessen Kutsche, die vor dem Tor bereitstand.

IV

Den Neujahrstag 1790 verbrachten die Japaner allein in ihrem Haus. Da sie nicht wissen konnten, ob sich in Japan die Jahresbezeichnung geändert hatte, beließen sie es bei der alten, so daß sie nach ihrer Zeitrechnung nun das Jahr Temmei 10 erwartete.

Zwei Wochen später bildete sich auf der Angara das erste Eis, ein Ereignis, das das Leben der Einwohner Irkutsks genauso veränderte wie das Auseinanderbrechen der Eisschicht im Frühjahr. Im leichten Schneetreiben mischten sich auch die Japaner unter die ans Ufer laufenden Menschen, um dem Schauspiel beizuwohnen. Gegen acht Uhr am Morgen war ein Teil des Flusses bereits zugefroren, die Eisdecke hielt jedoch nicht und war zwei Stunden später wieder verschwunden, so daß beim Eintreffen der Japaner nur vereinzelte Schollen wie dünne Glasplatten mit der Strömung abwärts trieben. Während der Nacht aber gewann das Eis die Oberhand, und am nächsten Morgen bedeckte eine weiße Schicht das Dunkelblau des vorigen Tages.

Einige der Japaner sollten sich unverzüglich zu dem Hause Kirill Laxmans begeben, meldete ein Bote, und sogleich teilte Kôdayû mit Isokichi und Shinzô die beiden Jüngsten ein, ihn zu begleiten, dann hasteten sie los.

Kôdayû hatte Laxman noch nie so aufgeregt wie an jenem Morgen gesehen. Dick in Winterkleidung gehüllt, wartete er ungeduldig und forderte sie auf, kaum hatten sie atemlos an die Türe geklopft, mit ihm zusammen schleunigst zu einem an der Jakutsk-Straße gelegenen kleinen Dorf aufzubrechen.

»Was? Wieso? Gibt's da was Besonderes?« fragte Kôdayû verwundert.

»Was? Wieso? Gibt's da was Besonderes?« äffte Laxman ihn nach. »Bei einem solchen Wetter, würde ich da vielleicht freiwillig rausgehen?! Sie haben dort was gefunden.«

»Gefunden?«

»Ja, gefunden. Mehr weiß ich auch nicht. Aber eins ist klar: Es muß was Außergewöhnliches sein! Was ganz Außergewöhnliches!«

Welcher Fund Laxman so aus der Fassung gebracht haben konnte, blieb den Japanern vorerst rätselhaft. Erst nach und nach, während seine Frau Isokichi und Shinzô in die dicke Winterkleidung half, erwähnte er beiläufig, daß man in einem Brunnen jenes dreißig Werst entfernten Dorfes angeblich einen seltsamen Tierschädel entdeckt haben wollte. Zuletzt zogen sie die schweren Stiefel an, dann gingen die drei in den Schnee hinaus. Kôdayû zog es vor, im Haus zu warten.

Erst im Dunkeln kehrte der kleine Expeditionstrupp zurück. In dem abwechselnd von Isokichi und Shinzô getragenen Sack befand sich tatsächlich ein äußerst ungewöhnlich geformter Tierschädel.

Bei Kôdayûs nächstem Besuch klang Laxman genauso aufgeregt wie ein paar Tage zuvor:

»Ja! Wir haben wirklich den Schädel einer Nashornart entdeckt, die in prähistorischer Zeit einmal hier gelebt haben muß. Da gibt es überhaupt nichts daran zu zweifeln – ein Fund von ungeheurer Bedeutung!«

Laxman sollte sich nicht getäuscht haben, und der berühmte Berliner Natur- und Völkerforscher Peter Simon Pallas, der sich zu jener Zeit für mehrere Jahre in Sankt Petersburg aufhielt, gab den Fund unter Laxmans Namen etwa ein Jahr später der gesamten Fachwelt bekannt.

Am 3. Februar schließlich wurde Kôdayû ins Rathaus befohlen. Die Antwort auf das im letzten Herbst von Laxman und Chodkewitsch verfaßte Gesuch mußte eingetroffen sein, um nichts anderes konnte es sich handeln. Kôdayû zog sich eilig an und machte sich auf den Weg. Man führte ihn nicht in das übliche Zimmer, auch den Beamten, der ihn erwartete, hatte er vorher noch nie zu Gesicht bekommen.

»Euer Gesuch ist abgelehnt. Es wird euch anheimgestellt,

in Rußland die Pflichten eines Beamten zu erfüllen. In diesem Fall werdet ihr als unterster Dienstgrad beginnen, jedoch sollen euch auch höhere Ränge offenstehen. Erklärt ihr euch indessen nicht dazu bereit, so sei es euch auch erlaubt, den Beruf des Kaufmanns auszuüben. In diesem Fall soll euch als Grundlage eine gewisse Summe Geld ausgehändigt werden. Vom Entrichten der Steuer seid ihr befreit. Des weiteren wird man um eine angemessene Unterkunft für euch Sorge tragen.

Das ist alles, was ich Ihm mitzuteilen habe. Erweist euch dankbar ob dieser Großzügigkeit.«

Kôdayû spürte, wie er bei den Worten des Beamten blaß geworden war, obwohl er den Gedanken nie gänzlich verdrängt hatte, daß trotz der Hilfe Laxmans und Chodkewitschs möglicherweise jener Tag doch einmal kommen könnte, der seine ganzen Hoffnungen zerstörte. Aber was nutzten all diese Vorbereitungen, da ihm nun seine geheimsten Befürchtungen als Wirklichkeit entgegentraten? Er stand nur da, fand keine Worte und versuchte, sich seine Enttäuschung und seine Wut nicht allzu sehr anmerken zu lassen. Einige endlos lange Augenblicke herrschte eine beklommene Stille in dem Raum, dann schaute Kôdayû den Beamten an:

»Habt Dank für Eure Güte. Gleichwohl hegen weder ich noch einer meiner Gefährten den Wunsch, Beamter oder Kaufmann zu werden. Statt eines hohen Titels oder eines Lebens in Wohlstand würde man uns eine weitaus größere Gunst erweisen, wenn man uns die Rückkehr in die Heimat gestattete. Ich bitte, Eure Entscheidung noch einmal zu bedenken.«

Ohne jegliche Gemütsbewegung nahm der Beamte Kôdayûs Antwort zur Kenntnis:

»Nun, dann möge Er ein neues Gesuch einreichen. Ob dem Gesuch entsprochen werde oder ob dem Gesuch nicht entsprochen werde, vermag niemand vorherzusagen. Ein jedes Seiner Gesuche wird entgegengenommen und ordnungsgemäß weitergeleitet, darüber möge Er sich keine Sorgen machen.«

Kôdayû war diese typische Sprache der Beamten nicht mehr fremd, er hatte die sich wiederholenden, ewig gleichlautenden Floskeln bei seinen Besuchen im Rathaus zur Genüge kennengelernt.

Als Kôdayû die Stufen langsam hinunterschritt, begann es unangenehm zu schneien. Was kümmerten ihn diese Schneeflocken? Hatte er nicht trotz aller Zweifel gehofft, ja fast schon erwartet, daß das von Laxman und Chodkewitsch verfaßte Gesuch die Rettung brachte, daß es ihnen ohne allzu große Schwierigkeiten endlich die Rückkehr in die Heimat ermöglichte? Er hatte sich verrechnet, aber er würde es noch ein weiteres Mal versuchen.

»Es wird wohl am besten sein, ihnen nichts davon zu erzählen, sonst entstehen nur unnötige Aufregungen«, dachte Kôdayû und berichtete nach seiner Rückkehr lediglich von einer belanglosen Sache, die es nicht wert gewesen sei, ihn eigens kommen zu lassen. Am nächsten Tag beriet er dann das weitere Vorgehen mit Laxman und Chodkewitsch, die das alte Bittgesuch umschrieben und ihm ein neues entwarfen, das er am 7. Februar dem zuständigen Beamten übergab. Am gleichen Tag suchte er Schelechow in dessen Villa auf und bat den einflußreichen Kaufmann, ihr Anliegen zusätzlich zu unterstützen. Damit hatte er alle Mittel ausgeschöpft, die ihm zur Verfügung standen; es gab nichts, was er darüber hinaus noch hätte tun können. Aber zufrieden fühlte er sich dennoch nicht, ganz im Gegenteil: Er hatte nur wenig bewegen können – und auf dieses Wenige sollte er nun seine ganze Hoffnung setzen.

Einsilbig und in niedergedrückter Stimmung verbrachte Kôdayû die nächsten Wochen. Draußen herrschte bittere Kälte. Gewöhnlich wurden in Irkutsk Mitte Januar die tiefsten Temperaturen gemessen, doch in diesem Jahr waren im Februar noch kältere Tage gefolgt.

Am 10. März ging er wie an jedem Zehnten üblich zum

Rathaus, um den ihnen monatlich zur Verfügung gestellten Geldbetrag in Empfang zu nehmen. Er war froh, anstelle jenes kühl reservierten Beamten wieder auf Andrej Golowitsch zu treffen, der stets ein paar freundliche Worte für ihn übrig hatte. An diesem 10. März erlebte er allerdings eine böse Überraschung. Er konnte es Golowitsch sogleich an dessen Miene ansehen, daß etwas nicht stimmte. Mit entschuldigender Geste hob der Beamte die Hände:

»Es tut mir leid, aber ich darf euch nichts mehr geben. Die Zahlungen sind ab heute eingestellt worden.«

Bis zu diesem 10. März hatten die Japaner jeden Monat pro Person dreihundert Münzen erhalten, von denen jeder zweihundert für Verpflegung und Zimmermiete ihrem Hauswirt aushändigte und über die restlichen einhundert frei verfügen konnte. Blieb das Geld nun plötzlich aus, kämen in allernächster Zeit zweifellos beträchtliche Schwierigkeiten auf sie zu.

Kôdayû schlich aus dem Rathaus. Mit jedem Schritt wurden seine Beine schwerer, bis sie ihn kaum noch weiter vorwärts tragen wollten. Hatte er die zweite Antwort den Gefährten noch verheimlichen können – nun war es damit vorbei. Wohl oder übel mußte er die Ablehnung des Gesuchs bekanntgeben und damit auch offenbaren, was die Russen von ihnen verlangten.

Die Schneeflocken wirbelten durch die Luft, aber es waren deutlich weniger geworden. Die ersten Anzeichen des nahenden Frühlings machten sich bemerkbar, obgleich die ganze Stadt nach wie vor in kaltem Weiß verhüllt gelegen war.

Für die Einwohner von Irkutsk markierte dieser 10. März ebenfalls ein besonderes Ereignis, denn das neue Kirchenoberhaupt traf endlich in der Stadt ein. Dumpf hallte das Läuten der Glocken in Kôdayûs Ohren wider, der wie ein Betrunkener durch die verschneiten Straßen wankte.

Die Stadt schien heiterer und heller als sonst, erfüllt von dem Gedränge ihrer Einwohner, von denen offenbar jeder wenigstens einen Blick auf den Geistlichen erhaschen wollte.

Kôdayû hingegen erlebte seinen düstersten Tag in Irkutsk. Er hatte die Empfehlung zurückgewiesen und statt dessen ein neues Bittgesuch gestellt – weder Beamter noch Kaufmann wollte er in Rußland werden. Doch er hatte damit nur erreicht, daß ihre gesamte finanzielle Unterstützung gestrichen worden war. Grenzte es nun nicht schon an Dummheit, immer noch daran glauben zu wollen, ihr Fuß betrete jemals wieder japanischen Boden? Man hatte ihnen einen Weg aufgezeigt, wie sie in diesem Land ein durchaus angenehmes Leben hätten führen können, doch da sie diesen Weg offensichtlich nicht zu gehen bereit gewesen waren, sondern lediglich an ihre Rückkehr dachten, war man nicht mehr gewillt, für ihren Lebensunterhalt weiterhin Sorge zu tragen. Soviel schien mit der Einstellung der Zahlungen festzustehen, auf irgendeine Hilfe von seiten der russischen Beamten durften sie nicht mehr hoffen.

Kôdayû vermochte den Gefährten mit dieser Nachricht noch nicht gegenüberzutreten und hatte unwillkürlich die Richtung zu Laxmans Haus eingeschlagen.

»Es ist doch erst ein paar Tage her, daß du das neue Gesuch eingereicht hast, nicht wahr? Folglich können wir auch erst nach sieben oder acht Monaten mit einer Reaktion darauf rechnen, du hast ja gesehen, wie lange die Antwort gedauert hat. Wir können da nichts weiter tun als warten. Jetzt ist das einzige Problem nur, eure Verpflegung zu sichern. Aber das werden wir schon hinkriegen, keine Angst vorm Verhungern, am Essen soll's nicht mangeln. Den Mietzins – na, und ein bißchen Taschengeld braucht ihr ja auch – da werde ich genug sammeln können. Weißt du, wenn es um eine Spende für Forschungsarbeiten geht, da kleben sie hier alle an ihrem Geld, aber wenn ihr Reichtum dazu beiträgt, irgendeine Not zu lindern, dann – ha – dann geben sie sich großzügig. Sie wollen nämlich alle in den Himmel, das ist's. Sobald sie hören, daß die armen Schiffbrüchigen aus dem fernen Land hungern müssen – glaub mir, das wird ihre Geldbeutel öffnen.«

Laxman hatte wohl nicht ganz unrecht, auf irgendeine Weise bekämen sie wohl genügend Geld zusammen, sei es durch Spenden jener Leute oder sei es, daß sie sich mit Fischen oder Zimmermannsarbeiten etwas verdienten. Aber auch wenn die Geldfrage nun nicht mehr als unüberwindliches Hindernis im Wege stand, in seiner größten und eigentlichen Sorge, welche Antwort sie auf ihr neuerliches Gesuch wohl zu erwarten hätten, konnte selbst Laxman ihm keinen neuen Mut geben. Zwar schien er auch diesmal fest mit einer Antwort zu rechnen, Kôdayû vermochte inzwischen nicht einmal mehr daran zu glauben. Drei Gesuche hatten sie bis jetzt eingereicht. Das erste war einfach nur abgelehnt, nach dem zweiten waren zusätzlich ihre Zahlungen eingestellt worden, und nach dem dritten sollten sie auf einmal einen positiven Bescheid erhalten, bei einer solchen Reaktion, die das vorangegangene Gesuch hervorgerufen hatte? Wahrscheinlich würden die Behörden es einfach ignorieren. Aber wie Laxman gesagt hatte, mehr als warten konnten sie nicht tun.

Begleitet von einigen aufmunternden Worten der Frau Laxmans verließ Kôdayû die beiden. Inzwischen hatte die Dämmerung eingesetzt, und in den Wohnungen brannten überall bereits die Lichter. Kôdayû wollte anschließend noch mit Chodkewitsch sprechen, aber der war nicht zu Hause. Er ging weiter zu Schelechows Anwesen, doch auch diesen Weg machte er umsonst. Spät war es geworden. Die finsteren Gassen paßten zu der Stimmung, in der er sich befand. Am Morgen hatte er noch geglaubt, daß sich ihre Situation nicht weiter verschlechtern könnte, aber das war ein Trugschluß gewesen.

Kôdayû ließ die Gefährten das Abendessen beenden, erst dann rief er sie am Ofen zusammen und erzählte ihnen, was er bislang für sich behalten hatte: Die bereits im Februar eingetroffene Antwort, die Beratung mit Laxman, das vor einigen Tagen eingereichte dritte Gesuch und schließlich die nun erfolgte Einstellung der Zahlungen.

»Ich hätte meine Schritte erst mit euch besprechen müssen, nur, letztendlich hätten wir ja doch nichts anderes gemacht. Deshalb habe ich auch nichts gesagt und es diesmal eben ganz allein entschieden, aber so, wie es jetzt geworden ist, darf und kann ich euch nichts mehr verschweigen. Wir haben viel versucht, und wir haben uns nicht unterkriegen lassen, mit der heutigen Anordnung aber – ja, ich muß es wohl so sagen, es war umsonst. Vielleicht sollten wir doch lieber davon ausgehen, daß sie unseren Wunsch nach Rückkehr nicht erfüllen werden. Ich weiß, wie die Sehnsucht nach Ise jedem von uns immer wieder neue Kräfte geliehen hat, Kräfte, die uns auf Amtschitka und Kamtschatka, in Ochotsk und Jakutsk und schließlich auch hier alles Mögliche haben ertragen lassen. Und dennoch scheint der Tag, auf den wir unsere ganze Hoffnung, ja, unser ganzes Leben gesetzt haben, nicht kommen zu wollen.« Kôdayûs Stimme war nur noch ein Flüstern, als richte er die letzten Worte an sich selbst: »Wie sehr die Menschen es sich auch wünschen mögen, wie sehr ihr Herz auch daran hängt, in dieser Welt soll es wohl immer etwas geben, das ihnen auf ewig vorenthalten bleibt.«

Wie Angeklagte, denen man gerade das Todesurteil verkündet hat und die nun mit ihrem Leben abschließen müssen, saßen die Gefährten stumm und regungslos auf ihren Stühlen.

Der erste, der schließlich seine Sprache wiederfand, war Koichi:

»Na denn, das war's also. Was sollen wir uns jetzt damit weiter verrückt machen? Die werden uns nicht zurückschikken, egal, was wir hier alles noch versuchen. Und da das nun offenbar geklärt ist, will ich euch folgendes sagen: Die ganze Zeit haben wir doch nur an uns selbst gedacht – die Heimkehr und immer wieder nur die Heimkehr! Etwas anderes hat uns überhaupt nicht interessiert. Aber glaubt ihr etwa, unsere Heimkehr hat auch die Russen interessiert? Betrachtet die ganze Sache doch mal von denen aus: Sie haben uns nicht gerufen, sie haben uns auch keine Einladung geschickt. Ich hab' zumindest keine bekommen. Ihr? Wir sind doch nichts weiter als ein paar fremde Fischer, Schiffbrüchige, angespült an eine ihrer Inseln! Und dann, weil diese paar fremden Fischer nun einmal gerne wieder nach Hause möchten, da bauen sie eigens ein großes Schiff, stellen gleich eine Mannschaft und eine Menge Geld zur Verfügung und haben nichts Besseres zu tun, als uns unsere Wünsche zu erfüllen? Seien wir ehrlich: An eine Rückkehr war doch von Anfang an nicht zu denken, ein schöner Traum in diesem Alptraum hier, ja, aber eben nur ein Traum! Seid ihr alle denn wirklich so blind gewesen? ›Die begreifen es erst, wenn sie kein Geld mehr kriegen‹ – sie haben's uns heute nur zum erstenmal deutlich gemacht, das ist alles, was passiert ist, mehr nicht!«

»Wemmers klar sacht, also ganz klar sacht, wie – wie soll's do jetz' – was sollmer do jetz' mache?« rief Kyûemon in höchster Erregung dazwischen.

»Ja, was soll'n wir machen? Gute Frage, da gibt es kein drum herum mehr. Wir müssen jetzt darüber reden.«

»Rede? Rede? Was rede?«

»Was reden? Wir müssen uns doch einmal aussprechen. Wir müssen ja wohl hier weiterleben!«

»Hä? Hier lebe!? Für immer lebe – un aach sterbe? In aam Land, wo mer uns net richtisch verständische könne? – Naa, net mit mir! – – Mit mir net!!« Kyûemon sprang auf und rannte aus dem Zimmer. ›Mit mir net!‹ hörten sie ihn noch draußen rufen, als die Tür bereits ins Schloß gefallen war.

»Laß ihn. In der Kälte wird er sich schon schnell wieder beruhigen«, hielt Koichi Isokichi am Ärmel fest, der Kyûemon hinterherlaufen wollte. Dann meldete sich Shôzô zu Wort, der mit seinem Finger nach unten deutete:

»Ich sage es nicht deswegen, weil ich mein Bein verloren habe, aber ich glaube, daß man hier schon leben kann. Ein Leben ist ein Leben, egal wo. Auch dieses Land hat sein Gutes. Man soll dort leben und sterben, wo man geboren ist. Für uns ist es aber nun anders gekommen. Uns hat es nicht nur von Ise weg, sondern sogar in ein solch kaltes Land verschlagen, dessen Boden gefroren ist und hart wie Stein. Das aber war nicht unser Wille, nein, das war Gottes Wille! Und niemand von uns Menschen vermag diesen Willen zu ergründen. Wir können nun nicht mehr zurück, aber deswegen brauchen wir doch nicht den Mut zu verlieren!«

Daß ausgerechnet Shôzô, von jeher der Wortkärgste unter ihnen, der seit dem Verlust seines Beins noch stiller geworden war und sich selbst an den lebhaftesten Unterhaltungen kaum jemals beteiligte, nun mit so vielen Worten seine Meinung kundtat, mußte schon als kleines Wunder bezeichnet werden. Koichi griff Shôzôs Gedanken sogleich auf:

»So kann man es auch sehen. Und es ist sicher nicht falsch, es so zu sehen, aber bei Shôzô liegt die Sache letztendlich ein wenig anders. Was mit dem heutigen Tag zumindest klar geworden ist: Wir müssen hier in diesem Land bleiben, und ob nun ein jeder seinen Frieden damit macht oder nicht, wird sich noch zeigen. Eine Sache aber duldet keinen Aufschub, und das ist das Geld. Wir werden von nun an wohl irgend etwas arbeiten müssen, um uns unser Essen zu verdienen.«

»Das dürfte wohl nicht allzu schwierig sein!« warf Shinzô ein, »wenn wir Lehrer an dieser japanischen Schule werden, dann brauchen wir uns weder um den Mietzins noch ums Essen Sorgen zu machen. Die wollen uns doch nur deshalb nicht nach Hause lassen, weil wir hier unsere Sprache unterrichten sollen, stimmt's?«

Die letzten Worte hatte er an Shôzô gerichtet, doch der rührte sich nicht.

»Ja, na ja, jedenfalls, wenn es also wirklich keine Rückkehr mehr gibt, was bleibt uns anderes übrig? So schwierig wird's schon nicht werden, das Unterrichten, das machen wir doch im Schlaf. Und wenn wir uns alle dazu entschließen, ich sag's euch, dann wird's ab heute jeden Tag ein Festmahl geben!«

Shôzô pflichtete ihm immer noch nicht bei, obwohl er mit Shinzô sicherlich einer Meinung war. Mit Shinzô? Der hatte zwar gesprochen, aber in den Augen der übrigen Gefährten waren wie zwei übermächtig große Schatten die Gestalten Trapesnikows und Tatarinows hervorgetreten. Daß Shinzô und Shôzô mit ihnen Umgang pflegten und daß sie gemeinsam in die Kirche gingen, war ein offenes Geheimnis. Manchmal sprach Kyûemon davon, wie der eine wegen seines Beins, der andere wegen Nina schon nicht mehr nach Ise zurückwollte und deswegen beide auch versuchten, in Irkutsk Fuß zu fassen.

»Und was ist deine Meinung?« wandte sich Kôdayû an Isokichi.

»Ja, auch nicht großartig anders. Wenn sie uns also nicht nach Hause lassen, was können wir dagegen schon tun? Seid ihr erst einmal Lehrer an dieser Schule, dann wird es sich wohl auch hier ganz gut leben lassen. Für mich ist das aber nicht das Richtige – unterrichten, ich weiß nicht, ich würde viel lieber bei Laxman weiterarbeiten. Ja, das könnte ich mir vorstellen, dann könnte auch ich hier leben.«

Isokichi war derjenige, der von allen am häufigsten bei Laxman ein und aus gegangen war – nicht um sich bewirten zu lassen, sondern um mit einer der vielen Arbeiten beauftragt zu werden, die täglich im Hause des Gelehrten anfielen. Er sortierte dann die unterschiedlichsten Sachen, präparierte Pflanzen, zerrieb Mineralien, fertigte Landkarten an und vieles andere mehr. Ein schier unerschöpfliches Interesse ließ Isokichi jedem Besuch bei Laxman entgegenfiebern. Kaum hatte Isokichi das letzte Wort gesprochen, öffnete sich die Tür, und Kyûemon, über und über mit Schnee bedeckt, kam wieder in die warme Stube herein. Mit mürrischem Gesicht zwar und ohne die Gefährten eines Blickes zu würdigen, aber die Kälte schien ihre Wirkung nicht verfehlt zu haben.

»Es läuft also darauf hinaus, daß Shô und Shin unsere Sprache unterrichten und Isokichi seine Arbeit von Laxman bekommt. Na ja, mich werden sie dann wohl auch in ihrer Schule gebrauchen können. Soviel Russisch trau' ich mir schon noch zu«, sagte Koichi, »aber – was sollen sie eigentlich mit Kyûemon machen? Der kann doch gar kein Russisch. Was soll aus ihm werden? Vielleicht, na, wie wär's denn mit Totengräber? Das kann er auch, ohne den Mund aufmachen zu müssen.«

Die letzten Worte gingen in dem dumpfen Krachen eines umfallenden Stuhls unter. Kyûemon, der sich inzwischen hingesetzt hatte, war aufgesprungen und starrte Koichi zitternd vor Wut an:

»Du! Quatsch du nur weiter, du! Ich jedefalls komm' nach Ise zurück, un wenn ich zu Fuß laafe müßt!« und drehte sich abrupt zur Türe um, als wolle er sich wirklich sofort auf den Weg machen.

»He, Kyûemon, warte!« hielt Kôdayû ihn fest, und wandte sich dann den übrigen Gefährten zu:

»Ich denke genauso wie Kyûemon. Doch was nutzt der stärkste Wille: Vielleicht müssen wir wirklich die Hoffnung auf die Rückkehr nach Ise aufgeben – aber nicht bevor dieses eine Jahr vergangen ist! Mag es auch noch so sinnlos erscheinen, ich möchte, daß wir erst die Antwort auf das letzte Gesuch abwarten. Erst danach sollten wir uns entscheiden, Lehrer an dieser Schule zu werden oder was immer wir sonst machen wollen. Dafür wird es dann schon nicht zu spät sein. Ich weiß auch, daß das jetzt nicht unbedingt das Reizvollste ist, nur zu warten und sich nicht um eine Arbeit zu bemühen, aber laßt uns bis dahin von den Spenden leben. Ich werde Laxman um das Geld bitten.«

Natürlich gab es im Grunde nichts gegen Shinzôs Ansinnen einzuwenden: Sie bräuchten nur Japanisch zu unterrichten und wären auf niemandes Unterstützung mehr angewiesen. Doch der Zeitpunkt dafür war noch nicht gekommen, denn noch stand die Antwort auf das dritte Gesuch aus. Erst wenn die übliche Wartefrist verstrichen war, hatten sie wirklich alle Möglichkeiten ausgeschöpft und nicht unnötigerweise schon vorher ihre Bereitschaft angezeigt, in Rußland zu bleiben. Nahte dann endgültig die Stunde der Entscheidung, dann mochte es wohl nicht das Schlechteste sein, den

Unterricht zu wählen, dachte Kôdayû. Shinzôs Worte hatten ihn noch einmal alle Kräfte zusammennehmen lassen. Koste es, was es wolle, sie würden warten.

Ungewöhnlich zeitig stellten sich die ersten Frühlingsboten ein: Normalerweise brach die Eisdecke der Angara erst etwa Mitte April, in diesem Jahr war es schon am 20. März soweit. Damit hatte die Frostperiode nur fünfundsechzig Tage gedauert, knapp halb so lang wie im Jahr zuvor.

Bald darauf kamen auch Trapesnikow und Tatarinow wieder bei den Japanern vorbei; allerdings nicht zum gemütlichen Plaudern, sondern man hatte sie wohl geschickt, um die Stimmungslage in bezug auf den Sprachunterricht zu erkunden. Sie verhielten sich fast, als führten sie bereits offizielle Verhandlungen, die darauf hinausliefen, daß die seit geraumer Zeit geschlossene japanische Schule unverzüglich wiedereröffnet werden könne, wenn sie sich einverstanden erklärten, den Unterricht dort zu übernehmen.

»Wißt ihr, wenn es wirklich entschieden ist, daß wir bis an unser Lebensende in Rußland bleiben, werden wir wohl mit dem Unterricht unser Geld verdienen müssen. Dann wollen wir gern auch auf eure Hilfe zurückgreifen«, wies Kôdayû den beiden gegenüber das Angebot nicht rundweg zurück. »Für das Hier und Heute haben wir unter uns jedoch vereinbart, erst die Antwort auf das dritte Gesuch abzuwarten. Es mag vielleicht ebenso vergebens wie die zwei vorangegangenen sein, aber solange die Antwort aussteht, sind wir davon überzeugt, daß noch keine endgültige Entscheidung gefallen ist. Es ziemt sich nicht, auf einmal seine Meinung zu ändern und mit einer offiziellen Arbeit zu beginnen, obwohl man ein Gesuch auf Rückkehr in die Heimat gestellt hat. Dann noch eines: Wie sollen wir eigentlich unsere Sprache lehren, wenn wir doch nur ein paar Brocken Russisch verstehen? Ich glaube, wir müssen selbst erst einmal etwas lernen, bevor wir ans Unterrichten denken. Wir werden zunächst auf jene Antwort warten, mit der wahrscheinlich gegen Ende des Jahres zu rechnen ist, und diese Zeit nutzen, um unser Russisch zu verbessern.«

Trapesnikow und Tatarinow schienen in Kôdayûs Worten durchaus etwas Vernünftiges entdeckt zu haben, denn freudig erklärten sie sich bereit, sofern sie denn mit ihnen als Lehrer einverstanden wären, in der verbliebenen Zeit die Aufgabe des Russischunterrichts zu übernehmen.

Einmal so vereinbart, kamen die beiden jeden Tag vorbei. Da Shôzô, Shinzô und Isokichi sich bereits recht gut in der Alltagssprache zu verständigen wußten, waren regelmäßige Lektionen für sie nicht mehr erforderlich, für Koichi hingegen und besonders auch für Kyûemon schienen sie allerdings dringend geboten zu sein.

Nach dem ersten Monat intensivster Russischlektionen hatten sich die »Ich kann net mer«- und »Pause! Pause!«-Rufe der beiden jedoch so sehr gehäuft, daß der für täglich geplante Unterricht schließlich nur noch alle drei bis vier Tage stattfand. Als einziger lernte Kôdayû mit ungebrochenem Eifer weiter. Falls es wirklich soweit kommen sollte, daß sie den restlichen Teil ihres Lebens in diesem Land verbrachten – ob nun als Lehrer der japanischen Schule oder nicht –, dann mußten sie wohl oder übel Wort und Schrift der russischen Sprache einigermaßen beherrschen.

Kôdayû lernte, und selbst während sich die Gefährten ihre Zeit mit dem Schnitzen neuer *shôgi*-Steine vertrieben oder von einer Partie gefesselt waren, widmete er sich ausschließlich seinen Sprachstudien, meistens bis tief in die Nacht. Er wollte so schnell wie möglich in der Lage sein, ohne Laxmans Hilfe die russischen Schriften zu verstehen. Schon auf See war mit Ikuhachi der erste der Männer gestorben, dann auf Amtschitka und in Nischni Kamtschatsk die anderen und irgendwann würde auch er an der Reihe sein. Und wenn er wirklich seinen letzten Atemzug in der Fremde tun mußte, so wollte er so viel wie nur möglich über dieses Land erfahren, in dem vielleicht einst sein Grab lag. Aber gerade diese Stimmung bestärkte in ihm den Wunsch, den Menschen in der Heimat all das zu erzählen, was ihnen bei den Russen widerfahren war, genau bis ins kleinste Detail, ohne etwas zu beschönigen, geschweige denn zu unterschlagen. ›Jetzt darfst du nicht aufgeben!‹ Mit diesen Worten spornte er sich selbst jeden Tag immer wieder an.

Im Laufe der Zeit lernte Kôdayû seine beiden Lehrer Trapesnikow und Tatarinow allmählich besser kennen, und ihm fiel eine Eigenschaft an ihnen auf, die er sonst eigentlich nicht bemerkt hatte. Daß sie in gewisser Weise anders aussahen und daß sie eher kleinwüchsig waren, erschien ihm nicht weiter verwunderlich, aber sie reagierten manchmal außerordentlich empfindlich und gereizt, was den Umgang mit ihnen nicht unbedingt erleichterte. Weder er noch einer der Gefährten durften es sich erlauben, die beiden auch nur bei der belanglosesten Kleinigkeit unterschiedlich zu behandeln. Kleinlich, aufeinander eifersüchtig, voll von leicht verletzlicher Eigenliebe – das waren die Kennzeichen ihres Charakters.

Am 10. April verdunkelte sich unversehens der Himmel und die Stadt wurde von einem fürchterlichen Sturm heimgesucht, der binnen weniger Sekunden Dächer durch die Luft wirbelte, Zäune umwarf und auch das Kreuz vom Turm des Nonnenklosters hinunterstürzen ließ. Kaum war das Unwetter am Abklingen, machten sich die Japaner auf den Weg zu Laxman. Dessen Haus hatte einige Schäden davongetragen, und der Wissenschaftler brauchte sie nicht erst zu bitten, bei den Reparaturen mit Hand anzulegen.

In den folgenden Tagen hatten sie auch mit den Aufräumarbeiten an den Villen jener Familien viel zu tun, die ihnen seit der Streichung der offiziellen Zahlung Geldspenden zukommen ließen. Überall wurden die gewandten Helfer mit Freuden empfangen und aufrichtiger Dank war ihnen stets gewiß. Geschickt führten sie Dach- und Mauerreparaturen aus, sogar Steintreppen richteten sie ohne weiteres wieder her.

Während sich die Gefährten nach den anstrengenden Tagen

ihre wohlverdiente Pause gönnten, lag mit einer Japankarte schon die nächste Arbeit für Kôdayû auf Laxmans Schreibtisch bereit. Die Karte, die Laxman diesmal vor ihm ausbreitete, war allerdings wesentlich exakter als diejenige, die er ihnen damals bei ihrem ersten Besuch gezeigt hatte.

Kôdayû blickte auf die Eintragungen bei Ise. Mit recht sicheren Schriftzeichen waren dort die Namen der Provinzen der näheren und weiteren Umgebung, auch die vier auf Shikoku, korrekt vermerkt. Laxman bat ihn zunächst darum, unter den japanischen Bezeichnungen deren jeweilige Aussprache mit russischen Buchstaben zu notieren. Danach sollte er ebenfalls auf russisch die wichtigsten an der Küste gelegenen Orte von Ise bis Edo angeben. Dort waren bereits einige Notizen in einer ihm unbekannten waagerechten Schrift vorgenommen worden, die mit ihren kleinen und eng nebeneinanderstehenden Buchstaben in gewisser Hinsicht den russischen ähnlich sah.

»Die Karte, wer hat die denn angefertigt?«

»Ein Deutscher, der vor etwa einhundert Jahren in euer Land gereist ist und dort zwei Jahre lang gelebt hat. Die Karte ist in seinem posthum erschienenen Tagebuch enthalten. Das hier ist natürlich eine Kopie«, versetzte Laxman unwirsch, er hatte jetzt anderes im Sinn:

»Und, wie sieht's aus? Stimmen die Provinzen? Und was ist mit den Inseln, sind die so richtig wiedergegeben?«

»Weiß ich nicht«, antwortete Kôdayû wahrheitsgemäß, »ich kann nur sagen, daß die hier geschriebenen japanischen Schriftzeichen keine Fehler enthalten und dann, aber so sicher bin ich mir dabei nicht, daß die Provinzen auch richtig verteilt sind.« Kôdayû betrachtete eingehend die Karte, dann wandte er sich wieder Laxman zu: »Diese waagerechte Schrift, die da überall steht, ist das in der Sprache von dem, der die Karte gezeichnet hat?«

»Nein. Das ist Holländisch. So unbekannt sollte dir das eigentlich nicht sein.«

»Holländisch? Das hab' ich noch nie gehört.«

Daraufhin machte Laxman ein Gesicht, in dem ein deutliches ›Du hast ja von gar nichts eine Ahnung!‹ geschrieben stand und sagte:

»Es sind schon seit langer Zeit viele Holländer nach Japan gereist. Der Deutsche, der die Karte angefertigt hat, ein Arzt, war in einem der holländischen Handelshäuser angestellt. Bei euch gibt es sogar zwei Wissenschaftler, die Holländisch verstehen können: Katsuragawa Hoshû und Nakagawa Junan. Die beiden sind in holländischen Büchern über Japan aufgeführt.«

Kôdayû glaubte seinen Ohren nicht zu trauen. Hatte dieser Laxman doch tatsächlich gerade zwei japanische Namen ausgesprochen! Und zu allem Überfluß auch noch Namen, mit denen er selbst gar nichts anzufangen wußte.

»Weißt du, was ich nämlich unbedingt einmal möchte, das ist in euer Land zu reisen. Die Vegetation in den Küsten- und Gebirgsregionen, die Mineralien, die Vulkane, all das interessiert mich brennend. Ha, mein Wunsch, nach Japan zu kommen, der ist genauso groß wie deiner, vielleicht sogar noch stärker!«

›– genauso groß wie deiner, vielleicht sogar noch stärker!‹ Was für ein Hohn – hätte ihm das ein anderer als Laxman gesagt, dann hätte Kôdayû seinen Ärger wohl kaum verschwiegen, aber so blieb ihm nichts weiter übrig, als ruhig zu bleiben und die Worte einfach zu überhören, ›– genauso groß wie deiner, vielleicht sogar noch stärker!‹ hallte es ihm noch lange nach.

Drei Tage lang arbeiteten die beiden Männer gemeinsam an der Karte. Kôdayû trug außer Städten und Dörfern auch Berge und Flüsse ein. War ihm der Lauf eines Flusses im einzelnen unbekannt, so markierte er lediglich die Quelle und setzte dann den Namen hinzu. Schließlich ergänzte er den fehlenden See Biwa und berichtigte die Lage des Fuji.

»Berge und Flüsse kann ich nur ziemlich grob einzeichnen. Wenn es genau sein soll, dann –«

»Ja, ja, schon recht. Ich erwarte nicht unbedingt die exaktesten Angaben. Die Karte hier werde ich später mit anderen vergleichen und deine Fehler dann korrigieren.«

Durch die Arbeit an der Karte malte Kôdayû die Aussichten auf ihre Rückkehr nicht mehr in solch düsteren Farben wie noch einige Zeit zuvor. Je mehr man über Japan wußte, um so höher mochten auch ihre Chancen steigen – zumindest waren im dichten Nebel die schemenhaften Umrisse eines Schiffes zu erkennen, dessen Kurs Japan hieß.

Das Anfertigen der Karte gab nicht nur Kôdayû wieder neue Hoffnung, sondern wirkte sich auch auf Laxmans Ansehen in der Fachwelt vorteilhaft aus, der sie am 20. April zusammen mit einem ausführlichen Bericht an die Akademie der Wissenschaften in Sankt Petersburg schickte und damit das Verdienst beanspruchen konnte, die bis dahin genaueste russische Japankarte vorgelegt zu haben.

Vom 17. bis 19. Juni fiel in Irkutsk sintflutartiger Regen, der die Angara über die Ufer treten ließ und einen Teil der anliegenden Felder und Wiesen zerstörte.

Kaum hatte das Unwetter ein wenig nachgelassen, brach Laxman zu einer seit langem geplanten Forschungsreise nach Jakutsk auf, das ihm als Ausgangspunkt seiner Untersuchung der Mineralienvorkommen im Gebiet der Wiljui-Flußniederung dienen sollte. Keiner der Japaner wollte es versäumen, den gemeinsamen Freund zu verabschieden, der bereits die kleine Kutsche bestiegen hatte, die abfahrbereit vor dem Gartentor stand.

»In einem oder eineinhalb Monaten werde ich wieder zurückkommen. Dann ist vielleicht auch schon die Antwort auf euer Gesuch eingetroffen, und zwar eine positive! Wir haben ja schließlich nicht umsonst alles bis ins kleinste Detail aufgeführt!« beruhigte er Kôdayû zum Schluß und gab dem Pferd die Peitsche. Die Kutsche setzte sich in Bewegung, im selben Moment stürzte seine Frau noch einmal heran:

»Wann kommst du wieder zurück? Bitte, sag es mir doch wenigstens diesmal genau! Ich möchte wissen, wann ich dich wiedersehe. Dieses ungewisse Warten – ›Irgendwann in ein paar Wochen‹ – bitte sag es mir genau, so genau, wie du nur kannst!«

Laxman hatte die Kutsche inzwischen wieder angehalten, beugte sich zu seiner Frau herunter und während er ungeduldig die Peitsche in der Hand hin und her schwang, sagte er:

»Eineinhalb Monate wird's wohl dauern.«

»Das heißt also bis Ende Juli, Anfang August?«

»So früh nicht.«

»Dann Mitte August? Oder Ende August?«

»Auch nicht ganz.«

»September?«

»Ja, vielleicht. September kann's werden. Bis Oktober bin ich jedenfalls spätestens zurück.« Die letzten Worte verschluckte ein Peitschenschlag, und die Kutsche fuhr zügig die Straße hinunter, gefolgt vom Lärmen der Kinder, die sie noch einzuholen versuchten.

Über vier Monate war danach von Laxman nichts mehr zu hören, erst gegen Ende Oktober traf er wieder in Irkutsk ein. Während der ganzen Zeit hatte Kôdayû auf den Boten gewartet, der ihn zum Rathaus rufen würde – aber der Bote war ausgeblieben, und nichts war geschehen, was auf irgendeine Bewegung in ihrem Fall hätte hindeuten können. Statt dessen hatte sich etwas ganz anderes ereignet: Shôzô hatte den russischen Glauben angenommen und sich fortan Fjodor Sitnikow genannt.

Eines Morgens in den ersten Oktobertagen klagte Shôzô unvermittelt über heftiges Brennen an seiner Wunde.

»Das sind Folgeerscheinungen der Operation, die zwar nicht unbedingt auftreten müssen, aber in einigen seltenen Fällen dann doch hin und wieder einmal auftreten können. Es besteht zwar kein Grund zur Besorgnis, aber ich halte es für besser, ihn bis zum vollständigen Abklingen der Beschwerden zu uns ins Krankenhaus zu nehmen«, erklärte der unverzüglich herbeigerufene Arzt, und noch zur selben Stunde bekam Shôzô einen Platz zugewiesen. Abwechselnd hielten die Männer den ganzen Tag lang Wache am Bett ihres Gefährten, so daß er keine einzige Minute allein verbringen mußte. Wie schon bei der Operation verbiß sich Shôzô die Schmerzen, nur sollte immer einer von ihnen die Hand auf seinen Stumpf gelegt haben, was ihm eine gewisse Linderung verschaffte.

Isokichi war der erste, der an dem Morgen nach Shôzôs Einlieferung ins Krankenzimmer kam und mit einem Blick erleichtert feststellte, daß Shôzôs Gesicht nicht mehr den schmerzverzerrten Ausdruck wie noch am Tag zuvor erkennen ließ, im Gegenteil, es wirkte vielmehr ruhig und vollkommen entspannt.

»Du kannst dir nicht vorstellen, wie weh es die ganze Nacht getan hat, aber das ist jetzt wieder vorbei. Heute nacht, als ich's kaum noch aushalten konnte, da habe ich zu Gott gerufen. Und du glaubst es vielleicht nicht, aber er ist wirklich zu mir gekommen, hat seine Hand auf meine Stirn gelegt, und in diesem Augenblick ist mir klar geworden, daß ich ohne seinen Beistand nicht weiterleben kann. Mein Bein vermag selbst er mir nicht zurückzugeben, aber er verleiht mir die Kraft, auch mit einer solchen Fessel das Leben zu ertragen. Für mich wird es sich niemals erfüllen, ich werde die Heimat nicht wiedersehen, nicht ein Krüppel wie ich es bin. Mein Grab liegt in fremder Erde, aber ich werde weder traurig noch einsam sein, denn Gott ist bei mir«, Shôzô umfaßte Isokichis Hand, »ab heute gehöre ich – ja, ab heute gehöre ich zur russischen Kirche. Ich hatte schon alles in die Wege geleitet, bevor ihr mich gestern hierher gebracht habt. Shôzô, den Japaner aus Ise, den gibt es jetzt nicht mehr. Ich habe euch nicht zu Rate gezogen, ich habe die Entscheidung ganz allein getroffen, ich – vergebt mir!«

Isokichi war nicht in der Lage, irgend etwas zu erwidern. Wortlos zog er seine Hand zurück und rannte aus dem Zimmer.

Auch Kôdayû schien einige Augenblicke wie vor den

Kopf gestoßen, als Isokichi aufgeregt seinen Bericht beendet hatte.

»Vielleicht ist es so am besten«, sagte er dann ruhig, und es klang nicht, als wolle er sich das wider besseres Wissen nur einreden. Womöglich hatte Shôzô recht, wer konnte es ihm verübeln, wer durfte es ihm verübeln?

»Ach, Shôzô – der ist doch sowieso immer in die Kirche da gelaufen. Da gab's für den doch gar kein Halten mehr. Mir war das schon klar, daß der irgendwann dann auch den Glauben hier annimmt. Wahrscheinlich hätte er ja gewartet, bis wir nicht mehr dagewesen wären, aber warum er es jetzt schon gemacht hat, das kann ich euch sagen: Dieser Krankenhausaufenthalt hat ihm jetzt zu schaffen gemacht. Wer soll das denn bezahlen? Uns wollte er das nicht aufbürden, und da hat er gedacht, wenn er an den russischen Gott glaubt und einen russischen Namen annimmt, dann ist er auch kein Japaner mehr, sondern Russe – und ein Russe bekommt Geld«, sinnierte Koichi.

»Das ist nicht wahr! Erst dieser Rückfall hat ihm den Willen gebrochen und erst da hat er sich an den Gott geklammert. Als die Schmerzen unerträglich geworden sind, welche Hoffnung ist ihm denn da geblieben? Da gab's nur Gott«, verteidigte ihn Shinzô, doch auch Kyûemon mochte das nicht glauben:

»Wenner's uns net selber sacht, dann werde mer's nie erfahre, abber der hat's bestimmt wesche dem Geld gemacht. Ich hab' nämlich mitgekriegt, wie er den Dokter do g'fracht hat, wieviel er im Monat zahle muß.«

Kôdayû hörte nicht mehr zu. Während die Gefährten noch durcheinanderredeten, verließ er das Zimmer. Den Blick auf den Boden geheftet, schlug er den Weg zum Krankenhaus ein, keiner der Menschen, die ihm entgegenkamen, sollte seine Tränen sehen:

»Erst das Bein, dann diese entsetzlichen Schmerzen und jetzt die lange Zeit im Krankenhaus vor Augen, kein Wunder, daß er diesen Gott gesucht hat. Dazu die Sorgen um das

Geld, die haben sicher auch ihren Teil dazu beigetragen. Keiner von uns hat ihm wirklich helfen können. Jetzt ist es zu spät.« Kôdayû lief ziellos durch die Straßen der russischen Stadt, dem Gefährten vermochte er an jenem Morgen noch nicht gegenüberzutreten.

Ein jeder der fünf Japaner hatte seit langem geahnt, daß Shôzô eines Tages wohl den russischen Glauben annehmen und einen russischen Namen tragen würde. Nun waren diese Befürchtungen Wahrheit geworden, und mit Shôzôs Bekenntnis und der Aufgabe seines japanischen Namens hatte sich doch unvermittelt eine gewaltige Leere vor ihnen aufgetan. Die Überlebenden der *Shinshô-maru* – nichts weiter als die wenigen Zähne eines alten Kamms, von denen mit Shôzô wieder einer abgebrochen war – und der nächste wackelte bereits. Fast die ganze Stadt wußte von Shinzô und Nina. Vielleicht entschied sich auch Shinzô letztendlich gegen sie.

»De Shinzô is aach verdammt nah dran, uns zu verlasse, des sach' ich euch«, prophezeite Kyûemon jedesmal, sobald Shinzô nicht in der Nähe war. Und Koichi antwortete ihm stets auf die gleiche Weise:

»Möglich.« Mehr sagte er nicht. Aber diesmal gab sich Kyûemon nicht damit zufrieden:

»Bei Shôzô mit dem sa Baa, do hilft ebbe nix, abber bei Shinzô, wenn's wirklich so weit komme sollt, wenn der wirklich ... das werde mer net zulasse ... ich hab' doch recht, das derfe mer net zulasse!« Kyûemon hatte sich völlig hineingesteigert, sprang auf und schrie Koichi wütend an:

»Möschlich! Möschlich! Is des alles, was du dazu zu sache hast? Möschlich! Wie wär's denn, wenn du dem mal sachst, wo's langgeht?! Dasser vielleicht hierbleibe muß, wenners zu bunt treibt!«

»Wenn du willst, daß ich ihn mir vornehme, gut, dann nehme ich ihn mir eben vor. Aber wenn's das Gegenteil bewirkt? Was, wenn wir ihn damit erst auf den Gedanken bringen? Was dann? Das beste wird wohl sein, Shin in Ruhe zu lassen. Er ist letztendlich ein Fischer aus Ise, genauso wie wir. Wenn der Zeitpunkt gekommen ist, dann wird er nicht hierbleiben wollen. Beruhige dich, auch er wird nach Ise zurückkehren. Muß er sich von uns aber immer nur Vorwürfe anhören, dann überlegt er es sich vielleicht anders und bleibt am Ende wirklich hier!«

Dem vermochte Kyûemon, dessen größte Sorge es war, mit Shinzô nicht noch einen weiteren Gefährten aus ihrer kleinen Gruppe zu verlieren, nichts mehr entgegenzusetzen. Kraftlos sank er auf seinen Stuhl zurück. Koichis Warnung war schließlich keineswegs aus der Luft gegriffen. Wer konnte schon vorhersagen, wie Shinzô reagieren würde, wenn sie ihm immer nur Vorhaltungen machten und ihm so den Umgang mit Nina auszureden versuchten?

Shinzô schien sehr wohl zu wissen, was dahintersteckte, wenn Kyûemon manchmal allein vor sich hin grummelnd die eine oder andere abfällige Bemerkung über Nina fallenließ – laut genug, damit er es hören konnte. Shinzô reagierte in solchen Momenten prompt:

»Ich will hier ja keinen stören. Wenn ich aber irgend jemanden störe, dann ist's wohl besser, wenn ich mir demnächst über meine Zukunft mit euch mal einige Gedanken mache.«

Oder er meinte beiläufig, daß Sitnikow letztlich der einzige wäre, mit dem er reden könne, der einzige, der ihn wirklich verstünde. Allein in solchen Augenblicken nannte er Shôzô bei dessen russischem Namen.

Kôdayû hingegen machte sich vor allem Gedanken um Kyûemon und Koichi, die sich verzweifelt an die Rückkehr nach Japan klammerten, natürlich auch um Shôzô, der nun für immer wohl in Rußland bleiben mußte, Shinzô aber bereitete ihm kaum Kopfzerbrechen. Als die Gerüchte um Nina entstanden waren, als die regelmäßigen Kirchgänge begonnen hatten und ihnen Shinzôs Freundschaft mit Tatarinow und Trapesnikow aufgefallen war, da hatte Kôdayû geglaubt, zusammen mit Shôzô auch Shinzô aufgeben zu müssen, nun aber dachte er anders darüber. Shinzô mochte sich zwar äußerlich mit einem Leben in Rußland abgefunden haben, und wurde ihr Gesuch endgültig verworfen, so würde gerade er darunter sicherlich am wenigsten leiden – gewiß war es jedoch falsch, aus seinem Lebenswandel den Schluß zu ziehen, daß er von seiner Heimat nichts mehr wissen wollte. Erhielten sie eines Tages wider Erwarten die Erlaubnis zur Rückkehr, so war er überzeugt, daß Shinzô sich dank seiner Jugend recht schnell der neuen Situation anpassen und ohne Zögern mit an Bord ihres Schiffes gehen würde.

Kôdayû schaute spätestens jeden dritten Tag im Krankenhaus vorbei. Das Gebäude lag an einem Hang, und von Shôzôs Zimmer aus konnte man in der Ferne das Wasser der Angara schimmern sehen.

Bei einem dieser Besuche lenkte er das Gespräch auf Shinzô und sprach mit einem Tonfall, als ob es sich nur um etwas Belangloses handelte:

»Na, ob Shin es dir nicht nachmacht und auch noch ein Russe wird?«

»Ach was!« Shôzô schüttelte heftig den Kopf. »Der hat noch seine zwei Beine, warum soll er sich also hier begraben lassen? Er selbst hat's vielleicht gar nicht gemerkt, aber ich: Manchmal spricht er doch mit sich selbst, du mußt einmal drauf achten, er redet dann auch zu seiner Mutter. Mama oder Mutti, glaub' ich, irgend sowas war's gewesen. Wenn's drauf ankommt, dann wird ihn hier nichts halten können, auch nicht diese Nina.«

Kôdayû ging langsam ans Fenster. Sein Blick ruhte auf dem glitzernden Blau des Stroms. Lange vermochte er nichts zu sagen, zu sehr hatte ihn diese Antwort bewegt. Nicht wegen Shinzô. Zwar hatte sich ihm gerade eine gänzlich unbekannte Seite an dessen Wesen offenbart, aber seine Gedanken kreisten nicht um den jungen Gefährten. Kôdayû spürte an jeder Stelle der Antwort, wie der stets verschlossene Shôzô sich die Gefühle des Jüngeren geliehen hatte, um wenigstens auf diese Weise die in ihm verborgen brennende Sehnsucht mitteilen zu können.

Gleichwohl hatte er sich seit jener Nacht endgültig damit abgefunden, daß es für ihn keine Rückkehr mehr nach Japan gab. Das mochte ihm den inneren Frieden bringen, der ihn sein Schicksal so unglaublich ruhig und gefaßt ertragen ließ.

»Shô hat nicht nur den Namen gewechselt, er sieht jetzt auch schon ganz wie ein Russe aus«, war ab und zu von Koichi zu hören. Das mochte natürlich übertrieben sein, doch irgendwie schienen sich Shôzôs japanische Züge tatsächlich mehr und mehr zu verflüchtigen. Wenn sie ihn still auf seinem Krankenbett liegen sahen, dann ähnelte sein eingefallenes Gesicht mit dem dünnen Backenbart jenen Gesichtern, wie sie die auf den russischen Ikonen abgebildeten Märtyrer besaßen.

Isokichi hielt sich meistens aus allem heraus. Sprachen Koichi und Kyûemon von ihrer Heimkehr oder stritten sie sich über Shinzô, so beachtete er die beiden überhaupt nicht und tat so, als ginge ihn das alles gar nichts an. Er war mit seinem Leben durchaus zufrieden, so lange er Tag für Tag zu Laxman gehen und sich dort nützlich machen konnte, auch wenn er manchmal nur einfache Arbeiten verrichten durfte.

Laxman befand sich seit einigen Tagen wieder in Irkutsk, doch in bezug auf ihr Gesuch schien die Zeit stehengeblieben zu sein. Vor nahezu acht Monaten hatte ihm Laxman den neuen Entwurf vorgelegt und Kôdayû das fertige Gesuch sogleich eingereicht, aber nichts war seit dem passiert. Sollten die Behörden wirklich die Absicht besessen haben, darauf zu antworten, dann hätte diese Antwort schon längst eintreffen müssen. Kôdayû entschloß sich, von nun an nicht mehr über ihre Rückkehr zu grübeln. Als in den üblichen Wortwechseln zwischen Koichi und Kyûemon dieses Thema ebenfalls zur Sprache kam, schnitt er das Gespräch kurzerhand ab:

»Ja nun, was gibt's sich darüber zu unterhalten? Das Jahr ist noch nicht zu Ende, und da wir eben einmal beschlossen haben, dieses eine Jahr zu warten, dann warten wir es auch ab!«

Er spürte selbst, wie leer seine Worte klangen, aber wenigstens diese Frist galt es noch auszuharren. Falls sie danach immer noch nichts erhalten hatten, dann konnte und wollte er die Stunde auch nicht weiter hinauszögern, in der sie sich wohl oder übel über ihre weitere Zukunft im klaren werden mußten. Doch auch diesen Gedanken versuchte Kôdayû aus seinem Kopf zu verbannen, was ihm nur gelang, indem er sich vollkommen in seine Arbeit vertiefte. Von früh bis spät verbrachte er die Zeit am Schreibtisch, las mit Hilfe eines Wörterbuchs die verschiedensten Schriften aus Laxmans Bücherregalen und zögerte auch nicht, bei den ihm unverständlichen Stellen nachzufragen. So lernte er Namen und Lage der wichtigsten Städte, Berge und Flüsse dieses ihm unbekannten Landes kennen, mochte sich einen Begriff von der gewaltigen Ausdehnung Sibiriens machen und setzte sich sowohl mit der Geschichte als auch mit den Verwaltungsmaßnahmen Rußlands auseinander. Auch erfuhr er von angrenzenden Ländern, in denen jeweils ein Volk mit einer eigenen Sprache wohnte. Diese Studien halfen ihm, die dunkle Ahnung weiter zurückzudrängen, er könnte Ise vielleicht niemals wiedersehen, und drohte ihn Heimweh zu überwältigen, schlug er seine Notizen auf und nahm die Feder zur Hand. Eine solche Arbeitswut waren die Gefährten selbst von Kôdayû nicht gewohnt. Sie sagten zwar nichts, aber wenn sie ihn so am Schreibtisch in seine Bücher vergraben sitzen sahen, dann spürten sie, wie es um die Nerven ihres Kapitäns in Wirklichkeit bestellt sein mußte.

Seit der in der Nähe des Baikalsees gelegenen Ansiedlung am 26. Oktober 1690 offiziell die Stadtrechte verliehen worden waren, fand alljährlich an diesem Tag in Irkutsk ein großes Fest statt, an dem die Menschen ausgelassen zu Fuß oder in prächtig geschmückten Kutschen durch die verschneiten Straßen zogen; und anläßlich des Abschlusses der Arbeiten an der Snamenskoj-Klosterkirche erlebte Irkutsk kaum zehn Tage später ein zweites großes Fest. Begleitet von ständigem Glockengeläut strömten die Menschen im leichten Schneetreiben zu Snamenskoj, und bald konnte man glauben, die ganze Einwohnerschaft Irkutsks habe sich im Klosterhof versammelt.

An beiden Festtagen besuchten die Japaner Shôzô in seiner Krankenstube. Waren ihm ihre Berichte vom Stadtfest dabei lediglich ein gelangweiltes Kopfnicken Wert gewesen, so zeigte er für die Klosterkirche ein weitaus lebhafteres Interesse. In diesem Augenblick schien es sein größter Wunsch zu sein, den neuen Bau wenigstens einmal kurz zu sehen.

In der ersten Dezemberwoche kam wieder ein Bote Laxmans vorbei: Er wünsche Kôdayû umgehend zu sprechen.

Laxman hatte es sich in seinem Sessel am Fenster bequem gemacht und schaute nur kurz auf, als Kôdayû zur Türe hereintrat.

»Ich werde gleich nach Jahreswechsel in offizieller Mission nach Sankt Petersburg, also in die Hauptstadt fahren, um dort meine in den letzten Jahren an den verschiedensten Orten Sibiriens gesammelten Pflanzen und Gesteinsproben abzugeben. Und jetzt hör zu, Kôdayû: Ich möchte, daß du mich bei dieser Reise begleitest. Wer weiß, was mit unserem Gesuch passiert ist, meine Geduld ist jedenfalls zu Ende, und ich habe keine Lust, der ganzen Sache noch länger tatenlos zuzusehen. Wenn ich daran denke, daß wir es schon im März eingereicht haben – im März! Langsam habe ich den Verdacht, daß es gar nicht bis oben durchgekommen ist, sondern im Regal irgendeiner Amtsstube langsam vor sich hin schimmelt. Wahrscheinlich wird es sowieso das beste sein, wenn du dich direkt an Ihre Majestät wendest. Natürlich ist es kein Kinderspiel, eine Audienz zu bekommen, aber das kannst du ruhig mir überlassen, ich werde das schon für dich regeln.«

Es war das erste Mal, daß Laxman seit seiner Rückkehr ihr Gesuch wieder erwähnt hatte, und Kôdayû mußte sich eingestehen, innerlich schon nicht mehr auf die Hilfe des Wissenschaftlers gerechnet zu haben. Natürlich hatte er nichts dagegen einzuwenden, ganz im Gegenteil, ihm war, als habe mit einem Mal ein Lichtstrahl das tiefe Dunkel durchbrochen, das sie bislang umgab.

Kaum zur Türe herein, rief Kôdayû die Gefährten zusammen und erzählte ihnen von Laxmans Vorhaben.

»Gehst du allein?« fragte Koichi.

»Hm, die Reise wird einiges Geld kosten, und da sind wir nun mal auf Laxmans Unterstützung angewiesen. Besser wäre es schon, wenn wir zusammen gingen, aber ich kann ihn unmöglich darum bitten, für uns alle die Kosten zu übernehmen«, erwiderte Kôdayû.

»Ja, ja, das ist mir auch klar, ich meinte damit auch gar nicht, daß wir alle unbedingt gerne dahin wollten, sondern, du gehst in die Hauptstadt und wir warten hier, warten und warten und sehen dich vielleicht nie wieder! Das ist mir nur plötzlich in den Sinn gekommen. So unwahrscheinlich ist das doch wohl nicht, oder?«

»Unsinn!« Kyûemon schaute Koichi ärgerlich an, »uff des Gered' von dene Beamte hier, da gebb ich aach nix, abber zu dem Laxman, zu dem hab' ich wirklich Vertraue. Ich find' zwar selte de richtische Worde, ich waaß, da fehlt's bei mir, trotzdem will ich dir aans sache: Der Laxman, des is a aafrichtscher Kerl, der maant's erlisch mit uns! Un wenn der sacht, daß unsa Käpt'n mit ihm do in die Hauptstadt gehe soll, dann gibt's da nix, abber aach gar nix zu befürchte, merk' de des!«

Was ihnen in den letzten Jahren auch immer angeraten worden war, Kyûemon hatte stets etwas zum Unken gefunden, diesmal stand er zur Überraschung aller aber voll und ganz hinter dem Plan. Mehr noch, er schien auf einmal tief bewegt zu sein, in seinen Augen sah Kôdayû, der ihn die ganze Zeit beobachtet hatte, wie sich langsam Tränen bilden wollten.

»Warum weinst du jetzt, hm?«

»Ja, ich hab' mich ebbe gefreut. Wenn du in die Hauptstadt do gehst un do direkt unser Bitt' vorbringst, dann kommt mer das fast wie a Wunner vor, als hätt'n se uns de Rückkehr schon erlaubt. Ich tu'n scho spüre, de Sand – so richtisch de Sand von de Küst' von Ise under meine Füß! Aach, ich will do hie – un dann, dann Tee trinke, un *mochi* esse, *mochi* bis ich platz'!« brachte Kyûemon in heftigem Schluchzen hervor. Erst nach einer Weile fing er sich wieder:

»Ich fühl' mich ja so – so – irschendwie so ruhisch jetz', ach, 's tut ma leid, abber laßt mich jetz' schlafe geh, ich muß mich ausruh'n, richtisch müd' bin ich uff aamal geworde, ich –«, leise verschwand Kyûemon langsam im Nebenzimmer. Koichi schüttelte besorgt den Kopf, während er dem Gefährten nachblickte:

»Mit dem stimmt irgend etwas nicht. Ich habe ihn gestern beim Ausziehen gesehen. Mensch, was bin ich da erschrokken, der sah ja nur noch wie eine Bohnenstange aus!«

Von jenem Tag an mußte Kyûemon das Bett hüten. Er könne es auch nicht genau bestimmen, was ihm fehle, meinte der herbeigerufene Arzt, sie sollten jedoch unbedingt darauf achten, daß er genügend Nahrung zu sich nehme. Aber als hätte er sich selbst eine Hungerkur verordnet, lehnte Kyûemon es ab, auch nur den kleinsten Bissen anzurühren, was immer sie ihm anbieten mochten. Daß sie seine Krankheit nicht auf die leichte Schulter nehmen durften, darüber waren sich alle im klaren.

»Auf, Kyûemon, jetzt wird gegessen!« ermunterten sie ihn, während sie die appetitlichsten Speisen vor ihm aufbauten. Doch weder die Leckereien, die Shinzô von Nina mitbekam, noch die von Laxmans Frau selbst zubereitete Suppe vermochten ihn zu begeistern. Den Gefährten zuliebe tat er zwar so, als würde er etwas zu sich nehmen, aber in Wirklichkeit brachte er nichts hinunter. Allein der Anblick von Essen genügte, um ihm einen Brechreiz zu verursachen.

Nach zehn weiteren Tagen war Kyûemon kaum noch wiederzuerkennen. Seine eingefallenen Wangen und die fast unhörbaren Laute, mit denen er zu sprechen versuchte, kennzeichneten einen Todkranken.

Am 25. Dezember besprach Laxman die bevorstehende Reise mit Kôdayû. Die Wegstrecke bis Sankt Petersburg betrug 5821 Werst, das hieß, daß sie mindestens fünfunddreißig bis vierzig Tage rechnen mußten, selbst wenn sie Tag und Nacht fuhren und sich nur die unbedingt notwendigen Pausen gönnten. Zunächst waren etliche Vorbereitungen zu treffen, die wegen der kalten Jahreszeit gründlicher als gründlich zu sein hatten. Auch durften sie die entsprechende Kleidung nicht vergessen, sollte ihnen tatsächlich eine Audienz am Hofe gestattet werden.

Wie üblich bei seinen Besuchen im Hause Laxman aß er gemeinsam mit der Familie zu Abend. Erst kurz nach zehn Uhr machte er sich wieder auf den Heimweg. Er trat ins Freie, hielt aber plötzlich mitten in der Bewegung inne und starrte ungläubig zum Himmel hinauf. In den letzten Stunden war seit langem erstmals kein Schnee mehr gefallen, das ungewöhnlich klare Firmament wirkte äußerst fremdartig, damit nicht genug: Mitten in der Dunkelheit leuchtete gelblich-grün ein gewaltiger Lichtstreifen. Kôdayû lief es eiskalt den Rücken hinunter, er stürzte ins Haus zurück und rief Laxman, der sich mit seiner Frau sogleich nach draußen begab, dann aber keineswegs vor Schreck zusammenfuhr:

»Das ist das Nordlicht. Nichts Unerklärliches oder Geheimnisvolles. Eine ganz normale Sache, daß es sich jetzt gezeigt hat. Es wird allerdings meistens ziemlich kalt danach.«

Diese nüchterne Feststellung Laxmans konnte Kôdayûs Beklommenheit nicht zerstreuen, die ihm beim Anblick dieser Erscheinung beschlichen hatte. Mochte es auch nichts Unerklärliches oder Geheimnisvolles sein, in seinem ganzen Leben hatte er so etwas jedenfalls weder zu Gesicht bekommen noch jemals davon gehört. Für ihn war und blieb dieses Licht ein böses Vorzeichen, und sogleich fiel ihm Kyûemon ein – hoffentlich sagte es für den Kranken keine weitere Verschlechterung voraus.

Das neue Jahr 1791 begann, wie das alte geendet hatte. Da sich bei Kyûemon keine Besserung seines Zustandes abzeichnete und er den nächsten Morgen vielleicht schon nicht mehr erlebte, war keinem der Männer nach einer Feier zumute. Zwar hatten sie seit ihrer Strandung auf Amtschitka aus Gewohnheit zu Neujahr stets eine kleine Zeremonie vollzogen und wenigstens die traditionelle Neujahrssuppe zubereitet, in diesem Winter verzichteten sie jedoch erstmals auf jede Art von Feier und hielten abwechselnd die ganze Nacht an Kyûemons Krankenlager Wache.

Inzwischen hatte Laxman den 15. Januar zum Tag ihrer Abreise nach Sankt Petersburg bestimmt. Kôdayû war alles andere als wohl bei dem Gedanken, und auch die umfangreichen Vorbereitungen halfen ihm nicht über sein schlechtes Gewissen hinweg. Es gefiel ihm ganz und gar nicht, den todkranken Gefährten im Stich zu lassen und die Reise in die Hauptstadt anzutreten, aber wie hätte er Laxman um einen Aufschub bitten können?

In der Woche vor der Abreise brach plötzlich Shinzô mit hohem Fieber zusammen. Die Temperatur sank tagelang nicht, und halb ohne Bewußtsein phantasierte er in einem fort.

Ununterbrochen saßen Kôdayû, Koichi und Isokichi am Lager ihrer beiden kranken Gefährten. Nicht nur einmal kam Kôdayû jenes merkwürdige Licht am Nachthimmel in den Sinn, vorsichtshalber erzählte er den anderen aber nichts davon.

In der Nacht zum 13. Januar starb Kyûemon. In den letzten Tagen vor seinem Tod schien er schon keine Schmerzen mehr gespürt zu haben, und er hatte nur noch kaum merklich die Augen dankbar geöffnet, wenn ihm einige Tropfen Wasser in den Mund geträufelt worden waren, nun war er friedlich eingeschlafen.

Am nächsten Morgen legten sie den Leichnam in einen

kleinen Holzsarg, der zum Jerusalem-Friedhof am Rande der Stadt gebracht werden sollte. Die Japaner folgten dem Sarg nicht allein, neben Tatarinow, Trapesnikow und Laxman schloß sich auch mancher Einwohner Irkutsks, mit dem sie während der langen Monate ihres Aufenthalts bekanntgeworden waren, dem Trauerzug an.

Wenige Schneeflocken wirbelten durch die Luft, und gelegentlich lugte schwach die Sonne zwischen der grauen Wolkendecke hervor, die die Schatten der Männer und Frauen, die Kyûemon die letzte Ehre erwiesen, sich fahl auf dem Weiß des gefrorenen Weges abzeichnen ließ. Lediglich einige Alte bekreuzigten sich und schauten zu Boden, als der Sarg des fremdländischen Toten an ihnen vorüberzog, die übrigen Leute blickten ihm nur neugierig hinterher.

Der Trauerzug, obwohl ganz nach russischem Brauch zusammengestellt, unterschied sich kaum von denen in Japan. Der Sarg wurde von einem aus mehreren Tüchern gewundenen Trageseil gehalten, dessen Enden sich jeweils ein Totengräber um die Schultern gelegt hatte. An der Spitze des Zuges gingen zwei jüngere Priester, direkt hinter dem Sarg folgten der Geistliche, der die Beerdigungszeremonie vornehmen würde, Kôdayû, Laxman, Koichi und Isokichi, dann Tatarinow, Trapesnikow und die anderen.

Der Weg führte von der Presch-Degtschaunaja-Straße in die im rechten Winkel davon abzweigende Samorskaja-Straße zur Kresto-Wozdbitschinskaja-Kirche, der vielleicht schönsten von ganz Irkutsk, und schließlich den leichten Anstieg zum Friedhof hinauf.

Die Gräber reihten sich bis zum Rand eines dichten Waldes aneinander, der den gesamten Hügel bedeckte. Vor dem Friedhofstor stand die Jerusalem-Kirche, die dem Friedhof seinen Namen gab. Von dort aus bot sich ein herrlicher Blick auf die zu Füßen des Hügels liegende Stadt, und vor allem im Frühling und im Herbst kamen nicht nur zur Grabpflege besonders viele Besucher. Zwar hatte Irkutsk mit dem zur Spasskaja-Kirche gehörenden Friedhof unten am Fluß noch eine zweite Begräbnisstätte, auf der befanden sich aber fast ausschließlich die Gräber wohlhabender oder bekannter Familien, die gewöhnlichen Leute wurden auf dem Jerusalem-Friedhof beigesetzt.

»Ist doch ganz hübsch hier«, meinte Koichi. Tatsächlich war wohl in ganz Irkutsk kein besserer Platz zu finden, wenigstens ein kleiner Trost für den von diesem Tag an dort ruhenden Kyûemon. Zuvor hatte es einige Schwierigkeiten gegeben, dem Toten ein Grab auf diesem Friedhof zu verschaffen, denn da er sich nicht zum russischen Glauben bekannt hatte, war ihm zunächst ein Platz innerhalb des Areals verweigert worden. Erst nachdem sich Shôzô, der an der Beerdigung selbst nicht teilzunehmen vermochte, an den Popen seiner Gemeinde gewandt hatte, konnte durch dessen Vermittlung der Streit letztendlich beigelegt werden.

In die mit einem Feuer erwärmte Erde hatte man ein tiefes Loch gegraben, in das die beiden Träger den mit einer dünnen Schneeschicht überzogenen Sarg Kyûemons langsam hinabließen.

Nach dem Ende der Zeremonie traten Tatarinow und Trapesnikow an Kôdayû heran und fragten ihn, ob sie die Gräber ihrer Väter und die der anderen in Irkutsk gestorbenen Japaner sehen wollten, insgesamt sieben, die sich alle auf diesem Friedhof befänden. Kôdayû, Koichi und Isokichi trennten sich daraufhin von den anderen Trauergästen und folgten den beiden nach.

Aus irgendeinem Grund hatte Kôdayû sich vorgestellt, jene Gräber wären alle nahe beieinander zu finden, doch sie lagen getrennt an verschiedenen Stellen des Friedhofs. Auf den Grabsteinen standen russische Namen. Daß es sich bei den dort ruhenden Toten in Wirklichkeit um Japaner handelte, war anhand der Inschriften nicht zu erkennen. Jeder einzelne der Japaner hatte eine Russin zur Frau genommen und dann auch Kinder gehabt.

»Ja, das sind in der Tat bereits die Gräber von Russen«, stellte Kôdayû erschüttert fest. Dann, wie es sich vor russischen Gräbern gehörte, bekreuzigte er sich und betete still für die Seelen der Verstorbenen, die hier als Russen beerdigt worden waren und die sich wohl letztendlich auch als Russen gefühlt haben mußten. Auch Koichi und Isokichi falteten die Hände.

Schließlich wurden sie noch zu einer weiteren Stelle geführt, an der inmitten einer Reihe von Grabmalen auch ein ziemlich alter, kleiner und moosbedeckter Stein stand. Wer hier ruhte, vermochten Tatarinow und Trapesnikow nicht zu sagen, von ihren Eltern hatten sie lediglich erfahren, das es sich um das Grab eines Japaners handeln sollte.

Lange Zeit in die Betrachtung der Inschrift versunken, bestätigte Koichi:

»Tatsächlich! Das sind japanische Schriftzeichen!« und nach eingehender Beratung entzifferten sie die Inschrift als *Im Jahre Kyôhô 10*. Zweifellos waren dort die Worte *Im Jahre Kyôhô 10* eingeritzt. Sie standen vor dem Grab eines Japaners. Kyôhô 10 (1725) lag genau sechsundsechzig Jahre zurück. Schon zu jener Zeit also war in Irkutsk ein Japaner gestorben und ein anderer mußte den Grabstein mit den Zeichen versehen haben.

»Hier hat Kyûemon also noch einen Gefährten«, sagte Koichi. Dann kniete er nieder, beugte sich nach vorn, legte seine beiden Handflächen aneinander und betete auf japanische Art für den Toten.

Bevor sie den Friedhof verließen, gingen sie noch einmal zu Kyûemons Grab zurück. Als hätten sie einen aus ihrer gemeinsamen Familie verloren, unterhielten sich die drei japanischen Schiffbrüchigen, Trapesnikow und Tatarinow in einer nie gekannten vertrauten Weise über Kyûemon, während sie langsam durch die eisige Kälte der Stadt entgegenschritten.

V

Kôdayû vertraute Koichi und Isokichi die weitere Pflege Shinzôs an und brach am Tag nach Kyûemons Beerdigung zusammen mit Laxman und drei weiteren Reisenden nach Sankt Petersburg auf. Vor einem Jahr hatte er zur gleichen bitterkalten Jahreszeit mit den Gefährten den Weg nach Irkutsk antreten müssen, er wußte, was ihn erwartete – nur diesmal stand eine doppelt so lange Wegstrecke bevor. Kaum lag die Stadt hinter ihnen, erhielten die Pferde die Peitsche und die Schlitten jagten ohne Unterlaß über die hart gefrorene Straße gen Westen davon.

Der Weg führte durch einen schier endlosen, dichten Wald, durchquerte eine weite und fast vegetationslose kahle Ebene und lief dann parallel zu einem mit einer dicken Eisschicht bedeckten Fluß. An den Stationen, an denen sie die Pferde wechselten, waren sie keineswegs die einzigen, stets trafen sie auf eine große Anzahl anderer Reisender. Sie befuhren schließlich die Moskau-Straße, auf der man, gleich zu welcher Jahreszeit, gleich zu welchem Tag oder welcher Stunde, immer einem Schlitten auf seiner Fahrt quer durch Rußland begegnete.

Etwa zwei Wochen nach ihrem Aufbruch erreichte die Gruppe die ungefähr in der Mitte der Route zwischen Irkutsk und Moskau liegende Stadt Tobolsk, in der sie sich erstmals eine Rast von zwei Tagen gönnten. Tobolsk mochte zwar von der gleichen Größe wie Irkutsk sein, reichte aber sonst in keiner Weise an Irkutsk heran, die Einwohner führten augenscheinlich ein weitaus ärmlicheres Leben. Daß er sich im Zentrum der Verwaltung, der Militärgarnison und der Kirche Westsibiriens befinden sollte, vermochte Kôdayû angesichts des kümmerlichen Erscheinungsbildes und der Behäbigkeit der Stadt allerdings kaum zu glauben.

Tobolsk lag an einem von den beiden Flüssen Tobol und Irtysch umschlossenen Hügel, auf dem mächtige Steingebäude thronten, in denen die Regierungskanzlei, die Waffenkammer und andere wichtige Einrichtungen untergebracht waren. Das erweckte den Eindruck, der ganze Berg sei ein einziges Fort; die starken Befestigungsanlagen auf der Nord- und Ostseite trugen ein übriges dazu bei.

Die Häuser der eigentlichen Stadt am Fuße des Hügels standen in einem krassen Gegensatz zu den Steingebäuden der Festung: Die niedrigen Holzhütten sahen aus, als lugten sie nur mit Mühe über den Erdboden und würden bei nächster Gelegenheit wieder darin verschwinden. Dicht aneinandergereiht diente den meisten dieser Hütten nur durchsichtiger Glimmer als Ersatz für Fensterscheiben. Lediglich die Türme mit ihren goldenen Kuppeln und Kreuzen der etwa fünfzehn Kirchen ragten aus dem Einerlei hoch empor. Weiter draußen lagen zahlreiche Gehöfte, von denen jeder einzelne neben dem Wohnhaus Kuhställe, Scheunen, Schuppen und großflächige Gemüsegärten besaß. Die Stuben waren dem einfachen Leben der Bauersleute gemäß äußerst kärglich eingerichtet.

Morgens und abends trieben die Hirten ihre Tiere durch die Straßen der Stadt, gehüllt in eine bizarre Wolke aus dem weißen Atemhauch von Mensch und Tier. Kôdayû erfuhr, daß man das Vieh zum größten Teil frei in der Stadt hielt und daß sich mit Beginn des Frühlings überall Kälber, Gänse und Schweine an den vielen Wasserpfützen der großen Plätze versammelten. Um der Stadt ein würdigeres Aussehen zu verleihen, sei vor einigen Jahren – man wisse eigentlich gar nicht mehr, auf Veranlassung welchen Gouverneurs – diese Art der Haltung verboten worden, träfe man dennoch auf freilaufende Tiere, so sollten sie unverzüglich erschossen und das Fleisch den Krankenhäusern zur Verfügung gestellt werden. Tatsächlich sei diese Anordnung auch befolgt, aber mit dem Wechsel des Gouverneurs immer weniger streng durchgeführt worden, bis schließlich der alte Zustand wieder eingekehrt war.

Die Nächte in Tobolsk blieben finster – Lampenöl zählte

nicht zu den billigsten Waren, so daß die Einwohner bei Einbruch der Dunkelheit entweder gar kein Licht entzündeten oder aber die Lampen bald wieder verlöschten.

Der Gouverneur, A. W. Aljabjew, galt als ein Förderer von Wissenschaft und Kunst, der sich damit rühmen konnte, Tobolsk ein Schauspielhaus und eine Druckerei gegeben zu haben. Fast jeden Abend fand sich in der Villa des Gouverneurs ein Zirkel mit den wenigen Gelehrten und Künstlern der Stadt zusammen, an dem Kôdayû in Begleitung Laxmans ebenfalls teilnehmen durfte. Vor allem zwei der Anwesenden fielen ihm dabei auf.

Der eine war der als hervorragender Komponist bekannte Sohn Aljabjews, der andere ein etwa vierzigjähriger Adliger namens Radischtschew, ein kritischer Kopf des Landes, der sich auf dem Weg in die Verbannung nach Sibirien befand. Menschen wie diese beiden Männer waren Kôdayû noch nie begegnet. Der Komponist wußte stets etwas Negatives über den zu berichten, von dem gerade die Rede war, doch der Charme, mit dem er seine Boshaftigkeiten und Spötteleien zum Besten gab, sorgte dafür, daß sich unter den Anwesenden keiner unwohl fühlen mußte.

Radischtschew hingegen schien an diesem Abend zum erstenmal dem Zirkel beizuwohnen, denn Aljabjew erzählte ausführlich dessen ganze Lebensgeschichte, vielleicht auch um durch diese Aufmerksamkeit zu demonstrieren, daß er ihn im Grunde nicht für einen Verbrecher hielt.

Als Sohn einer Moskauer Adelsfamilie im Jahre 1749 geboren, verbrachte Radischtschew die Zeit bis zu seinem siebten Lebensjahr auf dem im Gouvernement Saratow liegenden väterlichen Gut. Nach dem Schulbesuch in Moskau, später in Sankt Petersburg, reiste er 1766 nach Leipzig, um an der dortigen Universität das Studium der Rechte aufzunehmen. Daneben hörte er Vorlesungen über Religion, Philosophie, Literatur und Sprachwissenschaften. 1771 kehrte er nach Rußland zurück, bekam eine Anstellung im Senat und übersetzte gleichzeitig unter anderem ein Werk des französischen Historikers und Philosophen Gabriel Bonnot de Mably, dessen Ideen einen großen Einfluß auf die frühe sozialistische Bewegung ausüben sollten. 1773 wurde er ins Justizministerium versetzt, und dort mit den Folgen des bis zum Jahre 1775 dauernden zweijährigen Bauernaufstands unter Führung Pugatschows befaßt, machte er sich die ersten Gedanken über die Widersprüche des Leibeigenschaftssystems. 1777 ins Handelsministerium beordert, stieg er binnen dreier Jahre bis zum stellvertretenden Leiter der Zollbehörde auf. Zu dieser Zeit etwa brach er alle Verbindungen zu seinen bisherigen Bekannten ab, zog sich nach der Arbeit in sein privates Studierzimmer zurück und vollendete dort die Niederschrift des umfangreichen Tagebuchs *Eine Reise von Sankt Petersburg nach Moskau* – ein Werk, das sein Leben verändern sollte.

Die übliche Zensur durchlaufend, erhielt es den Unbedenklichkeitsstempel des Petersburger Polizeipräsidenten Rylejew, was gleichzeitig die Genehmigung zur Veröffentlichung bedeutete. Da allerdings keiner der Verlage mit Radischtschews Buch Geld zu verdienen glaubte, wies man ihn ab, wo immer er es anbot. Enttäuscht, aber keineswegs entmutigt, druckte er *Eine Reise von Sankt Petersburg nach Moskau* auf eigene Kosten, besorgte sich die notwendigen Vorrichtungen, baute ein Zimmer seiner Wohnung um und fertigte im Mai 1790 mit der Unterstützung zweier Helfer 600 Exemplare an, von denen er 25 durch die Zotow-Buchhandlung in der Gostinny-Dwor-Straße verkaufen ließ und andere an Freunde und Bekannte verteilte. In den gelehrten Kreisen der Sankt Petersburger Gesellschaft avancierte Radischtschews Buch bald zu *dem* Gesprächsthema, auch die Zarin Katharina selbst soll es zur Hand genommen, es aber sogleich beiseite gelegt und zornergrimmt Radischtschew als noch gefährlicher als Pugatschow bezeichnet haben.

Gerade einen Monat nach der Veröffentlichung, am 30. Juni, wurde Radischtschew verhaftet und in einer Zelle der Peter-Pauls-Festung gefangengehalten. Am 8. August verhängte der Kriminalgerichtshof in Sankt Petersburg das Urteil, welches auf Tod durch Vierteilen lautete und die Bestätigung des Senats fand. Katharina wandelte den Urteilsspruch jedoch in eine zehnjährige Verbannungsstrafe ins sibirische Ilimsk um.

Selbstverständlich hatte man ihm Adelstitel und alle Privilegien aberkannt, seinen Weg in die Verbannung sollte er sogar in Fußeisen antreten, dank der unermüdlichen Intervention des Präsidenten des Handelskollegiums namens Woronzow brauchte er diese Qualen allerdings nicht zu erdulden.

Dieser ehemalige Adlige war nun ebenfalls Gast bei dem Künstler- und Intellektuellenzirkel Gouverneur Aljabjews. Kôdayû betrachtete das länglich-hagere, bläßliche Gesicht, das einen Mann kennzeichnete, mit dem sicherlich nicht leicht umzugehen war. Während der Ausführungen Aljabjews sagte Radischtschew kein einziges Wort, melancholisch, aber in gewisser Weise auch hochmütig und stolz saß er am Ende der Tafel; als höre er gerade die Lebensgeschichte eines völlig Fremden, warf er dem Gouverneur von Zeit zu Zeit einen gelangweilten Blick zu, und nicht ein einziges Mal zeichnete sich während des langen Vortrages in seinem teilnahmslosen Gesicht auch nur der Anflug einer Regung ab.

Am Ende des Abends trennten sich die Wege der Zirkelgäste wieder: Laxman und Kôdayû setzten am folgenden Tag ihre Fahrt nach Sankt Petersburg fort, Radischtschew indessen wartete noch auf die Ankunft seiner Schwägerin, in deren Obhut sich seine drei Kinder befanden, und blieb noch einige Zeit in Tobolsk.

Über Radischtschews weiteres Schicksal heißt es, daß er an seinem Verbannungsort eine recht passable Unterkunft zugewiesen bekommen habe, in der er sich ungestört seinen Arbeiten widmen konnte, nebenbei der dortigen Bevölkerung Töpferunterricht erteilte, die Kinder betreute und sogar Impfungen gegen Pocken unternommen habe, demnach früher als der englische Arzt Edward Jenner, dessen Impfungen nicht vor dem Jahre 1796 in der Fachliteratur Erwähnung finden.

Während der Verbannung in Ilimsk verfaßte Radischtschew sowohl die *Betrachtungen über den Tod und die unsterbliche Seele des Menschen*, die *Kurze Darstellung der Handelsbeziehungen zu China* als auch die *Geschichte Sibiriens*, doch keines dieser Werke reicht an die Bedeutung der *Reise von Sankt Petersburg nach Moskau* heran, die ihn einerseits zu einem Vordenker der russischen revolutionären Bewegung gemacht und ihm andererseits die Verbannung eingebracht hatte.

Nach dem Tod Katharinas erfolgte Radischtschews Begnadigung. Er kehrte mit seiner Familie – in Sibirien hatte er seine Schwägerin geheiratet – wieder nach Sankt Petersburg zurück, mußte aber bald erkennen, daß sich in der Frage der bäuerlichen Leibeigenschaft nichts geändert hatte und setzte resigniert im Jahre 1802 seinem Leben ein Ende.

Immer weiter jagten die Schlitten der kleinen Gruppe durch die verschneite Landschaft ihrem nächsten Etappenziel, Jekaterinburg, entgegen.

Den Grundstein von Jekaterinburg hatte Peter der Große im Jahre 1721 mit dem Bau einer Festung gelegt, um die allerdings erst in der Regierungszeit Katharinas der Ersten Wohnhäuser errichtet worden waren. In der Nähe der Stadt befand sich die wichtigste Kupfermine des Landes. Aus dem dort gewonnenen Kupfer wurden für ganz Rußland Münzen geprägt und auf Packpferden in die Hauptstadt transportiert. Berühmt war Jekaterinburg aber vor allem wegen seines Marmors. Rötlich, grünlich und schwarz geaderter weißer Marmor wurde dort bearbeitet, worunter der dunkelrote besonders geschätzt und als die Krönung der Marmorfertigung galt. Nicht wenige Häuser der Stadt waren aus diesem edlen Stein gebaut, von den Inneneinrichtungen ganz zu schweigen.

Nach Jekaterinburg passierten sie auf ihrem Weg als nächsten größeren Ort Kasan, eine aus etwa 2500 Häusern bestehende Stadt mit einem hohen Anteil tartarischer Bevölkerung. Dort fielen Kôdayû besonders die an den Straßen im Abstand von je zwanzig *ken* errichteten Laternen auf. Bekannt war Kasan indessen wegen der Qualität seiner Wollprodukte sowie der Seifenmanufaktur. Dank einer günstigen Lage hatte sich ein einträglicher Handel mit der Türkei entwickelt, da die Waren über die Wolga recht bequem bis zum Schwarzen Meer verschifft werden konnten. Entsprechend hart war die Stadt vom Ausbruch des russisch-türkischen Krieges getroffen, in dessen Folge die Manufakturen kaum noch Aufträge erhielten.

Schließlich erreichten sie das bei den höheren Beamten als Altersruhesitz beliebte Nischni Nowgorod. Insgesamt mochte die Stadt aus 4000 Gebäuden bestehen, die Villen waren gänzlich auf einem langgezogenen Hügel errichtet, zu dessen Füßen sich das Geschäftsviertel mit mehreren Schauspielhäusern, Wettplätzen und anderem erstreckte. In dieser Stadt lebten ebenfalls recht viele Tartaren, daneben hatte sich eine beträchtliche Zahl Kaufleute auch aus Deutschland und Holland niedergelassen und dort sogar Kirchen ihres eigenen Glaubens errichtet.

Die Gruppe legte in den drei Städten jeweils nur einen halben Tag Pause ein, eilte unermüdlich weiter nach Westen und suchte sich ein Nachtquartier nicht vor der Ankunft in Moskau, der reichen und von alters her bedeutendsten Festungsstadt der Zaren. Erst vor kurzer Zeit war der Regierungssitz nach Sankt Petersburg verlegt worden, aber der Verlust des Hauptstadtprivilegs hatte sich in der Einwohnerzahl kaum niedergeschlagen; in Moskau lebten 150000 Menschen, die Stadt besaß eine Ausdehnung von 15 Werst, und die Zahl der Läden und Geschäfte übertraf mühelos die 6000.

Von Moskau führte eine vortreffliche Straße nach Sankt Petersburg. An jeder der insgesamt 34 Stationen standen stets mindestens zwanzig ausgeruhte Pferde bereit, um den Reisenden ein schnelles Weiterkommen zu sichern.

Gewöhnlich zogen je acht Pferde die Schlitten der Gruppe, je nach den Streckenverhältnissen wurden aber auch mehr als doppelt so viele angespannt. Durch ihre Fahrt in atemberaubendem Tempo und nur den nötigsten Pausen war es den Männern gelungen, täglich gut 200 Werst zurückzulegen, eine Geschwindigkeit, an die sich Kôdayû nur langsam gewöhnte, sein ständiges Schwindelgefühl war erst seit ihrer Abfahrt aus Moskau vollkommen ausgeblieben.

Am 19. Februar trafen sie in Sankt Petersburg ein. Am 15. Januar in Irkutsk aufgebrochen, hatten sie für einen Weg von knapp 6000 Werst kaum mehr als einen Monat benötigt – schneller hätte man diese Strecke quer durch fast das ganze Land nicht zurücklegen können.

Laxman und Kôdayû bezogen eine Herberge auf der Wassili-Insel. Dank Laxmans Verbindungen bekam er gleich am Tag nach ihrer Ankunft gestattet, sein Rückkehrgesuch bei einem der wichtigsten Beamten Rußlands, Alexander Andrejewitsch Besborodko, abzugeben. Da Kôdayû allein aus diesem Grund die weite Reise auf sich genommen hatte, war es Laxmans Bestreben gewesen, ihn auch nicht unnötig auf diesen Moment warten zu lassen – Kôdayû zum Glück, denn nur vierundzwanzig Stunden später, buchstäblich von einer Sekunde auf die andere, rang Laxman erkrankt am Nervenfieber mit dem Tode.

Obwohl ein offiziell bestimmter Arzt täglich zur Visite kam und dem Patienten eine in einer schmalen Glasflasche aufbewahrte Lösung zusammen mit einem Heilpulver verabreichte, wich Kôdayû keinen einzigen Augenblick von der Seite des Kranken, der jeden Moment die Schwelle vom Leben zum Tod überschreiten konnte. Neben Kôdayû waren Laxmans Bruder und sein Schwager ständig anwesend, zusätzlich hatte man ihnen zwei Dienstboten zur Verfügung gestellt, die sich um die alltäglichen Angelegenheiten kümmerten.

Gegen Ende März, mehr als einen Monat nach dem plötzlichen Ausbruch der Krankheit, stellten sich langsam die ersten Anzeichen einer Besserung ein, und Mitte April war Laxman in der Lage, wenigstens ein wenig im Zimmer umherzugehen. Während der langen Wochen voller Sorge um den Freund hatte Kôdayû die Herberge nicht ein einziges Mal verlassen. Daher wußte er auch nicht, wie Sankt Petersburg eigentlich aussah, und als er Anfang Mai zusammen mit Laxman einen kurzen Spaziergang wagen konnte, war es für ihn der erste Gang durch die von hohen Steingebäuden gesäumten Straßen der russischen Hauptstadt. Kaum hatten sie ihren Fuß nach draußen gesetzt, zuckte Kôdayû ob der winterlich kalten Luft unwillkürlich zusammen. Vom Fenster aus hatte es eher nach Frühling ausgesehen, aber die Sonnenstrahlen besaßen noch keine Kraft.

»Jetzt ist es schon wieder Mai geworden und die haben immer noch nichts von sich hören lassen«, brummte Laxman dick in seinen Pelz gepackt.

»Ich glaube, wir werden wohl auch noch bis zum Herbst warten müssen.«

»Wie kommst du denn darauf?« Laxman schaute Kôdayû verwundert an.

»Weil sich die Herrscherin mitsamt ihrer Familie und einer großen Anzahl Beamter in den Sommerpalast nach Zarskoje Selo begeben hat und erst im September wieder zurückkommen wird – das haben mir jedenfalls die Leute gestern hier in der Herberge erzählt.«

»Ach?« nickte Laxman, als hätte er von dieser Gewohnheit der Zarin noch nie etwas gehört, »ach ja, doch, das habe ich ja ganz vergessen, wir sind ja schon im Mai«, sagte er dann mehr zu sich selbst als zu Kôdayû.

Am l. Mai eines jeden Jahres verließ die Zarin Sankt Petersburg, verbrachte die vier Sommermonate in dem zweiundzwanzig Werst entfernt gelegenen Zarskoje Selo und kehrte am 1. September in die Hauptstadt zurück.

»Dann solltest du am besten wohl auch dorthin gehen. Mir

kommt da so ein Gedanke, wie wir – aber egal jetzt, du ziehst erst einmal nach Zarskoje Selo um. Ich glaube, ich weiß schon, wo ich dich am besten unterbringen kann.«

Natürlich hatte Kôdayû, einmal die weite Reise nach Sankt Petersburg auf sich genommen, auch weiterhin die Absicht, in allen Dingen den Ratschlägen Laxmans zu folgen, nur daß er sich jetzt von ihm trennen und ohne ihn fahren sollte, bereitete ihm ein reichlich unbehagliches Gefühl.

»Ach was, du brauchst dir überhaupt keine Sorgen zu machen. Ich komme ja nach, sobald ich wieder ganz genesen bin, und das wird spätestens in zehn bis fünfzehn Tagen der Fall sein. Du kannst aber so lange nicht warten, jeder Tag, den du früher in Zarskoje Selo bist – wer weiß, wann sich die richtige Gelegenheit ergibt – und dann mußt du zur Stelle sein!«

Kôdayû nickte nur, und im Grunde war es ihm schon vorher klar gewesen, daß er den nächsten Schritt allein machen mußte.

»Ja, aber, warum weilt die Herrscherin mit ihrem ganzen Hofstaat denn jetzt schon in der Sommerresidenz, der Frühling hat doch noch nicht einmal richtig begonnen?«

»Das wird seinen Grund haben«, erwiderte Laxman, »Ihre Majestät gibt keine Befehle nur aus einer puren Laune heraus. Wahrscheinlich wird es hier in Kürze ziemlich heiß werden – nicht wahrscheinlich, sondern ganz bestimmt, darauf kannst du dich verlassen.«

Vom nächsten Tag an durchstreifte Kôdayû Sankt Petersburg. Bis zu seiner Abreise nach Zarskoje Selo konnte es nicht mehr allzu lange dauern, und er wollte die verbleibende Zeit nutzen, um sich in der Hauptstadt ein wenig umzusehen. Mochte er aus Zarskoje Selo wohl zunächst wieder nach Sankt Petersburg zurückkommen, wer konnte schon vorhersagen, ob er sich dann noch frei bewegen durfte? Zur Zeit gab es derartige Anweisungen jedenfalls nicht, Laxman war auch außer Lebensgefahr, und so stand nichts mehr im Wege, die Umgebung zu erkunden.

Die neue Hauptstadt Rußlands war eine ausgesprochen schöne Stadt, deren drei Inseln im breiten Delta der Newa lagen: Die Petersburg-Insel mit der Festung, die Admiral-Insel mit dem Verwaltungsviertel und die Wassili-Insel mit dem Handelsviertel. Die Wassili-Insel, auf der Laxman und Kôdayû Unterkunft gefunden hatten, bestand aus zwölf Bezirken und war durch Brücken mit den beiden anderen Inseln verbunden.

Kôdayû kam an vielen ein- und zweistöckigen, mit Flachziegeln gedeckten Wohnhäusern vorbei, die sich in ihrer Bauweise kaum von den Gebäuden der Behörden unterschieden. In der Mitte einer großen Straße befand sich ein etwa zehn *ken* breiter Kanal. Das Ufer war mit großen, knapp zehn *shaku* langen Steinplatten befestigt, so daß man dort selbst während des heftigen Regens entlanggehen konnte, ohne befürchten zu müssen, im Schlamm zu versinken. Zwischen einem eisernen, goldverzierten Geländer führte alle zwanzig *ken* eine Steintreppe zum Fluß hinunter.

Ebenfalls im Abstand von je zwanzig *ken* standen in den Straßen etwa drei *ken* hohe Laternen, deren sechseckige, gläserne Lampengehäuse von einem rötlich schimmernden Metallrahmen eingefaßt waren. Die Kerzen spendeten in der Nacht genügend Licht, so daß niemand eine Handleuchte mit sich führen mußte. Bereits in Kasan hatte Kôdayû solche Konstruktionen gesehen, die verglichen mit diesen aber bei weitem ärmlicher gewesen waren.

Über den breiten Strom der Newa stellten schwimmende Brücken die Verbindung zu den Inseln her, die größte zwischen der Admiral- und der Wassili-Insel maß eine Länge von ungefähr 120 *ken*. Mehrere nebeneinander vor Anker liegende etwa 500 *koku* fassende Lastkähne waren durch Balken miteinander verbunden, die die Stützen für die dicken Brükkenplatten bildeten. Abends wurden die den beiden Uferseiten jeweils nächsten Lastkähne gelöst, um für den Schiffsverkehr die Durchfahrt zu ermöglichen, wobei die stromaufwärts fahrenden Schiffe die so entstandene rechte Fahrrinne und die stromabwärts fahrenden die linke zu benutzen hatten. Der Zoll dafür betrug zwanzig Kupfermünzen.

Auf der südlichen Seite befand sich ein Palais mit einem backsteinernen zweistöckigen Haupttrakt und einem kirchenähnlichen Nebengebäude aus Marmor. Gegenüber dem Palais, umschlossen von einem stark befestigten und mit Kanonen bestückten Wall, lag die kaiserliche Gruft, deren Pforte ein hoher Turm zierte, der von jeder Stelle der Stadt aus zu sehen und dessen Glockengeläut noch in einer Entfernung von zwei *ri* zu hören war.

Wohin sein Auge auch blickte, Kôdayû kam aus dem Staunen nicht mehr heraus, überall entdeckte er seltsame, sonderbare und völlig neue Dinge. Er betrat ein Viertel, in dem sich ein Laden mit ausländischen Waren an den anderen reihte, dann führte ihn sein Weg wieder an den Mauern eines gewaltigen Klosters entlang, in dem sich das Grab eines berühmten Generals befinden sollte, vor dem Tag und Nacht eine Ehrenwache stand. Auf einer der Newabrücken blieb Kôdayû schließlich stehen und beobachtete eine Zeitlang, wie sich die verschiedensten Schiffe allmählich versammelten, um auf die Öffnung der Brücke zu warten.

»In fremden Ländern ist eben doch alles ganz anders«, murmelte er, setzte seinen Spaziergang am Ufer fort, begutachtete die Steinhäuser und blickte immer wieder zu jenem Turm hinüber, der die Stadt majestätisch überragte.

Nicht einmal die russischen Schiffe hatten eine Ähnlichkeit mit den japanischen. Viele besaßen mehrere Segelmasten mit roten Flaggen, die Kôdayû unwillkürlich an Kriegsschiffe denken ließen, andere wiederum sahen aus wie Häuser, selbst die Flöße, die behäbig den Strom hinuntertrieben, hatten erstaunliche Ausmaße, einige waren sogar größer als manches Schiff.

Laxman bestimmte für Kôdayû den 8. Mai als Abreisetag nach Zarskoje Selo:

»Du brauchst dich dann nur in die Kutsche zu setzen und

dort wieder auszusteigen, wo sie hält. Um dein Quartier und auch um die Leute, die dir weiterhelfen werden, hat sich Besborodko gekümmert. Du erinnerst dich, das war der hohe Beamte, bei dem du dein Gesuch hier eingereicht hast. Es ist also keineswegs ein Hirngespinst, daß dir eine Audienz von Ihrer Majestät gewährt wird. Auf diesen Tag solltest du ab jetzt jedenfalls immer vorbereitet sein. Ach ja, es wird nichts schaden, wenn du auch deinen japanischen Rock mitnimmst, vielleicht wirst du ihn dann tragen müssen.«

Von Laxman mit einer Fülle von Anweisungen und Ratschlägen versehen, ging Kôdayû zur Newa. In Gedanken verloren spazierte er an dem Kanal entlang, der zum Flußufer führte, als er plötzlich laute Rufe hinter sich vernahm:

»He-e! He-e!«

Und wieder: »He-e! He-e!«

Ihm konnte das wohl kaum gelten. Unsicher drehte Kôdayû sich um. Ein Mann von nicht allzu großer Gestalt kam auf ihn zugelaufen. Kôdayû blieb stehen. Der Fremde kam näher und näher – die russische Kleidung – irgendwie sah er aus wie –

»Shin?«

»Ich bin's doch! Ich bin's!«

»Shin! Wie bist du denn – wann bist du denn – hier . . .«

»Anfang April, vor einem Monat schon!«

»Was hat das denn wieder zu bedeuten?! Ist etwas passiert? Rede, Shinzô! Wie kommst du hierher?!«

»Jaa – ich wüßte jetzt gar nicht, wo ich da – wie ich da –«, Shinzô sprach nicht weiter, sondern schaute Kôdayû nur an, dann verzogen sich mit einem Mal seine Mundwinkel und er konnte nur mühsam ein Schluchzen unterdrücken, »ich, ich – ich werde nicht mehr nach Ise zurückkehren, ich werde meine Mutter, meine Verwandten und meine Freunde, niemand werde ich mehr wiedersehen, ich werde nicht mehr – ich –«

»Weine nicht, rede! Ich verstehe überhaupt nichts!«

»– ich – ich –«

»Was ›ich – ich‹? Nun mal ganz von vorn: Als ich aus

Irkutsk weggefahren bin, da habe ich einen Sterbenskranken zurückgelassen, so war's doch, oder?«

»Genau so war's. Selbst der Arzt hat gesagt, falls ich überhaupt jemals genesen sollte, falls also überhaupt, ganz gesund würde ich nie wieder werden, hat er gesagt. Und dann, dann hab' ich gedacht, wenn ich also nie wieder, wirklich nie wieder gesund werden würde, dann müßte ich wohl meine letzten Tage auch hier verbringen, und dann wäre es bestimmt besser, wenn ich genauso wie Shôzô den andern Glauben annehme und mich –«

Shinzô wischte sich die Tränen aus dem Gesicht.

»Und? Hast du dich schon . . .?«

»Hm. Ich heiße jetzt Nikolaj Petrowitsch Kolotygin.«

»– – ? Wie kannst du nur so was – nur so was Dummes machen!«

»Ja, ich weiß ja, das war dumm von mir. Und gleich danach bin ich gesund geworden! Wenn das nur ein paar Tage früher – dann – ich hätte ja nie . . . Ich wollte jedenfalls sofort in die Hauptstadt, um dir's zu sagen. Es hieß, daß ein Transport mit Medikamenten Irkutsk demnächst in Richtung Sankt Petersburg verlassen sollte, und Porutschik, das ist der, der für den Transport verantwortlich war, hat mich dann mitgenommen. Auf der Admiral-Insel haben wir eine Herberge neben einem Kloster gefunden.«

»Und jetzt möchtest du wohl wissen, wie ich dir da wieder heraushelfen kann, wie du trotz deiner Taufe wieder nach Japan zurückkommen kannst?« überlegte Kôdayû im stillen, sagen konnte er in diesem Moment nichts. Nach einigen quälend langen Sekunden, in denen sich die beiden Männer anblickten und auch wieder die Blicke des anderen zu vermeiden suchten, änderte sich Shinzôs Miene auf einmal:

»In Irkutsk hat mich nichts mehr zurückhalten können, denn ich brauchte dich, ich wollte, daß du mir da irgendwie wieder heraushilfst, ich wollte, ja, was wollte ich alles – aber das ist jetzt vorbei, ein für allemal vorbei. Unterwegs sind wir einigen Geistlichen begegnet, mit denen konnte ich sprechen.

Die haben mich überzeugt, daß ich durch die Taufe zu einem Kind Gottes geworden bin, daß ich mir deshalb auch nicht mehr selbst gehöre und daß sogar die Befehle des weltlichen Herrschers vor Gott keine Gültigkeit haben. Mein Schicksal liegt jetzt in Gottes Händen, haben sie mir gesagt, und ich glaube, das ist wirklich die Wahrheit. Den Shinzô von früher, den gibt es jetzt nicht mehr. Mein Entschluß ist gefaßt, ich werde Lehrer an der japanischen Schule in Irkutsk. Und ich bin ja nicht allein, wir sind zu zweit, Shôzô und ich. Zu zweit werden wir es schon schaffen.«

An diesem Tage ihres Wiedersehens entschieden sich Kôdayû und Shinzô, erstmals allein in eine russische Gaststube einzukehren. Plötzlich, ohne daß es für die beiden Japaner einen ersichtlichen Grund gegeben hätte, stürzten alle Besucher hinaus auf die Straße.

»Was – ?« Augenblicke später hatten auch sie die Gaststube verlassen. Draußen strömten unzählige Menschen zusammen, die einer in Richtung Kai marschierenden Abteilung Soldaten zujubelten. Kaum war ein Trupp vorüber, erschien schon der nächste und so ging es in einem fort, Soldaten über Soldaten, flankiert von einer begeistert winkenden Zuschauermenge.

»Die ziehen in den Krieg gegen die Türken«, sagte Shinzô. Kôdayû nickte nur. Daß die russischen Grenzprovinzen offenbar nicht ganz sicher waren, war für ihn nichts Neues, aber durch Laxmans Krankheit hatte er fast drei Monate lang völlig abgeschirmt von der Außenwelt gelebt.

»Es sieht so aus, als stünde die große Entscheidungsschlacht bald bevor. Sie kämpfen zu Lande und zu Wasser, und alle jungen Männer sind Soldaten geworden.«

Darüber wußte Shinzô ja wirklich gut Bescheid. Eine Schlacht also. Kôdayû spürte, wie sich ihrer Heimkehr wieder etwas in den Weg zu stellen begann. Falls es tatsächlich zu jener von Shinzô vermuteten, das Schicksal des Landes entscheidenden Schlacht kommen sollte, dann konnte er wohl nicht darauf hoffen, daß sich die wichtigsten Beamten in dieser Zeit ausgerechnet mit seinem Gesuch beschäftigten, wie oft er es auch einreichte. Der Beweis dafür war bereits erbracht, denn er hatte schließlich keine einzige Antwort bekommen, obwohl sie gleich nach ihrer Ankunft bei Besborodko gewesen waren. Welchen Sinn sollte unter diesen Umständen die Fahrt nach Zarskoje Selo also haben? Sie würde genauso nutzlos sein wie die Tage und Wochen, die er mit Warten schon in Sankt Petersburg verbracht hatte. Aber von Laxman war bereits alles vorbereitet worden, und ob er wollte oder nicht, als nächstes würde ihn sein Weg nach Zarskoje Selo führen.

Kôdayû versprach Shinzô beim Abschied, ihn gleich nach seiner Rückkehr wieder aufzusuchen, dann trennten sich die beiden Japaner vor der Gaststube, und jeder schlug den Weg zu seiner eigenen Herberge ein.

Die Auseinandersetzungen mit der Türkei zogen sich fast schon in ihr dreißigstes Jahr. Der Russisch-Türkische Krieg 1768 bis 1774 endete mit dem Abschluß des Vertrages von Kütschük-Kainardschi, in dem die Türkei die Unabhängigkeit der Khanate Krim und Kuban anerkennen mußte, die de facto dem Machtbereich Rußlands zufielen; der Anfang vom Ende der jahrhundertelangen türkischen Vorherrschaft über das Schwarze Meer. Bereits zwei Jahre zuvor hatte sich Rußland mit den beiden Großmächten Preußen und Österreich durch die erste Polnische Teilung den Rücken im Westen freigehalten und 1783 das Krim-Khanat offiziell einverleibt – die russischen Absichten an der südlichen Landesgrenze, hauptsächlich zurückzuführen auf Katharinas Günstling Potjomkin, waren kaum mehr zu übersehen. Auf Potjomkin folgte Alexander Andrejewitsch Besborodko, jener Besborodko, dem Kôdayû durch Laxmans Vermittlung sein Rückkehrgesuch überreichen durfte.

Indessen hatte die Türkei, massiv unterstützt durch die Engländer, die eine weitere russische Südausdehnung verhindern wollten, die Ambitionen auf eine Restauration ihrer

Vorherrschaft am Schwarzen Meer keineswegs aufgegeben. Auch Österreich und Frankreich betrachteten jenes Expansionsgebaren mit wachsender Sorge; kurz: die Verhältnisse in diesem Teil Europas waren alles andere als stabil. Im August 1787, im gleichen Jahr, als die japanischen Schiffbrüchigen zusammen mit Newidimows Mannschaft die Insel Amtschitka mit Kurs auf Kamtschatka verließen, erklärte die Türkei Rußland den Krieg und versuchte in einer Bündniskonstellation aus England, Preußen und Holland das weitere Vordringen der Russen zum Orient zu stoppen. Bereits im folgenden Jahr griffen schwedische Truppen nach heftigem diplomatischen Drängen Englands und Preußens von Norden her an, wurden von den Russen in der Seeschlacht bei Gogland aber vernichtend geschlagen.

Rußland hatte sich mit Österreich und Dänemark verbunden, und während sich die Österreicher nur halbherzig an den Kämpfen beteiligten, unternahmen die Dänen Vorstöße gegen Schweden, besetzten den Hafen von Göteborg, mußten sich aber bald dem englischen und preußischen Druck beugen und traten nach kurzer Zeit wieder den Rückzug an.

In den Jahren 1788 und 1789 gelang es den russischen Truppen – in den Schlachten am Schwarzen Meer, durch die Eroberung der Festung Otschakow und bei Angriffen in der Walachei –, der Türkei einige empfindliche Niederlagen zuzufügen, dennoch schien ein Kriegsende in weiter Ferne zu liegen. Im Jahre 1790 starb Kaiser Joseph I. von Österreich, dessen Nachfolger den Krieg mit den Türken überraschend für beendet erklärte und seine Truppen aus den umkämpften Gebieten zurückzog. Dessenungeachtet erreichte Rußland bald danach auf der Grundlage des Status quo einen Friedensschluß mit Schweden und vermochte so die im Norden gebundenen Kräfte an die Südfront zu werfen. Eine der wichtigsten und prestigeträchtigsten Schlachten fand um die türkische Festung Ismail statt, deren Belagerung im September 1790 begonnen hatte und die mit dem für den 11. Dezember befohlenen Sturmangriff ihren erfolgreichen Abschluß finden sollte:

»Der Feind hat die russische Armee bereits zweimal vor der Feste Ismail zurückgeschlagen. Einen dritten Rückzug wird es nicht geben! Soldaten! Glorreicher Sieg oder ehrenvoller Tod!« lautete die kurze Ansprache General Suworows, dann gab er das Zeichen zum Angriff. Mit dem Fall der Festung ging der Türkei ein bedeutender strategischer Punkt verloren, die sich unterstützt von England und Preußen aber keineswegs kriegsentscheidend geschwächt zeigte.

Kôdayû war in Sankt Petersburg kurz nach der Eroberung Ismails eingetroffen, und im Mai, als er nach Zarskoje Selo fahren sollte, wurden sämtliche verfügbaren Truppen nach Süden transportiert, denn die nächste Schlacht würde bestimmen, welche der beiden Mächte in Zukunft die Vorherrschaft in jenem Gebiet ausüben sollte.

Am 8. Mai verließ Kôdayû Sankt Petersburg. Die Straße ins zweiundzwanzig Werst entfernt gelegene Zarskoje Selo, acht *ken* breit und so eben, daß in der Kutsche nicht die leiseste Erschütterung zu spüren war, zog sich in einer geraden Linie durch das flache Land. Fünf *shaku* hohe, aus verschiedenem Marmorgestein gefertigte Laternenpfähle, beidseitig alle zwanzig *ken* errichtet, säumten den Wegesrand – es war wahrhaftig eine Straße, die zur Sommerresidenz der Herrscherin führte.

Im Unterschied zu den in Japan gebräuchlichen Laternen wurde in Rußland für die Herstellung der Pfeiler Marmor verwendet, in der Form des Lampengehäuses hingegen waren sie sich aber durchaus ähnlich. Die Rundpfeiler standen auf eckigen Steinsockeln, ein jeder zusammengesetzt aus drei verschiedenen Platten, einer oberen aus rotem, einer mittleren aus weißem und einer unteren aus schwarzem Marmor. Ebenfalls am Wegesrand, im Abstand von je einem *ri*, hatte man Marksteine aufgestellt, an denen die jeweils noch zurückzulegende Entfernung abzulesen war.

Gleich den Laternen besaßen diese Marksteine ebenfalls drei Schichten Marmor, ihre Höhe betrug ungefähr vier *shaku* und fünf *sun*.

Kôdayû sah Laternen, Marksteine und die Landschaft an seinem Fenster vorüberziehen. Welche Rolle mochte das Schicksal für ihn ausersehen haben? Vor mehr als acht Jahren war er mit der *Shinshô-maru* in See gestochen, doch nicht nach Edo, sondern auf die Insel Amtschitka, nach Kamtschatka und Ochotsk hatte ihn sein Weg geführt, und immer weiter nach Westen, von Jakutsk über Irkutsk bis nach Sankt Petersburg, in die Hauptstadt des fremden Reiches. Zwölf Mann der siebzehnköpfigen Schiffsbesatzung lebten inzwischen nicht mehr. Sakujirô, Sangorô, Jirôbei, Angorô, Seishichi, Chôjirô, Tôsuke, Yosômatsu, Kantarô, Kyûemon, Ikuhachi und Tôzô – einer nach dem anderen waren sie gestorben, auf See, auf der Insel, in Nischni Kamtschatsk, in Irkutsk – welchen Ort sie auch verlassen hatten, wenigstens einer der Gefährten hatte den Aufenthalt mit dem Leben bezahlen müssen. Und von denen, die übriggeblieben waren, würden zwei ihr Leben in Rußland beschließen, nur Koichi, Isokichi und er selbst versuchten alles, um die Erlaubnis zur Rückkehr nach Japan zu erhalten. Welches Spiel trieb das Schicksal, daß es ihn allein an das westliche Ende jenes Landes geführt und ihn nun in eine Kutsche gesetzt hatte, die ihn nach Zarskoje Selo brachte, zur Sommerresidenz der Herrscherin? Ein Morgen, das er mit einiger Sicherheit voraussagen konnte, würde es für ihn auch in Zukunft wohl nicht geben.

Nach fünf Stunden Fahrt passierte Kôdayû die Grenze der Gemarkung Zarskoje Selo. Die Kutsche fuhr auf der geraden Straße durch einen lichten, offenbar das gesamte Gebiet umfassenden Laubwald, bis sie eine sanfte Kurve beschrieb, hinter der sich die verstreut liegenden Villen der einflußreichsten Männer Rußlands befinden sollten, doch Kôdayû bemerkte nur einige wenige, die anderen mußten tiefer im Wald verborgen liegen. Nach einigen weiteren Minuten

Fahrt schimmerten schließlich in der Ferne die Umrisse der Palastmauer zwischen den Bäumen hindurch.

Bald darauf hielt die Kutsche vor einem etwas abseits gelegenen Haus, das Kôdayûs Gastgeber, einem gewissen Ossip Iwanowitsch Busch, gehörte. Lediglich ein paar Bäume und die Straße trennten das möglicherweise der Sommerresidenz am nächsten stehende Anwesen von der Palastmauer, hinter dem sich der Blumenpark des Schlosses erstreckte.

Busch, ein etwa fünfzig Jahre alter, gemütlicher Mann, bereitete Kôdayû einen überaus herzlichen Empfang, zeigte ihm sein Zimmer und stellte ihm dann die einzelnen Mitglieder der Familie vor. Schließlich erklärte er ihm, wie er sich im Park zu verhalten habe:

»Dieser Garten hier gehört zum Schloß, und ich trage für diesen Bereich die Verantwortung. Es kann vorkommen, daß sich Ihre Majestät selbst durch jenes rückwärtige Nebenportal in diesen Teil des Gartens begibt. Solltest du also einmal eine Sänfte nahen sehen, dann versuche dich zu verbergen, so gut es geht. Wenn es aus irgendwelchen Gründen unmöglich sein sollte, mag es auch genügen, wenn du ehrerbietig das Haupt neigst und erst wieder aufschaust, sobald die Sänfte an dir vorbeigekommen ist. Die gleichen Regeln gelten natürlich auch bei einer Begegnung mit anderen Mitgliedern der kaiserlichen Familie.«

Später erfuhr Kôdayû, daß Busch bereits mehrmals für eine höhere Position vorgeschlagen worden war, er dies aber stets abgelehnt hatte, so daß sein Rang in keinem Verhältnis zu seinem reichhaltigen Einkommen und seinen sonstigen Privilegien stand.

Ein wenig verunsichert, durch ein etwaiges ungebührliches Betragen unangenehm aufzufallen, verzichtete Kôdayû fast ganz auf seine üblichen Erkundungsgänge, lediglich morgens und abends ging er in dem angrenzenden Waldgebiet spazieren. Da die hohe Steinmauer dort keinen Blick auf das Schloß gestattete, vermochte er sich keine Vorstellung von den Ausmaßen des inneren Geländes zu machen.

Bei einem seiner Spaziergänge durch den Wald stieß Kôdayû auf einen Reitplatz, der durch Stallungen und ein großes, längliches Wohngebäude, dessen viele separate Eingänge auf eine recht hohe Anzahl von Bediensteten hindeuteten, halbkreisartig umschlossen war. Kôdayû setzte seinen Weg fort, und bald sah er zwischen den Bäumen eine Kapelle hindurchschimmern, auf deren beiden Türmen jeweils ein goldenes Kreuz hell im Sonnenlicht glänzte. Von weitem betrachtet wirkte die kleine Kirche wie das wertvollste Ausstellungsstück eines Spielwarenhändlers. Kôdayû hätte sie gern aus der Nähe betrachtet, dennoch mied er auch zukünftig den Weg, da sich eines der Palasttore in unmittelbarer Nähe befand und Busch ihn vorgewarnt hatte, daß die Zarin manchmal jene Kapelle aufzusuchen pflegte.

Hinter diesen Mauern befand sich die Sommerresidenz der Zarin, in welchem Stil sie aber gehalten und wie das Gelände insgesamt beschaffen war, davon hatte er sich mit eigenen Augen noch kein Bild machen können. Daß man mit Prunk und Luxus keineswegs gegeizt hatte, vermochte er sich allerdings ohne weiteres vorzustellen, auch wenn Busch ihm nur grob die Architektur des Palastes beschrieb, in dessen Innerem sogar ein Garten angelegt sein sollte. Ab und zu klang von jenseits der Schloßmauer ein seltsames Zwitschern und Krächzen herüber – neben Schwänen, Kranichen und Pfauen wurden dort auch die seltensten Vogelarten aus aller Herren Länder gehalten.

Die Tage in Zarskoje Selo kamen Kôdayû unerträglich lang vor. Wäre er in Sankt Petersburg geblieben, hätte er sich die Zeit wenigstens mit Streifzügen durch die belebten Straßen der Hauptstadt vertreiben können, nun gab es für ihn nur noch die eintönigen Spaziergänge durch den Lindenwald in der Nähe von Buschs Haus.

Allmählich dauerte es immer länger, bis die Nacht gegen die matte Helligkeit der Abendstunden die Oberhand gewann. Kôdayû hatte sich schon daran gewöhnt, daß viele Dinge in Rußland ganz anders als in Japan waren, aber hätte er diese hellen Nächte nicht mit eigenen Augen gesehen, er hätte ein solches Naturschauspiel niemals für möglich gehalten.

Einen Monat nach ihm traf auch Laxman endlich in Zarskoje Selo ein, und nichts wies auf dessen gerade überwundene schwere Krankheit hin, ganz im Gegenteil, nachdem er sich bei einem seiner Bekannten einquartiert hatte, ließ er sich nur äußerst selten im Hause Buschs blicken – offenbar nahmen ihn seine Studien wieder voll und ganz in Anspruch.

Dennoch vergaß er nie, bei seinen wenigen Besuchen stets ein paar aufmunternde Worte an Kôdayû zu richten: Es könne nicht mehr lange dauern, bis dem Gesuch stattgegeben werde, es gäbe eigentlich nichts daran zu zweifeln, die Antwort auf sein Gesuch könne nur positiv ausfallen. Aber trotz aller um ihn herum verbreiteten Zuversicht vermochte Kôdayû den Gedanken nicht zu verdrängen, daß sich dahinter nur die gutgemeinten Versuche verbargen, ihn zu beruhigen und sein letztes bißchen Hoffnung auf Rückkehr nach Japan am Leben zu erhalten.

»Sieg! Sieg!« Busch, den Kôdayû immer für die Ruhe selbst gehalten hatte, kam völlig außer Atem und wild mit den Armen gestikulierend angerannt. »Sieg! Großer Sieg bei Babadag!« rief er aufgeregt. Aus dem folgenden auf ihn einprasselnden Wortschwall verstand Kôdayû gerade, daß ein zahlenmäßig weit überlegenes türkisches Heer, insgesamt 30000 Mann, von den Russen restlos vernichtet worden war. Und bevor Kôdayû noch nachfragen konnte, eilte Busch auch schon wieder davon.

In den nächsten Tagen wurde der Festsaal im Palast für ein großes Siegesbankett hergerichtet. Als wollten sie jedes der Beete seiner sämtlichen Pracht berauben, strömten Buschs Gärtner aus und brachten unzählige Bündel auf das Schloß, aber wie viele Blumen es auch immer sein mochten, in Kôdayûs Augen büßte der Garten nichts von seiner üppigen Blütenpracht ein, nicht eine einzige Knospe, nicht ein einziges Blatt schien zu fehlen.

Während der Arbeit sprachen auch die Gärtner über den großen Sieg ihrer Armee, ohne dabei zu versäumen, die Zarin in den höchsten Tönen zu preisen:

»Keine Armee der Welt kann gegen das Heer oder die Marine Katharinas bestehen. Es gibt keinen weitsichtigeren, mutigeren und unerschrockeneren Feldherrn als unsere Zarin!«

Von der Stärke der russischen Armee war Kôdayû durchaus überzeugt, daß dies jedoch auf die kriegerischen Qualitäten einer Frau zurückzuführen sei, schien ihm doch ein wenig übertrieben. Vielleicht jetzt im Freudentaumel, da stimmten sie diese Lobeshymne an, aber in Wirklichkeit? Daß eine Frau die Regierungsgewalt in den Händen hielt, war allein schon schwer zu begreifen, daß sie darüber hinaus aber auch noch etwas von den Kriegskünsten verstehen sollte, mochte wohl eher an ein wunderliches Märchen grenzen.

Kôdayû war vorsichtig genug, seine Gedanken für sich zu behalten. Wie dem auch sei, die Erlaubnis zu seiner und der Gefährten Rückkehr hing einzig und allein von dem Willen jener Regentin ab. Und da behauptete Laxman, so einer wie er könne eine Audienz bekommen. Je mehr solcher Lobpreisungen an sein Ohr drangen, desto weniger vermochte er den Worten Laxmans Glauben zu schenken, eine Audienz sei für ihn lediglich eine Frage der Zeit:

»Wäre der russische Herrscher ein Mann gewesen, gut, dann hätte er dich vielleicht wirklich einmal empfangen, aber es ist eine Frau – wie konntest du nur so vermessen sein zu glauben, ausländischer Schiffbrüchiger du, jemals der Herrscherin unter die Augen treten zu dürfen«, hing Kôdayû immer öfter seinen Gedanken nach.

Doch man gewährte dem ausländischen Schiffbrüchigen tatsächlich diese Gunst.

Nachdem er sich wie üblich einige Tage nicht hatte sehen lassen, trat Laxman ins Zimmer und sagte mit einer Miene, als sei es die selbstverständlichste Sache der Welt, daß er gerade die Benachrichtigung erhalten habe, sie fände am Achtundzwanzigsten statt, die Audienz; und daß es vor allem Besborodko zu verdanken wäre.

»Wir werden zusammen hingehen. Es besteht nicht der geringste Grund, sich irgendwelche Sorgen zu machen. Nur, ich weiß auch noch nicht genau, was du während der Audienz tragen sollst, vielleicht nicht schlecht, wenn du nach japanischer Sitte gekleidet erschienest«, empfahl ihm Laxman, auf dessen Geheiß Kôdayû bei der Abreise aus Irkutsk von *haori, hakama* und *kosode* bis zum Kurzschwert und Fächer vorsichtshalber alles mitgenommen hatte.

»Oder nein, vielleicht ist es doch besser, wenn du deine Sachen zwar bereithältst, dich aber zunächst für etwas Russisches entscheidest, das ich dir noch rechtzeitig besorgen werde.«

War Laxman wirklich nur ein Mensch? Glich er nicht eher einem Gott oder Buddha? All das, was er geplant und prophezeit hatte, war in Erfüllung gegangen. Er wollte ihm danken, aber die Kehle war ihm wie zugeschnürt, und während Laxman weitersprach, nickte er nur hin und wieder mit dem Kopf.

Der Geburtsname Katharinas der Zweiten lautete Sophie Friederike Auguste von Anhalt-Zerbst. Die in Stettin geborene Tochter des Fürsten Christian August bestieg den Thron der Romanows und lenkte als aufgeklärt-absolutistische Monarchin mehr als dreißig Jahre lang die Geschicke des Landes. Um jene Epoche zu beschreiben, beginnen Historiker grundsätzlich mit der Herrschaft der Zarin Elisabeth, deren Regierungszeit die Jahre von 1741 bis 1761 umfaßte.

Obschon eine Tochter Peters des Großen, rechnete kaum einer am Hofe damit, daß ausgerechnet Elisabeth eines Tages die Nachfolge ihres Vaters antreten sollte. In Katharinas Memoiren nehmen die Stellen der erst durch eine Rebellion der kaiserlichen Garde auf den Thron gekommenen Zarin einen recht breiten Raum ein, die, kurz zusammengefaßt, Elisabeth als eine Herrscherin darstellen, die die Regierungsgeschäfte ihren Ratgebern überlassen und sich die meiste Zeit auf Bällen und Empfängen vergnügt habe.

Da Elisabeth selbst kinderlos geblieben war, plagte sie sich schon früh mit der Suche nach dem geeigneten Thronerben. Die Wahl fiel schließlich auf ihren vierzehnjährigen Neffen Karl Peter Ulrich, den Sohn ihrer mit einem holsteinischen Adligen verheirateten Schwester, den sie aus Kiel an den Hof kommen und ihn sowohl in der russischen Sprache als auch im orthodoxen Glauben unterrichten ließ, um ihn auf seine spätere Aufgabe gründlich vorzubereiten. Allerdings zeigte sich Karl den hohen Anforderungen nicht im mindesten gewachsen, und Elisabeth verzweifelte fast an diesem unglückseligen Neffen, der nach ihrem Tode aber doch als Peter der Dritte ihre Nachfolge antrat. Nun verhehlte er seine gegenüber allem Russischen tiefe Abneigung nicht länger und berief ausschließlich holsteinische Soldaten in seine Leibgarde, nicht einem einzigen Russen sollte es erlaubt sein, dort zu dienen.

Die Regierungszeit dieses alles Russische verabscheuenden Zaren währte indessen nur kurz, nach weniger als einem Jahr wurde ihm der Thron geraubt – von seiner eigenen Gemahlin, der späteren Katharina der Zweiten.

Die Ehe zwischen Peter und Katharina, von Elisabeth noch während Peters Zeit als Großfürst arrangiert, stand von Anfang an unter keinem guten Stern. Katharina mußte sich damit abfinden, mit einem Tölpel verheiratet zu sein, der offensichtlich nichts weiter im Sinn hatte, als sich auf seinem Lustschloß mit seiner Geliebten zu vergnügen – und der die ihm angetraute Gemahlin seit dem Tage ihrer Hochzeit haßte.

Nachdem Karl Peter Ulrich als Peter III. der mächtigste Mann im Reich geworden war, konnte sich Katharina ihres Lebens nicht mehr sicher fühlen. Entschlossen nahm sie ihr Schicksal selbst in die Hand und zettelte eine Rebellion zum Sturz des Zaren an, unterstützt von Getreuen aus allen Teilen der Adelsschicht, die sie in großer Zahl um sich zu scharen verstand. Katharina wartete im Palast, bis ihr die Garde als Monarchin huldigte, leistete danach vor dem Klerus den Eid und wurde daraufhin zum neuen Herrscher Rußlands ausgerufen. Sodann legte sie die Uniform der Garde an, bestieg ihren Schimmel und sprengte mit den Soldaten nach Oranienbaum davon, zum Lustschloß ihres Mannes.

Dem Zaren blieb kaum Zeit zum Widerstand. Peter schickte den Rebellen einen Abgesandten entgegen, der eine Thronverzichtserklärung übergab und im Namen seines Herrn um die Erlaubnis nachsuchte, Peter mitsamt seiner Geliebten unbehelligt in die holsteinische Heimat ziehen zu lassen. Da ihm das verweigert wurde, bat er nur noch darum, Peter wenigstens ein friedvolles Leben in Freiheit zu gönnen, aber auch dies gestattete Katharina nicht. Sie hatte in der Festung Schlüsselburg bereits eine Zelle herrichten lassen, die Peter jedoch niemals betreten sollte. Einige Zeit später traf die Meldung ein, daß während einer Reiseunterbrechung auf dem Landgut in Ropscha Peter den Dritten ein jäher Tod ereilt habe. Ob diese Todesnachricht für Katharina überraschend kam, ist bis zum heutigen Tage ein Geheimnis geblieben.

Am 22. September 1762 fand in Moskau die prunkvolle Krönungszeremonie statt. Während ihrer Ehe mit dem Großfürsten hatte sie mehreren Kindern das Leben geschenkt und ihren Sohn Paul als Nachfolger ausersehen. Um Paul rankten sich allerdings hartnäckige Gerüchte, die die Vaterschaft des Zaren anzweifelten. All diese Unklarheiten spiegeln sich auch in den bisherigen Forschungsergebnissen wider: Manche Historiker bewerten Katharina als Gattenmörderin und Ehebrecherin, andere wiederum verneinen diese These aufs schärfste.

Mochte sie vorher Affären gehabt haben oder nicht, nach der Thronbesteigung machte sich Katharina jedenfalls kaum mehr die Mühe, ihre Liebhaber vor den Augen der Öffentlichkeit zu verbergen, was aber nicht bedeutete, daß sie das Regieren vernachlässigte. Ihre politischen Fähigkeiten sind unbestritten: Sie vergrößerte das Staatsgebiet und betrieb energisch eine Stabilisierung nach innen; sie widerlegte durch die majestätische Würde ihrer Erscheinung und ihres gesamten Wesens schon bald die nicht wenigen Zweifler am Hof, die zum Zeitpunkt ihrer Inthronisation kaum mit einer langen Herrschaftszeit der neuen Zarin gerechnet hatten.

Außenpolitisch mehrte sie mit den zwei türkischen Kriegen das Ansehen des Reichs und gliederte mit den Polnischen Teilungen weite Flächen ihres westlichen Nachbarn dem eigenen Staatsgebiet an. Innenpolitisch stand sie anfangs umfassenden Reformen aufgeschlossen gegenüber, sie sprach sogar von Bauernbefreiung, förderte Bildung und Künste, später aber ließ sie die Gegner der Leibeigenschaft gnadenlos verfolgen, zur Verbannung verurteilen und andere fortschrittliche Geister im Kerker verschmachten. Mag die Wertschätzung von Katharinas politischem Wirken auseinandergehen, in einem Punkt allerdings dürfte man sich einig sein: Katharina die Zweite besaß ein ausgeprägtes Gespür für die zweckdienlichste Entscheidung.

1791, zur Zeit der Audienz Kôdayûs, stand die zweiundsechzigjährige Katharina im dreißigsten Jahr ihrer Regentschaft.

VI

Die Anprobe des von Laxman mitgebrachten, hellgrauen Wollrocks und das Einprägen der verschiedensten Verhaltensmaßregeln vom korrekten Sitz des breitkrempeligen, wollenen Hutes bis hin zur Haltung des Stocks, der bis zum Saal mitzuführen war, nahmen den ganzen 27. Juni in Anspruch. Am folgenden Tag sollte die Audienz stattfinden. Natürlich stellte es kein leichtes Unterfangen dar, sich innerhalb dieser kurzen Zeit die notwendige Hofetikette anzueignen, doch Laxman verlor nie die Geduld, erklärte ein und dieselbe Sache auch zum wiederholten Mal und versuchte beständig, Kôdayû die Angst zu nehmen.

»Es gibt wirklich keinen Grund für wacklige Knie. Ich bin während der gesamten Audienz an deiner Seite und sage dir, wie du dich verhalten sollst.« Mit einem Fuß bereits aus dem Zimmer, wandte sich Laxman noch einmal um:

»Denke daran, die entscheidenden Momente kommen dann, wenn Ihre Majestät das Wort an dich richtet. Antworte respektvoll und zugleich klar und deutlich. Sicherlich wird Ihre Majestät auch den Sturm und die lange Zeit auf See ansprechen. Ich rate dir, die Fragen genau und ohne weitschweifiges Gerede zu beantworten. Und bring vor allem keine Dinge zur Sprache, die man dich nicht gefragt hat!«

Schon vor Sonnenaufgang stand Kôdayû am nächsten Morgen fertig angekleidet im Raum, bereit, jederzeit aufzubrechen. Er mußte nur noch auf Laxman warten. Seine japanischen Sachen lagen griffbereit neben ihm, fein säuberlich zu einem Bündel zusammengelegt. Endlich kam ein ebenfalls dem Anlaß entsprechend gekleideter Laxman, und sie bestiegen eine vor dem Haus bereitstehende Kutsche, die nach einigen Minuten Fahrt vor einem dreistöckigen Marmorpalast hielt. Ein solch prachtvolles, von einem wunderschönen Park umgebenes Schloß hatte Kôdayû noch nie in seinem Leben gesehen.

Die rot, grün und schwarz gemusterten Marmorplatten des zu einem Seitenflügel des Palastes führenden Weges waren so blank poliert, daß er nur behutsam einen Schritt vor den anderen zu setzen wagte, ängstlich, nicht im nächsten Augenblick den Halt zu verlieren und auszurutschen.

In der Vorhalle wurden sie von den Grafen Besborodko und Woronzow empfangen, zwei der einflußreichsten Männer Rußlands. Der eine hatte Kôdayûs Gesuch entgegengenommen und in seiner Eigenschaft als Leiter des Kollegiums des Auswärtigen die Audienz ermöglicht, der andere zeigte sich als Präsident des Handelskollegiums auch für die Belange Schiffbrüchiger zuständig.

Besborodko wählte in der Vorhalle den rechten Aufgang einer mächtigen Treppe, gefolgt von Woronzow, Kôdayû und Laxman. Mit jedem Schritt und jedem leisen Knacken des edlen roten Holzes vergaß Kôdayû ein Stück mehr der Wirklichkeit. Wie in einem phantastischen Traum trugen ihn seine Füße unendlich weit über reich verzierte Parkettböden hinweg.

Allein in Kôdayûs Augen handelte es sich bei diesem Weg um einen langen Korridor, tatsächlich standen nur die Türen mehrerer aneinanderliegender Räume geöffnet, so daß ein einziger ununterbrochener Durchgang entstanden war.

Sie durchquerten einen rötlich schimmernden Marmorsaal, an den sich ein ganz in blaß-blauem Marmor gehaltener Saal anschloß, es folgte ein Raum, in dem monumentale Portraitgemälde keine Stelle an den Seiten unbedeckt ließen, auch durch einen Salon mit Wänden aus Bernstein führte der Weg.

Hier und da bemerkte Kôdayû einige in demutsvoller Haltung unbeweglich wie hölzerne Marionetten postierte Lakaien, als hätte man sie für ewige Zeiten dort aufgestellt. Eine eigentümliche, bleierne Stille erfüllte den Palast.

Es fiel ihm eine größere Anzahl Spalier stehender Diener auf – im selben Moment blieben Besborodko und Woronzow stehen.

Sie befanden sich am Eingang jenes Raumes, in dem Kôdayû von der Herrscherin Rußlands empfangen werden sollte, ein Saal, den man ohne weiteres als Bilder-, Gold- oder Spiegelsaal hätte bezeichnen können, in seiner Pracht allein nur übertroffen von dem Kronensaal.

Zu aufgeregt, um seinen Blick durch den Raum schweifen zu lassen, stellte Kôdayû lediglich fest, wie klein die Menschen unter den hohen Deckengemälden wirkten. Seine ganze Aufmerksamkeit war auf das Ende des Saals gerichtet. Dort saß auf dem erhöhten Thron, umgeben von mehreren Dienerinnen, die Zarin. Erst einige Zeit danach bemerkte er unter diesen Dienerinnen auch zwei dunkelhäutige Mädchen mit hell schimmernden Lippen, die aus einem Gebiet im südöstlichen Asien stammten.

Die lange Reihe der Gäste zog sich an beiden Seiten des Saals bis zum Eingang hin, und es kam ihm vor, als erwarteten ihn mehrere hundert Menschen. Kôdayû hielt inne. Diesen Raum zu betreten war ihm nicht geheuer.

Woronzow drehte sich sogleich um und wisperte:

»Weiter, geh weiter, vor Ihre Majestät!«

Kôdayû nahm seinen Hut ab, hielt ihn an seine linke Seite und wollte sich verbeugen, aber Woronzow raunte ihm schnell zu:

»Noch nicht, noch nicht. Geh!«

Kôdayû legte hastig Hut und Stock auf den Boden und schritt dem Thron am gegenüberliegenden Ende entgegen, ließ sich vor der Zarin, so wie er es vorher geübt hatte, auf ein Knie nieder und bot seine ineinandergelegten Hände dar. Katharina berührte mit den Fingerspitzen Kôdayûs Handflächen. Kôdayû beugte sich mit dem Kopf nach vorn und führte Katharinas Hand dreimal leicht gegen seine Stirn. Damit hatte er der Zarin nach russischer Sitte gehuldigt, er ging einige Schritte zurück und verbeugte sich leicht, ehe er sich zu seinem angewiesenen Platz begab. Allein nach dieser kurzen Zeremonie konnte er schon deutlich die Schweißperlen spüren, die seinen Rücken hinunterrannen.

Katharina befahl einem der an der Seite stehenden Beamten, ihr Kôdayûs Gesuch zu reichen. Sie nahm es zur Hand, warf aber nur einen kurzen Blick darauf:

»Wer hat das Gesuch geschrieben? – Laxman?«

»Mit Eurer Erlaubnis, Majestät. Ich habe die Worte jener Schiffbrüchigen zu Papier gebracht.«

Katharina hielt ihm das Schriftstück entgegen:

»Ohne Zweifel ist es dieses Papier?«

Laxman trat nach vorn und schaute aus respektvoller Entfernung auf das Papier:

»Das ist es, Eure Majestät.«

»Erschütternd!« Katharina blickte zu Kôdayû. Wie aus weiter Ferne klang die Stimme der Zarin an sein Ohr. Er mußte sich mitten in einem wunderbaren Traum befinden.

»Erschütternd!« wiederholte die Zarin. Sofja Iwanowna, die junge Frau des Beamten Turtschaninow, trat zu Kôdayû:

»Ihre Majestät wünscht, Genaueres über euer Mißgeschick zu erfahren!«

Kôdayû berichtete, streng Haltung annehmend, von ihrer Strandung auf Amtschitka bis zum Tag der Audienz, er sprach langsam und achtete darauf, nicht den geringsten Fehler zu begehen. Anfangs kam ihm seine Schilderung nur wie ein wirres Gestammel vor, aber bald legte sich seine Aufregung und er spürte, wie ruhig er eigentlich sprach.

»Wie viele sind gestorben?« fragte jene ferne Stimme, nachdem er geendet hatte.

»Zwölf sind gestorben, Eure Majestät«, antwortete Kôdayû.

»Och, schalko«, sagte die Zarin leise, eine Wendung, die man oft bei russischen Trauerfeiern hören konnte und mit der Katharina nun der Japaner gedachte, die in ihrem Land gestorben waren.

»Diese Leute baten offensichtlich bereits vor sehr langer Zeit um die Rückkehr in ihre Heimat. Wieso trug man mir dieses Gesuch nicht vor?«

Die in den Raum gestellte Frage Katharinas blieb unbeantwortet, die Beamten verharrten in Schweigen, und keiner trat hervor, um eine Erklärung zu geben.

Die Audienz fand am Tag einer kleinen Feier für den kaiserlichen Enkel Alexander Pawlowitsch statt, zu dessen Ehren im Palast ein festliches Mittagsbankett der Eröffnung harrte, Katharina erhob sich aber nicht, vielmehr hieß sie Kôdayû noch von weiteren Einzelheiten berichten.

Ruhig und bescheiden, ohne Übertreibungen schilderte er die verschiedenen Begebenheiten, von denen die Zarin zu wissen begehrte, eines aber sprach aus jedem seiner Worte: Wie sehr es die Hoffnung auf die Rückkehr erst gewesen war, die ihnen immer wieder neue Lebenskräfte gegeben hatte.

Das Ende der Audienz kam dann unerwartet schnell. Katharina ließ Kôdayû eine letzte Frage beantworten, nickte kurz wohlgefällig, ermahnte ihn, er möge stets auf seine Gesundheit bedacht sein, und wandte sich zum Gehen. Die Uhr zeigte bereits die zweite Stunde nach Mittag an. Nun nahm Kôdayû zum erstenmal bewußt die Zarin wahr. Kein Gott, kein Buddha hatte das Wort an ihn gerichtet, nur ein Regent, der einen Frauenkörper besaß.

Der scharlachrote Mantel um die Schultern, die reich mit Edelsteinen besetzte Krone auf dem Haupt, die bis auf die Schultern fallenden Locken des vollen schneeweißen Haares, das von einer vornehmen Blässe geprägte Antlitz, das prachtvolle Ordensband und die schwere Perlenkette vor der Brust. Wie zweiundsechzig Jahre wirkte die Herrscherin nicht.

Aufrecht und würdevoll, gefolgt von ihren Dienerinnen, schritt die Zarin aus dem Saal. Damit war die Audienz beendet.

Nachdem sie wieder in Buschs Haus zurückgekehrt waren, versicherte ihm Laxman, die Audienz sei hervorragend verlaufen:

»Ihre Majestät hat wirklich ein außerordentliches Interesse an deiner Geschichte gezeigt. Vielleicht wird dir ja sogar noch eine Privataudienz gewährt. Das scheint mir nach dem heutigen Tag gar nicht einmal so unwahrscheinlich zu sein.

Und daß sie euer Gesuch nicht weiter erwähnt hat, das halte ich eher für ein gutes Zeichen. Die Rückkehrerlaubnis wird sicher nicht mehr lange auf sich warten lassen.«

Kôdayû nahm die Worte Laxmans voller Erleichterung und Freude entgegen – es war für ihn der schönste Tag, seit er den Boden dieses Landes betreten hatte. Ihm, einem einfachen Schiffbrüchigen aus der Fremde, der nichts weiter als in seine Heimat zurückkehren wollte, ihm hatte die mächtige Herrscherin Rußlands Gehör geliehen. Und darüber hinaus hatte Laxman ihm gerade den Erfolg dieser Audienz bestätigt. Wenn er mit Koichi und Isokichi seine Freude nun auch noch teilen könnte, aber die beiden saßen zwischen Bangen und Hoffen in Irkutsk und ahnten nichts.

Knapp zwei Wochen später erschien Laxman wieder bei Kôdayû. Er hatte inzwischen erfahren, wie es ihren früheren Gesuchen ergangen war:

»Alles ist jedesmal bei ein und demselben Senatsbeamten hängengeblieben. Der hat sie einfach eigenmächtig abgelehnt, ohne daß Ihre Majestät jemals davon Kenntnis gelangt hätte. Das ist jetzt alles herausgekommen, und Ihre Majestät soll ziemlich ungehalten gewesen sein. Immerhin ist der Kerl für sieben Tage vom Hof verbannt worden. Ich hab's ja gleich geahnt, daß so etwas passiert sein könnte. Dieses nichtsnutzige Pack!«

Nachdem sich Laxman wieder etwas beruhigt hatte, berichtete er Kôdayû noch von etwas anderem: Im vorigen Jahr sei von einem gewissen Jean Baptiste Lesseps in Paris dessen zweibändiges Reisetagebuch *Journal historique du voyage de Mr. de Lesseps* veröffentlicht worden, das in ganz Europa ziemliches Aufsehen erregt und gerade in Rußland für einigen Gesprächsstoff gesorgt habe. Und in einem dieser Kapitel sei auch ein Japaner namens *Koudaiyu* erwähnt.

»Und damit meint er dich. Unter den Ereignissen des 11. Februar 1788 wirst du beschrieben, genau 190 Zeilen lang. Eine reine Lobeshymne. Er hat dich in Nischni Kamtschatsk beobachtet, und auch wenn er dein Verhalten in dem den Franzosen eigenen so entsetzlich gespreizten Stil schildert, es gibt keinen Zweifel daran, wie er dich eingeschätzt hat. So eine Lobeshymne kann nicht schaden. Vielleicht wird Ihre Majestät das Buch auch einmal zur Hand nehmen, vielleicht hat sie es sogar schon gelesen, wer weiß?«

In Kôdayûs Gedächtnis waren mit dem Namen Nischni Kamtschatsk allerdings nur Wochen bitterer Entbehrungen in einer eiskalten Winterzeit verbunden. An einen Menschen namens Lesseps vermochte er sich beim besten Willen nicht zu erinnern. Er hatte dort getrennt von seiner Mannschaft im Hause des Gouverneurs Orleankow gewohnt, und er war dort auf einige Besucher getroffen, aber er hatte damals weder über ausreichende Sprachkenntnisse verfügt, geschweige denn zwischen Franzosen und Russen unterscheiden können, für ihn waren alle Anwesenden Menschen aus ein und demselben fremden Land. Bei einem dieser Abende mochte dann wohl auch jener Lesseps zugegen gewesen sein, aber damals hatte er ganz andere Sorgen gehabt, als mit einem der Fremden, mit dem er sich ja nicht einmal richtig verständigen konnte, ein Gespräch anzustreben.

Die fürchterlichen Schneestürme in diesem dunklen, verlassenen Flecken, der Winter, in dem es nicht den kleinsten Bissen mehr gegeben hatte, der Tod von Yosômatsu, Jintarô und Tôzô. Davon hatte der Franzose nichts geahnt, aber vielleicht würde es ihnen wirklich etwas nützen, dieses Reisetagebuch. Wenn sogar die Zarin – Kôdayû schaute noch ein Stück hoffnungsvoller in die Zukunft als einige Augenblicke zuvor.

Was genau über ihn geschrieben worden war, wird Kôdayû wohl nie erfahren haben. Jean Baptiste Lesseps hatte den Japaner jedenfalls sehr genau beobachtet, genauer, als es sich Kôdayû möglicherweise selbst jemals hätte vorstellen können:

»Vor allem war mir zu der Stadt Nischnei ein Umstand merkwürdig, den ich nicht mit Stillschweigen übergehen darf, nämlich, daß

ich hier neun Japaner antraf, die im vergangenen Sommer auf einem russischen zum Seeotterhandel bestimmten Schiffe von den alëutischen Inseln hierher gebracht worden waren.

Einer von diesen Japanern erzählte mir, er und seine Gefährten hätten sich auf ein vaterländisches Schiff begeben, um nach den südlichsten Kurilen zu fahren und mit den dortigen Insulanern zu handeln; sie wären längs der Küste hin gesegelt, und nicht weit davon entfernt gewesen, als auf ein Mal ein schrecklicher Sturm sie weit verschlagen hätte, so daß sie ganz von ihrer Fahrt abgekommen wären. Nach seiner Erzählung, die mir aber sehr verdächtig schien, waren sie sechs Monathe lang in See gewesen, ohne Land zu sehen. (Ohne Zweifel hatten sie also Lebensmittel im Überfluß.)

Endlich sahen sie die alëutischen Inseln. Voller Freuden beschlossen sie, hier zu landen, ohne zu wissen, wo sie anlegen mußten. Sie warfen bey einer von den Inseln Anker, und fuhren in einer Schaluppe alle ans Land. Hier fanden sie Russen, die ihnen den Vorschlag thaten, ihr Schiff auszuladen und es in Sicherheit zu bringen. Aus Mißtrauen, oder weil sie glaubten, daß hierzu den andern Tag auch noch Zeit sey, verwarfen die Japaner den Vorschlag; aber sie hatten es bald zu bereuen; denn gleich in der folgenden Nacht warf ein heftiger Sturm das Schiff gegen die Küste. Man bemerkte dieß erst mit Tagesanbruch, und war nun kaum im Stande, einen kleinen Theil der Ladung und einige Trümmer von dem Fahrzeuge zu retten, das beynahe ganz aus wohlriechendem Holz bestand. Die Russen, welche die Japaner aufgenommen hatten, thaten nun alles, was sie konnten, daß diese Unglücklichen ihren Verlust vergessen sollten, trösteten sie, und bewogen sie endlich, mit ihnen nach Kamtschatka zu gehen. Mein Japaner setzte noch hinzu, seine Schiffsgesellschaft hätte aus weit mehr Personen bestanden, viele von ihnen wären aber durch die Beschwerlichkeiten der Seefahrt, und nachher durch die Strenge des Klimas umgekommen.

Der Erzähler schien bei den anderen acht das größte Ansehen zu haben. Man wußte, daß er ein Kaufmann und die übrigen nur Matrosen waren, die unter ihm arbeiteten. So viel ist gewiß, daß sie besondere Zuneigung und Achtung für ihn zeigen. Wenn er krank ist, oder ihm sonst etwas Unangenehmes begegnet; so sind sie alle betrübt und äußerst unruhig. Täglich schicken sie zwey Mal einen aus ihrer Mitte zu ihm. Aber er hat auch für sie eben so viele Freundschaft; jeden Tag besucht er sie seinerseits, und sorgt mit der größten Aufmerksamkeit dafür, daß es ihnen an nichts fehlt. Er heißt Koudaiyu.

Sein Gesicht hat nichts Auffallendes; es ist sogar angenehm. Seine Augen sind nicht chinesisch. Er hat eine längliche Nase und einen Bart, den er sehr oft abschert. Seine Größe beträgt ungefähr fünf Fuß, und sein Wuchs ist gut. Das Haar trug er sonst nach chinesischer Art, d. i., es war abgeschoren, außer daß ein Zopf mitten von dem Scheitel herunter hing. Vor kurzem hat man ihn indeß bewogen, sein Haar wachsen zu lassen und es nach unserer Art zu tragen. Er ist so äußerst empfindlich gegen die Kälte, daß ihn auch die wärmsten Kleider kaum davor sichern können, unter denen er aber immer seine Landestracht behält. Diese besteht in einem oder mehreren sehr langen seidenen Hemden, nach Art unserer Schlafröcke, über die er noch eins von Leinwand anzieht. Hieraus könnte man schließen, daß letztere in den Augen der Japaner kostbarer sey als seidnes Zeug; doch kann diese Gewohnheit ihren Grund vielleicht auch in irgend einer Bequemlichkeit haben, die ich nicht kenne. Die Ärmel dieser Kleider sind weit und offen. Ungeachtet der strengsten Kälte trägt er doch die Arme und den Hals bloß; nur dann, wenn er ausgeht, bindet man ihm ein Schnupftuch um den Hals, welches er aber, sobald er in ein Zimmer tritt, sogleich ablegt, weil es ihm, wie er sagt, unerträglich ist. Ob ihm gleich schon sein Rang bey seinen Landesleuten Ansehen verschaffen muß, so thun es doch ohne Zweifel sein lebhafter Geist und sein sanfter Charakter noch mehr.

Er wohnt bey Marquis Orleankow. Die freye Art, mit der er zu diesem und überhaupt zu jedermann kommt, würde bey uns für Grobheit oder wenigstens für Unbescheidenheit gelten; er braucht ohne Umstände alle seine Bequemlichkeiten, und setzt sich auf den ersten den besten Stuhl, den er findet. Alles, was ihm fehlt, fordert er sich, oder nimmt es auch selbst, wenn es ihm zur Hand ist. Er raucht beynahe unaufhörlich Tabak. Seine mit Silber beschlagene und eben nicht lange Pfeife hat keinen großen Kopf; aber er stopft sie alle Augenblicke. Sie ist ihm so zum Bedürfnisse geworden, daß man ihn nur mit vieler Mühe hat dahin bringen können, bey Tische nicht zu rauchen. Er hat vielen Scharfsinn, und faßt alles, was man ihm begreiflich machen will, außerordentlich schnell. Wie es scheint, ist er sehr wißbegierig, und ein großer Beobachter. Man versicherte mich, er halte über alles, was er sehe, und ihm begegne, ein genaues Tagebuch, und in der That sind alle Dinge und alle Gewohnheiten, die er jetzt um sich her sieht, von denen in seinem Vaterlande so sehr verschieden, daß er dabey Gelegenheit genug zu Beobachtungen hat. Um nichts zu vergessen, schreibt er alles, was er sieht und hört, augenblicklich auf. Er bedient sich dabey, wie es mir schien, der chinesischen Charaktere, nur ist seine Art zu schreiben von der in China gebräuchlichen verschieden; denn dort schreibt man von der Rechten zur Linken, die Japaner aber von oben herunter in Kolumnen. Er weiß soviel Russisch, daß er sich verständlich machen kann; allein man muß an seine Aussprache gewöhnt seyn, um sich mit ihm unterhalten zu können. Er spricht außerordentlich schnell, so daß man öfters das, was er sagen will, entweder gar nicht oder falsch versteht. Seine Antworten sind gewöhnlich lebhaft und natürlich. Nie verbirgt er seine wahren Gedanken, und immer sagt er über jedermann seine Meinung so freymüthig als möglich. Zwar ist er sehr zum Mißtrauen geneigt, aber sein Umgang doch angenehm, und seine Laune doch meistens gleich. Hat er etwas verlegt, so glaubt er den Augenblick, es sey ihm gestohlen, und das gibt ihm dann ein ängstliches Ansehen. Seine Nüchternheit sticht hier zu Lande sehr hervor, und ich habe sie oft bewundert. Hat er sich vorgenommen, keinen Branntewein zu trinken, so läßt er sich schlechterdings nicht bewegen, ihn auch nur zu kosten. Hat er Appetit dazu, so fordert er sich welchen, doch hat er nie zu viel davon getrunken. Übrigens bemerkte ich noch, daß er sich bey dem Essen, wie die Chinesen, zweyer Stäbchen mit vieler Geschicklichkeit bediente.

Ich bat ihn, er möchte mir japanisches Geld zeigen, und er befriedigte sogleich meine Neugierde.

Die zweite Audienz fand etwa einen Monat später, gegen Ende Juli, statt. Im Gegensatz zur ersten wurden Kôdayû und Laxman diesmal in einen nur halb so großen Raum geführt, in dem sich neben den Bediensteten nur etwa zwanzig auserwählte Gäste befanden. Die ganze Atmosphäre war weit weniger förmlich als zuvor. Sie bekamen beide inmitten der Höflinge ihre Plätze zugewiesen, auch für Katharina war kein besonderer Thron vorgesehen, sondern lediglich ein Stuhl, der sich von den übrigen nur durch seine prachtvolleren Verzierungen unterschied.

Kôdayû schilderte noch einmal von Anfang an ihre Erlebnisse, nun aber wesentlich ausführlicher als beim ersten Mal. Wann immer Kôdayû das richtige Wort nicht fand, half ihm Laxman weiter. Ab und zu unterbrach ihn Katharina mit Fragen oder verlangte, daß er genauere Erklärungen bis in die kleinsten Einzelheiten gebe.

Schließlich kam man auch auf Japan selbst zu sprechen, und Kôdayû konnte nicht mehr ausschließlich von den Dingen erzählen, die er selbst erlebt, die er selbst gesehen und gehört hatte, nun begehrte man Berichte über seine Heimat, und da gab es nicht wenige Sachen, von denen er nicht die geringste Kenntnis besaß.

Katharina ließ einige japanische Bücher bringen. Kôdayû glaubte seinen Augen nicht zu trauen, während er sie als Texte der in Japan beliebten Puppenspiele und als illustrierte Lesehefte der niederen Stände identifizierte. Danach wunderte er sich noch mehr, denn es wurden ihm Bücher über Japan in russischer Sprache gezeigt, die Landkarten und in bunten Farben detailgetreue Abbildungen etwa vom Zuge eines Fürsten enthielten.

Kôdayû blieb während dieser zweiten Audienz innerlich wesentlich ruhiger als bei seiner ersten Begegnung mit der Zarin. Er sah die Grübchen auf ihren Wangen, die sich jedesmal tief abzeichneten, wenn sie still lächelte. Eigentlich hatte sie eine ziemlich kräftige Figur. Außerhalb der offiziellen Zeremonien trug sie angeblich selbstentworfene Kleider, um dies so weit wie möglich zu verbergen. Ob es sich bei jenem Kleid auch um ein solches handelte, hätte Kôdayû gern erfahren, auf jeden Fall war es um die Hüften nicht zu eng geschnitten und besaß recht lange, weite Ärmel.

Etwas Übernatürliches haftete dieser Frau nicht an, die in einer Person Würde und Macht vereinigte, sie schien tatsächlich ein gewöhnlicher Mensch zu sein. Eines aber konnte Kôdayû nicht begreifen: Daß sie zweiundsechzig Jahre zählen sollte, grenzte an ein Wunder. Weder mit fünfzig noch mit vierzig Jahren konnte er einverstanden sein, sie wirkte wie – er vermochte sich nicht festzulegen, ihr wirkliches Alter war von ihrem jugendlichen Aussehen her einfach nicht zu bestimmen.

Während der über zwei Stunden dauernden Audienz hatte Kôdayû auch diesmal ihren sehnlichen Wunsch nach baldiger Rückkehr in die Heimat so unaufdringlich wie möglich zum Ausdruck gebracht, und von Katharina war dann stets mit einem verständnisvollen Kopfnicken geantwortet worden. Ob sie aber auf jenen Tag hoffen durften oder ob sie sich mit einer Zukunft in Rußland als Lehrer der japanischen Sprache zufriedengeben mußten, dazu war aus ihrem Munde nicht die kleinste Andeutung zu vernehmen gewesen.

Auf dem Rückweg zu Busch versicherte ihm Laxman wieder, daß der Verlauf des Gesprächs nicht hätte besser sein können. Kôdayû hatte den gleichen Eindruck, aber auch wenn dem so war, es fehlte doch das Entscheidende: Katharina hatte sich nicht zu ihrer Rückkehr nach Japan geäußert. Sobald er darüber zu grübeln anfing, erschienen vor seinen Augen die edlen Züge der Herrscherin, die ihm nicht nur in bezug auf ihr Alter, sondern auch über die Gedanken, die sich dahinter verbargen, mehr als ein Rätsel aufgaben.

In Kazimierz Waliszewskis Katharina-Biographie *Der Roman einer Zarin* findet sich vielleicht die glaubwürdigste Schilderung der äußeren Erscheinung Katharinas, die auf den Lebenserinnerungen der französischen Malerin Elisabeth-Louise Vigée-Lebrun beruht:

Zunächst war ich erstaunt, wie klein sie doch war. Bis ich ihr zum ersten Mal wahrhaftig gegenüberstand, hatte ich mir stets vorgestellt, sie müsse ihrem Ruhm entsprechend auch von großer Gestalt sein. Tatsächlich war sie klein und auch recht dick, doch ihr Gesicht trug noch die Schönheit vergangener Tage, mit dem das hochgesteckte weiße Haar vorzüglich harmonierte. Aus der hohen Stirn sprach ihr kluger Geist, in ihren Augen spiegelten sich Güte und Weisheit wider, ihre Nase war griechisch, ihre Haut strahlte eine rosige Frische aus und dadurch machte sie überhaupt einen äußerst gesunden und lebhaften Eindruck. [. . .] Obschon ich ihre kleine Statur vermerkt habe, wirkte sie keineswegs klein, nicht nur bei offiziellen Anlässen hielt sie sich tadellos aufrecht und mit ihrem scharfen, respektgebietenden Blick ging von ihr stets eine beeindrukkend feierliche Würde aus, ganz und gar einer großen Königin angemessen.

In den ersten Augusttagen erhielt Kôdayû eine Einladung des Kronprinzen zugestellt, zu der er diesmal allein, ohne Laxman gehen mußte. In zartem Grün gehaltene Wände und weiße Skulpturen gaben dem Salon, in dem er erwartet wurde, eine helle Atmosphäre, und bei einer Tasse Tee beantwortete Kôdayû etwa eine Stunde lang alle Fragen seines Gastgebers zu ihren Erlebnissen – mehr ließ dessen Zeit nicht zu. Da die Kutsche, die Kôdayû abholen sollte, noch nicht bereitstand, bot ihm Paul Petrowitsch die eigene an. Kôdayû lehnte höflich ab, aber der Kronprinz versicherte ihm, es bestehe keinerlei Anlaß zur Sorge, denn die Regeln für das gemeine Volk gälten schließlich nicht für einen Fremden, wie er es sei.

Weigerte er sich weiterhin, würde sein Verhalten zweifellos ebenfalls als ungebührlich betrachtet werden und möglicherweise den Zorn des Kronprinzen nach sich ziehen, dachte Kôdayû und gab schließlich nach. Wohl fühlte er sich dabei allerdings nicht. Er wäre am liebsten gleich wieder ausgestiegen, aber die viersitzige, gänzlich mit Gold beschichtete englische Kutsche hatte sich bereits in Bewegung gesetzt, und die acht Pferde hielten erst vor dem Tore Buschs wieder an.

Die so unerwartet vorgefahrene Prinzenkutsche versetzte die Bewohner in helle Aufregung. Alle kamen sie aus dem Haus gelaufen und reihten sich zum Empfang des Kronprinzen im Garten auf. Der Kutsche entstieg dann aber niemand anderes als Kôdayû. Die Überraschung hätte kaum größer sein können, wäre es tatsächlich der Kronprinz selbst gewesen. Sprachlos vor Erstaunen starrten sie den Japaner einige Augenblicke an, bevor sie ihn mit Fragen bestürmten. Daß der Kronprinz seine Kutsche ... – das hatte es noch nie gegeben!

Der sonst nur schwer aus der Fassung zu bringende Laxman, zufällig gerade bei Busch zu Gast, machte ein ziemlich verdrießliches Gesicht und schärfte Kôdayû ein, daß so etwas, welch besonderen Status er als Fremder auch immer genösse, niemals wieder vorkommen dürfe. In der folgenden Nacht wälzte sich Kôdayû in seinem Bett hin und her und fand keine Ruhe. Wie hatte er nur so töricht sein können, das Angebot des Kronprinzen zu akzeptieren?! Schweißausbrüche und Herzklopfen waren nun die Folge.

Matt berichtete er am nächsten Morgen von seiner schlaflosen Nacht, aber Busch meinte nur, daß er sich da nicht zu wundern bräuchte, der Körper eines gemeinen Menschen könne es eben nicht ohne weiteres verkraften, in die Kutsche des Kronprinzen gesetzt zu werden. Die Worte Buschs gingen zwar im allgemeinen Gelächter unter, aber Kôdayû verbrachte noch einige schlaflose Nächte danach.

Zweimal sogar hatte ihn die Zarin empfangen, einmal war er bei dem Kronprinzen gewesen, doch ihre Rückkehr war nicht zur Sprache gebracht, geschweige denn erlaubt worden. Darüber hinaus fielen ihm beunruhigende Veränderungen im Verhalten der Russen ihm gegenüber auf. ›Er werde schon sehen, in einigen Wochen halte Er seine Rückkehrerlaubnis in den Händen!‹ oder ›Bald werde der Befehl kommen, auf den Er so lange gewartet habe!‹ hatte

Kôdayû bisher stets die einen oder anderen aufmunternden Worte vernehmen können, nach und nach waren sie aber immer seltener geworden, bis sie aus den Gesprächen gänzlich verschwunden waren. Offensichtlich glaubte keiner mehr daran, daß seinem Rückkehrgesuch noch entsprochen werde, und falsche Hoffnungen wollten sie ihm nicht machen.

Sogar Laxmans unerschütterlicher Optimismus schien versiegt. Anfang August hatte er Kôdayû noch damit beruhigt, daß die Erlaubnis eben eine Unmenge weiterer Anordnungen nach sich zöge, beispielsweise die Zusammenstellung der geeigneten Mannschaft für eine derartige Mission, die ihrerseits dann die Ausstellung der verschiedensten amtlichen Papiere notwendig machte. Doch es war Mitte August geworden, schließlich verstrich das Monatsende, und Kôdayû mußte immer mehr den Eindruck gewinnen, daß Laxman den Glauben an seine eigenen Worte langsam verlor.

»Ich frage mich wirklich, wieso das so lange dauert? Möchte doch mal wissen, was Besborodko eigentlich macht!« Bislang geizte Laxman nie mit Lobeshymnen auf den einflußreichen Grafen, dem sie offenbar so viel zu verdanken hatten, und lobte ihn stets in den höchsten Tönen, nun war davon nichts mehr zu hören und er sprach nur noch von ›dem Kerl‹. Laxman geriet rasch in Zorn, wenn die Dinge nicht schnell genug vorangingen, und in Besborodko hatte er nun den Grund für die Verzögerungen ausgemacht.

Auch Kôdayû brachte jenem Besborodko, der sie seinerzeit im Palast empfangen und zum Audienzsaal geleitet hatte, kein allzu großes Vertrauen mehr entgegen. Von diesem Mann ging eine unerbittliche Kälte aus, angefangen von seinem unbeteiligten Blick bei der Begrüßung bis zu seinem hochmütigen Gang, mit dem er ihnen auf dem Weg zur Audienz vorangeschritten war. Über die mit einer solchen Machtfülle ausgestatteten Beamten eigene Arroganz hinaus, die ihn im übrigen wohl keinen Gedanken an die Belange fremdländischer Schiffbrüchiger verschwenden ließ, schien

Besborodko von Natur aus anderen Menschen gegenüber eher gefühllos und abweisend zu sein.

Kôdayû war Besborodko danach noch ein weiteres Mal begegnet, im Juli, als er sich noch in bester Stimmung über die gelungene Audienz befunden hatte.

Das Sommerfest in der Villa eines der hohen Beamten, zu dem auch Kôdayû, Laxman und Busch geladen waren, klang langsam aus, als Sofja Iwanowna – jene Hofdame, die während der Audienz Kôdayû den Wunsch der Zarin nach ausführlicher Berichterstattung übermittelt hatte – vorschlug, in ein Freudenhaus einzukehren, um das Fest noch nicht so bald enden zu lassen. Nachdem es sich die Gesellschaft in dem gediegenen Salon bequem gemacht hatte, wurde weiter in reichlichen Mengen dem Wein zugesprochen, bis einer der Männer eine Geige zur Hand nahm und eine schwermütige Melodie anstimmte. Sofja Iwanowna stand auf und wiegte sich im Takte der Musik. Auch Kôdayû schaute dem Tanz Sofjas fasziniert zu, doch dann sah er die Bewegungen des Mädchens nur noch schemenhaft, um so deutlicher drang jene traurige Weise an sein Ohr:

Ach wie einsam fühl' ich mich
Hier in der Fremden Land,
Ach wie einsam fühl' ich mich,
Oh, gebt mir eure Hand.
Habt ihr kein Herz?

Warum nur denkt ihr nicht an mich?
Ich muß alleine bleiben.
Warum nur denkt ihr nicht an mich?
Ich muß alleine weinen.
Ach, ihr habt kein Herz!

Es war nicht mehr als ein Lied unter vielen, wie man es gewöhnlich auf solchen Festen hörte, aber die Worte lasteten unendlich schwer auf seiner Brust.

»Ist Ihm nicht gut? Warum weint Er denn?« fragte einer der Umstehenden. Vielleicht mochte es ratsamer sein, den wahren Grund seiner Tränen zu verbergen, doch in diesem Moment war Kôdayû nicht in der Lage, sich eine Geschichte auszudenken, zu sehr hatte es ihn getroffen.

»Ich glaubte, in den Worten des Liedes mich selbst sprechen zu hören. Dabei mußte ich weinen.«

Keiner in der fröhlichen Runde hatte wohl einen Gedanken an den Inhalt des Lieds verschwendet, denn mit einem Mal erfüllte ein betretenes Schweigen den eben noch so lärmenden Raum. Schließlich erklang eine andere Melodie und Sofja Iwanowna bat Kôdayû, ihr wegen ihrer Unbesonnenheit zu verzeihen.

Nur ein einziger unter den Anwesenden zeigte nicht das geringste Mitgefühl. Kein aufmunterndes Schulterklopfen, kein freundliches Wort, Besborodko schien den Vorfall vollkommen zu ignorieren, nur später, als die ausgelassene Stimmung zurückgekehrt war, trafen sich die Blicke der beiden Männer, und Kôdayû glaubte ein um Besborodkos Mundwinkel spielendes verächtliches Lächeln zu erkennen. Gesprochen hatten sie nicht miteinander, aber Kôdayû genügte dieses Lächeln, um von dem Russen nichts Gutes mehr zu erwarten.

Irgendwann tief in der Nacht brach die Gesellschaft auf, die Kutschen setzten sich wieder in Richtung Zarskoje Selo in Bewegung, und für die meisten endete damit eines jener sorglos-heiteren Feste, die am folgenden Tage schon wieder vergessen waren.

Kôdayû hingegen dachte noch lange an dieses Fest, weniger wegen des Liedes, vielmehr schienen Besborodkos kalte Augen immer noch auf ihn gerichtet zu sein.

»Warum gehst du nicht einfach zu Besborodko und fragst ihn nach dem Gesuch?«

»Es ist Krieg. Was glaubst du, um was der sich in seiner Stellung da alles zu kümmern hat? Ein halbes Jahr müßte ich warten, wenn ich heute mein Anliegen vorbrächte, ein halbes Jahr, und da hätte ich wohl noch Glück!« raunzte Laxman.

Stets waren Laxmans Pläne keine Hirngespinste geblieben, und Kôdayû hatte daher geglaubt, Laxman wäre eine solch bedeutende Persönlichkeit, die bei den höchsten Beamten des Landes nach Belieben ein und aus ging, aber dem war offensichtlich nicht so. Auch ein Kirill Laxman mußte erst um einen Besuchstermin nachsuchen, bevor er zu Besborodko vorgelassen wurde – und das konnte ein halbes Jahr dauern. Welchen großen Namen Laxman als Wissenschaftler auch immer besitzen mochte, letztendlich war er eben doch nichts weiter als ein Wissenschaftler, der es nur seinem unerschrokkenen Charakter zu verdanken hatte, daß ihm diese und jene Freiheiten gewährt worden waren; in seinem Fall schien er an die eigenen Grenzen gestoßen zu sein.

Nach Laxmans gereizter Antwort sank Kôdayûs ohnehin nur noch spärlich glimmender Hoffnungsfunke weiter in sich zusammen. Die Ausweglosigkeit seiner Lage ließ ihn keine Ruhe finden. Zweimal hatte er die Gnade einer Audienz erhalten, und trotzdem gab es nicht die geringste Nachricht, kein neuer Befehl, einfach nichts. Mußte er daraus nicht schließen, daß das Gesuch abgelehnt war? Endgültig abgelehnt, denn er selbst hatte ihren Fall ja sogar der Herrscherin vortragen dürfen? Nun gab es nichts mehr, was er noch hätte tun können. Aber hatte die Zarin nicht auch ›Erschütternd!‹ gesagt, als das Gesuch in ihren Händen gewesen war? Sie mußte wirklich Mitleid für sie empfunden haben. Und nicht nur das, schien sie denn nicht auch verärgert gewesen zu sein, daß man ihr den Bericht so lange vorenthalten hatte, und war der dafür zuständige Beamte denn nicht sogar bestraft worden?

»Ja, sie fühlt mit uns, sie will uns nach Hause lassen. Es liegt nur an diesem Besborodko. Wir interessieren den doch nicht, den kümmert das doch nicht, was aus uns werden soll. Vielleicht haben sie im Moment ja tatsächlich nur zu viel zu tun und sowas Unwichtiges wie fremde Schiffbrüchige ganz einfach vergessen? Wenn sie sich später dann auch wieder an uns erinnern, gut, gut, aber wenn nicht? Oder wenn sie sich gar nicht mehr erinnern wollen? Wenn sie einfach nur zu faul sind, sich noch einmal mit uns zu beschäftigen?«

Kôdayû lag in der zweiten Augusthälfte jeden Abend lange wach und zermarterte sich den Kopf, warum ihn die russischen Beamten nicht riefen. Bis die ersten Sonnenstrahlen der Morgendämmerung das Zimmer in ein fahles Licht tauchten, wälzte er sich unruhig hin und her und gab dabei nur noch ein unverständliches Gemurmel von sich, aus dem immer die gleichen Wortfetzen herauszuhören waren – Besborodko! – Besbo! – Du Teufel, du! – Besbo! – – Bsbrdko! – – Teufel – – – Teuf – – – – Tef – – – – Tf – – – – bis der Schlaf dann ein Einsehen hatte und den völlig Erschöpften schließlich übermannte.

Kaum waren die letzten Augusttage vorüber, verließ Katharina mit ihrem Hofstaat die Sommerresidenz und verlegte die Regierungsgeschäfte wieder nach Sankt Petersburg. In Zarskoje Selo wurde es langsam still.

Laxman hatte es ihm geraten, und auch er selbst wollte so lange wie möglich in der Villa Buschs sein Zimmer behalten, da nicht anzunehmen war, daß er in Sankt Petersburg eine bessere Unterkunft fände. Sicher war die Zarin in die Hauptstadt zurückgekehrt, und von daher mochte sein Aufenthalt in Zarskoje Selo keinen weiteren Nutzen bringen, aber es mußte ebenso sinnlos sein, ihr nach Sankt Petersburg zu folgen. Nur in der Sommerresidenz hatte es zu den Audienzen kommen können, in der Hauptstadt würde an einen weiteren Empfang niemals zu denken sein. Vielleicht war für ihn unter diesen Umständen die Abgeschiedenheit von Zarskoje Selo letztendlich die bessere Umgebung. Laxman bereitete dagegen seinen Umzug nach Sankt Petersburg vor.

»Wir dürfen uns nicht entmutigen lassen. In Sankt Petersburg werde ich mit einigen Wissenschaftlern der Akademie zusammenkommen und aus dieser Richtung die Sache noch einmal angehen. Sowohl für die Biologen als auch für die Mineralogen ist euer Land von großem Reiz. Damit sie aber dahin können, mußt zuerst du die Rückkehrerlaubnis erhalten. Ich will mich da übrigens nicht ausnehmen, auch für meine eigenen Forschungen ist es wichtig, daß ihr so schnell wie möglich nach Japan zurückdürft.« Abschließend versicherte er ihm noch, daß er sich unverzüglich mit ihm in Verbindung setzen wolle, sobald ihm etwas Neues zu Ohren käme, bestieg die Kutsche und hatte fast schon den Befehl zur Abfahrt auf den Lippen, als Kôdayû an die Türe herantrat:

»In Japan sagen wir, wenn einen ein schweres Schicksal heimsucht, daß er damit nur die gerechte Strafe für sein schlechtes Verhalten gegenüber seinen Eltern erhält. Man spricht auch von der Vergeltung des früheren Lebens. Offenbar habe ich damals nichts Vernünftiges zu Wege gebracht und bin wohl deshalb in eine solch mißliche Lage geraten.« Kôdayû schwieg einen Moment, schien sich kurz zu besinnen und fuhr dann fort:

»Aber ich glaube, ich habe in meinem früheren Leben nicht nur Schlechtes getan. Ja, so ganz schlecht kann ich wohl nicht gewesen sein, denn sonst hätte ich einen Menschen wie dich niemals getroffen.« Bis zu diesem Zeitpunkt war ihm Laxman gegenüber nichts über die Lippen gekommen, das auch nur in entferntester Weise nach Dankbarkeit geklungen hätte, doch nun fand er in seiner tiefen Niedergeschlagenheit zum erstenmal Worte, um dem Gelehrten zu zeigen, wie dankbar er ihm eigentlich war.

Mitte September setzte mit einem Mal herbstliches Wetter ein, und wer nun durch den Wald von Zarskoje Selo ging, hatte den Eindruck, ein steter Regen von Blättern fiele und die Bäume wollten nicht eher ruhen, bis sie auch das letzte Blatt von ihren Ästen heruntergeschüttelt hätten. Der Waldboden war ein einziges Meer aus rötlich-braunem Laub, nur hier und da schimmerten einige tiefgrüne Blätter hervor.

Tagtäglich machte Kôdayû einen Spaziergang durch diesen Wald, und da er nun nicht mehr befürchten mußte, auf ein Mitglied der Kaiserfamilie zu stoßen, schlug er zuweilen auch den sogenannten *sadowaja*-Weg ein, der direkt am Palast vorbeiführte. Viel lieber hätte sich Kôdayû ein wenig bei den Gartenarbeiten nützlich gemacht, schon allein, um auf andere Gedanken zu kommen. Bereits früh am Morgen schwärmten die Gärtner nach den Instruktionen Buschs aus und bereiteten den Blumengarten auf den nahen Winter vor. Sooft Kôdayû auch darum bat, er stieß bei Busch jedesmal auf taube Ohren: Er sei ihm von den höchsten Stellen zur Obhut anvertraut worden, und er dürfe ihn daher nicht nach eigenem Gutdünken zur Arbeit heranziehen.

Busch, ein aus England stammender russischer Beamter, war nun, da es auf den Winter zuging, wie ausgewechselt. Mit dem Sinken der Temperaturen wurde er immer munterer und wachte in jedem Winkel des Parks darüber, daß seine Gärtner die Arbeiten auch mit der notwendigen Sorgfalt ausführten. Von seiner phlegmatischen Art, die Kôdayû an manchen Tagen des Sommers bei ihm beobachtet hatte, war nichts mehr zu spüren. Diese Veränderung betraf den alten Busch indessen nicht allein, vielmehr zeigte sich die ganze Familie von einer regen Geschäftigkeit ergriffen.

Wie die acht vorherigen würden sie auch den kommenden Winter in einem fremden Land verbringen müssen. Koichi, Isokichi und Shôzô in Irkutsk, Shinzô in Sankt Petersburg und er selbst in Zarskoje Selo. So schnell wie sie gekommen waren, verbannte Kôdayû die Gedanken an die vier von seiner Mannschaft übriggebliebenen Männer wieder. Inzwischen hatte er sich nicht nur jedes Grübeln über die Heimat, sondern auch über das Wohlergehen seiner Gefährten verboten. Allein die kurzen Augenblicke, in denen er sich manchmal fragte, wie es Koichi und Isokichi wohl ergehen mochte, brachten ihn sogleich in eine unsagbar schwermütige Stimmung. Noch mehr setzte es ihm zu, wenn er sich Shôzô in jenem Krankenzimmer vorstellte, von dessen Fenster aus in der Ferne die Biegung der Angara zu erkennen war. Und wie mochte es Shinzô in Sankt Petersburg ohne die Gefährten ergehen?

Befand Kôdayû sich nicht auf einem seiner Spaziergänge durch den Wald, so war er am Schreibtisch anzutreffen, denn auch in Zarskoje Selo vernachlässigte er sein Tagebuch nicht. An manchen Tagen gab es für ihn so viel zu notieren, daß er von morgens bis spät in die Nacht mit dem Schreiben beschäftigt war. Ein Großteil der Eintragungen aus jener Zeit betraf die Pflanzenwelt, wie in Anbetracht der Arbeiten seines Gastgebers nicht anders zu erwarten:

hôzuki: Ähnlich der oshiroibana sprießen schon bey der jungen Pflanze Stile und Blätter in üppigem Maße. Die Frucht gleicht der japanischen. In der Reife pflückt man sie und erfreut sich an dem süßen Geschmacke, gleichwohl sie auch als Vasenschmuck dient. Die Kinder in Rußland wissen nicht das lustige Spiel mit den Kelchen, womit die Kinder in Japan Klack-Geräusche erzeugen.

tabako: Auch hier nennt man die Pflanze Tabak und baut sie in großen Mengen in der Provinz Sibirien an. Die Blätter sind kleiner als die in Japan bekannten. Infolge des frühen Schneefalls, schon gegen Ende des achten Monats schneit es, nimmt man die Blätter etwa einen Monat davor zum Trocknen ab. Da sie zu diesem Zeitpunkte gleichwohl den Zustand der Reife noch nicht erreicht haben, nehmen sie während des Trocknens eine schwärzliche Farbe an. Für 4 kan 500 momme Tabak zahlt man einen Preis von 80 bis zu 200 mon.

kunenbo: Man nennt die Frucht lemon und schätzt sie sehr bei Tische. Schiffe aus Holland bringen sie in großer Menge zusammen mit anderen Früchten, worunter mir auch eine Art der Birne aufgefallen ist. Zur Sommerzeit boten sie viele Kaufleute in der Hauptstadt feil, in der Provinz Sibirien habe ich sie gleichwohl nicht ein einziges Mal gesehen.

Kôdayû notierte und notierte, aber bisweilen wurde er das Gefühl nicht los, es sei schade um das gute Papier; alles bekam doch erst einen Sinn, wenn er jemals wieder seinen Fuß auf japanischen Boden setzte. Mußte er sein Leben in Rußland beenden, worauf alles hindeutete, waren seine Mühen umsonst, keiner der Russen würdigte seine in ihren Augen vollkommen wertlosen Aufzeichnungen dann wohl auch nur eines Blickes. In solchen Momenten legte Kôdayû seinen Schreibpinsel beiseite, verließ das Haus und suchte die Stille des Waldes, bis die düsteren Gedanken aus seinem Kopf verschwanden. Erst dann kehrte er wieder zu seinem Tagebuch zurück.

VII

Der September neigte sich bereits seinem Ende entgegen, als unvermittelt eine Nachricht Laxmans eintraf: Kôdayû solle von Busch Abschied nehmen und sich unverzüglich in Sankt Petersburg einfinden. Mehr war den wenigen Zeilen nicht zu entnehmen. Kôdayû verlor keine Zeit, der Anweisung Folge zu leisten.

»Na, ich glaube nicht, daß du dir irgendwelche Sorgen zu machen brauchst. Im Gegenteil, dein großer Tag, der rückt wohl endlich näher«, redete Busch ihm zu. Kôdayû nickte nur. Daß es wirklich so sein könnte, wagte er nicht zu hoffen, vielmehr hatte Laxman all seine Geschäfte in Sankt Petersburg wohl erledigt und wollte nun wieder nach Irkutsk zurück. Dieser Brief bedeutete das Ende; umsonst hatte er die weite Reise quer durch das ganze Land unternommen, eine Reise ohne Nutzen für ihr Gesuch, nur ein paar schöne Erinnerungen an den fünfmonatigen Aufenthalt in Zarskoje Selo würden haften bleiben.

Kôdayû brach zu einem letzten Spaziergang durch den Lindenwald auf, bis er wieder vor jener kleinen Kirche mit den zwei Türmen und dem goldenen Kreuz stand, der verlassenen Kapelle mit einem durch vier Säulen bekränzten Portal inmitten des verstreut liegenden welken Herbstlaubs. Kôdayû ging weiter und erreichte schließlich das Nebentor des Palastes, dem er sich nur selten zu nähern gewagt hatte. An den Stäben der beiden Torflügel prangten die goldenen Lettern ›E I‹, die laut Busch auf die Gemahlin Peters des Großen, Ekaterina Alexejewna (Katharina die Erste), verwiesen.

Kôdayû hatte bei diesem Tor stets kehrtgemacht, zum Abschied wollte er aber nun dem Weg an der an dieser Stelle erhöhten Mauer weiter folgen. Dort begann das Jagdrevier, von dessen altem und mächtigem Baumbestand Busch ihm vorgeschwärmt hatte.

Am Abend fand eine Abschiedsfeier für Kôdayû statt, bei der Busch noch ein wenig über die Geschichte Zarskoje Selos plauderte. Der seit 1780 gestaltete Blumengarten sei eigentlich noch weit von seiner Fertigstellung entfernt, Jahr für Jahr kämen neue Beete, Anpflanzungen und Wege hinzu. Als ältestes Gebäude dieser Gegend müsse man die Kapelle betrachten, die aus dem Jahr 1747 stamme. Fünfzehn Jahre später erst seien die Stallungen errichtet worden, die Reitanlage wäre dann zur selben Zeit wie der Blumengarten hinzugekommen.

Kôdayû blieb nach dem Ende des Festmahls nicht lange bei der Gesellschaft im Salon, sondern zog sich auf sein Zimmer zurück und schlug sein Tagebuch auf. Er hatte die Ausmaße des Saals noch nicht festgehalten, in dem ihm die Audienz gewährt worden war. Das wollte er nun nachholen, bevor er Zarskoje Selo verließ.

Jener Saal mag eine Größe von 20 × 20 ken haben. Ihn ziert rot und grün gesprenkelter Marmor. Zu beiden Seiten der Herrscherin standen fünfzig bis sechzig Dienerinnen, dann folgten mehr als vierhundert Beamte, die sich rechts und links an den Wänden des Raumes in einer Reihe aufgestellt hatten.

An mehr konnte sich Kôdayû beim besten Willen nicht erinnern; und auch bei diesem Wenigen brachte er in seiner Erinnerung einiges durcheinander. In Wahrheit konnte die Audienz nicht in einem Saal, den *rot und grün gesprenkelter Marmor* zierte, stattgefunden haben, denn unter den fünfundfünfzig kaiserlichen Zimmern hat es nie eines gegeben, auf das diese Beschreibung hätte zutreffen können. Eher war Kôdayû hintereinander durch ein rotes und ein grünes Marmorzimmer, schließlich durch das Bernsteinzimmer geschritten. Aufgeregt wie er gewesen war, hatte er die gesamte Audienz wohl wie in einem Traum erlebt und bei der späteren Niederschrift seine bruchstückhaften Erinnerungen miteinander vermischt. Auf die gleiche Weise läßt sich die Zahl der *mehr als vierhundert Beamten* erklären, die sich an den Seiten befunden hätten. Kôdayû hat hier wohl einen Teil der bereits in dem durch die offenen Türen gebildeten langen Korridor aufgereihten Menschen hinzugezählt, denn der einzige Saal, der annähernd fünfhundert Personen hätte fassen können, ist allein der prunkvolle Kronensaal, in dem die Audienz aber nicht stattgefunden hatte.

Am folgenden Tag nahm Kôdayû von dem Gartenverwalter Busch und dessen Familie Abschied und bestieg die für ihn vor der Villa bereitstehende Kutsche. Durch eine Landschaft voller Herbstlaub fuhr er zum zweitenmal der Hauptstadt Sankt Petersburg entgegen.

»Du sollst am Neunundzwanzigsten zu Besborodko kommen!« empfing ihn Laxman in der ihm eigenen Art.

»Zu Besborodko? Wieso? Was kann denn ausgerechnet der von mir wollen?«

»Was weiß ich. Hör's dir einfach an.«

Kôdayû hoffte, wenn schon nicht aus Laxmans Worten, dann wenigstens aus dessen Verhalten klüger zu werden, aber darin sah er sich gründlich getäuscht. Was ihn bei Besborodko erwartete, ließ sich aus Laxmans Miene nicht herauslesen, der sich schon wieder in seine Arbeit vertieft hatte und Kôdayû nicht weiter beachtete.

Pünktlich am Nachmittag des 29. September meldete sich Kôdayû an der Pforte von Besborodkos Anwesen, das vollständig von einem kunstvoll verzierten schmiedeeisernen Zaun umgeben war, aber jeder, der ihm in dem Haus begegnete, schien ein Beamter zu sein, und das ganze Gebäude strahlte die typische Atmosphäre einer Behörde aus. Kôdayû hatte keineswegs den Eindruck, sich in einem Privathaus zu befinden, die Wache am Tor tat ein übriges dazu.

Er saß allein in dem Zimmer, in das ihn einer der Beamten geführt hatte, und wartete. Quälend langsam verstrich die Zeit. Nach etwa einer halben Stunde öffnete sich eine Tür. Es erschien jedoch nicht Besborodko, sondern ein kleiner, dicklicher Mann betrat den Raum. Kôdayû vermochte das Gesicht des Russen nicht einzuordnen, aber er war sich sicher, es schon irgendwo einmal gesehen zu haben. Woronzow, der Präsident des Handelskollegiums, bedeutete Kôdayû, sich zu erheben.

»In Ihrer unendlichen Güte beschloß Ihre Majestät, den japanischen Schiffbrüchigen die Rückkehr in ihr Heimatland zu erlauben.«

Sein Kopf wurde ihm unerträglich schwer.

»Am Tag des 28. Juni geruhte Ihre Majestät, Ihm im Sommerschloß zu Zarskoje Selo eine Audienz zu gewähren. An selbigem Tage erließ Ihre Majestät die Ordre, Ihn zu gegebener Zeit unverzüglich nach Ochotsk zu geleiten. Da an besagtem Ort inzwischen die meisten Vorbereitungen bezüglich der Überfahrt nach Japan abgeschlossen sind, ist Ihm hiermit am heutigen Tage der Wunsch Ihrer Majestät eröffnet worden.«

Kôdayûs Haltung glich der einer Marionette, die leblos an ihren Fäden hing. Auf seinen herabhängenden Kopf wirkte jedes einzelne der monoton gesprochenen Worte Woronzows wie ein Hammerschlag.

»Zu Beschluß des Oktober wird Er noch einmal vor Ihre Majestät gerufen. Der genaue Zeitpunkt wird Ihm in einigen Tagen mitgeteilt.«

Kôdayû vermochte nicht emporzublicken. Langsam begann er den Inhalt jener Worte zu begreifen und auch wieder nicht zu begreifen. Gefangen von einer unbeschreiblichen Melancholie starrte er zu Boden, unfähig, auch nur die kleinste Bewegung auszuführen. Wie lange er auf diese Weise regungslos verharrt hatte, wußte er nicht, aber als er den Kopf wieder hob, befand sich Woronzow nach wie vor im Raum.

»Eure Worte sagen mir, daß gestattet ist, durch die hohe Gunst Ihrer Majestät, unsere Rückkehr? Ist es – so?«

»So ist es.«

»Es ist gewiß, daß der japanische Schiffbrüchige Kôdayû nach Japan zurückkehren darf?«

»So ist es.«

»Meine vier Gefährten – haben sie ebenfalls die Erlaubnis zur Rückkehr erhalten?«

»Er spricht von vier Gefährten, aber unter denen befinden sich zwei, die aus freien Stücken zu Beamten dieses Landes geworden sind und auch den hiesigen Glauben angenommen haben. Sie sind nunmehr Russen. Diese beiden ausgeschlossen, haben Er und auch die übrigen zwei die Erlaubnis erhalten, Rußland zu verlassen. Insgesamt handelt es sich demnach um drei Personen. Genaueres wird Ihm baldigst mitgeteilt.«

»Welcher Tag ist für die Abreise nach Japan bestimmt?«

»Das obliegt der Entscheidung des Gouverneurs in Irkutsk. Ein entsprechender Erlaß ist bereits auf dem Weg zu Gouverneur Pil«, erläuterte Woronzow, dann fügte er hinzu:

»Während Seines verbleibenden Aufenthaltes in der Hauptstadt hat Er sich gänzlich nach den Anweisungen des Kirill Laxman zu richten.« Damit schien der offizielle Teil beendet zu sein, denn in einem freundlicheren Tonfall fuhr Woronzow fort:

»Ich nehme an, daß es noch ein paar Tage dauern wird, bis du Sankt Petersburg endgültig verlassen kannst, darum nutze ruhig die Zeit, um dich überall gründlich umzusehen, niemand hat etwas dagegen.«

Woronzow wünschte ihm noch alles Gute, dann kam ein anderer Beamter ins Zimmer, die beiden Russen sprachen kurz miteinander, dann brachte der zweite Beamte den Japaner zum Tor hinaus. Dort verabschiedete er ihn, aber Kôdayû hörte nur ein paar fremd klingende Laute, nahm lediglich wahr, wie der Mann lächelte, sich umdrehte und ein Soldat das Tor hinter ihm verschloß. Einen Moment lang blieb Kôdayû stehen. Ihm schien es, als gliche er einer Feder, die in ihrer Leichtigkeit vom Wind erfaßt immer weiter dem Himmel entgegentänzelte. Vorsichtig einen Schritt vor den anderen setzend, schlug er den Weg zu seiner Herberge ein.

Den Leuten in den Straßen fiel an jenem Fremden nichts

Besonderes auf, allein Kôdayû fühlte sich, als wanke er im Rausch durch die Stadt. Was würde Laxman sagen, wenn er ihm die gute Nachricht erzählte? Noch nie war ihm das Pflaster am Rande des Kanals und die Brücke über die Newa so endlos lang vorgekommen.

Endlich am Ziel, betrat Kôdayû Laxmans Zimmer. Laxman saß an seinem Schreibtisch, stand aber sogleich auf, als Kôdayû in der Tür erschien:

»Für dich ist es heute ein guter Tag, und für mich ist es auch ein guter Tag.« Dann ging er auf Kôdayû zu und legte ihm seine Hand auf die Schulter, fast so, als ob er ihn trösten wolle. Wie ein Sünder, der um Verzeihung für seine Vergehen bat, stand Kôdayû mit hängendem Kopf still im Raum. Er spürte, wie sich Laxmans Hand langsam wieder von seiner Schulter hob, er verbarg sein Gesicht in seinem Arm, und seine ganze Anspannung löste sich in einem gewaltigen Schluchzen auf.

Kôdayû hatte von Woronzow nicht erfahren, wann jener Befehl Katharinas nach Irkutsk gesandt worden war. Tatsächlich war ein mit dem Datum 13. September und der Nummer 16985 versehenes dickes Schriftstück mit dem Titel *Betreffend die Aufnahme von Handelsbeziehungen mit Japan* bereits auf dem Weg zu Gouverneur Pil gewesen, als Kôdayû noch Tage voller Ungewißheit in Zarskoje Selo verbracht hatte.

Ihm ist der Fall der japanischen Kaufleute bekannt, deren Schiff in schwere See geriet und auf einer der Inseln des Alëutenarchipels strandete. Die Besatzung erhielt Hilfe von Pelzhändlern, welche sich zu jener Zeit dort aufhielten, und gelangte zu guter Letzt nach Irkutsk. Dort gewährte man den Fremden für einige Zeit sowohl Speis und Trank als auch ein Quartier. Es ist Unser Wunsch, daß man jene Japaner nun wieder in ihre Heimat zurückbringe, wodurch Wir die große Möglichkeit sehen, mit dem Lande Japan Handelsbeziehungen anzuknüpfen. Es sey an dieser Stelle noch einmal deutlich ausgeführt, wie gelegen Uns ein Einverständnis mit Japan kommt. Bedenket den Vortheil der außerordentlichen Kürze des Seeweges. Bedenket auch, daß es sich bei der japanischen Insel um ein Nachbarland handelt. Ziehet in allen Fragen den Beamten im siebenten Range, Professor Laxman, welcher den Ranghöchsten der Japaner, einen Manne namens Kôdayû, begleitet, zu Rathe. Lasset Euch die Bedeutsamkeit dieser Angelegenheit zu Wissen kommen und beachtet wohl die Anweisungen, welche in einem gesonderten Schreiben beigefüget sind. Beherzigt die Empfehlungen des Laxman, bedenket, welch großer Nutzen durch dieses Vorhaben Unserem Lande zu Theile wird, und erweise Er sich würdig des Vertrauens, welches Wir in Ihn legen.

1. *Zum Behufe der Überfahrt nach Japan lasse Er im Hafen von Ochotsk ein geeignetes Schiff bauen und heuere einen erfahrenen Kapitän, desgleichen eine erfahrene Mannschaft an. Sey die Expedition des Leutnant Billing bereits zurückgekehrt, so stehe es Ihm frei, ein Schiff aus seiner Gruppe für die Überfahrt nach Japan zu bestimmen. In jedem Fall soll der Kapitän des Schiffes ein Russe seyn. Findet Er keinen Kapitän, den Er geeignet halte, so möge Er einen fähigen Seemann anderer Nationalität in Erwägung ziehen, dies darf gleichwohl unter keinen Umständen ein Engländer oder Holländer seyn.*
2. *Von den vorerwähnten Japanern erhalten drei die Erlaubnis, nach dem Lande Japan zurückzukehren. Den verbleibenden zwei Japanern aber, die unseren Glauben angenommen, sey die Rückkehr nach Japan nicht erlaubt. Er wird hernach genaue Anweisungen erhalten, wie Er diese zwei zu behandeln habe.*
3. *Die Übergabe der Japaner sey dem im Gouvernement Irkutsk dienstthätigen Sohn des vorerwähnten Professor Laxman anvertrauet. Da jener gute Kenntnisse von der Astronomie und der Navigation besitzt, möge er während der Reise über das Seegebiet, über die Inseln und über das Land Japan astronomische, physikalische und geographische Beobachtungen durchführen, darüber hinaus auch die Handelsgegebenheiten erkunden.*

4. *Zum Behufe einer sicheren Durchführung dieser Expeditionsfahrt sind dem Kapitän deutlichste und genaueste Anweisungen mit auf den Weg zu geben. In sämtlichen Fragen greife Er auf das reichliche Wissen des vorgenannten Professor Laxman zurück.*
5. *Der Expedition sey ein Grußschreiben an die japanische Regierung mitgegeben, welches einen Bericht über den Aufenthalt der Japaner in Rußland gebe, Unseren Wunsch nach Knüpfung von Handelsbeziehungen zum Ausdruck bringe und verkünde, daß japanischen Schiffen, welche Unsere Häfen anlaufen, eine bevorzugte Behandlung zu Theile werde.*
6. *Zum Behufe der Erklärung Unserer freundschaftlichen Absichten seyen unter Seinem Namen der japanischen Regierung verschiedene Waren aus Rußland als Gastgeschenke zu überreichen. Zu diesem Zwecke stehet Ihm ein Betrag in der Höhe von 2000 Rubel zur Verfügung.*
7. *Zu den Teilnehmern an der Expedition solle außerdem der hervorragendste Kaufmann Irkutsks oder aber der Zunftmeister gehören. Ihm sey die Aufgabe übertragen, für die japanische Bevölkerung nützliche Waren auszuwählen und dort selbst Waren zu erwerben. Durch den Ausgang dieses Tausches mögen Wir wichtige Erkenntnisse im Bezuge auf den zukünftigen Handel gewinnen.*
8. *Der von Professor Laxman vorgeschlagene neue Weg über den Amur erscheinet Uns aus den auch Ihm bekannten Gründen nicht wünschenswert und sey zum gegenwärtigen Zeitpunkte abgelehnt. Auch wenn Wir uns um eine Annäherung bemühen, seyen Wir zu gleicher Zeit bedacht, eine Querelle mit Mandschu-China zu vermeiden.*
9. *Die beiden zum christlichen Glauben übergetretenen Japaner werden in Rußland bleiben und die japanische Sprache zum Wohle des Handels mit Japan unterrichten. Sie seyen der Schule in Irkutsk zu unterstellen und für ihre Bedürfnisse sey angemessen gesorget. Zum Behufe der augenblicklichen Aneignung der japanischen Sprache möge Er fünf bis sechs Schüler auswählen. Falls es zur Aufnahme diplomatischer Beziehun-*

gen mit Japan komme, so wird man jene zur Übermittlung der Worte brauchen, ebenso wie sie nothwendig seyn werden, zur vorsorglich weiteren Verbreitung der japanischen Sprache in Unserem Land.

10. *Die Heuer der ausgewählten Mannschaft, die besonderen Kosten der Expedition und alle anderen Ausgaben zur Unterstützung der drei Japaner seyen exactement angegeben und eingereichet. Sie werden von dem zuständigen Kollegium getragen. Nur die gegenwärtig anfallenden Kosten seyen von dem Steuerbetrage zeitweilig entnommen.*
11. *Außer einer Unterstützung zur Verpflegung der Japaner auf See gewähre Er ihnen ein Salär Seines Ermessens. Des weiteren seyen den Japanern am Tage ihrer Abreise Geschenke überreichet, deren genauer Wert auf den nachfolgenden Seiten sich findet. Was den ranghöchsten der Japaner, dessen Name Kôdayû lautet, anbetrifft, so sind von der Kanzlei die gleichen Maßnahmen, wie sie für die anderen Japaner gelten, bereits eingeleitet.*

Erweise Er sich würdig des Vertrauens, welches Wir in Ihn gesetzet, sey Er aufrichtig bemühet, vernachlässige Er nichts und richte Er sich treu nach den Anweisungen.

Daß die Russen den Fall der Rücksendung der japanischen Schiffbrüchigen als einen Teil ihrer Fernostdiplomatie sahen, geht aus dem Dokument Nummer 16985 an Gouverneur Pil ebenso deutlich hervor wie die treibende Kraft Kirill Laxmans in dieser Angelegenheit. In seiner 1890 erschienenen Biographie *Das Leben Kirill Laxmans* berichtet der Schwede Wilhelm Lagus auch von einem mit dem Datum 7. September 1791 versehenen, an einen gewissen K. I. Wilke gerichteten Brief des Wissenschaftlers:

Ihre Majestät hat meinen Plan gebilligt. Der japanische Kaufmann Kôdayû erhielt den goldenen Orden und 600 Rubel, außerdem ward ihm eine Wohnung und ein Schreibtisch zur Verfügung gestellt.

Demnächst wird er auf der Fregatte Slawa Rossi nach Japan zurückgebracht. Mein Sohn Adam wird sich auch an Bord dieses Schiffes befinden. Jedem Mannschaftstheile werden 200 Rubel gezahlt. In der nächsten Woche reise ich nach Irkutsk ab. Meine Post vertrauen Sie bitte dem Herren Euler an. [. . .]

Indessen hatte man sich nicht nur in Rußland für den japanischen Schiffbrüchigen namens Kôdayû interessiert. Durch das Reisetagebuch *Journal historique du voyage de Mr. de Lesseps* auf die Existenz Kôdayûs hingewiesen, richtete der im Jahre 1792 zur Führung von Handelsgesprächen nach Mandschu-China beauftragte britische Gesandte MacCartny vor seiner Abreise an Charles Witworth, dem englischen Botschafter in Rußland, in Form eines privaten Schreibens den Wunsch, man möge versuchen, Kôdayû als seinen persönlichen Sekretär anzuwerben. In der drei Monate später am 9. Juni in London vorliegenden Antwort Witworths hieß es, daß man bereits im September des vorgehenden Jahres einen Bericht über den japanischen Schiffbrüchigen abgesandt habe, und falls dieser Bericht nicht in England angekommen wäre, so müsse leider davon ausgegangen werden, daß er unterwegs entwendet worden sei.

Tatsächlich hat die Existenz Kôdayûs – der von all diesen Aktivitäten um seine Person selbst nicht das geringste ahnte – die Gemüter der Politiker in einem Teil des damaligen Europas in Aufregung versetzt und er durchaus eine gewisse Prominenz erlangt.

Nach dem Erhalt der Rückkehrerlaubnis brach für Kôdayû unversehens eine recht anstrengende Zeit an. Viele, mit denen er in Zarskoje Selo Bekanntschaft geschlossen hatte, luden ihn zu Abendessen ein, auch Laxman und einige seiner engeren Freunde veranstalteten zu Kôdayûs Ehren ein Fest, das Freuden- und Abschiedsfeier in einem war. In mancher Woche blieb ihm nicht ein Abend, den er hätte allein und in Ruhe verbringen können. Auch tagsüber drängte nun die Zeit, wollte er alle wichtigen Gebäude und Plätze bis zu seiner Abreise noch besichtigen. Das kaiserliche Museum, die Bibliothek, das naturwissenschaftliche Museum und, und, und . . ., man gewährte ihm Einblick in Orte, die normale Reisende nicht zu sehen bekamen, er besuchte die Universität, Krankenhäuser, Altersheime. Überall nahm man sich freundlich seiner an und er bekam ausführlich die verschiedensten Dinge erläutert, so daß es abends stets viele neue Eindrücke in seinem Tagebuch festzuhalten gab. Seite um Seite füllte sich, nichts spürte er mehr von jenem Gefühl der Nutzlosigkeit, das ihm in Zarskoje Selo das Weiterschreiben so schwer gemacht, ihn immer wieder aus dem Haus und zu seinen langen Spaziergängen durch den Wald getrieben hatte. Nun wußte er, daß jede Zeile seines Berichts wertvoll war, daß er ihn nach Japan mitnehmen konnte und er aus diesem Grund so viel wie nur irgend möglich zu Papier bringen mußte.

Er hätte es wohl nicht sagen können, auf welche Weise man seine Notizen in Japan wohl nutzen würde, aber sicherlich ahnte er etwas von der Tragweite seiner Rolle, für die ihn das Schicksal ausersehen hatte. Zum Schlafen fand er kaum noch Zeit, von einem ungeheuren Eifer beflügelt, verbrachte er fast jede Nacht an seinem Schreibtisch.

Herbergen für Kranke nennt man oschpitali oder bolnitschnijc doma. In Petersburg sind vorhanden derer acht, in Moskau zwölfe. Alle Herbergen haben eine obere, mittlere und untere Klasse. Die obere Klasse ist für Adlige bestimmt. Die Zimmer der Kranken sind sehr sauber, die Ärzte dort sind nur für diese hochrangigen Kranken zuständig und kommen täglich in die Zimmer, um die Kranken zu untersuchen und Maßnahmen zur Genesung anzuordnen. Einmal in der Woche ist Badetag. Die Herbergen bekommen Spenden in Form von Geld und Nahrungsmitteln, welche man an die Kranken ohne Ansehen der Person zu gleichen Maßen verteilet. Die Wohlhabenden unter ihnen überlassen ihren Antheil den Armen. Die Herbergen sind nicht nur in der Hauptstadt gebaut, sondern sind auch in den weiter entfernt liegenden Gegenden zu finden. Auch

Shôzô wird in Irkutsk in einer solchen Herberge gepflegt, welche dort auf prachtvolle Weise in einem chinesischen Baustile errichtet ist. Einmal in der Woche findet eine Überprüfung durch die Behörde statt.

Herbergen für Kinder sind Orte, an denen man verlassene Kinder versorgt. In Petersburg gibt es eine und in Moskau gibt es ebenfalls eine. Die Gebäude sind dreistöckig und bilden insgesamt ein Viereck. Die einzelnen Zimmer hat man mit Zetteln, welche Nummern tragen, markiert. Innerhalb der Herberge gibt es eine Schule und Arbeitsräume. An einer bestimmten Stelle der Herberge sind die Fenster besonders hoch gelegen, dahinter sich eine Vorrichtung befindet, welche einer Schublade ähnelt. Das ist zu dem Zwecke, wenn Eltern ihr Kind weggeben wollen. Sie kommen im Schutze der Nacht mit dem Kinde, welchem ein Zettel mit seinem Geburtsdatum um den Hals gehänget ward, zu dieser Stelle und klopfen an die Lade unter dem Fenster. Daraufhin schiebt man aus dem Inneren den Kasten heraus, die Eltern legen das Kind hinein, klopfen zum zweiten Male, woraufhin der Kasten sich nach innen bewegt, wo man das Kind herausnimmt, einen Geldbetrag von ohngefähr 500 mon hineinlegt und den Kasten wieder nach draußen schiebt. Die Eltern nehmen das Geld und gehen dann fort. Das ist eine Mitleidsgabe für diejenigen Menschen, welche zu arm sind, um ihr eigenes Kind ernähren zu können. Wenn die Eltern ihr Kind irgendwann wieder zu haben begehren, dann gehen sie nochmals zu der besagten Stelle, legen einen Zettel mit dem Abgabedatum und dem Geburtsdatum ihres Kindes in den Kasten und erhalten danach ihr Kind wieder zurücke. Sobald die Kinder groß werden, schickt man sie in die Schule der Herberge und lasset sie einen Beruf erlernen. Ist die Ausbildung allerdings beendet, so haben die Eltern keine Rechte auf ihr Kind mehr. So ward es mir gesagt.

Zweimal besuchte Kôdayû ein Theater: in Sankt Petersburg gab es drei russische, zwei deutsche, ein französisches und ein englisches. Die beiden Theater, in die Kôdayû mitgenommen wurde, waren zweistöckige Gebäude, in denen die Plätze im ersten Rang direkt gegenüber der Bühne für die Adligen bestimmt waren. In seinen Notizen berichtet er, daß im Gegensatz zu den japanischen Schauspielhäusern der Vorhang nach oben aufgezogen wurde und zwischen den einzelnen Akten Kinder zu der Musik von dreisaitigen Instrumenten auf der Bühne tanzten. Auch genaue Angaben über die Handlung der Stücke fehlen in den Aufzeichnungen nicht.

Kôdayû wurde auch zu einer alle acht Tage begangenen *maskarad* genannten, seltsamen Veranstaltung mitgenommen, die in einem insgesamt mit 116 Zimmer ausgestatteten großen Gebäude in der Nähe der schwimmenden Brücken stattfand. Laut Laxman blieb das Haus an den restlichen Tagen leer, und nur der Pförtner versah seinen Dienst.

Nun aber waren die Räume gefüllt, angefangen von Mitgliedern der kaiserlichen Familie über die Beamten bis hinunter zu den gewöhnlichen Leuten nahmen von Sonnenaufgang bis in die tiefe Nacht hinein Vertreter der verschiedensten gesellschaftlichen Schichten bar aller höfischen Zwänge an dem Fest teil. Jeder der Anwesenden trug ein phantasievolles Kostüm, dazu ein Maske und vertrieb sich je nach Laune die Zeit mit Plaudereien oder ernsthaftem Gespräch, wozu die vielen Räume ausreichend Gelegenheit boten. Hier und da befanden sich kleinere Zimmer, in denen man Getränke und Speisen kaufen konnte. Seit er nach Rußland gekommen war, hatte Kôdayû zwar schon einige Feste miterlebt und sie auch in seinem Tagebuch erwähnt, welchen Zweck *maskarad* aber eigentlich erfüllte, das blieb ihm noch einige Zeit verborgen. Möglicherweise wollten die Adligen und Beamten auf diese Weise einmal die ungeschminkte Meinung des Volkes hören, das schien ihm letztendlich die einzig plausible Erklärung zu sein.

Auf seinen Erkundungsgängen durch die Stadt betrachtete Kôdayû die Waren eines jeden Händlers mit größter Neugierde und versäumte es auch in diesem Fall nicht, seine vielfältigen Beobachtungen niederzuschreiben. Besonders aufmerksam registrierte er mehrere Läden, in denen Gegenstände aus Silber angeboten wurden und zu denen im hinteren Teil jeweils eine eigene Werkstatt gehörte, vorn standen Teller, Schüsseln und anderes Geschirr hübsch nebeneinander aufgereiht zur Schau. Kerzenhalter, Hängelaternen und andere Dinge von beinahe mannshoher Größe fanden sich ebenfalls dazwischen.

Läden, in denen ausschließlich Lackarbeiten angeboten wurden, suchte Kôdayû hingegen vergebens, nur ganz selten stieß er auf Lackwaren, deren Qualität allerdings einiges zu wünschen übrigließ. Im allgemeinen schienen die Russen nicht besonders gut mit Lack umgehen zu können, denn japanische Lackarbeiten wurden hochgeschätzt und unter den adligen und wohlhabenden Familien wie Juwelen behandelt.

Da die Entscheidung zugunsten ihrer Rückkehr gefallen war, trauerte Kôdayû nun all jener Zeit in den vergangenen Jahren nach, die er ungenutzt hatte verstreichen lassen. Hätte er von Anfang an gewußt, daß er seinen Fuß wieder auf japanische Erde setzen würde, dann hätte er sich seinen Aufenthalt in Rußland ganz anders eingeteilt. Es gab noch unendlich viel aufzuschreiben, doch die Zeit setzte ihm nun eine Grenze. So wenig Schlaf er sich auch gönnte, nicht einmal eins von hundert gesehenen Dingen vermochte er wegen dieser unüberschaubaren Menge in seine Notizen aufzunehmen.

Am Tag nach der Rückkehr aus Zarskoje Selo hatte Kôdayû sogleich Shinzô aufsuchen wollen, ihn aber nicht angetroffen und von dem Wirt der Herberge erfahren, daß Shinzô für etwa zwei Wochen mit einigen Leuten an die Küste zum Angeln gefahren sei. »Typisch Shinzô«, hatte er sich wenig überrascht gezeigt, »der findet doch überall gleich Anschluß.« Mochten auch Isokichi, Koichi und sogar Shôzô ihm nacheifern, in punkto Anpassungsfähigkeit war Shinzô ihnen allen weit voraus.

Eines Nachmittags etwa zehn Tage nach dem Erhalt der Erlaubnis machte sich Kôdayû wieder auf den Weg. Diesmal hatte er mehr Glück, denn mit einem leichten Kopfnicken deutete der Wirt nach oben. Kôdayû betrat das Zimmer. Es war abgedunkelt, und Shinzô lag fest schlafend in seinem Bett.

Nur mit einiger Mühe gelang es Kôdayû, den Gefährten wachzurütteln, und kurze Zeit später saßen sich die beiden Japaner in einer nahegelegenen Teestube gegenüber. Lange hatte Kôdayû hin und her überlegt, wie er es ihm sagen sollte, sich aber letztendlich dazu durchgerungen, Shinzô ohne Umschweife mitzuteilen, daß sie die Erlaubnis zur Rückkehr nach Japan erhalten hätten, Shinzô und Shôzô davon jedoch ausgenommen seien. Sie bräuchten sich aber keine Sorgen zu machen, ihr Rang als Beamte würde ihnen ein recht erträgliches Leben auch in Rußland gestatten.

Shinzô wurde kalkweiß, schien sich jedoch schnell wieder gefangen zu haben:

»Gut. Nun ist es so gekommen, daß wir hierbleiben müssen – aber wer weiß, vielleicht ist das gar nicht das Schlechteste? Shôzô und ich, wir sind doch nichts weiter als die Söhne armer Bauern. Was für ein Leben soll uns da zu Hause schon erwarten? Ich kann's dir sagen: Felder bestellen, als einfacher Matrose wieder zur See fahren – hier, in der Fremde, da können wir ein ganz anderes Leben führen, ja, richtig nützlich machen können wir uns. Denke jetzt nicht, ich wollte nicht zurück. Nein, das darfst du nicht denken! Nur, den Willen, unbedingt wieder heimzukehren, den habe ich wirklich nicht mehr. Ich würde nur gerne in Irkutsk leben, nicht hier in der Hauptstadt. Die Menschen sind dort freundlicher, die ganze Lebensart erinnert mich irgendwie an Japan. Vielleicht könnten wir zusammen nach Irkutsk zurückfahren? Ich bräuchte dann aber noch ein letztes Mal deine Hilfe, weil ich doch damals so mir nichts dir nichts aus Irkutsk verschwunden bin, wer weiß, ob ich nicht bestraft werde, wenn ich da jetzt plötzlich wieder auftauche.«

Kôdayû versicherte ihm, er bräuchte sich darüber nicht den Kopf zu zerbrechen. Dann schlug er Shinzô vor, doch in seine Herberge umzuziehen, Shinzôs Antwort fiel indessen anders aus, als Kôdayû es erwartet hatte:

»Nein, du, wir wissen ja gar nicht, wie lange wir noch hier bleiben werden, und die paar Tage, die können wir auch noch so verbringen. Außerdem: Du bist ein *japonski*, ich aber gehöre schon zu Rußland. Da müssen wir wohl gegenseitig aufeinander Rücksicht nehmen!« lachte Shinzô. Auch Kôdayû mußte sich eingestehen, daß es wohl keine Situation geben würde, in der die Gefühle desjenigen, der in die Heimat zurückkehrte, nicht mit den Gefühlen desjenigen zusammenprallten, der nicht wieder zurückkehren durfte. Es mochte tatsächlich besser sein, wenn sie nicht in derselben Herberge wohnten.

Kôdayû berichtete noch ein wenig von Zarskoje Selo. Beim Verlassen der Teestube versprach er dem Gefährten, ihn sofort zu unterrichten, sobald er die Anweisung zum Aufbruch nach Irkutsk erhalten hätte, dann gingen die beiden Männer in verschiedene Richtung davon.

Shinzô ließ sich fortan jeden vierten bis fünften Tag in Kôdayûs Herberge blicken. Einen trübsinnigen Eindruck machte er dabei allerdings nicht, im Gegenteil, für ihn schien es nichts Wichtigeres mehr als den möglichst raschen Aufbruch nach Irkutsk zu geben. Da es nun entschieden war, daß er nie wieder japanischen Boden betreten würde, sehnte er sich wohl nach der Geborgenheit Ninas zurück, die er im Stich gelassen hatte, als er im Frühjahr nach Sankt Petersburg gekommen war.

Am 20. Oktober fand Kôdayûs letztes Gespräch mit der Zarin statt. Im Verlauf der äußerst kurz währenden Audienz überreichte Katharina ihm eigenhändig eine Schnupftabakdose und entließ ihn mit den Worten »Er möge wohlbehalten in die Heimat zurückkehren!« aus ihrer Gegenwart.

Am selben Abend noch versuchte Kôdayû all das, was er Stunden zuvor im kaiserlichen Palast gesehen hatte, ausführlich in seinem Tagebuch zu beschreiben, aber lediglich einige wenige Bruchstücke brachte er zu Papier – die Lage am südlichen Newaufer, die von einer hohen Mauer umgebene riesige Anlage, die mit Gewehren bewaffneten Wachsoldaten am Tor, der dreistöckige Palast und der Park, der ihm den Ausblick auf das glitzernde Blau des Flusses eröffnet hatte. Die Pracht im Palastinneren muß ihm dann jedes Erinnerungsvermögen geraubt haben, denn die Aufzeichnungen enden damit, daß man ihn schließlich *durch ein himmlisch wunderbares Schloß, welches wie in einem Traumlande lag,* geführt habe.

Drei Wochen nach diesem Empfang hatten sich Kôdayû und Laxman bei Woronzow einzufinden. Dessen von einem schmiedeeisernen Zaun umgebenes Haus, ein stattliches Gebäude mit ausgedehntem Garten, befand sich in der Nähe des Fontanka-Kanals. Woronzow empfing die beiden Männer im Salon und übergab Kôdayû im Auftrag der Zarin eine Medaille, eine wertvolle französische Uhr und 150 Goldstücke. Die Vorderseite der aus reinem Gold gefertigten Medaille, zu der ein etwa ein *sun,* vier *bun* breites, tiefblaues Band gehörte, zierte das Portrait Katharinas, auf der Rückseite befand sich ein Reiterbildnis Peters des Großen, dessen sich aufbäumendes Pferd eine am Boden kriechende Riesenschlange mit den Hinterhufen zertritt.

Die Medaille war nicht mehr und nicht weniger als der höchste russische Orden für Nichtadlige, mit dem bisher nur der in Irkutsk ansässige Großkaufmann Grigori Iwanowitsch Schelechow und der hervorragendste Feuerwerksmacher des Landes ausgezeichnet worden waren.

Auch für Koichi und Isokichi lag eine Medaille bereit, die zwar aus Silber gefertigt und mit einem hellblauen Band versehen, sonst aber vollkommen Kôdayûs Medaille glich.

Des weiteren erhielt Kôdayû noch vier Beutel mit je 50 Goldmünzen, die er Koichi, Isokichi, Shinzô und Shôzô aushändigen sollte.

Laxman fertigte die Quittung aus, dann schrieb Kôdayû seinen Namen mit japanischen Schriftzeichen unter das Dokument und bestätigte den Empfang zusätzlich mit seinem Siegel. Schließlich wurde ihm eine Urkunde übergeben, in der die ihnen zur Verfügung gestellte Geldsumme zwecks Bestreitung ihres Lebensunterhaltes angegeben war. Demnach erhielt Kôdayû 900, die anderen vier jeweils 300 Silbermünzen zugesprochen, bemessen für ein Jahr und auszahlbar in täglichen Raten. Auch wurden vier Postpferde und ein Betrag von 300 Silbermünzen zum Erwerb zweier Kibitkas sowie 200 Silbermünzen zur Deckung der Reise- und Verpflegungskosten gewährt. Kôdayû war einmal mehr überrascht, wie großzügig die Russen für alles Sorge getragen hatten.

Dann kam die Reihe an Laxman. Ihm wurden sechs Postpferde und 5000 Silbermünzen als Entschädigung für die Kosten der Fahrt von Irkutsk nach Sankt Petersburg zugesprochen, und man würdigte seine Mühen, sich ständig um die japanischen Schiffbrüchigen gekümmert zu haben, mit einem wertvollen Ring sowie weiteren 10 000 Silbermünzen.

Bis zur Abreise aus Sankt Petersburg am 26. November blieb ihnen kaum eine freie Minute. Kôdayû machte allein oder in Begleitung Laxmans seine Abschiedsbesuche bei den russischen Bekannten, die ihn ausnahmslos mit zahlreichen Geschenken erwarteten; Laxman hingegen wurde, wenn er nicht mit Kôdayû unterwegs war, von einer Feier seiner Kollegen zur anderen gejagt.

»Das ist ja gerade so, als ob ich auch nach Japan zurückgehe! Und wem habe ich das wohl zu verdanken, hm?« sagte Laxman stets, wenn er ihre Herberge verließ, und Kôdayû wußte dabei nie, ob sich Laxman über die vielen Einladungen nun ärgerte oder nicht.

Inzwischen schneite es jeden Tag wieder leicht. Das Wasser der Newa zeigte bereits eine bedrohlich dunkle Färbung, und die Menschen liefen in dicke Kleidung gehüllt und mit eingezogenen Schultern durch die Straßen der Stadt.

Pflichtbewußt trug Kôdayû neben seinen üblichen Tagesnotizen auch noch ein, was er als Abschiedsgeschenke alles erhalten hatte. Eine schier endlose Liste nahm ihren Anfang:

– *Turtschaninow:*	*1 Fuchspelzmütze*
	1 weißes Tuch aus England
der Gemahlin:	*Reiseproviant*
– *Woronzow:*	*1 Fuchspelzjacke*
– *Besborodko:*	*12 Kupferstiche und 2 Block Zucker*
– *Koch:*	*4½ kamme getrocknetes Rinderfleisch*
dem Fräulein Tochter:	*1 Paar in Salz gedünstete Wildenten und 3 Packen Tee*
– *Demidow:*	*3 Glasdeckel und 10 Tassen*
– *Mussin-Puschkin:*	*2 Block Zucker, 5 Kupferstiche und 1 Microskop*
– *Strugowschtschikow:*	*4½ kamme Reis*
der Gemahlin:	*verschiedene Speisen*
dem Fräulein Tochter:	*1 Untergewand*
– *Iwan Simonowitsch Pallas:*	*5 Packen Tee*
der Gemahlin:	*1 Block Zucker*
dem Fräulein Tochter:	*1 Halstuch*

Ihn erwarteten aber nicht nur Geschenke, sondern er wurde seinerseits auch um bestimmte Dinge gebeten. Mussin-Puschkin, ein enger Freund Laxmans, der ihm fünf Kupferstiche und das Mikroskop gegeben hatte, zeigte schon seit langem großes Interesse für Kôdayûs japanische Münzen.

Wenn es etwas anderes gewesen wäre, gut – aber ausgerechnet diese Münzen. Kôdayû war nicht wohl bei dem Gedanken, japanisches Geld einem Ausländer zu überlassen, und hatte die Bitte Puschkins höflich, aber bestimmt, abgelehnt, nach Laxmans Fürsprache schließlich doch klein beigegeben und Puschkin einige Münzen verschiedenen Wertes, dazu fünf Messer aus Ise und eine silberne Pfeife überlassen.

Wenige Tage vor ihrer Abreise kam Kôdayû ebenfalls den

Bitten eines Professors namens Angalt nach, die Fehler in dessen Wörterbuch zu verbessern, und verbrachte einen beträchtlichen Teil seiner verbleibenden Zeit in der auf der Wassili-Insel nahe des Hafens gelegenen Universität. Den Eingang bildete ein bogenförmiges Tor, das Gebäude selbst war in roter und weißer Farbe gestrichen und machte mit seinen länglichen Fenstern und seinen roten Schornsteinen einen überaus gemütlichen Eindruck.

In dem ihm zur Korrektur vorliegenden Wörterbuch waren den russischen Wörtern ihre Entsprechungen gleichzeitig in mehreren Sprachen gegenübergestellt, worunter sich auch Japanisch befand. Kôdayû entdeckte neben vielen im Süden Japans gebräuchlichen Wendungen ebenfalls eine beträchtliche Anzahl an unfeinen und unflätigen Ausdrücken, die er alle durch seiner Meinung nach passendere Worte ersetzte. Als Lohn für seine Arbeit erhielt er je eine Keramikflasche mit Trauben-, Erdbeer- und Pomeranzenwein sowie zwei Block Zucker.

Mehrmals wurde ihm dort auch die Bitte angetragen, zwei Karten von Japan anzufertigen. Zwar hatte er in Irkutsk Laxman bei dessen Kartenarbeiten beraten, damals aber lediglich bereits vorhandenes Material berichtigt. Diesmal gab es jedoch keinen Entwurf, auf den er hätte zurückgreifen können, und erst als man ihm versicherte, die Karten sollten nur als grober Überblick dienen, erklärte er sich bereit, auf der Grundlage seiner Kapitänskarte, die er wie einen Schatz hütete, den Wünschen des Professors nachzukommen. Nach getaner Arbeit blickte er dann allerdings nur mit einem unzufriedenen Kopfschütteln auf die Zeichnung, denn mit den russischen Karten, die sich durch eine bestechende Genauigkeit auszeichneten, hatte sein Werk nicht allzuviel gemein – wie wenig kannte er sich doch in der Geographie seiner eigenen Heimat aus! Städte, Flüsse und Landschaften Japans waren ihm unbekannter als die des fremden Landes, das er durch seine Reisen kennengelernt hatte. Glücklich fühlte er sich bei diesem Gedanken nicht.

Auf Betreiben Laxmans packte Kôdayû auch die meisten seiner Gebrauchsgegenstände zusammen und machte sich mit einem recht ansehnlichen Bündel auf den Weg in die nicht weit von der Universität unmittelbar am Ufer der Newa gelegene Kunstkammer, wo man Feuerzange, Eßstäbchen aus Elfenbein, Holzschalen, Fächer, Tuschkasten, Glöckchen und anderes nur zu gern in Empfang nahm. Kôdayû wunderte sich zwar, was diese ganz gewöhnlichen Dinge in einem Museum zu suchen hätten, aber er hatte zu viel zu tun, als sich auch noch mit solchen Fragen zu beschäftigen.

Einem weiteren Museum, das durch einen Arm der Newa getrennt direkt gegenüber der Kunstkammer lag, überließ er die zwölf Textbücher der Puppenspiele *Morikagami jashô roku*, *Bamba no chûta kôbai ebira* und *Ôshû Adachigahara,* die er während der ganzen unsteten Zeit ständig bei sich getragen hatte.

Laxman mußte dort sein Kommen angekündigt haben, denn kaum hatte er das Portal des Museums durchschritten, eilte ihm ein Bediensteter entgegen, den Kôdayû zunächst gar nicht bemerkte, zu sehr war er geblendet von der Pracht im Inneren dieses Gebäudes, das es beinahe mit dem Palast Katharinas aufnehmen konnte – solche und andere Besuche hielten Kôdayû kurz vor seiner Abreise jeden Tag in Atem.

Am 26. November begaben sich Kôdayû, Shinzô und Laxman zu Laxmans Schwager, einem wohlhabenden Kutschenhersteller, von dessen Villa aus die Reise beginnen sollte. Zum Aufbruch war die Mitternachtsstunde bestimmt worden, und bis zum Abend hatten sich auch die beiden Bediensteten Laxmans sowie ein gewisser Iwan Kirsanowitsch Strackmann eingefunden. Strackmann, ein Studienfreund Laxmans, hatte seine Heimat Deutschland verlassen müssen, und die beiden Wissenschaftler waren übereingekommen, nun gemeinsam nach Irkutsk zu fahren.

Gegen Mitternacht war es dann soweit: Zwei Kibitkas und drei Gepäckkutschen setzten sich langsam in Bewegung und ließen Tage voll nagender Unsicherheit und Tage voll überschäumender Freude in Sankt Petersburg zurück.

Iwan Ossipowitschs Villa erreichten sie um vier Uhr morgens. Es hatte noch nicht zu dämmern begonnen, einzig und allein der Schein der Lampen, der durch die Fenster des Hauses nach draußen drang, brachte ein wenig Helligkeit in die stockfinstere Nacht. Trotz der frühen Stunde ließ es sich keiner der Familie nehmen, den in seine weit entfernte Heimat reisenden Japaner Lebewohl zu sagen. Als Abschiedsgeschenke erhielt Kôdayû von Busch drei Packen Tee und von dessen Tochter ein Untergewand, Laxman hingegen bekam einige Setzlinge, die er einzeln in Wolltücher wickelte und sie sorgsam auf die beiden Kibitkas verteilte. Es wurde ihnen noch ein Frühstück gereicht, ein letztes Winken und dann verschwanden die Wagen in einem von dichten Nebelschwaden verhangenen Wald, dem das fahle Licht ein gespenstisches Aussehen gab.

Am Neunundzwanzigsten gegen zehn Uhr morgens hielten die Kutschen vor dem Haus des Großkaufmanns Schigarew in Moskau. Kôdayû besuchte während ihres zweiwöchigen Aufenthalts unter anderem ein Kloster, ein Theater und besichtigte auch die von Schigarews Bruder geleitete große Zuckerfabrik.

Am 11. Dezember ging die Fahrt bis in die drei Tagesreisen entfernt gelegene Stadt Nischni Nowgorod weiter, in der sie eine Woche blieben. Den Jahreswechsel erlebten sie in weiter Schneelandschaft irgendwo zwischen zwei kleinen Ortschaften. Falls sich die Jahresbezeichnung nicht geändert hatte, so schrieb man in Japan inzwischen das Jahr Temmei 12. Aus Rücksicht auf Shinzô machte Kôdayû darüber aber vorsichtshalber keine Bemerkung. Ob man in Japan nun in Temmei 12 oder im Jahr eines anderen Namens lebte, Shinzô interessierte das nicht mehr.

Am 5. Januar trafen sie in Jekaterinburg ein und übernachteten in dem Haus eines Onkels von Laxmans Frau, der mit Knochen, Geweihen und Leder handelte. Beim Aufbruch am Abend des folgenden Tages wurden vor jede Kibitka 26 Pferde gespannt, von nun an stand ihnen ein weitaus schlechterer Weg bevor.

Danach legten sie nur noch in Tobolsk eine Rast zum Übernachten ein. Pausenlos jagten die Schlitten durch die kalte Winterlandschaft, bis sich gegen Mitternacht des 23. Januar die Umrisse einer vertrauten Stadt in der Ferne abzuzeichnen begannen. Nachdenklich und still verfolgte Kôdayû eine Weile den Lauf der mit einer dicken Eisschicht bedeckten Angara. Nach fast genau einem Jahr war er wieder in Irkutsk. Zu dieser späten Stunde lag die Stadt wie ausgestorben, keine Menschenseele war auf den Straßen zu sehen, lediglich die Schneeflocken wirbelten unentwegt durch die Luft.

Laxmans Nachricht, daß sie die Erlaubnis zur Rückkehr erhalten hatten, mußte schon längst bei Koichi und Isokichi eingetroffen sein. Vielleicht hatten die beiden aber nicht den Mut gefunden, es Shôzô zu sagen. Und wenn doch, dann hatte es ihm Koichi sicherlich auf seine überlegte und behutsame Art so schonend wie möglich beigebracht, davon war Kôdayû überzeugt.

Die Kutschen hielten vor dem Tor, diese Nacht würden sie alle bei Laxman verbringen. Die Betten standen schon bereit, und völlig erschöpft von der langen Reise schliefen die Männer sogleich ein.

Der erste Gang am nächsten Tag führte Kôdayû und Laxman zu Gouverneur Iwan Alferjewitsch Pil, der die beiden herzlich willkommen hieß und Kôdayû ein Ende der Arbeiten am Schiff für den kommenden Mai prophezeite. Sie bräuchten sich um nichts weiter zu kümmern und könnten sich ganz unbesorgt ihren persönlichen Dingen widmen, die sie noch in Irkutsk zu erledigen hätten. Dann bat sie der Gouverneur in ein Nebenzimmer, in dem bereits die Mittagstafel auf sie wartete. Pil ließ ihnen eine wahrhaft außergewöhnliche Behandlung zuteil werden, es fehlte an nichts, sogar Wein wurde gereicht.

Laxman beteiligte sich kaum am Tischgespräch, er ließ Kôdayû erzählen und hielt sich lieber an den Wein, mit dem er sein Glas, ohne erst umständlich darum zu bitten, selbst wieder füllte, sobald es leer geworden war. So kannte man Kirill Laxman, der sich zumeist nicht um die Förmlichkeiten scherte und sich auch in jeder noch so feierlichen Gesellschaft benahm, als befände er sich in seinen eigenen vier Wänden. Allein die Anwesenheit der Zarin hatte ihn in einen anderen Menschen verwandelt; damals hatte er sich als ein Mann erwiesen, der die Spielregeln solcher Empfänge bis zur Vollendung beherrschte. Es war diese Geradlinigkeit, die man besonders an Kirill Laxmans Wesen schätzte.

Wieder zurück, konnten sie schon im Flur die Stimmen von Shinzô, Koichi und Isokichi aus der Wohnstube hören, die gerade beim Austausch der Neuigkeiten waren – ein Jahr lang hatten sie sich nicht gesehen. Die Männer begrüßten sich herzlich, dann übergab Kôdayû den beiden die Schatullen mit den silbernen Orden. Koichi nahm das Geschenk schweigend entgegen, hielt es ehrfürchtig gegen seine Stirn und legte es dann sacht auf das Regal in der Nische des Zimmers. Isokichi hingegen blieb stehen und machte Anstalten, das Kästchen zu öffnen.

»Mensch, laß deine Finger davon, du! Das ist für alle unsere Gefährten gedacht. Leg das hierhin!« fuhr Koichi ihn an. Isokichi schrak zusammen, gehorchte und legte das Kästchen ebenfalls auf das Bord. Kôdayû wußte, daß Koichi mit seinem Tadel Isokichi zur Rücksichtnahme auf Shinzô mahnen wollte, für den es keinen Orden gegeben hatte. Shinzô tat aber so, als habe er nichts gemerkt:

»Shô und ich, wir beide können zwar nicht mit euch zurück, aber wenigstens zahlen sie uns hier jedes Jahr eine hübsche Summe. In Japan, da gibt's für uns keine dreihundert Silbermünzen. Nicht mal dreißig und auch keine drei. Na ja, so ist das, wenn man das eine bekommt, bekommt man eben nicht das andere. Ich bin's jetzt zufrieden, doch, doch!«

Kôdayû hatte Shinzô genau beobachtet. Wenn er nur den Sorgenfreien und Vergnügten spielte, so mußte die Zeit offensichtlich auch Shinzô eine gewisse Charakterstärke verliehen haben, denn wie Koichi an seine Gefühle, so hatte auch er mit seiner heiteren Miene an die Gefühle der Rückkehrer gedacht.

Gegen Abend machte sich Kôdayû auf den Weg ins Krankenhaus. Shôzô saß am Fenster und blätterte in einem Buch, blickte aber sogleich auf, als Kôdayû in der Tür erschien:

»Alles ist gut geworden. Gott hat deinen festen Willen erhört.«

»Nun, dann danke ich ihm dafür. Daß wir aber nur zu dritt fahren, du und Shin aber – hierbleiben müssen –«

»Was redest du da?« unterbrach ihn Shôzô, bevor er weitersprechen konnte. »Alles liegt in Gottes Hand. Auch ich will Ise wiedersehen. Wer liebt die Heimat denn nicht? Doch es ist Gottes Wille, daß Shin und ich unserem Wunsch entsagen und hier in diesem Land bleiben sollen. Alles andere wäre auch nur ungerecht gegenüber unseren Gefährten, die auf Amtschitka und in Nischni Kamtschatsk gestorben sind. Ja, unter denen, die glücklich bis zum heutigen Tag am Leben blieben, soll es eben einige geben, die den Boden von Ise wieder betreten, und einige, die ihn nicht wieder betreten. So hat es Gott entschieden, und wir müssen dieses Schicksal annehmen, denn uns Menschen ist es nicht vergönnt, uns über Gottes Ratschluß zu erheben. So hat es Gott mir verkündet.«

»Was ich mir von Herzen wünsche, ist, daß Shin und du, ihr beide, daß ihr euch zur Seite steht und daß der eine für den anderen immer da ist, wenn er ihn braucht.«

»Nein, nein, da brauchst du dir wirklich keine Sorgen zu machen. Auch Shinzô wird sich ändern, wenn er die Stimme Gottes vernommen hat. Und das wird in diesem Land ohne Zweifel eines Tages geschehen.«

Shôzô war innerhalb nur eines Jahres aus tiefster Seele zu einem Anhänger jenes russischen Glaubens geworden. In seinem Blick leuchtete die Liebe zu seinem Gott und seine Gesichtszüge erinnerten kaum noch an den Bauernsohn, der damals an Bord der *Shinshô-maru* gegangen war. Seine Haut, nun nicht mehr allzu oft den Sonnenstrahlen ausgesetzt, hatte eine bläßliche Farbe angenommen, seine Augen waren voll reiner Klarheit und selbst die Sprechweise war nicht die alte geblieben – von seinen Worten ging eine unendlich sanfte Ruhe aus.

Am folgenden Tag suchten Kôdayû, Koichi und Isokichi jenen am Berg gelegenen Friedhof auf.

»Der ist doch unverbesserlich, dieser Shin. Soll er zu den Weibern rennen wie er will, aber nach einem Jahr, da hätte er ja wirklich erst einmal bei Shôzô vorbeischauen und auch jetzt wenigstens zu Kyûemons Grab mitkommen können!« brummte Koichi mit finsterer Miene, ohne die beiden anderen dabei anzusehen.

»Laß gut sein«, erwiderte Kôdayû nur. ›Vielleicht wird Shinzô jetzt durch Nina genauso gestärkt wie Shôzô, der durch den Glauben an seinen Gott neue Lebenskraft gefunden hat. Wenn die beiden sich mögen, warum also nicht?‹ »Er wird sie heiraten, hm? Wenn sie sowieso heiraten – es wäre doch ganz schön, wenn wir da alle zusammen feiern könnten.«

»Das wird nichts«, meinte Koichi, »falls sie wirklich heiraten, dann erst, wenn wir nicht mehr in Rußland sind. Sie sollen wohl zu Hause nicht von ihm sagen, er wäre mit einer Fremden zusammen.«

»Hm, das denk' ich auch«, pflichtete Isokichi ihm bei, »aber glaubt nicht, daß er nur deshalb wartet, weil er keine solchen Gerüchte entstehen lassen will. Wir sollen das ja auch nicht erfahren.«

»Aber sie sind doch schon zusammen. Das weiß doch jeder in der Stadt!«

»Kann sein, aber Shinzô will es eben nicht eingestehen. Der ist zu stolz und will nicht, daß es heißt, er hätte 'was mit 'ner Russin. Mir hat er gesagt, zwischen Nina und ihm, da gäbe es nichts Besonderes, wir sollten dem Gerede der Leute nicht immer glauben.«

»Ja, ja, das sagt er, aber Nina erzählt es doch überall herum.«

»Das stimmt, aber egal wie oft sie davon spricht, Shinzô sagt immer nur, es wäre nichts.«

»Gut, dann wollen wir es auch dabei belassen«, beendete Kôdayû die Diskussion. Er ahnte, daß Shinzô Nina zur Kirche führen würde, kaum wären sie auf See.

»Bestimmt hat er damals wegen ihr mit seinen Kirchenbesuchen begonnen, und später hat sie ihn vielleicht sogar auch zur Taufe geraten. Eigentlich kann er dann wegen Nina jetzt nicht mehr zurück. Aber sie mögen sich, und da spielt die Zeit letztendlich keine Rolle. Sie brauchen nicht jetzt zu heiraten, nur damit wir alle dabei sein können. Irgendwann werden sie eine Familie gründen, und das ist bestimmt die beste Lösung«, dachte Kôdayû.

Die drei Männer gingen den sanft ansteigenden Weg zum Friedhof hinauf. Inmitten der hektischen Tage vor der Abreise nach Sankt Petersburg hatten sie auf diesem Weg Kyûemon das letzte Geleit gegeben. Die Bilder erschienen Kôdayû verschwommen wie hinter einer dichten Nebelwand, obwohl doch nicht mehr als zwölf Monate dazwischen lagen. Bald hatten sie eine Höhe erreicht, die einen freien Blick auf den Lauf der Angara ermöglichte. Da sich die Eisdecke erst fünf Tage vor ihrer Ankunft in Irkutsk geschlossen hatte, glänzte die Oberfläche des Eises von noch nicht allzu vielen Schlitten befahren rein und hell in der Sonne.

»Im letzten Jahr ist das Eis ohne jede Vorwarnung am 15. März ganz plötzlich gebrochen und hat einen Bauern samt Pferd, Schlitten und seiner Weizenmehlladung in die Tiefe gerissen. Da war hier ganz schön 'was los gewesen«, sagte Koichi mit Blick auf den Fluß.

»Und Anfang Juli, da haben sie am Spasskaja-Kloster eine Uhr angebracht. Die Glocken läuten da jetzt mehrmals am Tag«, wollte auch Isokichi nicht zurückstehen und Kôdayû über die vergangenen Ereignisse berichten. »Und dann, ich glaub', das war am 8. März, da hat im Bogojarlenskaja-Kloster der höchste Jakutenfürst die Taufe empfangen –«

»Genau, ja! Und Pate war der Bischof, und die Frau vom Gouverneur, bei dem du gestern gewesen bist, die war die Patin. Da hat's auch viel Gerede in der Stadt gegeben«, erzählte Koichi Isokichis angefangene Geschichte weiter.

Dann verstummten die Männer; sie waren bei Kyûemons Grab angelangt. Sie knieten nieder, und Kôdayû schloß in sein Gebet für Kyûemon auch die Nachricht mit ein, daß er, Koichi und Isokichi nun bald nach Japan zurückkehren würden. Kôdayû hatte schon mit kaum hörbarer Stimme gesprochen, aber als er ihre drei Namen nennen wollte, versagte ihm die Stimme – – – Kyûemon war es doch gewesen, der von allen die Heimat vielleicht am schmerzlichsten vermißt und dieses Gefühl niemals verborgen hatte. Nun ruhte er in der fremden Erde. Kôdayû wußte nicht, wie lange er gekniet hatte, er erhob sich langsam, und während er einen letzten Blick auf den Grabstein warf, hatte er das Gefühl, Kyûemons Geist habe seine Worte verstanden.

In dem ganzen Jahr seiner Abwesenheit war auch in diesem weit von der Hauptstadt entfernten Winkel Rußlands die Zeit nicht stehengeblieben. Außer der Taufe des Oberhauptes der Jakuten im Bogojarlenskaja-Kloster, des beim Bruch des Eises in der Angara samt Pferd, Schlitten und Weizenmehlladung ertrunkenen Bauern und der am Glockenturm des Spasskaja-Klosters angebrachten Uhr – Dinge, von denen ihm ja Koichi und Isokichi bereits berichtet hatten – erfuhr Kôdayû bei den Treffen mit seinen Irkutsker Bekannten noch von manch anderem kleinen Ereignis, das sich während seiner Abwesenheit zugetragen hatte. Die Schilderungen begannen immer gleich – ›Als du nicht dagewesen bist, da ist folgendes passiert . . .‹ oder ›Du warst ja nicht hier, da kannst du auch nicht wissen, daß . . .‹ – und machten Kôdayû mit jedem noch so unbedeutenden Vorfall vertraut.

Man hatte den amtierenden Polizeipräsidenten ausgewechselt, dessen Nachfolger der angeblich nicht sehr vertrauenerweckende und ziemlich eigentümliche Andrej Iwanowitsch Bljum geworden war; der geschäftsführende Gouverneur, Michail Michailowitsch Arsenjew, war gestorben, und man hatte ihn mit einer Trauerfeier in der Tichwinskaja-Kirche und mit einundzwanzig von fünfhundert Soldaten abgefeuerten Salutschüssen geehrt. Nach der Beerdigung machte jedoch allerlei übles Gerede über Arsenjew die Runde. Er habe es nicht geschafft, für seine Familie ausreichend Vorsorge zu leisten, und seine arme Frau stehe nun mit den acht Töchtern allein da, nur eine einzige habe bislang einen Ehemann gefunden. Andere wieder behaupteten, Arsenjew sei es durch seinen Geiz und Gewinne beim Kartenspiel gelungen, eine beträchtliche Summe Geld zu sparen, so daß sich die Familie keineswegs finanzielle Sorgen zu machen bräuchte.

Für die Irkutsker Bürger gab es kaum eine schönere Beschäftigung, als über die Beamten und die kirchlichen Würdenträger Gerüchte in Umlauf zu setzen, und so war es fast schon ganz selbstverständlich, daß Arsenjews vermuteter Lebenswandel eine Zeitlang zum Stadtgespräch geworden war. Meistens entbehrten die Geschichten allerdings jeder Grundlage, und auch auf Arsenjew trafen sie nicht im mindesten zu, denn der Beamte war ein herzensguter Mensch, der ein offenes Ohr für die Nöte der Bürger gehabt und sich stets zu Spenden bereit gezeigt hatte.

Den Posten Arsenjews übernahm der aus Kjachta abkommandierte Generalmajor Ilarion Timofejtsch Nagel, ein pflichtbewußter, penibel arbeitender Mann, dem die Bevölkerung aber ebenfalls bald die Attribute »nicht vertrauenerweckend« und »eigentümlich« anheftete.

Zu den Irkutsker Begebenheiten des Jahres 1791 zählte

auch die Fertigstellung der Steinvilla des Großkaufmanns Mjelnikow sowie dessen neuer Ledermanufaktur vor den Toren der Stadt. Kaum waren die letzten Arbeiten an der Villa beendet, hatte sich beinahe tagtäglich eine große Zahl von Neugierigen eingefunden, um das Bauwerk zu begutachten, Mjelnikow hatte sie aber stets durch Polizisten vertreiben lassen, was man dem reichen Kaufmann natürlich übelnahm.

»Diese Steinvilla, die wird ihrem Besitzer kein Glück bringen, glaub mir das!« vergaß kein einziger von Kôdayûs Berichterstattern orakelnd hinzuzufügen. Tatsächlich sollten jene Prophezeiungen der Wirklichkeit recht nahe kommen, denn keine fünfzig Jahre später waren die Mjelnikows gezwungen, ihre Villa an die Gebrüder Trapesnikow und den Kaufmann Wassili Medwednikow zu verkaufen, die wiederum das Gebäude alsbald zum Ausgleich ihrer Steuerschuld den Irkutsker Stadtbehörden überlassen mußten.

Nicht daß er sich für die Ereignisse selbst besonders interessiert hätte, doch daß jedermann ihm wie selbstverständlich davon erzählte, gab Kôdayû das Gefühl, kein Fremder mehr zu sein, und er spürte eine Verbundenheit mit der Stadt und ihren Einwohnern, wie er sie bis dahin noch nicht empfunden hatte. Wehmütig schritt er durch die Straßen Irkutsks, durch die er schon bald nicht mehr würde gehen können, und saß er mit einem seiner russischen Bekannten abends gemütlich beisammen, so ertappte er sich nicht selten bei dem Gedanken, daß der Tag des Abschieds nun unweigerlich näherrückte und er sich doch auch von Freunden würde trennen müssen.

Verglichen mit Moskau und Sankt Petersburg mochte Irkutsk nichts weiter als ein kleiner Flecken auf der weiten Landkarte sein, aber inzwischen glaubte er zu verstehen, warum es Shinzô dorthin zurückgezogen hatte. Die vielen aneinanderliegenden Häuser glichen einem einzigen großen Haus, zwischen den Menschen, die so dicht an dicht am Ufer der Angara beisammen lebten, herrschte eine gewisse Vertrautheit, wie sie vielleicht nur in einer solchen Umgebung entstehen konnte. Mit diesen Augen betrachtete Kôdayû die russische Stadt, über deren schneebedeckte Dächer morgens und abends das Geläut unzähliger Kirchenglocken hallte.

Shinzô, Isokichi und Koichi wohnten weiterhin in ihrer Unterkunft im Uschakow-Bezirk, Kôdayû hingegen hatte ein neues Quartier zugewiesen bekommen. Obwohl es sich in der Nähe befand, fühlte er sich dort ziemlich allein und bat Koichi bereits nach kurzer Zeit, er möge doch zu ihm ziehen. Da Shôzô nach wie vor im Krankenhaus bleiben mußte, waren die fünf Japaner nun auf nicht weniger als drei verschiedene Orte in Irkutsk verteilt.

Das Ende der Frostperiode ließ lange auf sich warten. Als einziges außergewöhnliches Ereignis in dieser Zeit war eine am 4. März für die höheren Beamten ausgerichtete Ziegenjagd zu nennen. Fünf- bis sechshundert Burjaken versammelten sich auf dem weiten Platz vor dem Rathaus, ein Schauspiel, das sich Kôdayû und Koichi nicht entgehen ließen.

Ungewöhnlich spät, erst am 3. April, brach dann die Eisdecke der Angara, wobei wie jedes Jahr auch einige Tiere nicht mehr das rettende Ufer erreichten und auf den Schollen hinweggetrieben wurden. In ihrer Freude über das Verschwinden der Eisdecke hatten die Irkutsker kaum ein Wort für das Schicksal jener Tiere übrig, Kôdayû hingegen taten sie aus tiefster Seele leid. In Ise waren durch Eis verursachte Unfälle vollkommen ausgeschlossen, nur ein Russe konnte daran gewöhnt sein und solchen Opfern mehr oder weniger unbeteiligt gegenüberstehen. Er war eben doch weit davon entfernt, wie ein Russe zu empfinden.

Durch seine zahlreichen Besuche im Rathaus brachte Kôdayû ihre Rückkehr immer wieder in Erinnerung. Der zuständige Beamte blieb stets freundlich und versicherte ihm, er bräuchte sich wirklich keine Sorgen zu machen, alles ginge bestens vonstatten, er möge sich nur noch eine Weile gedulden.

Wie gewöhnlich betrat Kôdayû auch in den ersten Maitagen die Amtsstube. Dieses Mal erhielt er die Auskunft, auf die er so lange gewartet hatte: Die Arbeiten am Schiff seien abgeschlossen, und als Abreisedatum aus Irkutsk habe man daher den Zwanzigsten des Monats bestimmt. Unverzüglich holte er Koichi ab, dann eilten die beiden zu Isokichi, um gemeinsam zu beratschlagen, wie sie sich nun gegenüber Shinzô und Shôzô verhalten sollten. Vielleicht mochte es am besten sein, wenn sie Shôzô den Termin ihrer Abreise bis zum allerletzten Tag verheimlichten, Shinzô hingegen wollten sie nicht im ungewissen lassen und Kôdayû offenbarte ihm die neue Lage sofort:

»Wir wollen es Shô bis dahin nicht sagen, aber – wir fahren am Zwanzigsten«

»Am Zwanzigsten? Das heißt – jetzt am Zwanzigsten?« fragte Shinzô wie vor den Kopf geschlagen, fing sich aber sogleich wieder und als ob nichts Besonderes geschehen wäre, fuhr er mit ruhiger Stimme fort:

»So hat es sich also erfüllt. Ihr könnt euch wirklich glücklich schätzen!« Shinzô schwieg einen kurzen Moment: »Ich mag keine Szenen beim Abschied, keine Tränen, kein Schluchzen und deshalb sag' ich's euch schon jetzt und hier: Ihr wißt, was für ein eigensinniger Kerl ich die ganze Zeit gewesen bin, verdammt viel Ärger hab' ich euch gemacht, und trotzdem habt ihr mich nie im Stich gelassen. Wenn ihr nicht mehr da seid, dann – wir werden es schon gemeinsam schaffen, Shôzô und ich, wir sind ja nicht in einem wildfremden Land. Wir kennen die Stadt, und wir kennen die Menschen. Ich glaube, wir werden hier schon gut zurechtkommen. Bitte grüßt meine Familie und auch die Leute im Dorf von mir und sagt ihnen, es wäre nicht so, daß ich meine Heimat aufgegeben hätte, nein, wirklich nicht, alles sei nur irgendwie so gekommen, wie es jetzt ist. Und das ist Gottes Wille. Ja, bestimmt, denn er weiß, daß einer von uns hierbleiben muß, wegen Kyûemon, der auf dem Friedhof dort oben liegt, und wegen Shôzô, der nicht mehr richtig laufen kann. Gott hat dann Verschiedenes in die Waagschale gelegt und am Ende ist seine Wahl auf den gefallen, der der Freundlichste und Sanftmütigste ist: auf mich. Der gute Shinzô, hat er wohl gedacht, wird Kyûemons Grab sicher aufmerksam pflegen und sich auch um Shôzô richtig kümmern. Da werd' ich zwar ein bißchen überschätzt – ich mein', das freut einen ja, aber – na, wenn man eben für solch einen guten Menschen gehalten wird, da kann man nichts machen, was?«

Zum Schluß hatte Shinzô witzig zu klingen versucht, aber keiner hatte gelacht. Im Gegenteil, Koichi war kaum in der Lage, seine Tränen zurückzuhalten:

»Ich hab' dich oft zu hart angefaßt, du. Sei mir deswegen bitte nicht böse. Ich sag's ganz ehrlich, seit es entschieden ist, daß wir heimkehren werden, bin ich gar nicht mehr so übermäßig froh darüber. Ob es denn nicht letztendlich doch besser gewesen wäre, so wie jetzt weiter in Irkutsk zu leben? Du glaubst mir vielleicht nicht, aber mir kommt's wirklich so vor. Was hilft's – wir haben hartnäckig auf unsere Rückkehr gedrängt, wir haben nun die Erlaubnis erhalten, und dann sagen: Nein, nein, danke, jetzt wollen wir aber nicht mehr – das geht wohl nicht. Es ist entschieden, wir werden gehen, und das heißt auch, von dir und Shô Abschied nehmen, aber ich – ich, ja, ich möchte doch viel lieber hierbleiben –« Koichi stockte, dann sprach er weiter: »Mensch, Shin, zehn Jahre lang haben wir gemeinsam alle Schwierigkeiten beiseite geräumt, wenn der Tod uns auseinanderreißt, dann – aber so, im Leben sich voneinander trennen, für immer, das – ihr beide müßt bleiben und wir – wir, wir müssen gehen. Das ist unser Schicksal. Paß auf dich auf, Shinzô! Sei kein Frauenheld! Streite dich nicht mit Shô! Kranke werden mit der Zeit manchmal recht wunderlich. Nimm nicht alles so ernst, was er sagt. Ich bin von uns allen der älteste, meine Tage sind gezählt. Aber du – wenn ich schon längst im Grab liege, lebe du noch lange, lange weiter!«

Oft genug hatten sich Koichi und Shinzô in den vergangenen Jahren in den Haaren gelegen, doch jeder spürte, wie nahe Koichi dieser Abschied von Shinzô ging.

Isokichi hingegen schien das alles gar nichts anzugehen, die ganze Zeit im Hintergrund geblieben, machte er nicht den Eindruck, als würde auch er zum Abschied nun einige Worte an Shinzô richten wollen.

»Isokichi!« mußte Kôdayû ihn erst herbeirufen, bevor er kurz mit dem Kopf nickte und auf Shinzô zuging:

»Auch wenn wir uns heute voneinander trennen, ich habe das Gefühl, daß wir uns wiedersehen werden. Du weißt ja, mit uns geht eine russische Gesandtschaft an Bord, die um die Erlaubnis zum Handel zwischen beiden Ländern nachsuchen will, und ich wüßte wirklich nicht, aus welchem Grunde die ihnen verweigert werden sollte. Und dann, wenn sich alle geeinigt haben, wir sind doch die einzigen Japaner, die über Rußland Bescheid wissen. Na? Und wen sollen sie dann hierher schicken – uns natürlich! Laxman meint das auch. Sonst ginge es mit Japan bergab, sagt er. Und er will später ja auch selbst nach Japan kommen, und mich hat er gebeten, bis dahin alles bereit zu machen, ich soll schon ein paar Pflanzen präparieren, Steine sammeln, eben das, was ich bei ihm auch schon alles gemacht habe.«

»Ja, mach das, die Idee ist gar nicht schlecht«, bemerkte Kôdayû, dem es nicht entgangen war, wie sehr Isokichi den Worten des Wissenschaftlers vertraute, der mit der größten Beharrlichkeit und viel Geschick auf jenen Tag hin arbeitete, der ihn selbst in Japan sah. Mit ihrer Rückkehrerlaubnis war dieser Tag zweifellos nähergerückt. Und warum sollte sich Laxman, dessen Voraussagen sich stets bewahrheitet hatten, nun ausgerechnet in diesem Punkt geirrt haben?

Auch Kôdayû wollte sich auf eine solche Zukunft freuen, wie Laxman und Isokichi es taten, doch er zögerte, sich von diesem Gedanken gefangennehmen zu lassen, vielleicht verstellte er nur den Blick auf eine ganz andere Wirklichkeit. ›Nicht an die Zukunft denken!‹ sagte er sich immer wieder, wenn ihn die Träume hinwegzutragen drohten. Sicher waren er, Koichi und Isokichi die einzigen Japaner, die sich in Rußland auskannten. Zehn lange Jahre hatten sie an den verschiedensten Orten des fremden Landes verbracht und waren währenddessen ganz unausweichlich mit Lebensweise und Errungenschaften der Menschen dort in Berührung gekommen. Aber was würde man in Japan damit anfangen? Ihr Wissen konnte einen Weg in ungeahnte Höhen eröffnen, es konnte aber auch in einem bodenlosen, dunklen Sumpf versinken. Doch er hatte weder die Absicht noch die Zeit, sich mit solchen Gedankenspielen zu beschäftigen, zunächst einmal waren sie in Rußland, und da gab es für ihn nichts Wichtigeres als die Vorbereitung ihrer Rückreise. Allein dieser Wunsch war es schließlich gewesen, der ihn Krankheit, Not und Verzweiflung der vergangenen Jahre hatte ertragen lassen, war die Hoffnung gewesen, aus der er die Kraft zum Weiterleben schöpfte.

Wenige Tage vor der Abreise wurden ihnen die Namen der beiden Dolmetscher bekanntgegeben, die die Gesandtschaft begleiten sollten: Trapesnikow und ein Mann namens Tugolukow, ein gebürtiger Russe, der aus irgendwelchen Gründen an die Stelle Tatarinows getreten war. Sie wunderten sich zwar über die Auswahl Tugolukows, der mit dem wenigen, was er an der Sprachschule gelernt hatte, kaum einen richtigen japanischen Satz von sich geben, geschweige denn einer Unterhaltung folgen konnte; verglichen mit Tugolukows Japanisch mußte das Japanisch Trapesnikows und Tatarinows als brillant bezeichnet werden. Doch wie dem auch sei, die Dolmetscher waren von den russischen Beamten bestimmt worden, die wohl ihre Gründe gehabt hatten. Warum die Wahl nicht auf Tatarinow, sondern auf Tugolukow gefallen war, darüber konnten sie sich nicht auch noch Gedanken machen, letztendlich war es auch nicht ihre Sache.

Und selbst wenn sie es gewollt hätten, Zeit, um sich mit diesen Problemen zu beschäftigen, gab es ohnehin nicht. Es warteten viele Freunde und Bekannte auf ihren Abschiedsbesuch, vom wohlhabenden Kaufmann bis zum kleinen Gemüsehändler. Zumeist gingen sie alle gemeinsam, aber daneben gab es noch eine Fülle von Einladungen bei Familien, zu denen jeweils nur einer von ihnen einen engeren Kontakt hatte, so daß sie fast schon richtige Lagebesprechungen vor ihren Besuchen abhalten mußten.

Auch wenn er erst am späten Abend wieder zurückkam, wie schon in Sankt Petersburg versäumte es Kôdayû nie, sich wenigstens noch die erhaltenen Geschenke in sein Tagebuch zu notieren:

– *Timofej:*	*2 kamme Weizenbrot*
der Gemahlin:	*1 Strickmütze*
– *Ossip Iwanowitsch Nowizki, General der Fußtruppen:*	*3 Sack Tee und 100 Hühnereier*
der Gemahlin:	*1 Bild des Nikolaj, dem Schutzheiligen der Seefahrer*
dem Fräulein Tochter:	*1 Paar Strickgamaschen*
– *Grusinski, Beamter:*	*Truthahnfleisch*
der Gemahlin:	*3 Hühner*
– *Marija:*	*Truthahnfleisch*

Auf diese Weise kam eine ansehnliche Liste zustande. Seinerseits überließ er *kosode, haori, hakama* und verschiedenes mehr aus seinem japanischen Besitz ausnahmslos Marija, der Tochter Laxmans.

Allein das Verpacken und Sortieren der Geschenke nahm einige Tage in Anspruch. All die Dinge, die es nicht in Japan gab, wollte Kôdayû keinesfalls zurücklassen. Über den Laderaum ihres Schiffes, der sicherlich groß genug war, um ihre sämtlichen Kisten und Kasten aufzunehmen, brauchte er sich wohl keine Sorgen zu machen, Kopfzerbrechen bereitete ihm vielmehr die bevorstehende Fahrt nach Ochotsk. Wie sollte der Berg von Geschenken aus Sankt Petersburg und nun derjenige aus Irkutsk untergebracht werden, nicht zu vergessen die Gegenstände, die er in den Städten selbst erworben hatte? Es blieb ihm gar nichts weiter übrig, als den Kreis der Sachen, die er in Gedanken bereits mit dem Etikett »keinesfalls zurücklassen« versehen hatte, noch weiter einzuschränken, bis ein erlesener Teil in mehr oder weniger handlichen Gepäckstücken verstaut vor ihm lag.

In einem befanden sich Kleidungsstücke aller Art wie Jakken, Westen, Hosen, Regen- und Wintermäntel, Hüte, Mützen, Schuhe und Unterkleidung – mit diesen Sachen waren die klimatischen Bedingungen Rußlands wohl am anschaulichsten zu erklären. In einem anderen Packen hatte er Garnspulen, Bestecke, Tabakdosen, Etuis, Bürsten, Silberschüsseln, Tee- und Wasserkannen, Teller, Pfeifen, Kämme, Rasiermesser, Spiegel und andere Dinge des täglichen Bedarfs zusammengebracht. Ein anderer wiederum enthielt Schmuckgegenstände wie Ringe und Ohrringe, des weiteren die Taschenuhr, den Orden, das Mikroskop, einen Dolch und einen Spazierstock. Besonders am Herzen lag ihm das Bildnis Katharinas, ein Rollbild, von dem er sich unter keinen Umständen trennen wollte. Hinzu kamen die Karten von Rußland neben denen von Asien, Europa, Afrika, Amerika und jenem Gebiet, in dem sich Asien und Amerika gegenüberliegen, die vielen Bücher, das Geld – Dinge von unschätzbarem Wert für Japan, davon war Kôdayû fest überzeugt.

Zwei Tage vor der Abfahrt sprachen sie mit dem zuständigen Arzt, der es ihnen schließlich gestattete, Shôzô in Isokichis Quartier zu verlegen. Vielleicht trug Shôzô dort weniger schwer an dem Schlag, den sie ihm in wenigen Stunden versetzen mußten, als wenn sie ihn in seinem Krankenzimmer aufsuchten, um Lebewohl zu sagen. Gleichzeitig lernte er dann die Leute seiner zukünftigen Nachbarschaft bereits kennen, auf deren Hilfe er nach ihrer Abreise sicher mehr als einmal angewiesen war. Auch hatten sie beschlossen, daß am Morgen Kôdayû zuerst allein abreisen würde, Koichi und Isokichi erst am Abend, um den so plötzlich über den Gefährten hereinbrechenden Abschied so behutsam wie nur irgend möglich zu vollziehen.

Nachdem sie Shôzô bei Isokichi untergebracht hatten, verließ Kôdayû das Quartier und ging allein durch die Straßen der Stadt, vorbei an den beiden Kirchen Bogojarlenskaja und

Spasskaja, und kam schließlich zum Flußufer, an dem gerade die ersten Arbeiten an einem Wasserwehr begonnen hatten. Überall liefen Arbeiter hin und her, und das gesamte Gebiet glich einem einzigen Ameisenhaufen.

Das bereits seit mehreren Jahren geplante Vorhaben hatte in letzter Zeit für einigen Gesprächsstoff in der Stadt gesorgt. Nicht nur die auf etwa 22 000 Rubel geschätzten Baukosten erschienen vielen zu hoch, auch daß ausgerechnet dem Abgeordneten der Stadtversammlung Andrej Chudjakow zusammen mit dem Architekten Timaschewski der Bauauftrag zugesprochen worden war, obwohl es eine ganze Reihe durchaus qualifizierterer Mitkonkurrenten gegeben hatte, schien nicht ganz mit rechten Dingen zugegangen zu sein.

Kôdayû kamen indessen ganz andere Gedanken in den Sinn. Wie dringend notwendig war ein solches Wasserwehr auch für die den alljährlichen Überschwemmungen schutzlos ausgelieferten japanischen Dörfer. Doch es würden wohl noch einige Jahre vergehen, bis eine gleichartige Uferbefestigung auch in Ise errichtet werden konnte.

Am Morgen des 20. Mai suchte Kôdayû das Quartier im Uschakow-Bezirk auf, in dem Shôzô lag. Er habe gerade den Befehl erhalten, noch am selben Tag nach Ochotsk aufzubrechen. Regungslos starrte Shôzô ihn an. Kein Laut kam über seine Lippen. Erst als Kôdayû auf ihn zuging und den Gefährten an seine Brust drückte, mochte Shôzô wieder zu sich gekommen sein, denn seine Stimme klang fest und stark:

»Wir können nichts daran ändern. Paß gut auf dich auf, der Weg ist weit!«

Kôdayû küßte ihn nach russischer Sitte auf beide Wangen, löste sich mit einem Ruck und verließ hastig den Raum. Kaum hatte er die Tür hinter sich geschlossen, hörte er Shôzô aufschreien und laut und haltlos weinen. Eine unsichtbare Hand hielt ihn fest, die ihn für immer festhalten würde, bliebe er jetzt stehen – aber er riß sich los.

Gegen Mittag brachen Kôdayû, Laxman und dessen drittältester Sohn Martyn zu ihrem ersten Etappenziel Jakutsk auf. Laxmans offizielle Aufgabe bestand darin, die Japaner sicher nach Ochotsk zu bringen und dort seinem mit der Leitung der Gesandtschaft betrauten Sohn Adam die notwendigen Instruktionen zu geben.

Zum Abschied waren viele Bekannte und Freunde gekommen; Chodkewitsch, die Familie Laxman und einige andere ließen es sich nicht nehmen, ihnen noch eine Weile hinterherzufahren. Erst vor der Station der zweiundzwanzig *ri* entfernt gelegenen Ortschaft Pukin machten sie wieder halt und saßen dort noch lange zusammen, ehe sie am frühen Morgen dann endgültig Abschied voneinander nahmen.

Kôdayû schüttelte viele Hände, vor Laxmans Frau kniete er jedoch wie ein Sohn nieder, der in Rußland seine Mutter verließ. Auf diese Weise wollte auch er seinen Dank gegenüber jener Frau zum Ausdruck bringen, die sich stets um ihn und seine Gefährten gekümmert hatte, als gehörten sie wirklich zur Familie des Kirill Laxman.

Dann nahm Kôdayû in seiner Kutsche Platz, Kirill und Martyn teilten sich die größere, die Kôdayû in Sankt Petersburg erhalten hatte, der Fahrer von Kôdayûs vierspänniger Gepäckkutsche bestieg den Bock, und begleitet von vielen guten Wünschen fuhren die Wagen in Richtung Nordosten zur Lena davon.

Bereits am Nachmittag des 23. Mai erreichten sie jene Stelle, von der die Schiffe nach Jakutsk gewöhnlich ablegten. Koichi, Isokichi, die beiden Dolmetscher Trapesnikow und Tugolukow sowie ein Bediensteter Laxmans trafen wie vereinbart am folgenden Tag ein.

Die erste Gruppe, die sich am 25. Mai pünktlich um 14 Uhr am Pier versammelt hatte, bestand neben Kôdayû, Kirill und Martyn aus insgesamt zehn Personen, unter denen der Großkaufmann Schelechow der einzige war, den Kôdayû kannte.

Das mit einem Dach aus Lärchenrinde ausgestattete Boot

hatte eine Länge von sieben und eine Breite von zwei *ken*, besaß ein Ruderpaar am Bug, zwei weitere am Heck und hatte fünf Mann Besatzung. Bis Jakutsk waren auf diesem großen Strom Rußlands insgesamt 2265 Werst zurückzulegen.

Fast jeden Tag unterhielten sich Kôdayû und Schelechow über die Erfolgsaussichten der Gesandtschaft, die der Kaufmann unerwarteterweise nicht allzu hoch einschätzte. Vielleicht täuschte er sich, aber ein gewisser zweifelnder Unterton schwang in den Worten Schelechows stets mit, wenn der Russe auf Japan zu sprechen kam:

»Weißt du, ihr könnt euch ja freuen, daß ihr zurückgebracht werdet, und dann auch noch mit solch einem Tamtam. Alles schön und gut, aber was mich dabei ärgert, das ist diese Naivität der Beamten und sogenannten Staatsmänner. Die glauben, eine freundliche Geste bewirkt gleich die entsprechende Belohnung. Die werden sich noch alle wundern, es geht nicht immer so glatt, wie die es sich an ihren Schreibtischen vorstellen.«

Hatte er tatsächlich Schelechows wahre Meinung zu hören bekommen oder war es einfach nur dessen Absicht, mit dieser Schwarzseherei Laxman zu ärgern, irgendwie endeten ihre Gespräche meist mit solchen oder ähnlichen Bemerkungen.

»Das Problem ist der Mensch. Du brauchst dir doch nur anzuschauen, wen sie für die Gesandtschaft ausgewählt haben! Da sehe ich keinen einzigen, von dem ich sagen würde: ›Ja, der ist's. Der packt die Sache richtig an.‹ Aber damit habt ihr drei ja nichts zu schaffen. Laßt euch zurückbringen, wenn sie euch schon zurückbringen wollen, und sobald ihr in Japan die Anker werft, ist für euch alles gelaufen.«

Laxman verzog nie eine Miene, wenn Schelechow seine Ansichten über die Japangesandtschaft zum besten gab, nur ein einziges Mal schallte ein aufreizend lautes Lachen herüber. Laxman mußte von weitem zugehört haben, denn urplötzlich brach er in jenes offenbar auf den Kaufmann gemünzte Gelächter aus. Schelechow schien ihm seine Meinung deutlicher entgegenschleudern zu wollen, aber er konnte sich wohl gerade noch beherrschen und starrte lediglich in dessen Richtung, den Mund zu einer dünnen Linie zusammengepreßt.

Ungeachtet dieser Spannungen unterhielt sich Kôdayû sowohl mit Laxman als auch mit Schelechow, die beiden selbst wechselten indessen kaum ein Wort, wenn überhaupt, so sprachen sie nur das Nötigste miteinander.

Tagein tagaus glitt das Boot stets an der gleichen, eintönigen Landschaft vorüber, einzig der Flußlauf änderte von Zeit zu Zeit seine Gestalt. An einigen Stellen war die Lena so breit, daß die Ufer beinahe ganz außer Sichtweite gerieten, an anderen Stellen lagen sie so dicht beisammen, daß sich das ruhige Wasser fast in gefährliche Stromschnellen verwandelte.

Während ihrer zwanzigtägigen Bootsfahrt machten sie nur bei den jeweils aus etwa vier- bis fünfhundert Hütten bestehenden Jakutendörfern Kirensk und Olekminsk Station, die einzigen Siedlungen, die den Namen Ortschaft vielleicht verdienen mochten. Dennoch war keinem der Fahrgäste nach einem Landgang zumute.

Gegen Mittag des 15. Juni erreichten sie schließlich Jakutsk, wo sich ihre Wege von denen der Kaufleute um Schelechow trennten. Zwei Tage später trafen Koichi und Isokichi in der Herberge ein. Jakutsk war für sie keine fremde Stadt, während der kältesten Jahreszeit hatten sie sich damals dort aufgehalten, einen ganzen Monat lang. Nun waren nur drei der sechs Japaner wieder zurückgekehrt.

Am 2. Juli brachen Laxman, Martyn, Kôdayû und die beiden Dolmetscher als erste nach Ochotsk auf. Unter Führung eines Einheimischen trabten die Pferde tagelang durch eine menschenleere Wildnis, bis nach knapp einer Woche wieder hier und da kleinere Jakutendörfer auftauchten, die meistens jedoch ein beträchtliches Stück vom Wege entfernt lagen. Kamen sie einmal durch ein Dorf, wechselte bei diesen wenigen Gelegenheiten stets ihr Führer.

Die Reise war alles andere als ein Vergnügen, die Nächte mußten sie im Freien verbringen, ein Umstand, der ihnen nichts ausgemacht hätte, wenn sie nur von den unzähligen Mückenschwärmen verschont geblieben wären. Aber Tag und Nacht summte es über ihren Köpfen, und die Pferde waren manchmal schon nicht mehr zu erkennen, so sehr hatten sich die Mücken auf den Tieren festgesetzt, aus deren Nüstern unablässig Blut tropfte. Die Reiter hingegen waren der Plage nicht ganz so wehrlos ausgeliefert. An ihren wollenen Kopfbedeckungen hatten sie Umhänge aus Gaze befestigt, die Hände staken in Lederhandschuhen und mit aus Roßhaar gefertigten Wedeln versuchten sie die Moskitos zu vertreiben, abends half ein Lagerfeuer aus getrocknetem Pferdemist den unter Netzen liegenden Männern, sich die Insekten einigermaßen vom Leibe zu halten.

Auch dieses Gebiet war ihnen nicht unbekannt. Der Weg, auf dem sie nun dem Meer immer näher kamen, hatte sie vor langer Zeit ins Landesinnere nach Jakutsk geführt. In jenem Herbst waren es keine Mückenschwärme, sondern die eisige Kälte und der Schnee gewesen, gegen die sie anzukämpfen hatten. Offenbar war es gleichgültig, in welcher Jahreszeit man die Route zwischen Ochotsk und Jakutsk zurücklegte, stets mußten die Reisenden unter irgendeinem Übel leiden, eines schlimmer als das andere. Um so erstaunlicher war es, daß Laxman ungeachtet solcher widerwärtigen Umstände mehrmals Forschungsreisen in diese unwirtliche Gegend unternommen hatte. Auch jetzt hielt ihn nichts davon ab, gelegentlich Gräser einzusammeln oder Steine aufzuheben und sie dann im Gepäck zu verstauen.

Am 3. August erreichten sie nach vielen Strapazen endlich Ochotsk. Knapp eine Woche später trafen auch Koichi und Isokichi ein. Alle wurden sie von Kirills Sohn Adam begrüßt, der sich bereits seit drei Monaten in der Hafenstadt aufhielt. Die drei Japaner kannten Adam von dem damals in Irkutsk gemeinsam mit der Familie Laxman verbrachten Weihnachtsabend, doch unterschied sich der Mann, der nun auf sie zukam, erheblich von jenem, der damals so vertraut mit ihnen gefeiert hatte. Trotz seiner erst fünfundzwanzig Jahre zeigte er keinen Anflug von jugendlicher Unbekümmertheit, vielmehr ließ seine Haltung keinen Zweifel daran, wie sehr er sich der Verantwortung bewußt war, die auf seinen Schultern ruhte.

Einige Tage erholten sie sich von den Strapazen der Reise, erst dann gingen sie mit Adam zum Hafen, um das Schiff in Augenschein zu nehmen, das sie nach Japan zurückbringen sollte: Die seit drei Jahren in Dienst stehende *Ekaterina II*. Adam berichtete ihnen von Arbeiten an einem neuen Schiff, der *Slawa Rossi*, an deren Bauplänen der Kapitän aber ständig Änderungen gefordert hatte, so daß man sich schließlich auf die fünfzehn *ken* lange und zweieinhalb *ken* breite *Ekaterina II* geeinigt habe.

Nachdem er sich knapp einen halben Monat in Ochotsk aufgehalten und in dieser Zeit eine Unmenge Pflanzen und Mineralien zusammengetragen hatte, bestimmte Laxman den 21. August als Tag seiner Heimreise nach Irkutsk. Daß die Unterweisung seines Sohnes und die Begleitung der Japaner nicht die einzigen Gründe gewesen waren, um jene Reise an den äußersten Rand Rußlands zu unternehmen, war nur zu offensichtlich. Nach getaner Arbeit zog es ihn wieder in sein Studierzimmer zurück.

Zum Abschied bestanden Adam und Kôdayû darauf, wenigstens noch ein Stück seinem Boot hinterherzufahren. Koichi und Isokichi konnten nicht mit einsteigen und mußten sich am Landungssteg von Laxman verabschieden. Wie schon in Irkutsk brach Koichi wieder in heftiges Weinen aus. Überhaupt reagierte er immer empfindsamer, seit feststand, daß sie nach Japan zurückkehren würden. Auch er hatte nicht mehr viel mit jenem Koichi gemein, der einst Shiroko verlassen hatte.

Die zuvor vereinbarten zwei *ri* waren längst zurückgelegt, als die beiden Boote in einer Biegung das Ufer ansteuerten. Die drei Männer gingen an Land und in gleicher Weise wie beim Abschied von Laxmans Frau wollte Kôdayû nun auch vor Kirill niederknien, der es aber nicht zuließ, sondern ihm beide Hände auf die Schultern legte:

»Es ist schon merkwürdig, daß ausgerechnet unsere Wege sich gekreuzt haben. Kôdayû – ich wünsche dir eine gute Überfahrt!«

Kôdayû war nicht imstande, auch nur ein Wort zu sagen.

Schließlich kniete Adam nieder.

»Erweise dich deines großen Auftrages würdig, mein Sohn!«

Dem Gesandtschaftsführer standen die Tränen in den Augen, aber von seinem Vater hörte er nur diesen einzigen Satz.

Ohne ein Wort miteinander zu wechseln, standen die beiden Männer am Ufer und schauten dem immer kleiner werdenden Boot Laxmans hinterher. Auch als es schon lange verschwunden war, konnte sich Kôdayû noch nicht zur Umkehr entschließen. Adam rief ihm etwas zu, es mochte wohl langsam die Zeit zum Aufbruch gekommen sein. Kôdayû stieg in das Boot, und erst allmählich löste sich seine ganze Anspannung in Tränen auf.

Die folgenden drei Wochen zehrten an den Kräften der Japaner, denn die *Ekaterina II* sollte erst am 13. September in See stechen. Niemand hatte mehr einen Auftrag für sie, und so blieb ihnen nichts weiter übrig, als auf den Tag zu warten, an dem sie endlich an Bord des Schiffes gehen konnten. Aus Langeweile pflückte nun auch Kôdayû auf seinen täglichen Spaziergängen entlang der Küste mehr als einmal fremd aussehende Pflanzen, die er Isokichi übergab, der sie dann mit der bei Laxman erlernten Methode geschickt präparierte und in verschiedene Kästen einsortierte.

Wenige Tage vor dem Segelsetzen wurden als Geschenk des Gouverneurs ein Ziegenpärchen und zwei Säcke Weizenmehl auf ihr Schiff gebracht.

Am Abend vor der Abfahrt fand am Kai für die Japaner, die Männer der Gesandtschaft und die zweiundvierzig Seeleute ein gemeinsames Abschiedsfest statt. Der Gouverneur,

Kôdayû, Koichi und Isokichi, Adam und Kapitän Lowzow saßen zusammen an einer eigenen Tafel. Zunächst hielt der Gouverneur eine Rede, dann erhoben sich nacheinander auch Lowzow und Adam von ihren Plätzen, um einige Worte an die Mannschaft zu richten. Schließlich stand auch Kôdayû auf und bedankte sich für die Freundlichkeit, mit der man sie in Rußland behandelt hatte. Vom Meer wehte ständig ein eisiger Wind herüber. Kôdayû dachte fröstelnd an den kommenden strengen Winter in Rußland. In Japan würde sie sicher ein anderes Klima erwarten.

Keine Wolke zeigte sich am Mittagshimmel des 13. September, als drei Kanonendonner das Zeichen zum Ankerlichten gaben und die *Ekaterina II* sich sacht vom Kai zu lösen begann. Am Ufer hatten sich die Menschen versammelt und winkten dem zu jenem fremden Inselland auslaufenden Schiff zu. Nach dem Passieren des letzten Hafendamms reihte sich die Mannschaft an Deck auf, um das Gebet für eine ruhige und sichere Überfahrt zu sprechen. Danach wurde der Abschiedssalut gegeben, abwechselnd feuerten die Soldaten an Land und an Bord, bis schließlich statt der einzelnen Salven nur noch ein einziges Getöse über der Bucht widerhallte. Eine Weile war die Luft vom Pulverdampf erfüllt, dann erinnerte nichts mehr daran, daß vor kurzem die *Ekaterina II* noch an einem Landungssteg gelegen hatte.

Kôdayû, Koichi und Isokichi blickten zu dem immer kleiner werdenden Ufer hinüber. Bald war in der Richtung, in der Ochotsk liegen mußte, nichts weiter als ein schmaler, dunkler Streifen zu erkennen. Vor fünf Jahren hatten sie dieses Land betreten und vor beinahe zehn Jahren ihren Heimathafen Shiroko verlassen. Nun endlich befanden sie sich auf dem Rückweg.

VIII

Die *Ekaterina II* blieb entlang der Kurilen auf Südkurs, durchquerte schließlich die 40 Werst breite Straße zwischen den beiden Inseln Iturup und Kunaschir und steuerte östlich an Kunaschir vorbei auf die Nordküste Ezos zu.

Am 26. September ließ Kapitän Lowzow die Anker werfen. Obwohl in dieser Jahreszeit gewöhnlich mit Treibeis zu rechnen war, hatten sie die Strecke zwischen Ochotsk und Ezo ohne Schwierigkeiten binnen zwei Wochen bewältigen können. – Adam ließ sich zusammen mit einigen Soldaten an Land bringen, um nach einem geeigneten Winterlager Ausschau zu halten. Unweit ihrer Landungsstelle trafen sie auf einige Ainu, die allerdings beim Anblick der Fremden zum größten Teil erst einmal das Weite suchten. Es dauerte fast einen halben Tag, bis die Russen sie von ihren friedlichen Absichten überzeugen und sie dazu bewegen konnten, ein paar Tabakblätter anzunehmen, damit sie im Gegenzug ihre Wasserfässer wieder aufgefüllt bekamen.

Am 8. Oktober ging Adam wieder an Land, schlug eine andere Richtung ein und erreichte diesmal eine Siedlung namens Nishibetsu, in der sich zu jener Zeit auch sechs Japaner aufhielten, darunter ein höherer Beamter des Fürstentums Matsumae, der sich als zuständig für den Lachsfang in diesem Gebiet bezeichnete, und ein Kaufmann aus Matsumae, der infolge einer besonderen Erlaubnis des Fürsten auch mit den Ainu auf den beiden Inseln Kunaschir und Schikotan Handel treiben durfte.

Die Russen kehrten bald wieder auf ihr Schiff zurück, gefolgt von mehreren Einheimischen und drei der japanischen Beamten, mit denen sie zunächst einige Gastgeschenke austauschten – die Japaner hatten Reis und Tabak mitgebracht und erhielten dafür Blockzucker –, bevor sie die Beamten fragten, welche Bucht sie ihnen als Winterankerplatz empfehlen könnten.

Weiter im Süden befände sich zwar noch der Hafen Akkeshi, der aber nicht ganz ungefährlich zu erreichen sei, da man zuvor erst das berüchtigte Kap Nosappu umfahren müsse, ein im Winter nahezu unmögliches Unterfangen, lautete die einhellige Antwort. Darüber hinaus hätte es in Akkeshi vor noch nicht allzu langer Zeit eine Rebellion der Ainu gegeben, kurz, es sei weitaus ratsamer, in dem nähergelegenen Nemuro die Frostperiode zu verbringen. Die Einheimischen würden ihnen den Weg weisen, versprachen die Beamten. Dann gingen sie wieder von Bord.

Ohne Zwischenfälle erreichte die *Ekaterina II* am folgenden Tag Nemuro, dem in Gestalt der kleinen Insel Bentenjima eine Art natürlicher Wellenbrecher vorgelagert war und an deren der Küste zugewandten Seite die Russen einen sicheren Ankerplatz fanden. Nemuro selbst bot einen trostlosen Anblick. Vor den mit Gräsern und Sträuchern bedeckten zahlreichen kleinen Hügeln erstreckte sich ein schmaler Streifen mit Unterkünften und Lagerschuppen, die man an einer Hand abzählen konnte. Auch ein verwitterter Landungssteg, der offenbar die ganze Hafenanlage bildete, war zu erkennen. In einiger Entfernung zu dieser Ansiedlung lag ein Dorf der Ainu, das aus etwa zwanzig bis dreißig niedrigen Hütten bestand.

Gegen Abend befahl Adam, das Beiboot klarzumachen, damit sie an Land gehen und dem japanischen Kommandanten offiziell ihre Ankunft und den Grund ihres Kommens melden konnten. Während der Zusammenkunft mit den japanischen Beamten, die in einem der größeren Häuser stattfand, befahl der Kommandant, für die Russen einige Schemel herbeizuholen und diese mit Matten zu überdecken, um seine durch die japanische Sitzweise in arge Unbequemlichkeiten geratenen Gäste aus ihrer mißlichen Lage zu befreien. Auch hatte man einige Speisen vorbereitet, auf die Adam aber verzichtete.

Im Verlauf der Unterredung bat Adam schließlich um die Erlaubnis, ein winterfestes Quartier errichten zu dürfen, da die kalte Jahreszeit eine Fortsetzung ihrer Reise wohl nicht zulasse. Auch erkundigte er sich, ob sie von den Ainu genannten Menschen nichts zu befürchten hätten; die Worte jenes Beamten, der sie vor Akkeshi gewarnt hatte, waren ihm noch deutlich im Ohr geblieben. Der Kommandant versicherte, daß die Ainu im Grunde ein friedliches Volk seien und er sich keinerlei Sorgen zu machen brauche. Falls er aber dennoch Bedenken hege, so würden sie nicht wie vorgesehen in den nächsten Tagen nach Matsumae zurückkehren, sondern gemeinsam mit ihnen den Winter in Nemuro verbringen.

Der Kommandant zeigte sich überaus gastfreundlich, die einzige dienstliche Frage, die er an Adam richtete, war die Frage nach der genauen Anzahl der Besatzung ihres Schiffes. Er würde einen Boten mit einer entsprechenden Meldung nach Matsumae schicken. Der, wie sehr er sich auch immer beeile, für diesen mehr als dreihundert *ri* weiten Weg allerdings mindestens dreißig Tage benötige, fügte er bedauernd hinzu. Mit der Erlaubnis, dem Boten ebenfalls einen Brief mitgeben zu dürfen, ruderte die russische Abordnung wieder zu ihrem Schiff zurück. In derselben Nacht noch machten sich die beiden Dolmetscher unterstützt von Kôdayû daran, das von Adam verfaßte, umfangreiche Schriftstück ins Japanische zu übersetzen.

Es sey eine heilige Pflicht, den an den Küsten gestrandeten Seefahrern eine gastfreundliche Aufnahme zu gewähren und um deren Wohlbefinden Sorge zu tragen. Diese Worte stehen geschrieben in den Gesetzen unseres Landes.

Ihre barmherzige Majestät die Zarin erließ daher in Ihrer unendlichen Güte den Befehl, der Generalgouverneur des im Russischen Kaiserreich gelegenen Irkutsk möge auch die Untertanen Groß-Japans in ihre Heimat zurückkehren lassen, auf daß sie ihre Väter und Mütter wiedersehen und bei jenen Menschen leben, die ihres eigenen Volkes sind.

In diesem Stil ging es einige Zeilen weiter, bis Adam auf seinen Wunsch zu sprechen kam:

Wir erreichten schließlich Land, und ein glücklicher Zufall fügte es, Bewohnern Angesichts zu werden, welche uns zu dem Hafen Nemuro geleiteten. Dort wurde uns der Empfang durch den Kommandanten zu Theil, dem wir diesen Brief aushändigten zum Behufe, daß er Seiner Majestät, dem erlauchten Fürsten von Matsumae, die Ankunft unseres Schiffes anzeige, und weiterhin künde von unseren Absichten, mit dem Beginn des Frühjahrs, sodann die Schiffahrt wieder gefahrlos worden, unsere Reise fortzusetzen. Es möge Seine Majestät unser Begehr verzeihen, die Botschaft unserer Ankunft zu gleicher Weise der Regierung in Edo bekanntzugeben.

Kôdayû hatte Trapesnikow und Tugolukow beim Übersetzen mit allen Kräften beigestanden, doch zufrieden war er mit dem Ergebnis ihrer Arbeit nicht, auch wenn er selbst nicht genau sagen konnte, was ihn letztendlich störte. Vielleicht waren es die vielen Unklarheiten, die der Brief hinterließ, etwa ob Adam Laxman nun der persönliche Gesandte der Zarin oder ob er lediglich ein Gesandter des Generalgouverneurs war. Aber er konnte sich auch täuschen und behielt seine Bedenken für sich.

Ihn beschäftigten ganz andere Dinge. Egal, in welcher abgelegenen Region sie auch immer angekommen waren, dort verrichteten japanische Beamte ihren Dienst, und das hieß nichts anderes, als daß das Gebiet zu Japan gehörte. Nun brauchten sie eigentlich nur noch auf den Moment zu warten, in dem die Russen sie einem der für sie zuständigen Beamten übergaben. Daß es bis dahin aber so lange dauern und sie erst noch den Winter an jenem nördlichen Zipfel verbringen mußten, war allerdings nicht ganz begreiflich. Er hatte sich eingebildet, wieder ein Japaner unter Japanern zu sein, und zwar in demselben Augenblick, da er auch seinen Fuß auf den Boden seines Landes setzte, aber bevor sie das vor ihren Augen liegende Ufer überhaupt betreten durften, brauchte es offensichtlich erst einiges an Formalitäten.

»Wir müssen uns eben noch ein wenig gedulden«, wiederholte sich Kôdayû, wenn er die fragenden Gesichter seiner beiden Gefährten sah. Ohne die Erlaubnis zum Verlassen des Schiffs blieb ihnen nichts weiter übrig, als tagtäglich von Deck aus auf die spätherbstliche Landschaft Ezos hinüberzublicken.

»Das da drüben soll also Japan sein? Mir kommt's aber nicht so vor, als ob ich wieder zurückgekehrt wäre«, murmelte Isokichi vor sich hin und auch Koichi wunderte sich:

»Ich glaube, die haben uns eher nach Amtschitka gebracht, genau so hat's da nämlich ausgesehen. Daß es sowas also auch in Japan gibt –«

Isokichi und Koichi fanden kein gutes Wort für die Gegend, aber in Wahrheit schätzte ein jeder der beiden sich doch unsagbar glücklich, endlich wieder dort zu sein, wo Menschen lebten, die so aussahen wie sie, Menschen, die ihre Sprache sprachen.

Noch am gleichen Tag, als der Kommandant den Russen die Erlaubnis zum Verlassen des Schiffes erteilte, begab sich ein kleiner Trupp auf die Suche nach einem geeigneten Platz für das Winterquartier, der – und das war die einzige Bedingung – mindestens siebzig *ken* von dem nächsten Haus eines Japaners entfernt liegen mußte.

Die Bauarbeiten gingen dann allerdings nur äußerst schleppend voran, da fast die gesamte Mannschaft kraftlos und geschwächt daniederlag. Zunächst hatten einige der Männer über heftige Kopfschmerzen geklagt, bald darauf spuckten sie Blut und litten unter Durchfall, bei anderen wiederum war es zu schlimmen Hustenanfällen gekommen – die *Ekaterina II* hatte sich in ein einziges Lazarettschiff verwandelt. Kôdayû und Isokichi waren von alledem weitgehend verschont geblieben, Koichi hingegen hatte sich erbrechen müssen und hütete seitdem das Bett.

Infolge der grassierenden Krankheit konnte das Winterquartier erst nach sechs Wochen, am 29. November, fertiggestellt werden. Die Russen hatten sich an den bereits am Ufer stehenden Schuppen und Lagerhäusern der Japaner orientiert, ebenfalls Baumstämme und Lehm benutzt und die Baracke mit einem Palisadenzaun als Windfang umgeben. Da sie der gesamten Mannschaft als Unterkunft dienen mußte, war sie indessen um einiges größer geraten als das Haus des Kommandanten.

Zuletzt verließen die Kranken das Schiff und zogen in das neue Quartier um, an Bord blieb nur eine Wache zurück. Auch Koichi mußte gestützt werden, als er aus dem Boot stieg und seine Füße zum erstenmal den Sand berührten, der den schmalen Küstenstreifen bildete.

»Es ist wirklich wie auf Amtschitka. Ja, ihr braucht euch doch nur umzusehen, in einer solchen Gegend sind sie damals gestorben, einer nach dem andern – Sangorô ... Jirôbei ... Angorô ... Sakujirô ... Seishichi ... Chôjirô ... Tôsuke. Alles, Sand, Meer, Himmel, alles hat die gleiche Farbe wie dort, und die Bäume und die Balken, alles gleich«, flüsterte Koichi in einem fort.

Aber im Unterschied zu Amtschitka schien es den Kranken gutzutun, auf das Festland gebracht zu werden. Viele unter ihnen zeigten sich recht schnell wieder auf dem Weg der Besserung, die Älteren hingegen genasen kaum und blieben zu schwach, um ihr Lager verlassen zu können. Auch Koichi zählte nicht zu den Jüngeren, der immer wieder jene Sätze wiederholte, die er bei ihrer Verlegung gemurmelt hatte.

Als wollte er Koichis Worte bestätigen, stellte sich der Winter mit der gleichen unerbittlichen Strenge ein, die die drei Japaner bereits auf Amtschitka erlebt hatten. Es schneite unentwegt, und immer wieder wüteten die heftigsten Stürme, die Himmel und Erde in ein einziges tiefes Grau verwandelten.

Um so verwunderter waren die Russen, daß es bei diesem Wetter an ihre Tür klopfte und ein japanischer Beamter hereintrat: Er, Suzuki Kumazô, sei gerade aus Matsumae angekommen und habe die Ehre, die Antwort des Fürsten zu übermitteln. Außerdem befände sich unter seinen Begleitern ein Arzt, der sich um die Kranken kümmern werde, fügte der Beamte hinzu. Dann nahm er ein mitgeführtes Schriftstück zur Hand:

»Eures werten Briefes teilhaftig worden, wird dieser, zugleich mit Unserem Bericht Eure Ankunft betreffend, nach Edo gesandt. Es sei die Pflicht des Beamten Suzuki Kumazô, Euch dieses mitzuteilen, des weiteren, für Eure Sicherheit und Euer Wohlergehen Sorge zu tragen.«

Suzuki Kumazô machte ganz den Eindruck eines äußerst gewissenhaften Mannes. Um keinen Fehler bei der Übermittlung der fürstlichen Botschaft zu begehen, hatte er sich die Worte vorher aufgeschrieben und sie nun abgelesen.

Zehn Tage später traf eine größere Abteilung Samurai in Nemuro ein, kurz vor Jahreswechsel schließlich auch noch zwei Shôgunatsbeamte aus Edo, die erzählten, sie hätten in diesem Gebiet verschiedenes zu kontrollieren und wollten in Nemuro lediglich den Winter verbringen, mit der Ankunft des fremden Schiffes hätten sie nichts zu tun.

Es dauerte nicht lang – die Eintönigkeit der Jahreszeit tat ein übriges – bis die Russen und die inzwischen für Nemuro stattliche Anzahl japanischer Beamter recht zwanglos miteinander umgingen, ein Umstand, der den beiden Dolmetschern Trapesnikow und Tugolukow keine ruhige Minute mehr ließ. Irgend jemand rief immer nach ihren Diensten, dann mußten sie mit in die Kälte hinaus und kamen völlig erschöpft, über und über mit Schnee bedeckt, wieder zur Türe herein.

Kôdayû, Koichi und Isokichi hingegen verhielten sich weitaus zurückhaltender. Besonders auf die Fragen der Beamten aus Edo antworteten sie nur knapp, ohne sich dabei auf etwas Bestimmtes festzulegen, und zogen es ansonsten vor, so wenig wie nur möglich in ein Gespräch verwickelt zu werden. Kôdayû glaubte nicht an die Geschichte vom harmlosen Überwintern, vielmehr war er überzeugt, daß man die beiden mit einem Sonderauftrag aus Edo abgesandt hatte. Ohne Zweifel sollten sie auskundschaften, was diese Russen wollten, die urplötzlich an der nördlichen Grenze des Landes aufgetaucht waren, andererseits hatten sie sie wohl auch zu überwachen.

Adam schien ähnliches zu vermuten, fragte Kôdayû aber nicht nach seinem Eindruck. Wie dem auch sei, unaufrichtig wirkten sie bei ihrem täglichen Beisammensein nicht, sie interessierten sich ganz offen für die verschiedensten Dinge, über die sie nach eigenem Bekunden auch in Edo berichten wollten, sobald sie ihre Aufgaben in jenem Gebiet erfüllt hätten. So widmeten sie sich beispielsweise mit großem Eifer den Bauplänen der *Ekaterina II* und fertigten sogar ein Modell des Schiffes an. Die Beamten aus Matsumae standen diesem Wissensdurst keineswegs nach: Auch sie waren stets beschäftigt, hauptsächlich mit dem Abzeichnen einiger Weltkarten, die ihnen Adam zur Verfügung gestellt hatte.

Inmitten all dieser Geschäftigkeit der japanischen Beamten war Adam natürlich ebenfalls nicht untätig geblieben. Zum einen ließ er sich die von den Japanern benutzten Landkarten geben und ordnete deren genaueste Übertragung an, zum anderen verbrachte er viele Stunden selbst am Sekretär und schrieb in allen Einzelheiten das nieder, was er seit der Ankunft in dem fremden Land erlebt und gesehen hatte. Wenn Kôdayû ihn so in seine Aufzeichnungen versunken sah, mußte er oft an den alten Laxman denken, der vielleicht gerade im selben Augenblick genau wie sein Sohn über ein Buch gebeugt saß und die Außenwelt völlig vergaß. Kôdayû verstand nur zu gut, wie viele neue Eindrücke es zu verarbeiten gab, und ohne daß Adam eigens darum hätte bitten müssen, half er ihm, so gut er konnte.

Mit Beginn des neuen Jahres trieben aus dem Norden die ersten dicken Schollen in die bereits mit einer brüchigen Eisschicht bedeckten Bucht, wenige Tage später war der Hafen vollständig zugefroren, und das als Verbindung zwischen Nemuro und der kleinen Insel Benten-jima dienende Boot wurde gegen einen Hundeschlitten ausgetauscht. Auch das Wetter änderte sich ein wenig, der Schneefall ließ nach, dafür fegte ein schneidend kalter Wind über das Land.

Das *Tagebuch des Japangesandten Adam Laxman* enthält die verschiedensten Berichte über Japan, die Adam wahrscheinlich allesamt während seines Aufenthaltes in Nemuro zu Papier gebracht haben dürfte.

In der Silvesternacht ist es bey den Japanern Brauch, daß sie Kerzen anzünden, welche sich auf einem kleinen Altar im Hause befinden, danach verstreuen sie in alle Ecken ihrer Hütte Bohnen und rufen mit lauter Stimme: »Oni wa soto, fuku wa uchi«, was bedeuten soll »Böse Geister, verlasset das Haus! Glück, bleibe in diesen Räumen!« Sodann dies getan, verzehret ein jeder genau so viele Bohnen, wie er Jahre zählt. Auch begrüßen sie das erste Gewitter des neuen Jahres auf die gleiche Weise.

Selbst wenn ein Kind im letzten Monat eines Jahres geboren ward, so nennet man es mit dem Ende desselben ein einjähriges Kind. Die japanische Zeitrechnung beginnt mit der Thronbesteigung eines Herrschers, welche im Jahre 660 vor Christus stattgefunden haben soll.

Wie in den anderen uns bekannten Kulturen benutzen auch die Japaner Tierkreiszeichen von der Zahl zwölfe, welche sich gleichwohl von den europäischen unterscheiden, denn das erste Sternzeichen heisset Ratte, das zweite Stier, das dritte Tiger, das vierte Hase, das fünfte Drache, das sechste Schlange, das siebte Pferd, das achte Widder, das neunte Affe, das zehnte Hahn, das elfte Hund und das zwölfte Eber.

Die Japaner pflegen den Handel mit den äußerst behaarten Bewohnern der Kurilen und tauschen getrockneten und gepökelten Lachs, Lachsforelle und Hering, welche zumeist aus dem Gebiete der Penschina-Bucht stammen. Auch werden ihnen Walfisch und Walroß zum Angebote gebracht, sowie Tran von Seehunden und Fischöl. Man sagt, daß diese haarigen Kurilen-Menschen sich im Monat des März auf der zwanzigsten Insel mit anderen zu einer

Gruppe von fünf und hundert versammeln, sodann mit ihren Booten, welche gemacht sind aus Leder, zu vier anderen Inseln fahren, den Inseln neunzehn bis sechzehn. Gehet der Monat des Mai zu Ende, kehren die Boote vollbeladen mit solch verschiedenen Dingen wie getrockneten Pilzen, Bärenspeck oder Bärenleber wieder zurück. Auch dies bieten sie den Japanern zum Tausche an. [. . .] Das ist alles, was ich über jene stark behaarten Bewohner der Kurilen vermochte in Erfahrung zu bringen. Die Gründe möge der geneigte Leser nicht in den Schwierigkeiten der Sprache suchen, es sey vielmehr beachtenswerth, daß wir sie tatsächlich kaum zu Gesichte bekamen. Um unser Wissen über sie in äußersten Maße zu begrenzen, bemühten sich die Japaner stets, sie von uns fern zu halten.

Am Morgen des 22. April ward mir durch einen Boten das Ableben des japanischen Beamten Suzuki Kumazô gemeldet. Mit Suzuki Kumazô verstarb ein Mensch, den ich in den vier Monaten unserer Bekanntschaft nicht nur in seiner Eigenschaft als Beamter des japanischen Reiches höchstmöglich schätzen gelernt hatte, und daher ersuchte ich um die Erlaubnis, daß man mich an der Beerdigungsfeier theilnehmen ließe. Zu meinem großen Bedauern brachte mir jener Bote die Antwort, gemäß derer für mich weder die Nothwendigkeit bestünde, den Toten zu sehen, geschweige denn, ihm die letzte Ehre zu erweisen. So sollten wenigstens die beiden Dolmetscher, die sich mit ihm ebenfalls recht gut verstanden hatten, der Beerdigung beiwohnen, da ich auch trachtete zu wissen, wie in Japan eine solche Zeremonie wohl verliefe. Abends kehrten sie wieder zurück und berichteten das Folgende: Man habe den Toten aufgebahrt vor einem Altar, welcher dem Buddha geweihet sey. Dort habe man Rauchhölzer entzündet und Sutren rezitiert. Dann habe man dem Toten das Kopfhaar geschoren. Zuletzt sey er an einen anderen Ort gebracht worden, an dem man die Reinigung des Leichnams vollzogen und ihn in ein kostbares Gewand gehüllt habe, in dessen Gürtel sowohl ein langes als auch ein kurzes Schwert staken. [. . .] Während einer endlosen Litanei habe man den Deckel auf den Sarg gelegt und diesen festgenagelt. Den Sarg selbst habe man in ein weißes Baumwolltuch gewunden, an wel-

chem sich auf beiden Seiten jeweils eine lange, eckige Stange befand, welche von den Trägern, zu beiden Seiten jeweils zwei an der Zahl, auf ihre Schultern gehoben worden sey, als sich der Zug in Bewegung setzte. Einer der Trauernden habe dann feierlich an den Sarg geklopfet und dabei die Worte »Massugu ni ikasshari« gerufen, was bedeutet: »Daß deine Seele nicht ruhelos umherirre, daß sie ihren Frieden finden möge!«

Etwa zu der Zeit jenes in Adam Laxmans Tagebuch vermerkten Todes des Beamten Suzuki Kumazô durchlebte Kôdayû in Sorge um Koichi die düstersten Tage seit ihrer Ankunft in Nemuro. Unermüdlich wachten er und Isokichi am Krankenlager ihres Gefährten, dessen Zustand sich nicht bessern wollte.

Koichi litt offensichtlich an Skorbut, eine Krankheit, die sie im Grunde nicht zu fürchten brauchten – wären sie in Rußland gewesen, denn dort kannte man das Mittel, das Skorbut heilte und das Koichi, unter denselben Symptomen leidend, schon vor Jahren auf der Fahrt nach Kamtschatka verabreicht bekommen hatte. Der aus Matsumae gesandte Arzt erklärte indessen, eine solche Krankheit sei in Japan von alters her unbekannt. Dennoch ließ er nichts unversucht, erprobte verschiedene Säfte und wandte Nadelbehandlung an, aber eine erfolgversprechende Wirkung stellte sich nicht ein.

»Er braucht doch nur Skorbutkraut!« ärgerte sich Kôdayû, aber wie er ihm die Pflanze auch beschrieb, der Arzt schien von ihr noch nie etwas gehört, geschweige denn, sie verfügbar zu haben.

Am 28. April trafen mit einigen weiteren Beamten eine Abteilung von sechzig Samurai und eine Gruppe von einhundertfünfzig Ainu ein; mit der beschaulichen Ruhe auf dem schmalen Küstenstreifen war es sogleich vorbei. Überall machten sich Bautrupps an die Arbeit, errichteten einfache Quartiere und ein pausenloses Hämmern und Sägen, begleitet von dem Stimmengewirr zahlreicher Kehlen, hatte den Platz vereinnahmt. Es herrschte eine Atmosphäre nervöser

Geschäftigkeit, die man selbst in Koichis Krankenzimmer spüren konnte.

Kôdayû betrachtete den ruhig schlafenden Gefährten. Die Quälereien, die Strapazen und Mühen – Koichi hätte alles umsonst tapfer durchgestanden, wie eine Seifenblase würden die letzten zehn Jahre zerplatzen. Es durfte nicht sein, daß er so kurz vor dem Ziel stürbe, wo doch die Anzeichen auf einen baldigen Frühlingsanfang unübersehbar waren. Vor einem Monat schon war das Eis im Hafen geschmolzen, die Sonnenstrahlen hatten wieder die Kraft, Wärme zu spenden, und auf den Riffen nahe der kleinen Insel Benten-jima nisteten bereits die ersten Kormorane. Was sollte ihrer Weiterfahrt also noch im Wege stehen, und welche Botschaft hatten die eigens aus Matsumae und Edo neu angekommenen Beamten denn zu überbringen, wenn nicht die förmliche Erlaubnis zum Hissen der Segel?

Auch die Russen rechneten fest damit, daß ihnen diese Erlaubnis während einer feierlichen Zeremonie durch die Beamten überreicht werden sollte, sobald sich das Wetter weiter gebessert, die Gefahren durch Eis und Schnee gebannt schienen und der Frühling endgültig Einzug gehalten hatte.

Am Abend des folgenden Tages lebte Koichi nicht mehr. Leise und unbemerkt hatte er die Schwelle zum Tod überschritten.

»Hee, Alterchen!« rüttelte Isokichi den anscheinend ruhig Schlafenden, hielt jedoch sogleich inne. »Hee!« wiederholte er leise, dann schaute er langsam zu Kôdayû hinüber.

Regungslos saß Kôdayû mit verschränkten Armen am Tisch. Allein seine Miene verriet etwas von seinem unendlich tiefen Schmerz.

Erst viel später ging er zu Koichis Bett, nahm die neben dem Kopfkissen bereitliegende Wattekugel zur Hand und benetzte die Lippen des Toten.

»Wie oft warst du es gewesen, der zum letzten Mal die Lippen eines Gefährten benetzt hat, und nun ist es soweit gekommen, daß du sie benetzt bekommst«, dachte Kôdayû.

In den Monaten vor ihrer Abfahrt aus Rußland war ihm aufgefallen, wie dem langjährigen Gefährten selbst bei Kleinigkeiten schnell die Augen feucht geworden waren. Ihm fielen die Worte ein, mit denen Koichi von Shinzô in Irkutsk Abschied genommen hatte – ›Ich möchte doch viel lieber hierbleiben . . .‹

Nachdem der Arzt den Tod Koichis offiziell festgestellt hatte, wurde der Leichnam in einen Sarg gelegt und zu dem von einem Birkenwald umgebenen, nicht sehr weit von der Küste entfernt gelegenen Friedhof getragen. Koichis letzte Ruhestätte befand sich dort direkt neben dem Grab Suzuki Kumazôs.

Es war Koichi gewesen, der den Anblick dieser tief vom Winter eingehüllten, weit abgelegenen Gegend mit jener auf Amtschitka verglichen hatte, und auch in Kôdayûs Augen spiegelte sich nun die gleiche Wildnis, in der auch Sangorô, Sakujirô, Jirôbei und die anderen vier begraben lagen. Dort wie hier schaute man auf ein bleifarbenes Meer, dort wie hier heulte von irgendwoher ein steter Wind, im Sommer würden kleine rote und weiße Blumen eine karge Landschaft schmücken, die sich im Winter mit Eis und Schnee bedeckte. Auf Amtschitka ruhten sieben der Gefährten nebeneinander, das Grab Koichis aber stand letztendlich allein. Wer von den Toten mochte das unglücklichere Los gezogen haben, Kôdayû konnte es nicht beantworten. Einzig an Koichis Leichnam war die rituelle Waschung vollzogen und der Körper danach in ein weißes Tuch gehüllt worden, das war der einzige Unterschied.

Am Tag nach Koichis Tod meldete ein Bote, die kürzlich in Nemuro eingetroffenen Beamten aus Edo wünschten den Führer der russischen Gesandtschaft zu sprechen. Der Bote geleitete Adam Laxman unverzüglich zu einem Raum, in dem ihn ein ungewohnt förmlicher Empfang erwartete. Zunächst passierten sie am Eingang des Gebäudes eine mit Lanzen bewaffnete Wache, in dem Zimmer selbst hatten zwei Beamte Platz genommen, die nach ihrer Kleidung zu urteilen bisher die höchsten waren, mit denen Adam sprechen würde.

Nachdem ihm zur Begrüßung Tee und Gebäck gereicht worden war, verlas einer der Beamten eine Botschaft, die Trapesnikow dolmetschte.

Das Shôgunat bestätige den Empfang von Adams Brief und habe zwei hohe Beamte nach Matsumae gesandt, die bereits im März angekommen seien und sich auch noch dort befänden. Aus deren Gefolgschaft seien wiederum einige Beamte ausgewählt worden, die nun die Aufgabe hätten, ihn und seine Männer nach Matsumae zu bringen. Die große Anzahl der Samurai und Ainu sei zu ihrem Schutz bestimmt.

Adam erklärte sich mit allem einverstanden, allein die vorgeschlagene Reiseroute lehnte er entschieden ab. Denn das bedeutete, daß sie ihr Schiff zurücklassen müßten, einen Umstand, den Adam auf jeden Fall zu vermeiden trachtete. Die Verhandlungen wurden am 2. und 3. Mai fortgesetzt, aber auch an diesen beiden Tagen bahnte sich keine Lösung an. Die Beamten erklärten, daß sie nicht ohne weiteres dem Seeweg zustimmen könnten, sondern zuvor erst eine entsprechende Genehmigung aus Matsumae bräuchten, die sie im günstigsten Fall erst nach drei Monaten erhielten.

Immer wieder erörterten die Männer ein und dieselbe Frage. Natürlich barg die Seeroute aus Sicht der Beamten weitaus mehr Gefahren, denn ließen sie das russische Schiff frei durch japanische Gewässer kreuzen, konnten sich an Bord Dinge ereignen, die außerhalb ihrer Kontrolle lagen. Waren sie erst einmal wieder auf See, wer garantierte ihnen, das die Fremden nicht doch nach eigenem Gutdünken einen anderen Ort als Matsumae, vielleicht sogar Edo selbst ansteuerten?

Adam wich ebenfalls keinen Schritt von seinem Standpunkt ab. In den Verhandlungen ließ er letztlich durchblikken, daß er auch ganz einfach die Segel setzen und dieses Gebiet wieder verlassen könne, in welche Richtung auch immer, wenn man unbedingt auf den Landweg in jenes Matsumae bestehen wolle. Womit den Beamten nichts weiter übrigblieb, als auf die ursprüngliche Route zu verzichten. Allerdings dauerte es noch bis zum 4. Juni, ehe die *Ekaterina II* und ein japanisches Schiff aus Nemuro ablegten und Kurs auf Matsumae nahmen.

Einen Tag vor der Abreise begaben sich Kôdayû und Isokichi noch einmal zu Koichis Grab, ein letzter Abschied, wie sie ihn immer genommen hatten, wenn sie einen Ort verließen, an dem einer der Gefährten gestorben war. Dann brachten sie ihre Sachen an Bord, und da es für sie nichts weiter zu tun gab, entschlossen sie sich, noch ein wenig auf der kleinen Insel umherzuwandern. Es war nicht leicht, auf das fast gänzlich mit hüfthohen Gräsern bedeckte Plateau zu gelangen. Von dort aus waren die Kormorane recht gut zu beobachten, die sich auf den vielen Riffen der Umgebung niedergelassen hatten; ein Bild, das sich sogleich ändern konnte, denn wie einem geheimen Kommando gehorchend, erhob sich von Zeit zu Zeit der ganze Schwarm mit aufgeregtem Flügelschlagen, nur um dann ruhig über das Meer hinwegzugleiten und schließlich wieder zu seinem alten Platz zurückzukehren.

Ganz in das Begutachten der verschiedenen Pflanzen vertieft, gingen Kôdayû und Isokichi immer weiter durch das Gras, als plötzlich ganz in der Nähe mehrere Wildenten erschreckt aufflatterten. Neugierig geworden, bahnten sie sich einen Weg zu der Stelle und entdeckten dort ein Entennest.

»Na, wenn das hier nicht das reinste Paradies für Laxman ist? Die vielen Vogelarten, und sogar Schwäne gibt es. Ein halbes *ri* von hier entfernt, da soll sich jedes Jahr im 11. Monat eine unglaubliche Anzahl von ihnen einfinden. Im 3. Monat fliegen sie dann wieder fort«, erzählte Isokichi, der sich irgendwann wieder einmal kundig gemacht haben mußte.

Dann verfiel auch er in Schweigen, die meiste Zeit wanderten sie still durch das hohe Gras. Drüben am Ufer, verborgen in einem Birkenwäldchen, lag Koichis Grab. Ihr Gefährte war gestorben, ohne seine Heimat wiederzusehen.

Nun waren nur sie beide übriggeblieben, obwohl die Russen drei Überlebende der *Shinshô-maru* an Bord eines Schiffes mit Kurs auf Japan genommen hatten. Gleichwohl kamen sie nach der Ungewißheit der vergangenen zehn Jahre ihrem Ziel näher, und das ließ sie doch mit einiger Freude und Zuversicht auf den nächsten Tag blicken.

Einen Monat nach dem Ablegen aus Nemuro, am 4. Juli 1794, gingen die beiden Schiffe in der Bucht von Hakodate vor Anker. Das entsprach nach japanischem Kalender dem 26. Tag des 5. Monats im Jahre Kansei 5.

Es dauerte nicht lange, bis das Boot des örtlichen *daikan* herangekommen war, der sie mit ausgesuchter Höflichkeit empfing und sodann befahl, die *Ekaterina II* in das Hafenbecken zu ziehen.

Ehe der Befehl jedoch ausgeführt werden konnte, mußte erst eine Gasse durch die unzähligen Boote der Schaulustigen gebildet werden, was den Beamten nur mit großer Mühe gelang.

Nachdem die *Ekaterina II* endlich festgemacht hatte, gab es für Adam Laxman kaum mehr die Gelegenheit, sich mit seinem Tagebuch zu beschäftigen, denn die verschiedensten Beamten begehrten mit ihm zu sprechen, und seine Aufgabe als Gesandtschaftsführer nahm ihn voll und ganz in Anspruch. Für Kôdayû und Isokichi hingegen vergingen die Stunden quälend langsam. Sie mußten in ihrer Kabine wie zwei Verbrecher ausharren. Jeder Blick auf die Stadt oder den Hafen war ihnen verwehrt, und da ihnen niemand etwas Genaues sagen konnte, blieb ihnen nichts anderes übrig, als voller Anspannung jenem Augenblick entgegenzusehen, in dem sie Adam mit einem lachenden »Es ist soweit!« in die Obhut der japanischen Beamten gab. Doch die Tage vergingen, ohne daß sich auch nur das geringste ereignete, es schien, als habe man die beiden vergessen.

Erst am 6. Tag des 6. Monats durfte sich Kôdayû einer kleinen Abordnung der Gesandtschaft anschließen, denen der bedeutendste Kaufmann Hakodates die wichtigsten Plätze der Stadt zeigte. Anschließend bat er sie zu einem Festmahl in ein stattliches Haus, an dessen Eingang auf einer eigens angefertigten Tafel in japanischen Schriftzeichen die Aufschrift *Rußland-Residenz* zu lesen war. Dort wurden sie zunächst eingeladen, sich bei einem Bad zu erfrischen, bevor sie einen weiten Raum betraten, der einen wunderbaren Blick auf den ausgedehnten Garten des Hauses bot. Die Beamten aus Edo und Matsumae, der *daikan* und einige andere wichtige Persönlichkeiten der Stadt hatten bereits ihre Plätze eingenommen. Die Tafeln waren reichlich mit den verschiedensten Delikatessen gedeckt. Auf einigen großen Tellern lag gesalzener Brat- und Kochfisch sowie mehrere Sorten Garnelen, dazu gab es selbstverständlich Reis.

Die Speisekarte jenes Banketts ist in den *Aufzeichnungen alter Begebenheiten aus Edo* unter dem Titel *Festmahl zu Ehren der russischen Gesandtschaft, welches stattfand im Jahre Kansei 5* erhalten geblieben:

Auf der ersten Tafel befanden sich demnach:

- *feinste awabi-Scheibchen*
- *Tabak- und Rauchkasten*
- *Tee*
- *Fischmisosuppe*
- *Bratfisch am Spieß, gewürzt mit sanshô-Körnern*
- *getrocknete katsuo-Streifchen auf goldgelbem Heringskaviar*
- *fugu mit fein geschnittenem daikon, grünem nori, Steinpilz, süßer Eierspeise und mikan-Essig*
- *Spinatmisosuppe mit Fischpastetchen und kleinem shiitake-Pilz*
- *getrocknetes sanshô, Pickles Nara-Art*
- *in Zucker gebratenes namako auf Ginkgonüssen*

Auf der zweiten Tafel befanden sich:

- *Lachsforelle sashimi mit mouo-Kaviar zu feinsten daikon-Scheibchen und kaisô-Nudeln*

- *Walsuppe mit Lauch und Fadengemüse*
- *Lachsforelle nach tempura-Art, Kabeljau, zubereitet in sake, Ingwer und feinst geriebenem daikon*

Auf der dritten Tafel stand die größte Anzahl zierlicher Teller und Schälchen:

- *klare suzuki-Fischsuppe*
- *Schwarzwurzel mit Senf*
- *gebratene Fischspezialitäten*
- *Gemüse garniert mit Fischpastete, Bambusecken, gerolltem yuba und warabi-Kräutern*
- *Ente auf grünem Meergras zu sanshô-Körnern, süßer Eierspeise und Kiefernpilz*
- *gebratener tai in fritiertem Meergras, dazu in Blumenform geschnittenes awabi*
- *klare chirimenjako-Suppe mit Trüffelpilzen*

Die Japaner bereiteten der Gesandtschaft einen überaus prächtigen Empfang, die zuvorkommende Behandlung blieb allerdings auf diesen ausgewählten Kreis beschränkt. Der Mannschaft war es nicht erlaubt, das Schiff zu verlassen. Adam bemühte sich zwar wiederholt, auch seinen Männern eine Führung durch die Stadt zu gewähren, doch wurde der Wunsch beharrlich mit stets der gleichen Begründung abgelehnt: Leider sehe man sich außerstande, dem Begehren des Gesandtschaftsführers Adam Laxman nachzukommen, da das Gesetz Fremden grundsätzlich jedes Betreten japanischen Bodens verbiete.

Am 17. Tag des 6. Monats brach die Gesandtschaft mit großem Aufwand eskortiert nach Matsumae auf. Die Auserwählten hatten sich abends zuvor alle in der Residenz jenes wohlhabenden Kaufmanns eingefunden, gegen Morgen setzte sich dann der Zug streng geordnet – jeder hatte einen bestimmten Platz einzunehmen – in Bewegung. Im *Tagebuch des Japangesandten Adam Laxman* ist diese Ordnung detailliert festgehalten:

Ich saß in einer Art Sänfte, welche von vier Bedienten getragen ward. Nebenher liefen vier weitere Bediente, und jene acht Träger thaten in solchermaßen geschickter Weise ihren Dienst, daß sie bei der Übernahme der Sänfte, eine Arbeit, welche sie zu jeder halben Stunde vornahmen, kein einziges Mal in ihrem Laufe innehielten. Obendrein wichen vier Beamte, deren Rang mir freilich nicht besonders hoch erschien, nicht von der Seite meiner Sänfte. Diese Beamten hatten für mein Wohlergehen Sorge zu leisten. Hinter der Sänfte führten zwei Bediente ein gesatteltes Pferd für den Fall, daß ich zu reiten wünschte. Es folgten hernach die Sänften Lowzows und des Sohnes Gouverneur Kochs, hernach zu Pferde die beiden Dolmetscher Tugolukow und Trapesnikow, die Kaufleute Wlas Babikow und Iwan Polnomoschny, sodann fünf Beamte. Die Pferde wurden an den Halftern geführt, und in solcher Weise, wie sie mir zugetheilt waren, hatte man ihnen ebenfalls Bediente, gleichwohl jeweils nur einen, zur Seite gestellt. An der Spitze des Zuges ritten majestätisch und würdevoll zwei Beamte aus Matsumae, welchen eine Abteilung mit Lanzen bewaffneter Soldaten, sechs weitere Beamte und schließlich noch drei andere Japaner folgten, deren Aufgabe man mir allerdings nicht nannte. An das Ende hatte man die Packpferde und diejenigen Bedienten gestellt, denen das leichte Gepäck überantwortet war. Die Gesamtstärke des Zuges mag wohl 450 Mann erreicht haben.

Irgendwo in dieser Reihe, die sich langsam und gemächlich an der Felsenküste entlang bewegte und die Bewohner der an ihrem Weg liegenden Fischerdörfer jedesmal in Aufregung versetzte, da sie sich am Rand der vorüberziehenden Kolonne in den Staub zu werfen hatten, irgendwo in dieser Reihe befanden sich auch Kôdayû und Isokichi.

Einige Zeit lang konnten sie noch den Anblick der an die Felsen schlagenden Wellen genießen, dann trennten sie einige Hügel vom Meer, bevor der Weg zum Strand zurückführte.

Gegen Mittag schließlich erreichten sie den Ort Mobetsu, in dem für ihre Rast eigens ein Haus hergerichtet und wie in Hakodate davor eine Tafel mit der Aufschrift *Rußland-Residenz* angebracht worden war. Außerdem hatte man die Schiebetüren durch Vorhänge ersetzt, auf denen das Wappen des Fürsten prangte.

Hinter Mobetsu bogen sie ins Landesinnere in eine völlig veränderte Landschaft mit ausgedehnten Zedernwäldern ein. Für Kôdayû und Isokichi waren es die ersten Zedern, die sie nach ihrer langen Abwesenheit wieder zu Gesicht bekamen, und erst in diesem Augenblick wurde es ihnen richtig bewußt, daß sie wirklich durch eine japanische Landschaft zogen. Abends erreichten sie das wieder an der Küste gelegene Dorf Izumisawa, damit hatten sie die erste Tagesetappe hinter sich gebracht.

Zu ihrem zweiten Nachtlager in einem von Izumisawa etwa sechs *ri* entfernt gelegenen Weiler folgte der Weg dem Shiriuchi-gawa aufwärts – für die beiden Schiffbrüchigen die erste Begegnung wieder mit einem japanischen Fluß, der sich dort zwischen den vielen Steinen hindurchwand.

Am dritten Tag mußten auf dem inzwischen äußerst beschwerlich gewordenen Weg einige Hügel und ein weiterer Fluß überquert werden, bevor sie endlich bei der Ortschaft Fukushima von neuem an die Küste gelangten. Doch bis zu ihrer Ankunft in Matsumae sollte es noch einen weiteren Tag dauern. Nach einer Mittagsrast in Yoshioka stiegen sie in Boote um, verließen diese bei dem Flecken Reishu, setzten ein Stück des Weges durch die Berge fort, bis in der Ferne wieder das Meer zu sehen war. Bei Ôsawa schließlich wechselten sowohl die russische Gesandtschaft als auch die japanischen Beamten die Kleidung und legten die für den Empfang in Matsumae notwendigen formalen Gewänder an. Nach einigem Hin und Her stand dann alles in Einklang mit dem für einen solchen Zug vorgeschriebenen Zeremoniell und bereit für einen majestätischen Einzug in Matsumae.

Das Haupt des Zuges bildete ein Beamter des Shôgun, welcher eine vollkommen in Weiß gehaltene Tracht trug. Die Halfter seines Pferdes hielten zwei Soldaten einer sechs Mann zählenden Escorte. Es folgten wiederum zwei Soldaten, die eine schwarz lackierte Lade auf den Schultern trugen, in einer Doppelreihe zwölf mit Gewehren ausgerüstete Soldaten mit schwarz lackierten Helmen. [. . .] Dieser Abteilung schlossen sich in einer Doppelreihe an acht Soldaten, welche Lanzen trugen, zwölf Soldaten, welche Pfeil und Köcher besaßen, ein Beamter des Fürsten, zu Pferde gleichermaßen wie jener Beamte des Shôgun, welcher das Haupt des Zuges bildete. Sodann zwei Soldaten, der erstere trug eine Lanze, der andere ein Banner. [. . .] Sodann acht Bogenschützen, wiederum ein Beamter des Fürsten zu Pferde, zwei Soldaten, welche Lanzen trugen, danach mehrere Bediente, eine Doppelreihe, deren eine Seite gebildet ward aus Soldaten, welche Lanzen trugen, und deren andere Seite gebildet ward aus Soldaten, welche große Schirme in den Händen hielten. Sodann folgten vier mit grünen Wachstüchern bedeckte Lacktruhen. Nun endlich kam meine Sänfte an die Reihe, welche von allen acht Bedienten getragen ward. Auch diese hatten andere, förmliche Kleidung angelegt. Sodann schlossen sich an: die Sänften des in sein Land zurückgeleiteten Japaners Kôdayû und eines Beamten des Fürsten, einige Soldaten, welche wieder Lanzen trugen, zu Pferde, deren Halfter gleichermaßen gehalten von jeweils zwei Soldaten, Lowzow, die Dolmetscher Tugolukow und Trapesnikow, der Sohn Gouverneur Kochs, die zwei Kaufleute, der in sein Land zurückgeleitete Japaner Isokichi und fünf Bediente, unter denen sich auch zwei von Soldaten, welche Lanzen trugen, begleitete Beamte des Fürsten befanden. Der Rang jener zu Pferde sitzenden Beamten des Shôgun, welche den Zug einschlossen, glich dem Rang des Beamten Hyôzaemon aus Nemuro. Außerordentlich wichtig schien es zu sein, daß ein jeder der vielen Beamten und Bedienten seinen streng festgelegten Platz inmitten des langen Zuges einhielt.

Mehr noch als Adam staunte Kôdayû über dieses Zeremoniell, denn man betrieb für den Einzug in eine kleine Provinzstadt einen Aufwand, wie er ihn nicht einmal am Hof der Kaiserin in Zarskoje Selo erlebt hatte. Könnte er nach den vielen Jahren in der Fremde doch einfach nur die zweifellos vorhandene Schönheit der Prozession genießen, aber sein Auge, das die blühende russische Hauptstadt Sankt Petersburg gesehen hatte, fand nichts Bewunderungswürdiges mehr, wahr nahm es lediglich eine unnütze und unbeschreiblich armselige Prozedur. Wie umständlich war der Weg, wie bedrückend eng die Landschaft und wie hatten sich die Menschen dieser Natur angeglichen! Die Beamten des Shôgunats, die Beamten des Fürsten von Matsumae, die Samurai, allesamt besaßen sie diese gedrungene Statur, und aus ihren Gesichtern sprach jene beengte, sich in kleinsten Förmlichkeiten verzehrende Denkweise, die ihr gesamtes Verhalten zu bestimmen schien.

Für die Entfernung zwischen Hakodate und Matsumae hatten sie endlose vier Tage benötigt, obwohl die beiden Orte keineswegs so weit auseinander lagen, daß eine solche Dauer gerechtfertigt gewesen wäre. Am meisten kränkte es Kôdayû jedoch, daß sie eigentlich noch immer wie zwei Aussätzige behandelt wurden. Zehn Jahre hatten sie nur mit dem Gedanken an die Rückkehr gelebt. War er wirklich wieder in Japan oder betrat er nur von neuem den Boden eines anderen äußerst seltsamen und merkwürdigen Landes?

Isokichi mochten die gleichen Gedanken bewegen. Seit sie in Hakodate an Land gegangen waren, hatte er seine Tatkraft, seinen Unternehmungsgeist, seine Lebendigkeit, all das, was den niemals mutlos wirkenden Isokichi während der langen Jahre in der Fremde ausgezeichnet hatte, vollständig verloren. Nur noch selten sprach er ein Wort, und seine Nähe verbreitete eine düstere Melancholie.

Am späten Mittag kamen sie in Matsumae an. Die Stadt lag wie ausgestorben, keiner der Bewohner war zu sehen, statt dessen flankierten mit Lanzen bewaffnete Samurai ihren Weg, der zu einem großen, ehrwürdigen Gebäude führte, ein Gebäude mit prachtvollen Räumen, einem wunderschönen gepflegten Garten und – einer hohen Mauer, die das Anwesen umgab.

Kôdayû und Isokichi wurden von der Gesandtschaft getrennt und in ein abseits gelegenes, kleines Zimmer einquartiert. Trotz dieser Maßnahme war es ihnen nicht verboten, weiterhin mit den Russen zu sprechen, so daß sie über den Fortgang der Verhandlungen nicht im unklaren blieben.

In den Abendstunden erschienen zwei Shôgunatsbeamte bei Laxman, um mit ihm die Regeln für das korrekte Verhalten während des offiziellen Empfangs zu besprechen, der am folgenden Tag stattfinden sollte. Da sich Adam indessen weigerte, dem japanischen Zeremoniell zu gehorchen, zur Begrüßung die Schuhe auszuziehen, sich hinzuknien und dabei mit dem Kopf den Boden zu berühren, zogen sich die Verhandlungen in die Länge, bis die beiden Beamten schließlich resigniert aufgaben. Nach zweistündiger Beratung von ihren Vorgesetzten wieder zurückgekehrt, kam man zuletzt überein, bei dem bevorstehenden Empfang jeweils nach den Sitten des eigenen Landes der anderen Seite den Gruß zu entbieten.

Kôdayû schüttelte nur mit dem Kopf, als er das alles von Trapesnikow erfuhr, während der Dolmetscher, der sich in Rußland stets nach der Heimat seines Vaters gesehnt hatte, mit jedem Tag erkennen mußte, wie fremd und unbegreiflich dieses Japan ihm eigentlich geblieben war. Über seine eigene Botschaft grenzenlos enttäuscht, blickte er gedankenverloren an eine Stelle der Schiebetür. Auf was mußten sie sich noch alles gefaßt machen, wenn allein die Verhandlungen über Art und Weise der Begrüßung sich schon derartig in die Länge zogen?

Das Kommen und Gehen der Beamten, die sich um ihr Wohl sorgten, sie gleichzeitig aber wohl auch überwachten, und die Geräusche unaufhörlicher Schritte in den Gängen, die das gesamte Gebäude mit einer unbestimmten, allgegenwärtigen Unruhe erfüllten, ließen Kôdayû und Isokichi in der folgenden Nacht keinen Schlaf finden.

»Nach zehn Jahren kehren wir zurück, aber mit einem Japaner haben wir noch kein einziges Mal reden können. Das ist so – so – ach ich weiß nicht«, flüsterte Isokichi, der nachdenklich an die Decke ihres schmalen Zimmers starrte.

»Ja«, erwiderte Kôdayû ebenso leise. Irgendwann in den letzten Tagen hatten es sich die beiden angewöhnt, auch dann nicht mit lauter Stimme zu sprechen, wenn sie allein waren.

»Ob sie uns denn wirklich aufnehmen?« Offenbar bereitete Isokichi diese Frage das meiste Kopfzerbrechen.

»Doch, sie nehmen uns auf. Weil Japaner nach Japan gekommen sind, weil es sonst nichts anderes gibt. Nur, in diesem Land hier, da vergeuden sie eben viel Zeit.«

»Allerdings! Und ich sag dir eins, wenn das so weitergeht, dann gehe ich einfach wieder nach Rußland zurück.«

»Was? Hast du den Verstand verloren? Das darfst du noch nicht einmal denken. Nach Rußland zurückgehen! Wenn du das offen aussprichst, schlagen sie dir wie einem Verbrecher den Kopf ab«, versetzte Kôdayû ärgerlich. Auch er war enttäuscht, zweifelte aber keineswegs daran, daß man sie wieder aufnahm, nur was sie danach erwartete, das wußte auch er nicht. Da sie eine offizielle Gesandtschaft gebracht hatte, würde man sie wohl kaum töten. Ob sie indessen wie zuvor ihrer normalen Arbeit nachgehen durften, daran mochte er inzwischen nicht mehr glauben. Was verbarg sich denn eigentlich hinter dem, was man die Abschließung Japans nannte? Warum hatte er sich nicht früher darüber Gedanken gemacht? Er kam sich entsetzlich dumm vor.

In Nemuro waren die Russen durchaus herzlich behandelt worden, seit ihrer Ankunft in Hakodate hatte sich indessen alles von einem Augenblick auf den anderen geändert, von da an schien sich eine unverrückbare Mauer zwischen der Gesandtschaft und den japanischen Gastgebern zu befinden. An Respekt ließ man es dabei keineswegs fehlen, weder bei dem Empfang noch in der weiteren Behandlung, den Russen waren wohl sogar die höchsten Ehren zuteil geworden. Doch was bedeutete das schon? Nichts weiter als Äußerlichkeiten, die ihnen einen schönen Schein vorzugaukeln verstanden, doch dahinter verbarg sich der unerbittliche Wille, den Fremden gegenüber von der eigenen Position auch nicht den kleinsten Schritt abzurücken. Wie oft Kôdayû überlegte, er kam stets zu dem gleichen Ziel: Letztendlich blieb Adam Laxman nichts weiter als ein ungebetener Gast, der die Ruhe störte und mit dem man ganz behutsam umzugehen gedachte, damit man den Verursacher dieser Unannehmlichkeit ohne eigenen Schaden zu nehmen so bald als eben möglich wieder loswerden konnte. Daß man sich auf japanischer Seite überhaupt um die Russen kümmern mußte, daran waren diese Schiffbrüchigen schuld, die sie angeblich nur in ihre Heimat zurückbringen wollten – ein höchst willkommener Vorwand für die Eindringlinge. Bei diesem Punkt seiner Gedankengänge angelangt, konnte Kôdayû nicht mehr darüber hinwegsehen, welche für das Shôgunat unerfreuliche Rolle er und Isokichi in diesem Stück eigentlich spielten.

Am späten Nachmittag des folgenden Tages verließ die russische Gesandtschaft ihr Quartier, um sich zu Matsumae Kageyu zu begeben, dem Ratgeber des Landesfürsten, dessen Residenz als Versammlungsort bestimmt worden war. Die Russen verzichteten auf ihre Sänften und wurden an einer Parade berittener Samurai vorbei zu dem vordersten Tor des herrschaftlichen Gebäudes geleitet. Danach führte sie der Weg, begrenzt von Wänden, die mit blauen und weißen Tüchern geschmückt waren, durch ein zweites Tor, hinter dem etwa einhundertfünfzig Samurai, teils mit Pfeil und Bogen, teils mit Gewehren bewaffnet, ein Spalier bildeten, das an einer zehnstufigen Treppe endete. Die Russen befanden sich nun im Garten unmittelbar vor dem Haupthaus, mußten aber erst noch ein drittes Tor durchschreiten, bevor sie die eigentliche Residenz betreten konnten.

In dem für die Verhandlungen vorgesehenen Raum wurde die Gesandtschaft von zwölf Beamten des Shôgunats erwartet. Nachdem die Russen ihre Plätze eingenommen hatten, erhob sich einer der Beamten und erklärte, daß man der heutigen Versammlung eher einen allgemeinen Charakter des gegenseitigen Kennenlernens zu verleihen wünsche und sich mit den offiziellen Verhandlungen erst an einem der nächsten Tage zu befassen gedenke. Und weiterhin, daß der Shôgun als Dank für die freundliche Rücksendung der Schiffbrüchigen einhundert Sack Reis bereitgestellt habe.

»Der Reis befindet sich dort drüben«, schloß der Beamte seine Rede und deutete mit dem Kopf in Richtung der geöffneten Schiebetüren, die den Blick auf den weiten Garten freigaben. Tatsächlich lag dort eine große Anzahl prall gefüllter Säcke bereit.

Tugolukow, auf den Adams Wahl diesmal gefallen war, hatte die Worte des Beamten unter Zuhilfenahme seines Wörterbuchs einigermaßen verständlich übersetzt, noch in Ochotsk hätte ihn diese Aufgabe vor unlösbare Probleme gestellt.

Nach Ankündigung des Reisgeschenks bat man Adam und Tugolukow in einen zweiten Raum, in dem sich sechs der höchsten Beamten aus Matsumae versammelt hatten, um ihm die Antwort des Landesfürsten auf ihr in Nemuro verfaßtes Schreiben bekanntzugeben. Einer der Beamten verlas ein Schriftstück, das den Erhalt sowohl des Briefes als auch der japanischen Übersetzung bestätigte. Jene Übersetzung sei jedoch so unvollkommen, daß man sich außerstande sehe, den Inhalt des Briefes zu verstehen. Daher müsse der Brief der Gesandtschaft zurückgegeben werden:

»Was anbetrifft den ersten der Briefe, welcher Uns teilhaftig worden, so ist er fürwahr in einer waagerechten Schrift verfaßt, welche niemand in Unserem Lande zu lesen vermag. Die Schrift des zweiten Briefes, welcher Uns teilhaftig worden, zeigt in der Tat gewisse Ähnlichkeiten mit den *kana* Unseres Landes, gleichwohl sind enthalten in diesem Brief eine große Anzahl unverständlicher Stellen, auch die einzelnen Zeichen erwiesen sich als schwer zu deuten. Infolgedessen befürchten Wir bei einer Beantwortung des Briefes

Mißverständnisse, welche Wir zu vermeiden trachten. Infolgedessen sehen Wir von einer Beantwortung des Schreibens ab. Infolgedessen ist der Brief dem Gesandten wieder auszuhändigen. Er möge Unsere Gründe verstehen.«

Der damals maßgeblich am Abfassen des Schreibens beteiligte Tugolukow war nun dazu verurteilt, das Ergebnis seiner anscheinend mangelhaften Arbeit Adam Laxman selbst mitzuteilen. Noch während er sprach, spiegelten sich in seiner Miene Ärger und Enttäuschung wider. Darauf sollten sie acht Monate lang gewartet haben? Darauf, daß sie aus den Händen eines der Beamten ihre als nutzlos bezeichneten Papiere zurückerhielten?!

Dann wurden sie wieder in das erste Zimmer gebeten. Sogleich erschienen zwei Beamte.

»Ishikawa Shôkan!«

»Murakami Daigaku!«

Es sei ihnen eine große Ehre, die offiziellen Verhandlungen mit der russischen Gesandtschaft führen zu dürfen. Die beiden Beamten hatten sich auf den für sie hergerichteten Plätzen niedergelassen. Feierlich öffnete Murakami eine mitgeführte Schatulle, entnahm ihr ein Dokument mit dem Titel *Veranschaulichung der Landesgesetze für Fremde* und reichte dieses ehrfurchtsvoll an den ihm offenbar vorgesetzten Beamten Ishikawa weiter, der es mit einer Verbeugung entgegennahm und den Gesandten zu Gehör gab.

Es war eine recht umfangreiche und umständliche Erläuterung, deren Quintessenz darin bestand, daß es außerordentlich schwierig sei, den Handel mit Ländern zu eröffnen, mit denen Japan zu keiner Zeit in eine Verbindung getreten sei. Nachdem Tugolukow alles im großen und ganzen übersetzt hatte, erhielt Adam das Dokument ausgehändigt, dessen Empfang er durch Tugolukow in japanischer Sprache bestätigte:

Es ward mir das Gesetz Japans überreichet und genauestens erkläret. Nach meiner Rückkehr werde ich den Inhalt des Gesetzes bekanntgeben, unverändert und gleichlautend in der Weise, wie es auch mir erkläret ward.

Im sechsten Monat des fünften Jahres Kansei.
Adam Laxman, Gesandter Rußlands.

Wieder brachte man Adam in einen anderen Raum, diesmal aber um ihn ein wenig ausruhen zu lassen, bevor das Gespräch mit den beiden Beamten fortgesetzt wurde, die in der gleichen Haltung wie zuvor unbeweglich auf ihren Plätzen saßen. Nun war es an Adam, formgerecht seine Aufwartung zu machen und darzulegen, was ihn nach Japan führte. Er berichtete ausführlich von seiner Mission, schloß mit einer Erläuterung der Umstände, die ihn bewogen hatten, mit dem Schiff nach Hakodate zu fahren, und bat zuletzt die Beamten, ihnen das Anlaufen des Hafens nachzusehen.

Damit endete diese erste Zusammenkunft. Gegen Abend überreichten ihm die Shôgunatsbeamten eine Kassette mit drei japanischen Schwertern, dazu ein Schriftstück, das genaue Angaben über die Waffen enthielt. Kaum hatten sie Adams Zimmer wieder verlassen, erschienen die Provinzialbeamten. Zwanzig Tabakdosen, eine Reisschale und ein Lacktablett waren die Gastgeschenke des Landesfürsten Matsumae Akihiro.

Die Begegnungen an den beiden folgenden Tagen standen ganz im Zeichen der *Veranschaulichung der Landesgesetze für Fremde*, die den Russen noch einmal in aller Ausführlichkeit dargelegt wurden, und die Beamten versuchten durch zahlreiche Rückfragen an Tugolukow sicherzustellen, daß es auch wirklich zu keinen Übersetzungsfehlern kam. Nachdem man sie abends wieder in ihr Quartier entlassen hatte, überarbeiteten Adam, Trapesnikow und Tugolukow fieberhaft die alte Übersetzung jenes im Namen des Generalgouverneurs von Irkutsk abgefaßten Briefs.

Kôdayû und Isokichi konnten ihnen nun nicht mehr zur Seite stehen. Zwar hatten sie kein besonders gutes Gefühl dabei, die Neufassung dieses wichtigen Schreibens allein Tugolukow und Trapesnikow überlassen zu müssen, aber so, wie sich die Dinge inzwischen entwickelt hatten, war daran nichts mehr zu ändern.

Wie die Russen waren auch Kôdayû und Isokichi über den Verlauf der Beratungen mehr als enttäuscht, aber daß man der Gesandtschaft als Dank für deren Mühen, sie beide nach Japan zurückgebracht zu haben, auf Geheiß des Shôgun einhundert Sack Reis überreicht hatte, empfanden sie doch als eine erste gute Nachricht nach langer Zeit. Japan nahm sie also wieder auf, nun waren sie wirklich heimgekehrt und dem Herrscher zumindest diese einhundert Sack Reis wert gewesen.

Am 24. Tag des 6. Monats fand die zweite offizielle Verhandlung mit den Beamten Ishikawa Shôkan und Murakami Daigaku statt. Adam erkundigte sich nach ihren Vollmachten, erhielt eine befriedigende Antwort und gedachte nun, die neue Übersetzung des Gesandtschaftsbriefes zu überreichen, doch die beiden Japaner weigerten sich, das Papier in Empfang zu nehmen. Das Gesetz bestimme einzig und allein die Hafenstadt Nagasaki zu dem Ort, an dem man offizielle ausländische Schreiben entgegennehmen dürfe, lautete die Begründung. Und dieses Gesetz sei ein Gesetz, welches in keinem Fall eine Ausnahme zuließe. Adam beschwor zwar die Beamten, Sinn und Zweck ihres eigens angestrengten Besuches wäre letztendlich verfehlt, wenn man ihnen die Übergabe ihres Briefes nicht gestattete, aber Ishikawa und Murakami zeigten sich durch Laxmans Einwände nicht im geringsten beeindruckt. Auch als Tugolukow ihnen auf Adams Geheiß die Hauptpunkte des Briefes vortrug, wiederholten sie höflich, aber bestimmt, ihre vorige Ablehnung. Außer Nagasaki gebe es wirklich keinen einzigen Ort, an dem man ein derartiges Anliegen vorbringen könne, gleichwohl wolle man sein möglichstes tun, um ihnen einen Erlaubnisschein für die Benutzung jenes Hafens ausstellen zu lassen, sofern sie es wünschten.

Adam sah sich einer unüberwindlichen Mauer in Form

zweier japanischer Beamten gegenüber, die sich nur allzu offensichtlich hinter ihren Gesetzen verschanzten. Verärgert wechselte Adam das Thema und kam auf Kôdayû und Isokichi zu sprechen. Ishikawa schlug vor, einige Beamte zu dem Quartier der Gesandtschaft zu schicken, denen die beiden Schiffbrüchigen dann übergeben werden sollten. Wie Kaufleute, die gerade vom Austausch einer Warenlieferung sprachen, saßen Japaner und Russen beisammen.

Zum Abschluß dieses zweiten Verhandlungstages vergaßen die Beamten nicht, Laxmans Aufmerksamkeit auf die Rückreise der Gesandtschaft zu lenken und meinten, er bräuchte sich keinerlei Sorgen wegen der langen Überfahrt zu machen, Proviant bekämen sie selbstverständlich in ausreichendem Maße zur Verfügung gestellt.

Noch am Abend erschienen im Quartier der Russen vier Beamte, um Kôdayû und Isokichi abzuholen und sie unverzüglich nach Edo zu bringen. Adam wurde ein Schriftstück ausgehändigt, auf dem die Worte *Bestätigung des in Matsumae am heutigen Tage ordnungsgemäßen Erhaltes der beiden schiffbrüchig gewordenen Japaner mit Namen Kôdayû und Isokichi* geschrieben standen, das darunter das Datum *im 6. Monat des Jahres Kansei 5* und die Siegel der Unterhändler Ishikawa Shôkan und Murakami Daigaku trug.

Ihnen blieb kaum Zeit, sich von Adam und den anderen zu verabschieden. Den Beamten konnte es nicht schnell genug gehen, ihren Auftrag zu erfüllen, und ehe sie es sich versahen, standen Kôdayû und Isokichi unter einem klaren Sternenhimmel im Freien. Zum erstenmal spürten die beiden Schiffbrüchigen an ihren Wangen wieder den nächtlichen Wind, wie er in Japan wehte. Sie selbst trugen russisches Schuhwerk, um so mehr bahnte sich das Schlurfen der Strohsandalen der vor ihnen herschreitenden Beamten seinen Weg zu ihrem Ohr. Auch in Rußland surrten und zirpten die Insekten, aber das Surren und Zirpen, das sie nun vernahmen, klang doch irgendwie anders.

»Ahh –«

Kôdayû glaubte nur zu gut verstehen zu können, was im Kopf seines langjährigen Gefährten vorgehen mochte. Auch einem der Beamten mußte Isokichis leises Seufzen aufgefallen sein, denn er wendete den Kopf, schaute aber gleich wieder nach vorn, und stillschweigend setzten die Männer ihren Weg fort.

»Als sie uns von den Russen weggeführt haben –«, begann Isokichi erst einige Tage später über das zu sprechen, was ihn in jenen Augenblicken bewegt hatte, »erinnerst du dich an all die Geräusche? Mir klingen sie im Ohr, als wäre es gestern gewesen, ich – mit jedem Schritt habe ich es gespürt, die Augen hab' ich geschlossen und gedacht: ›Ja, das ist es, das ist das Land, in dem ich aufgewachsen bin!‹ Wir haben es geschafft, wir sind endlich wieder zu Hause – und dann, dann – dann habe ich sie alle gesehen, die von der Mannschaft nicht mehr am Leben sind: Koichi . . . meinen Vater . . . Sakujirô . . . Jirôbei . . . Angorô . . . Seishichi . . . Chôjirô . . . Tôsuke . . . Yosômatsu . . . Jintarô . . . Kyûemon . . . Ikuhachi . . . Tôzô. Alle sind sie nacheinander erschienen, und als die Reihe an Kyûemon gekommen war, ich konnte es einfach nicht mehr ertragen. Gerade er war es doch gewesen, der es sich so sehr gewünscht hatte, noch einmal durch eine solche japanische Nacht gehen zu dürfen, noch einmal diese Luft zu atmen, das hat ihm doch erst die ganze Kraft gegeben, so viel zu überstehen. Und was hat es ihm genutzt? Weit ab von Japan ist er gestorben, in Irkutsk – da haben mich diese Augen angeblickt und – ich – –«

Kôdayû nickte nur kurz. Auch er hatte jene Nacht nicht vergessen, doch aus einem ganz anderen Grund. Ihm waren nicht die toten Gefährten oder die beiden in Irkutsk zurückgebliebenen Shôzô und Shinzô in den Sinn gekommen – sie alle hatten ihren Frieden gefunden, nur Isokichi und er selbst befanden sich an einem Ort, an dem es für sie vielleicht schlimmer als auf der von Eis und Schnee eingeschlossenen Insel Amtschitka, schlimmer als in Nischni Kamtschatsk oder Ochotsk werden würde. Er hatte einen Fehler gemacht. Er war dorthin zurückgekehrt, wohin er niemals hätte zurückkehren dürfen. Das Dunkel jenes Weges – es war ein japanisches Dunkel, das Leuchten jener Sterne – es war ein japanisches Leuchten, und der Nachthimmel war genauso japanisch wie das Surren und Zirpen der Insekten gewesen. Aber er war nicht mehr Teil dieser Welt. Gewiß hatte auch er früher einmal dazu gehört, nun jedoch ebenso gewiß nicht mehr. Manchmal hatten die Beamten kurz miteinander gesprochen – es war in der Sprache gewesen, die er unbedingt wieder hatte hören wollen – aber die seinige war sie nun nicht mehr. Nichts und niemand würde ihn je verstehen können. Er hatte Dinge gesehen, die er nie hätte sehen dürfen, wenn er in Japan sein altes Leben hätte weiterleben wollen. Die Flüsse Angara und Newa, das eisige Amtschitka, die Schneestürme von Ochotsk, Kirill Laxman, dessen Arbeitszimmer, die Kirchen, die Weite endloser Waldgebiete, jenen prunkvollen Palast, die majestätische Gestalt der Zarin – nichts davon hätte er jemals zu Gesicht bekommen dürfen. All diese Gedanken verbanden sich nur zu einem einzigen: Er war in seine Heimat nur als ein Fremder zurückgekehrt. Mit jedem weiteren Schlurfen jener Strohsandalen brannte sich ein Gefühl unendlichen Verlorenseins immer tiefer in ihn ein: Wohin ihn die Beamten auch brachten, dort würde man sie ebenfalls nicht verstehen.

Drei Tage nach der Übergabe Kôdayûs und Isokichis fand in dem gleichen Raum wie die beiden Male zuvor das letzte offizielle Treffen der Gesandtschaft mit Ishikawa Shôkan und Murakami Daigaku statt. Ishikawa erklärte Adam, er habe den Worten Tugolukows während ihrer zweiten Zusammenkunft entnommen, daß es der Wunsch der russischen Herrscherin sei, den Handel mit Japan zu beginnen und daß zu diesem besonderen Zweck Adam Laxman gesandt worden wäre. Dann fügte er hinzu:

»Wie Euch bereits mehrfach dargelegt, erlauben die Gesetze Japans als einzigen Ort, an dem ein solches Schreiben überreicht und über ein solches Anliegen verhandelt werden darf, die Stadt Nagasaki. Nun bin ich befugt, Euch ein Dokument auszuhändigen, dessen Besitz Euch die Einfahrt in den Hafen der Stadt Nagasaki gestattet.«

Daraufhin entnahm Murakami, wie bereits bei der Übergabe der *Veranschaulichung der Landesgesetze für Fremde*, einer sich vor ihm befindenden prächtigen Schatulle feierlich ein Schriftstück und überreichte Ishikawa mit ehrfurchtsvoller Miene ein einziges, einseitig beschriebenes Blatt Papier. Ob Laxman wollte oder nicht, er mußte sich mit diesem Stück Papier zufriedengeben, auch wenn man sich in Rußland wohl weitaus mehr von seiner Mission versprochen hatte. Zumindest aber war seine Ehre als Gesandtschaftsführer mit dem Erhalt des Erlaubnisscheins für jenen besonderen Hafen gewahrt, und obwohl es ihm versagt geblieben war, den japanischen Beamten das Gesandtschaftsschreiben übergeben zu dürfen, ruhte er sich erleichtert in dem angrenzenden Zimmer ein wenig aus, fest davon überzeugt, letztendlich doch einen großen Erfolg errungen zu haben.

Recht heiter und gelöst kehrte er in den Raum zurück, auch die beiden Beamten wirkten befreit und auf ihren sonst so verschlossenen Gesichtern zeichnete sich sogar ein Lächeln ab. Die Verhandlungen waren beendet, eine vierte Zusammenkunft nicht vorgesehen und die Zeit des Abschieds war gekommen.

Daß es ihre Pflicht gewesen sei, die Schiffbrüchigen nach Japan zu bringen, betonte Adam während seiner langen Abschiedsrede, aber gerade an dieser Stelle geriet Tugolukow ins Stocken, wußte nicht, wie er *Pflicht* übersetzen sollte und blätterte verzweifelt in seinem Wörterbuch herum.

»Eine – ehm – von Gott dem Menschen auferlegte, wesentliche Tätigkeit. Oder – äh – religiöse Verantwortung, oder man kann es auch als, als Landesverantwortung verstehen . . .«, brachte er dann aufs höchste verwirrt zögerlich und mit stotternder Stimme hervor.

Der Gesandtschaft verblieb bis zu ihrer Abreise aus Matsumae, die am letzten Tag des Monats erfolgen sollte, nur wenig Muße zur Erholung, denn es galt, ihre vielen Gastgeschenke noch zu überreichen. Da es sich um nichts weiter als Geschenke handelte, rechneten die Russen mit keinerlei Verzögerungen, aber diese Einschätzung zeigte nur, wie wenig sie die Japaner kannten.

Dinge, die man als persönliche Gaben der Zarin an den Shôgun bezeichnen konnte, bereiteten noch die geringsten Schwierigkeiten, ungleich komplizierter erwies sich die Behandlung von Gegenständen, die für die Fürstenfamilie der Matsumae bestimmt sein sollten, gänzlich unmöglich war es schließlich, für Einzelpersonen bestimmte Geschenke zu übergeben, kein einziges gelangte in die Hände des vorgesehenen Empfängers. Und auch den beiden der Gesandtschaft angehörenden Irkutsker Kaufleuten Wlas Babikow und Iwan Polnomoschny war es nicht vergönnt, ihre von so weit her gebrachten Waren wenigstens gegen ein japanisches Produkt zu tauschen.

Wie geplant verließ die Gesandtschaft am letzten Tag des 6. Monats Matsumae, räumte am 17. Tag des 8. Monats das Quartier in Hakodate und begab sich wieder an Bord ihres Schiffes.

Zu dem zweiten Aufenthalt der Russen in Hakodate ist noch eine bemerkenswerte Episode nachzutragen: Heimlich hatten die Shôgunatsbeamten Tugolukow gebeten, ihnen eine Abschrift des Gesandtschaftsbriefes zur Verfügung zu stellen. Tugolukow hatte diesen Vorfall nicht verschwiegen, und Laxman war damit einverstanden, den Japanern über seinen Dolmetscher die gewünschte Abschrift zuzuspielen. Diese unerwartete Gelegenheit wollte er nicht ungenutzt vorübergehen lassen, die Beamten bekamen das Papier, fertigten ihrerseits eine Abschrift an und gaben es Tugolukow sogleich wieder zurück.

Am nächsten Morgen lichtete die *Ekaterina II* den Anker, blieb wegen der recht unruhig gewordenen See aber noch einige Tage im äußersten Hafenbecken liegen, ehe Kapitän Lowzow am 23. Tag gegen 5 Uhr die Segel setzen ließ und den Befehl zum Abschiedssalut gab. Umgehend stießen einige Boote vom Ufer ab, doch nachdem die beunruhigten Japaner den Grund für den Kanonendonner erfahren hatten, kehrten sie unverzüglich wieder um.

Auf offener See sichteten die Russen dann zwei japanische Schiffe, die ihnen in einiger Entfernung folgten und erst wieder abdrehten, als sich gegen Nachmittag des 27. Tages die Umrisse der Insel Schikotan am Horizont abzeichneten. Vielleicht handelte es sich bei den beiden Schiffen um eine Eskorte, vielleicht sollten sie aber auch nur darüber wachen, daß die *Ekaterina II* tatsächlich die japanischen Gewässer verließ.

Drei Wochen später liefen die Russen nach ereignisloser Fahrt wohlbehalten in den Hafen von Ochotsk ein. Ein Disput über die weitere Verwendung der aus Japan mitgebrachten einhundert Sack Reis bescherte Laxman dort eine Verzögerung von mehr als einem Monat, bis er endlich nach Irkutsk aufbrechen konnte.

Adam Laxman bekam schließlich in Anerkennung seiner Verdienste als Führer der Japan-Gesandtschaft den Orden des Heiligen Wladimir vierten Grades verliehen. Welch große Hoffnungen mußte die Zarin in den japanischen Schiffbrüchigen Kôdayû gesetzt haben, den sie in Sankt Petersburg mit einem ungleich höheren Orden ausgezeichnet hatte!

Die russische Seite wertete die Gesandtschaft Adam Laxmans als einen ersten bedeutenden Schritt zur Aufnahme von Handelsbeziehungen mit Japan und geduldete sich bis zur Ankunft neuer japanischer Schiffbrüchiger, die es ihnen erlauben sollten, das zur Einfahrt in den Hafen von Nagasaki berechtigende Dokument am wirkungsvollsten einzusetzen. Die Zwischenzeit mußte indessen genutzt werden, um den Unterricht der japanischen Sprache als unerläßliche Grundlage aller weiteren auf Japan zielenden Bemühungen voranzutreiben. Vorgesehen für diese wichtige Aufgabe hatten die

Russen jene beiden Japaner, die von der ehemaligen Besatzung der gestrandeten *Shinshô-maru* zum orthodoxen Glauben übergetreten und in Irkutsk geblieben waren.

Zur gleichen Zeit kamen Kôdayû und Isokichi in Edo an, wurden dem *machi-bugyô* Ikeda Nagashige übergeben und einem ersten Verhör unterzogen, bevor man sie in ein leeres Wohnhaus nahe dem Schloßtor Kijibashi einquartierte. Zeit zur Erholung war ihnen dort allerdings auch nicht vergönnt, denn sogleich erschienen die beiden *ô-metsuke* Nakagawa Tadateru und Mamiya Nobuyuki, die sie in allen Einzelheiten über jenes fremde Land auszufragen begannen, während der konfuzianische Gelehrte Shinomoto Ken die Antworten der beiden Schiffbrüchigen genauestens zu protokollieren hatte.

Der die Vernehmung leitende Nakagawa Tadateru stand einige Jahre später in dem Ruf, einer der besten Kenner auswärtiger Angelegenheiten zu sein. Nach seiner Ernennung zum *Nagasaki-bugyô* nutzte er seine Amtszeit, um zusammen mit Kondô Jûzô und Hayashi Teiyû das *Shinzoku kibun* zu kompilieren, ein durch intensive Gespräche mit den in Nagasaki lebenden Chinesen entstandenes wertvolles Sittengemälde des damaligen China.

»Demnach gerietet ihr in einen Taifun und ward dazu verurteilt, acht Monate auf hoher See zu verbringen. Es ist uns vorstellbar, welche Mühsal ihr erdulden mußtet. Schließlich kamt ihr wieder an Land. Nun schildert nach der Reihenfolge. Um welches Land handelte es sich dabei?«

Wie Nakagawa Tadateru bei den Fragen, so übernahm bei den Antworten Kôdayû die führende Rolle, Isokichi beschränkte sich lediglich auf einige Zusätze.

Die beiden mußten nun einmal mehr all das wiederholen, was sie in den verschiedensten Irkutsker Wohnstuben bereits unzählige Male ihren Zuhörern vorgetragen hatten – nur war es ungleich schwieriger geworden. Nun saßen ihnen japanische Beamte gegenüber, die von einem fremden Land natürlich nur – wenn überhaupt – ein recht schemenhaftes

Wissen besitzen konnten, und wie sollten sie alles verstehen, da sie doch niemals selbst in der Fremde gewesen waren?

Indessen gab es noch einen Punkt, der Kôdayû weit mehr Kopfzerbrechen bereitete: Ließ er seinen Gedanken freien Lauf, wenn er von Rußland und den dort lebenden Menschen sprach, so würde schnell eine einzige Lobeshymne entstehen – ob es aber gerade eine solche Hymne war, die die beiden Beamten von ihm hören wollten, bezweifelte er nach alledem, was er inzwischen erlebt hatte. Möglicherweise gelang es ihm, das Schlimmste zu verhüten, wenn er sich gut genug auf die Beamten einstellte, Isokichi hingegen würde wohl allzu leicht ins Schwärmen geraten.

Kôdayûs Sorgen erwiesen sich jedoch als unbegründet, und es zeigte sich bald, daß sein junger Gefährte umsichtig bei jeder Würdigung russischer Errungenschaften und Lebensweisen niemals vergaß, danach die Qualitäten des eigenen Landes entsprechend hervorzuheben.

»Es heißt, die Russen benutzen ihre Gewehre nicht nur in der Schlacht, sondern auch bei vielen anderen Gelegenheiten. So sollen Gewehrschüsse bei den verschiedenen Festlichkeiten abgefeuert werden, ebenfalls als Salut zur Begrüßung und bei Abschieden. Bedenkt man diese häufige Verwendung, so mag wohl zu folgern sein, daß die Russen sehr geschickt im Umgang mit diesen Waffen sind?«

»So möchte ich sagen, es grenzt gar an ein Wunder, wie treffsicher sie die Vögel vom Himmel schießen. Fast alle Russen sind wirklich gute Schützen. Gleichwohl mag dies auch daher rühren, daß ihre Gewehre in der Lage sind, mit einem Schuß etwa fünfzig Kugeln abzufeuern, die wie kleine Bohnen aussehen«, antwortete Isokichi.

»Das ist wahr. Ein Schuß und fünfzig Kugeln«, murmelte der Beamte zustimmend. Isokichi fügte vorsichtshalber noch hinzu:

»In Nemuro ereignete sich dann aber folgendes: Die Russen machten sich über einen Samurai aus Matsumae lustig, der mit seinem Gewehr, welches nur eine Kugel enthielt, auf einen Wasservogel angelegt hatte. Doch sie verstummten augenblicklich, als jener Samurai den Wasservogel mit einem einzigen wohlgezielten Schuß niederstreckte. Da in Japan ein solcher Schuß gleichwohl nicht zu den Ausnahmen gehört, erlaube ich mir die Meinung, daß in diesem Fall die Fertigkeiten der Russen denen der Japaner um einiges nachstehen.«

Und mit den Worten, daß es möglicherweise überall Vor- und Nachteile gebe, beendete Isokichi seine Antwort, die nicht zuletzt zeigte, zu welcher Reife er inzwischen gelangt war. Sooft Kôdayû die Japaner in Isokichis Alter, die ihnen auf dem Weg von Hakodate nach Edo begegnet waren, im Geiste mit Isokichi verglich, sooft kam er zu dem Schluß, daß es keiner von denen mit seinem Gefährten aufnehmen konnte. Vielleicht mochten sie ihm an Bildung, soweit es um Schreiben und Lesen ging, sogar überlegen sein, aber Isokichi zeichnete ein bestimmtes Selbstbewußtsein aus, das nur der besaß, der Jahre seines Lebens in einem fremden Land verbracht hatte. Seine japanischen Altersgenossen verfügten kaum über die Möglichkeit, eine solche Erfahrung jemals machen zu können.

»Ihr berichtet, euch hätten Beamte begleitet, als man euch von Jakutsk und Irkutsk nacheinander durch die Präfekturen schickte. Handelte es sich dabei um Beamte von hohem oder von niedrigem Rang und wie groß war ihre Anzahl?«

Auf diese Frage antwortete Kôdayû:

»Es handelte sich dabei nur um zwei Beamte im zehnten und im sechzehnten Rang, die uns nicht streng beaufsichtigten. Überhaupt ist zu sagen, daß dort kein großer Unterschied in der Behandlung zwischen Russen und Fremden gemacht wird. So möchte ich anführen, daß es Isokichi durchaus gestattet war, sich uneingeschränkt im Lande umzusehen und sich an den Orten aufzuhalten, die ihm gefielen, nachdem er einmal von den Beamten in Irkutsk einen entsprechenden Erlaubnisschein bekommen hatte. Aus diesem Grund fühlte man sich als Fremder niemals eingesperrt. Wir wurden nicht überwacht und man gab uns die Freiheit, dorthin zu gehen, wohin wir wollten.«

Vielleicht kostete es ihn den Kopf, aber den Wunsch, wenigstens das den beiden Beamten gegenüber offen auszusprechen, hatte er nicht unterdrücken können. Ihn ärgerte es maßlos, daß es den Russen weder in Hakodate noch in Matsumae gestattet worden war, sich frei zu bewegen. Mochte sich dieses strenge Vorgehen in bezug auf Adam Laxman noch nachvollziehen lassen, dem als Gesandtschaftsführer unter keinen Umständen etwas zustoßen durfte – aber es bestand kein Grund, der gesamten Mannschaft den Landgang zu verwehren. Und selbst wenn die alten Gesetze so lauteten, hatte man sie in diesem Fall doch viel zu streng, ja engstirnig ausgelegt.

Die Beamten verzogen jedoch keine Miene:

»Während eurer Zeit in Rußland, wurden da keine Heere vom kaiserlichen Hof in ferne Länder gesandt? Vernahmt ihr nichts von einem Krieg?«

Nur einen kurzen Augenblick zögerte Kôdayû. Im Hafengelände von Sankt Petersburg hatten er und Shinzô damals die Regimenter der gegen die Türkei ins Feld ziehenden Soldaten beobachtet und die begeisterten Jubelrufe der Bevölkerung miterlebt.

»Nein, ich habe davon nichts gesehen, und für andere Provinzen glaube ich es ausschließen zu können. Von einer Schlacht oder gar einem Krieg ist mir niemals etwas zu Ohren gekommen. Und wenn ich noch hinzufügen darf, Kriege und Schlachten vermag ich mir bei dem friedlichen Wesen des russischen Volkes kaum vorzustellen.«

»Richtig gemütlich leben sie, die Russen, und wenn ich aufrichtig sein soll, dann kamen sie mir manchmal sogar eher ein bißchen langsam und behäbig vor. Ein solches Volk trachtet nicht nach günstigen Gelegenheiten, andere Länder anzugreifen, und führt auch sonst nichts im Schilde. Es gab keinerlei Anzeichen, die auf irgendwelche kriegerischen Absichten hingedeutet hätten«, pflichtete Isokichi ihm bei.

»Mit den holländischen Schiffen sollen auch Russen nach Japan gekommen sein. Wißt ihr davon etwas zu sagen?«

»Ja, denn in Rußland ist es durchaus üblich, nicht nur im eigenen Land, sondern auch in anderen Ländern Wissen zu erwerben, und es gibt sehr viele solcher gelehrten Männer. Man sagte mir, daß die Holländer für ihre Überfahrten nach Japan gern russische Ärzte anheuerten, die nach ihrer Rückkehr wiederum Bücher über Japan schrieben. Derartige Bücher wurden mir sogar gezeigt, ich konnte sie jedoch nicht lesen.«

Anschließend kam Kôdayû auf die Landkarten zu sprechen, die ihm damals von Kirill Laxman vorgelegt worden waren, und ohne seine eigenen Eintragungen und Verbesserungen dabei zu erwähnen, berichtete er von den vielen Korrekturen und Ergänzungen japanischer Ortsnamen und bescheinigte den Karten eine beachtliche Genauigkeit.

Mehrere Tage lang befaßten sich die Beamten Nakagawa Tadateru und Mamiya Nobuyuki mit den beiden Schiffbrüchigen, bis sie die Befragung für beendet erklärten und das Feld Shinomoto Ken überließen, unter dessen Aufsicht sie sämtliche gelernten russischen Wörter zu Papier bringen mußten.

Da die *ô-metsuke* in ihren Berichten vermerkt hatten, daß es sich bei den beiden Schiffbrüchigen um Personen handele, die im Ausland wichtige Dinge beobachtet und sich wertvolles Wissen angeeignet hätten, zudem ihre Erlebnisse in durchaus anschaulicher Weise zu beschreiben wüßten, fand am 18. Tag des 9. Monats im Schloß von Edo die *Befragung der Schiffbrüchigen im Beysein des Shôgun* statt, in der Kôdayû und Isokichi noch einmal über ihren Aufenthalt in Rußland Auskunft geben sollten.

Den Anweisungen entsprechend legten sie ihre aus Rußland mitgebrachte Kleidung und den von der Zarin Katharina erhaltenen Orden an, banden ihre Haare mit schwarzer Seide zu einem Zopf im europäischen Stil zusammen, zogen die mit roten Knöpfen besetzten Jacken über und vergaßen auch ihre russischen Lederschuhe nicht.

Die Anhörung fand in der Gartenanlage Fukiage des Schlosses statt, an deren erhöhter Frontseite sich ein Bambusvorhang befand, hinter dem der Sitz des Shôgun errichtet war. Auf dem gänzlich mit weißem Sand bedeckten Boden standen für Kôdayû und Isokichi in angemessener Entfernung zwei kleine Stühle bereit.

Zur festgesetzten Stunde, vormittags um elf Uhr, betraten die beiden Schiffbrüchigen in ihrer prachtvollen fremdländischen Kleidung, einen Stock in der rechten und einen wollenen Hut in der linken Hand, gemessenen Schritts die Gartenanlage, legten Stock und Hut ab, verneigten sich in Richtung des Bambusvorhangs und nahmen auf den Stühlen Platz, die so bereitgestellt waren, daß sie sich nun den sechs Männern gegenübersahen, die auf der linken, ebenfalls erhöhten Seite der Anlage nebeneinander hinter ihren niedrigen Tischen saßen. Auf diese Weise war es Kôdayû und Isokichi verwehrt, direkt auf den Bambusvorhang zu schauen.

Die Fragen stellten vornehmlich die Landesfürsten Kamei Suruga no kami und Ono Kawachi no kami, die Mitschrift fertigte neben anderen der Beamte Katsuragawa Hoshû an, rechts neben dem Bambusvorhang erwarteten einige der wichtigsten Vasallen des Shôgun die Antworten der Schiffbrüchigen. Unter ihnen befand sich Fürst Matsudaira Sadanobu, auch Nakagawa Tadahide war im Hintergrund zu sehen, der zusammen mit dem Beamten Yabe Hikogorô die Verantwortung der ordnungsgemäßen Durchführung trug.

In der *Aufzeichnung über die Befragung der Schiffbrüchigen im Beysein des Shôgun* von Katsuragawa Hoshû heißt es:

Sie haben keinerlei Ähnlichkeit mit Japanern, sie sehen vielmehr wie die Rothaarigen aus. Ihre Antworten auf die gestellten Fragen sind genau und zuverlässig, es sind keine erfundenen Geschichten, und wahrhaftig, sie zu sehen und zu hören bedeutet, etwas Wunderbares, etwas Unbegreifliches zu sehen und zu hören.

Wie bei den vorhergehenden Befragungen auch, antwortete meistens Kôdayû, und Isokichi fügte nur manchmal die eine oder andere Bemerkung hinzu.

»Welches war der Name des Ortes, an dem Euer Schiff strandete?«

Würde er jetzt nur mit »Amtschitka« antworten, so käme er in der vorgesehenen Zeit wohl nie dazu, all das zu sagen, was er zu sagen gedachte, und so entschloß er sich, gleich zu Beginn den Verlauf ihres zehnjährigen ungewissen Lebens in groben Zügen zusammenzufassen, angefangen mit dem Schiffbruch der *Shinshô-maru* bis zum Ende ihres Aufenthalts in Rußland.

Kôdayû sollte recht behalten. An seine knappen Ausführungen schlossen sich ausnahmslos ziemlich seltsame, miteinander in keinem Zusammenhang stehende Fragen an, die meist mit einem kurzen Ja oder Nein zu beantworten waren:

»Habt ihr Feuersbrünste gesehen?«

»An dem Turm des Palastes soll sich eine große Glockenuhr befinden. Habt ihr eine solche gesehen?«

»In der Stadt Moskau soll sich eine riesige Kanone befinden. Habt ihr eine solche gesehen?«

»Habt ihr Kamele gesehen?«

»Raucht man den gleichen Tabak wie in Japan? Wie nennt man den Tabak? Werden die Tabakspfeifen aus Ton oder Metall gefertigt?«

»Übt man sich im Kriegshandwerk?«

»Empfingen euch auch hohe Beamte? Wie gestaltete sich das Zeremoniell?«

»Was ist es, das ihr an eurem Halse tragt? Was ist es, das ihr an eurer Seite tragt?«

»Jenen Russen verdankt ihr euer Leben, und man behandelte euch gut. Nun empfindet ihr gewiß eine große Dankbarkeit gegenüber diesem Land?«

Weder der Ton noch die Miene des Beamten hatten sich geändert, aber mit einem Male hatte er ihnen eine vollkommen andere Art Frage gestellt, von deren Beantwortung ihr weiteres Schicksal abhängen konnte. War man vielleicht sogar bestrebt gewesen, sie zunächst von eher unwichtigen, ihre Aufmerksamkeit einschläfernden Dingen erzählen zu lassen, um nun leichter das zu erfahren, was sie wirklich interessierte? Sorgsam jedes einzelne Wort abwägend, erwiderte Kôdayû:

»Ja, ich bin den Russen dankbar für das, was sie alles für uns getan haben. Gleichwohl habe ich darüber nichts Besonderes zu sagen.«

»Wenn man euch dort so gut behandelt hat, aus welchem Grund wolltet ihr dann unbedingt wieder nach Japan zurück?«

»Ich bitte um Vergebung, aber ich konnte meine Mutter, meine Familie und meine Geschwister nicht vergessen. Und es waren auch nicht nur die fremden Speisen, an die wir uns nicht zu gewöhnen vermochten, richtig verständigen konnten wir uns ebenfalls nicht. Wir haben uns im Grunde niemals wohl gefühlt und deshalb war es unser sehnlichster Wunsch, koste es, was es wolle, die Heimat wiederzusehen.«

»Was meinst du damit, ihr konntet euch nicht richtig verständigen?«

»Unser Wissen reichte gerade dazu, aus dem Reden der Russen einen einigermaßen vernünftigen Sinn heraushören zu können, doch damit kennen wir höchstens ein Zehntausendstel ihrer Sprache, mehr mag es nicht sein. Wenn es nötig war, fehlten uns oftmals selbst bei den einfachsten Begebenheiten die entscheidenden Worte, wodurch wir tatsächlich viele Unannehmlichkeiten erleiden mußten. Unsere Kenntnisse des Russischen reichten nur soweit, uns etwas zum Essen zu besorgen und uns auch sonst am Leben zu erhalten.«

»Hat man euch nichts aufgetragen? Habt ihr keine Nachricht zu überbringen?«

»Ein hoher Beamter, dessen Rang ich mit dem eines Beamten im Ältestenrat vergleichen möchte, sprach oftmals davon, daß es unter sämtlichen Ländern der Erde nur ein einziges Land gäbe, mit dem Rußland keinen Handel treibe, und das sei Japan. Man möchte daher nun die Gelegenheit unserer Rückkehr nutzen und den Wunsch vorbringen, auch mit Japan Handel treiben zu dürfen. Das bedeute indessen keineswegs, daß man den Handel mit Japan erzwingen wolle, und diese Worte wiederholte der Beamte mehrmals, obgleich ich nicht glaube, daß er im Auftrag der Zarin handelte, sondern er dürfte vielmehr nur seine persönliche Ansicht kundgetan haben.«

Mit einem höchsten Maß an Vorsicht hatte Kôdayû die Sätze formuliert, ständig auf der Hut, mit seiner Antwort nicht in versteckte Fallstricke zu geraten, die diese Fragen zweifellos in sich bargen. Er mußte in diesem Balanceakt sowohl sich selbst, sein ehemaliges Gastland als auch die eigene Heimat schützen. Doch so plötzlich, wie sie gekommen war, verschwand diese Art der Fragen, und die Beamten wandten sich wieder harmloseren Dingen zu:

»Ist es wahr, daß die Menschen, die in Rußland zu der *Yaso*-Sekte übertreten, sich zweiundvierzig Tage lang mit kaltem Wasser übergießen, jedesmal sich umwenden und dabei ausspeien? Und vermögt ihr des weiteren zu bestätigen, daß diese Menschen zuletzt ihren Namen ändern, wobei sie ebenfalls mit kaltem Wasser übergossen werden?«

Die nächsten, gleichermaßen gefahrlosen Fragen wurden an Isokichi gerichtet:

»Habt ihr beobachtet, auf welche Weise das Kreuzeszeichen Verehrung findet?«

»Habt ihr beobachtet, wie sie Glas anfertigen?«

»Habt ihr beobachtet, wie sie Tuche weben?«

»Die Tage zu Zeiten der Wintersonnenwende sollen in Rußland äußerst kurz sein. Wißt ihr dazu etwas zu sagen?«

»Ist euch in Rußland etwas außerordentlich Merkwürdiges oder gar Entsetzliches widerfahren?«

»Bleiben die Wildgänse das ganze Jahr im Land?«

In der Tat gab es niemanden, der solche Fragen besser beantworten konnte als Isokichi:

»Wildgänse sind fast während des ganzen Jahres zu sehen.

Sobald es wärmer wird und bis zum Beginn des Herbstes brüten sie besonders gern. Die Bauern stutzen ihnen die Flügel und halten sie wie zahme Enten auf ihren Gehöften. Die Tiere werden in einzelne Gruppen aufgeteilt, die aus jeweils vier oder fünf männlichen und dreißig bis vierzig weiblichen Gänsen bestehen. Die Russen verzehren auch die Eier, und ich muß sagen, daß diese wirklich sehr schmackhaft sind.«

»Sind euch Wasser- oder Windmühlen aufgefallen?«

»Wassermühlen kann man eigentlich überall in Rußland finden. Von den Schmieden bis zu den Münzgießereien, überall benutzt man die Kraft der Wassermühlen, und in den Gegenden, in denen es keine Wasserläufe gibt, gebrauchen die Russen große Windmühlen, die mit jeweils vier Flügeln ausgestattet sind. Allerdings sind die Leute dann auf den Wind angewiesen.«

Ebenso wie die anderen Anwesenden hörte auch Kôdayû zum erstenmal Isokichis Erläuterungen über Wildgänse und Wassermühlen und wunderte sich nur, was für Beobachtungen Isokichi gemacht hatte und welch genauen Auskünfte er über das fremde Land geben konnte.

»Welches Wissen besitzen die Russen über Japan?«

Der Beamte schaute Kôdayû an. Nun galt es wieder, auf jedes einzelne Wort zu achten:

»Man weiß dort sehr viel über Japan. Der Gelehrte Kirill Laxman hat mir einige Bücher gezeigt, in denen das Leben in Japan genauestens beschrieben sein soll, auch habe ich Karten von Japan gesehen. Kirill Laxman, der sich besonders um unser Wohlergehen sorgte und dem wir viel zu verdanken haben, waren sogar die werten Namen der beiden Herren Katsuragawa Hoshû und Nakagawa Junan aus diesen Büchern über Japan bekannt.«

Eben jener Katsuragawa Hoshû, dessen Namen Kôdayû gerade genannt hatte, nahm an ihrer Befragung selbst teil und führte das Protokoll ihrer Antworten. Nakagawa Junan hingegen war bereits vor einigen Jahren gestorben. Doch davon erfuhr Kôdayû nichts.

Abschließend wurde er gefragt, ob in Rußland fremde Völker lebten, wie die beiden Städte Irkutsk und Jakutsk beschaffen seien und wer das Land beherrschte:

»Rußland wird in diesen Zeiten von einer Frau regiert. Sie heißt Ekaterina Alexejewna. Ihr Alter beträgt vierundsechzig Jahre. Der Kronprinz heißt Paul Petrowitsch, sein Alter beträgt neununddreißig Jahre. Die kaiserlichen Enkel heißen Alexander Paulowitsch, sechzehn Jahre, und Konstantin Paulowitsch, vierzehn Jahre.«

Damit war die Befragung beendet. Ohne zu wissen, wie ihre Antworten aufgenommen worden waren, wurden Kôdayû und Isokichi entlassen und unverzüglich wieder in ihre Unterkunft jenseits des Kijibashi-Tores gebracht.

Mit folgender Bemerkung schloß Katsuragawa Hoshû seine *Aufzeichnung über die Befragung der Schiffbrüchigen im Beysein des Shôgun* ab, die allein von der gewaltigen Bereicherung zeugt, die die Schilderungen Kôdayûs und Isokichis für die Anwesenden bedeutet haben müssen: *Es stellet ein großes Glücke dar, zu leben in dieser wahrlich friedlichen Zeit, welche es auch mir erlaubet, in der Nähe des Herrschers dienen zu dürfen und an jenem denkwürdigen Tage dabey gewesen zu seyn, an dem die Schiffbrüchigen ihre Geschichte zu Gehör gaben, deren Worte ich nicht gleichsam nur vernehmen, sondern willens war, wissend um meine Mangelhaftigkeit, sie in der mir bestmöglichen Weise allesamt zu Papiere zu bringen.*

Völlig erschöpft von dem ständigen Aufpassen, nicht zuviel und auch nichts Mißverständliches zu sagen, kamen die beiden wieder in ihre Unterkunft zurück. Besonders Kôdayû war am Ende seiner Kräfte angelangt.

›Ich bitte um Vergebung, aber ich konnte meine Mutter, meine Familie und meine Geschwister nicht vergessen‹, hatte seine Antwort auf die Frage gelautet, warum er so beharrlich nach Japan habe zurückkehren wollen. In Wirklichkeit aber hatte er den Gedanken, daß noch irgend jemand an seine Rückkehr glaubte, bereits nach den ersten Monaten ihrer Strandung aufgegeben. Seine alte und kranke Mutter war damals schon vom Tod gezeichnet gewesen, und nachdem man die *Shinshô-maru* wohl als verschollen erklärt hatte, war seiner Frau zweifellos nichts anderes übriggeblieben, als zum Wohle der Kinder die Frau eines anderen Mannes zu werden oder die Kinder in wohlhabende Familien zu geben; er selbst war ja auch an Kindes Statt angenommen worden, und damit hatte für ihn festgestanden, daß sie nun auf die gleiche Weise wie vor vielen Jahren seine eigene Mutter gehandelt haben mußte. Überzeugt davon, daß niemand mehr auf seine Rückkehr wartete, verbot er sich strengstens, die Gedanken zu Mutter, Frau oder Kindern schweifen zu lassen. ›Ich werde nicht an zu Hause denken!‹ darauf hatte er sich auf jener von Eis und Schnee eingeschlossenen Insel eingeschworen – und als er Amtschitka endlich den Rücken kehren konnte, hatte er auf diese Weise auch den kleinsten Hoffnungsfunken erstickt, daß seine Mutter noch lebte oder seine Familie noch die seinige war; allein dadurch war es ihm möglich geworden, jene zehn langen Jahre in der Fremde zu überstehen.

›Ich bitte um Vergebung, aber ich konnte meine Mutter, meine Familie und meine Geschwister nicht vergessen.‹ Demnach hatte Kôdayû den Beamten mit dieser Antwort einen zwar glaubhaften, aber unwahren Grund genannt. Aber was hatte ihn dann wirklich zurück nach Japan gezogen? Warum hatte er die vielen Gesuche eingereicht, hatte seine ganzen Kräfte aufgeboten, war quer durch dieses weite Land gefahren und hatte auf eine Audienz der Herrscherin gehofft, die ihm vielleicht die ersehnte Rückkehr gestattete?

»Isokichi«, brach Kôdayû unvermittelt die Stille, »du und ich, wir beide haben doch jene zehn Jahre durchgehalten, und wir haben es geschafft, wir sind wieder in Japan. Was ich mich aber frage – warum wolltest eigentlich du unbedingt zurück?«

»Warum? Ja – warum? Das Meer habe ich vermißt, in den ersten zwei, drei Jahren wenigstens. Die Familie? Nein, es war wirklich nur das Meer, was ich noch einmal sehen wollte, das Meer vor Ise. Aber irgendwann habe ich auch daran nicht mehr gedacht und mich damit abgefunden, den Rest meines Lebens in Rußland zu verbringen. Doch dann haben wir Laxman getroffen, und – du erinnerst dich? – so oft ich konnte, bin ich zu ihm gegangen, um ihm bei seinen verschiedenen Arbeiten zu helfen. Wie er ins Schwärmen geraten konnte, wenn er von Japan sprach! Wie gern er einmal japanisches Gestein in seinen Händen hielte, japanische Blumen, Bäume und Berge mit seinen eigenen Augen sähe! Als ich ihn dann immer so reden gehört habe, da ist auch in mir der Wunsch nach Rückkehr wieder stärker geworden, ja, ich wollte vor ihm hier sein und schon einiges vorbereitet haben für den Tag, an dem es auch Kirill Laxman gestattet wird, unsere Heimat zu besuchen«, entgegnete Isokichi, der den Wissenschaftler aufrichtig verehrte. Angesichts der ihnen und der russischen Gesandtschaft widerfahrenen Behandlung sah es allerdings nicht danach aus, als erfüllte sich Isokichis Hoffnung, Laxman in nächster Zukunft in Japan begrüßen zu können.

»Und ich?« Kôdayû suchte die Antwort auf diese Frage mehr für sich selbst, als daß er zu Isokichi sprach:

»Ich habe so viele Dinge gesehen, unvorstellbare Dinge, von denen ich unbedingt erzählen wollte. Hier weiß doch keiner, was es in Rußland alles gibt, wie hätte ich es denn jemals dort aushalten können? Je mehr ich gesehen hatte, um so heftiger ist dieser Wunsch in mir entbrannt, auch ihnen diese unbekannte Welt zu öffnen. Und die bliebe auf ewig verschlossen, berichtete hier keiner davon. Ja, deswegen bin ich zurückgekehrt.« Kôdayû hielt einen Moment inne, dann fuhr er fort:

»Aber jetzt merke ich, wie jene Dinge nur zu uns gehören, wie sie niemals zu irgend jemand anderem gehören können. Ja, es ist sogar so weit gekommen, daß wir unser mitgebrachtes Wissen verbergen müssen.«

Für Katsuragawa Hoshû hatte es ein unvergleichlich wunderbares Ereignis bedeutet, *an jenem denkwürdigen Tage dabey gewesen zu sein*, für Kôdayû hingegen die endgültige Zerstörung seines Traums.

Im 6. Monat des Jahres Kansei 6, fast ein Jahr nachdem man sie nach Edo gebracht hatte, wurden Kôdayû und Isokichi von ihrer Unterkunft am Kijibashi-Tor in die Kräuteranpflanzung im nahen Stadtbezirk Banchô verlegt und dem *kanjô-bugyô* Kuze Tamba die folgende Anweisung übergeben:

Das Schiff jener beiden Männer ward von einem Sturme erfasset, welcher sie ins Ausland verschlug. Dort ertrugen sie manche Fährlichkeiten und ihrem wahrhaftig lobenswerten Willen folgend, kamen sie nun wohlbehalten wieder nach Japan zurück. Es werde ihnen aus diesem Grunde eine Belohnung von dreißig Goldmünzen zu Theil.

Besondere Gründe gebieten es gleichwohl, die genannten Männer nicht in ihr heimatliches Dorf zu entlassen. Es sey ihnen fürderhin als Bleibe innerhalb der Kräuteranpflanzung, welche sich im Stadtbezirk Banchô befindet, eine Wohnstätte zugewiesen. Einen jeden Monat seyen dem Kôdayû dreißig Goldmünzen und dem Isokichi zwanzig Goldmünzen ausgezahlet.

Sofern sie diesen Wunsch äußern, sey es ihnen gestattet, ihre Frauen zu rufen, und sie mögen ein ruhiges und zufriedenes Leben führen. Kein Dienst sey ihnen aufgetragen, auch seyen sie vorläufig davon befreit, bey Arbeiten in der Anpflanzung Hand anzulegen.

Ohne Erlaubnis werde es den genannten Personen nicht gestattet, sich über die Begebenheiten des Auslands zu äußern. Diese Anordnung sey den genannten Personen zur Kunde gethan. Des weiteren sey sie baldigst auch ihrem Landesherrn zur Kunde gethan. Betreffend ihres Ranges sey festgestellt, daß den genannten Personen unterschiedslos die gleiche Behandlung wie den auf dem Gebiet der Kräuteranpflanzung bereits lebenden Personen gewähret werde.

Mit diesem Dokument hatte das Shôgunat die Rückkehr der beiden Schiffbrüchigen in ihr Heimatdorf unterbunden und ihnen gleichzeitig jedwedes Verlassen des ihnen zugewiesenen Gebiets verboten. An dieser Verfügung sollte sich zeit ihres Lebens kaum mehr etwas ändern. Kôdayû war inzwischen vierundvierzig Jahre alt, Isokichi erst einunddreißig.

Zwei Monate später wurde eine von Kuze Tamba gezeichnete Anordnung in Sachen des in Nemuro verstorbenen Koichi dem Landesfürsten ausgehändigt:

Die Frau des im vergangenen Jahre aus Rußland nach Japan zurückgekehrten und unterwegs an einer Krankheit verstorbenen Seemanns Koichi aus dem Dorfe Wakamatsu im südlichen Theil von Kameyama in der Provinz Ise hielt ihrem dreizehn Jahre lang verschollenen Mann die Treue und bestellte sorgsam die Felder der Familie. Dieses lobenswerthe Verhalten ward Seiner Exzellenz dem Shôgun zu Gehör, und es ergehet der Befehl, jene Frau mit zehn Silbermünzen zu belohnen. Auch seyen ihr die fremdländischen Kleidungsstücke des Koichi und dessen mitgeführte Gegenstände zu Theil.

Die Übergabeliste führte neben dem silbernen Orden der Zarin, einer gestreiften Samtweste, einer weißen Wollweste, hellblauen und gestreiften Hosen, einem Filzhut, Fellstrümpfen, Löffel, Schals, Siegel, Wolldecken, Handschuhen und einem Wildledermantel noch dreißig weitere Gegenstände an, anschließend folgten Koichis japanische Habseligkeiten, einige Münzen und eine gefütterte Jacke.

Mag man das Verfahren, welches das Shôgunat in bezug auf den verstorbenen Koichi anwendete, noch als angemessen billigen, die Maßnahmen, mit denen jedoch die beiden Überlebenden Kôdayû und Isokichi bedacht wurden – allein die Anordnung, sie nicht in ihr Heimatdorf zurückkehren zu lassen –, sind wohl nicht anders als unmenschlich zu bezeichnen.

Knapp fünf Monate später erhielt Kôdayû eine Einladung

zu dem am 1. Tag des 11. Monats stattfindenden Neujahrstreffen der *rangaku*-Gesellschaft im Hause des bekannten Wissenschaftlers Ôtsuki Gentaku im Bezirk Kyôbashi; der 1. Tag des 11. Monats fiel in diesem Jahr auf den 1. Januar westlicher Zeitrechnung. Der Einladung ging allerdings ein langwieriger Prozeß voraus, und erst die unablässigen Bemühungen Katsuragawa Hoshûs führten zu der erforderlichen Genehmigung, die Kôdayû ein ausnahmsweises Verlassen der Kräuteranpflanzung erlaubte.

Dennoch hatte er nicht die geringste Lust, die Einladung anzunehmen. Auch eine solch einmalig erteilte Erlaubnis änderte nichts an seiner Niedergeschlagenheit, sie machte ihm nur sein Schicksal um so deutlicher, im Grunde nichts weiter als ein Gefangener zu sein.

Isokichi, dem Kôdayûs Widerwillen nicht verborgen geblieben war, beschwor ihn allerdings, er solle sich die Welt doch selbst nicht kleiner machen, als sie ohnehin schon sei, und wenn er die Möglichkeit bekäme, dorthin zu gehen, dann solle er sie auch nutzen, überhaupt solle er sich bei dieser Gelegenheit auch um weitere solcher Möglichkeiten bemühen. Kôdayû nickte nur leicht und nahm die Einladung schließlich an.

Wie es sich für ein Treffen der *rangaku*-Gesellschaft gehören mochte, war der Raum in ausländischer Manier hergerichtet. Mehrere der niedrigen Tische waren zu einem einzigen großen zusammengestellt, um den sich neunundzwanzig Personen versammelt hatten. Auf dem Tisch lagen Messer und Gabel als Eßbesteck und andere für Japaner ungewohnte Dinge bereit, an der Wand hing ein Portrait des griechischen Arztes Hippokrates.

Auf Bitten Katsuragawa Hoshûs hatte Kôdayû seine russische Garderobe angelegt, während die übrigen Gäste auf japanische Art gekleidet waren, viele unter ihnen trugen mit dem jeweiligen Familienwappen verzierte festliche Gewänder. Kôdayû wurde zu dem einzigen eigens für ihn bereitgestellten Stuhl geführt. Kaum hatte er Platz genommen, bestürmten ihn die auf den *tatami* rund um den Tisch sitzenden Wissenschaftler mit ihren Fragen über Rußland. Geduldig gab er Rede und Antwort und kam auch dem Verlangen nach, sämtliche russischen Buchstaben aufzuschreiben, an die er sich noch erinnerte, entschlossen, die Wißbegier jener Leute, so gut er es vermochte, zu befriedigen. Aber obwohl der Kreis der Anwesenden ausschließlich aus den Mitgliedern der *rangaku*-Gesellschaft bestand, herrschte eine Atmosphäre, wie er sie von Fukiage kannte, ein um das andere Mal mußte er seine Worte sorgfältig auswählen, denn selbst mit diesen Zuhörern konnte er seine russischen Erfahrungen nicht vollständig teilen.

Während er Frage auf Frage beantwortete, ergriff eine stete Mattigkeit mehr und mehr von ihm Besitz, und jedes weitere Wort ließ ihn nur tiefer in eine grenzenlose Schwermut versinken.

Irgendwann, als seine Antworten immer knapper und karger geworden waren, hatte Katsuragawa Hoshû die Rolle des Berichterstatters übernommen.

Geschmückt mit einigen Betrachtungen über Kôdayûs Charaktereigenschaften schilderte Hoshû ausführlichst sämtliche ihm bekannten Begebenheiten von der Strandung der Schiffbrüchigen auf Amtschitka bis zu der hohen Gunst, die Kôdayû mit der Audienz in Sankt Petersburg erwiesen worden war.

Eigentlich hatte man ihn zu jener Gesellschaft gebeten, damit er seine Geschichte selbst vortrug, aber nun sprach niemand anderes als Hoshû. Längst achtete Kôdayû nicht mehr auf das, was der Gelehrte erzählte, nur gelegentlich richtete er den Blick auf diesen ständig redenden Menschen, dann schaute er wieder zurück in eine unbestimmte Leere. Es gab keinen Zweifel, der Mann sprach über ihn selbst, über Daikokuya Kôdayû, aber er fühlte sich so wenig davon betroffen, als handelte es sich um eine völlig andere, vollkommen fremde Person.

Immer leiser wurden die Worte Hoshûs, bis sie sich

schließlich ganz in weiter Ferne verloren, während sich vor seinen Augen aus einem schemenhaft verschwommenen Nichts ein Bild abzuzeichnen begann – eine Versammlung in einem Saal – ein Mann, der ständig redete – ein anderer, der ganz am hintersten Ende der aufgestellten Tafel auf seinem Stuhl saß – das Gesicht dieses Mannes – deutlich erkannte er Radischtschews Züge, jenes zur Verbannung verurteilten russischen Adligen, dem er in Tobolsk begegnet war, als er und Laxman in der Villa des Gouverneurs dessen Gelehrten- und Künstlerzirkel hatten beiwohnen dürfen. Wie teilnahmslos hatte dieser Radischtschew damals die Schilderung seiner eigenen Lebensgeschichte über sich ergehen lassen, welch gelangweilten Blick hatte er von Zeit zu Zeit dem Gouverneur zugeworfen, ein Verhalten, kühl und hochmütig und – nun verstand er den Russen. In diesem Augenblick saß er wohl genauso auf seinem etwas abseits stehenden Stuhl wie einst Radischtschew, mit eben jenem gelangweilten, weit abgewandten Blick, der seinem Gesicht unweigerlich den Ausdruck von Arroganz verleihen mußte.

Bevor die Wissenschaftlerrunde an diesem Tag wieder auseinanderging, wurde feierlich beschlossen, das Treffen unter dem Namen »Neujahrsversammlung« von nun an regelmäßig zu veranstalten.

Daß auch er im folgenden Jahr wieder eine Einladung erhalten würde, das vermochte sich Kôdayû allerdings kaum vorzustellen, zu fremd war ihm diese Gesellschaft geblieben. Falls man ihn wider Erwarten doch einladen sollte, er hatte nicht die Absicht, noch einmal dort zu erscheinen.

Erst spät abends kam ein recht einsilbiger Kôdayû wieder zurück. Bald stellte Isokichi keine Fragen mehr, und die beiden Männer saßen sich lange Zeit schweigend gegenüber.

»Was aus ihm eigentlich geworden ist?« unterbrach Kôdayû die Stille, »Newidimow meine ich. Wir hatten damals nicht einmal genug Zeit, uns richtig von ihm zu verabschieden. Und bedankt haben wir uns auch nicht. Du kannst mir glauben, ich fühle mich nicht wohl in meiner Haut, wenn ich daran denke – aber es ist ja nun nicht mehr zu ändern.«

Nach ihrer Trennung in Ochotsk hatte Kôdayû kein einziges Mal an das weitere Schicksal jenes Mannes gedacht, mit dem sie einige Jahre gemeinsam gegen die Eiswüste Amtschitkas gekämpft hatten; auf dem Rückweg von der Versammlung jener *rangaku*-Forscher aber war ihm Newidimow plötzlich wieder in den Sinn gekommen.

»Newidimow? Na ja, Ochotsk oder Jakutsk, irgendwo da wird er wohl sein«, murmelte Isokichi gleichgültig.

»Dann sind sie beide also noch in Sibirien«, sagte Kôdayû mehr zu sich selbst.

»Hm?«

Kôdayû behielt den Namen Radischtschews für sich. Nach einer Weile wandte er sich wieder seinem Gefährten zu:

»Wir beide, du und ich, wir sind jetzt auch in der Verbannung. Ja, nicht anders sollten wir es sehen. Unser langer Weg ist zu Ende, und an diesem Ort in der Verbannung hier, da ist es wohl ratsamer, sich nicht nach früheren Zeiten zurückzusehnen. Das führt zu nichts. Laß uns nicht mehr an Rußland denken, Isokichi, das ist vorbei.«

›Ich will nicht an früher denken!‹ Diese Worte waren während der langen Jahre der Ungewißheit Kôdayûs eiserne Regel gewesen. Er hatte sich jeden Gedanken an seine Heimat Ise verboten, und das allein hatte ihm die Kraft zum Überleben gegeben. Nun war das weit entfernte Rußland an diese Stelle getreten, und wollte er nicht an seiner gegenwärtigen Lage zugrunde gehen, so mußte er sich von neuem ein solches Verbot auferlegen.

Mit einem einzigen Blatt Papier, das die Bestimmungen zur weiteren Behandlung der beiden Schiffbrüchigen enthielt, wurde vom Shôgunat das Kapitel des zehnjährigen Rußlandaufenthaltes Kôdayûs und Isokichis geschlossen. Es handelte sich um Vorschriften, die Kôdayûs Gedanken, sie sollten jene

Kräuteranpflanzung als ihren Verbannungsort betrachten, nur bestätigen konnten. Auf der Grundlage jenes Dokuments begann die zweite Hälfte ihres Lebens, deren Verlauf sich weithin im Unbekannten verliert, und somit bleibt auch dem Schriftsteller, der es sich zur Aufgabe gesetzt hat, die Geschichte der Schiffbrüchigen aus Ise niederzuschreiben, nichts anderes übrig, als den Stift beiseite zu legen.

Gleichwohl sollen unter den reichlich vorhandenen schriftlichen, sich mit Einzelheiten aus dem Leben der Männer um Kôdayû befassenden Zeugnissen die drei wichtigsten Quellen nachgereicht werden.

Dabei handelt es sich erstens um die von Shinomoto Ken im Auftrag des Shôgunats zusammengestellten *Merkwürdigen Erzählungen der Schiffbrüchigen, welche in den Norden trieben*, die die Vernehmung Kôdayûs und Isokichis in ihrer Unterkunft am Kijibashi-Tor durch die Beamten Nakagawa Tadateru und Mamiya Nobuyuki enthalten, zweitens um die von Katsuragawa Hoshû angefertigte *Aufzeichnung über die Befragung der Schiffbrüchigen im Beysein des Shôgun* und drittens die unschätzbare *Niederschrift der Erzählung der Schiffbrüchigen, welche in den Norden trieben*, in der Katsuragawa Hoshû die Antworten Kôdayûs und Isokichis auf die Fragen nach ihren Erlebnissen vom Einschiffen in Shiroko bis zur Abfahrt der *Ekaterina II* aus Rußland festgehalten hat und die sowohl hinsichtlich ihres Umfangs, ihrer Struktur und ihres Inhalts als das wohl bedeutendste und gleichsam arbeitsaufwendigste Werk des zu jener Zeit sogar in Rußland bekannten *rangaku*-Gelehrten Katsuragawa Hoshû gilt.

Ich, Seiner Majestät unterthänigster Diener Katsuragawa Hoshû, erhielt vom Shôgunat die Gnade, ausführlich nach jenes Landes Regierung, jenes Landes Geographie, jenes Landes Bauwerken und jenes Landes Speisen fragen zu dürfen, ich beachtete chinesische Aufzeichnungen und zog westliche Schriften zu Rathe, ich corrigierte und ergänzte und fertigte auf eben diese Weise einen aus zwölf Schriftbänden und zwei Zeichenbänden bestehenden Bericht an, welcher im Monate acht des Jahres Kansei sechs vollendet ward und Seiner Majestät nun ergebenst dargeboten sey.

So lautet eine Stelle in der Vorbemerkung zur *Niederschrift der Erzählungen der Schiffbrüchigen, welche in den Norden trieben.* In den sich anschließenden Erläuterungen heißt es:

Ich, Seiner Majestät unterthänigster Diener Katsuragawa Hoshû, erhielt vom Shôgunat die Gnade dieser Arbeit, welche ich im geheimen anzufertigen hatte. Da dies Werk nicht für die Öffentlichkeit bestimmt sey, prüfte ich zweifelhafte Aussagen nicht nach, auch legte ich zum Zwecke der Verständlichkeit keinen besonderen Wert auf einen hohen Stil, selbst Wörter der niederen Sprache scheute ich nicht. Hingegen achtete ich darauf, all das aufzuschreiben, so wie es mir geschildert ward. Wortspielerei und Vergnügen sey nicht der Zweck dieses Buches, sondern die getreue und vollständige Niederschrift jener Begebenheiten.

Allein diese Sätze geben ein Bild davon, mit welchem Eifer sich Hoshû den Schilderungen Kôdayûs und Isokichis wohl gewidmet hat. Betrachtet man das in jener Vorbemerkung genannte Datum, so fällt auf, daß Kôdayû und Isokichi erst zwei Monate zuvor nach Banchô verlegt worden waren, Hoshû mit den ersten Entwürfen demnach also bereits begonnen haben mußte, als die beiden Schiffbrüchigen noch in ihrer Unterkunft am Kijibashi-Tor verweilten.

Die Niederschrift der Erzählungen der Schiffbrüchigen, welche in den Norden trieben, die Hoshû *im geheimen anzufertigen hatte*, wurde an einem Ort gelagert, der sie lange Zeit vor den Augen der Öffentlichkeit verborgen hielt. Und daß von dem späteren Leben der wie Gefangene behandelten Kôdayû und Isokichi kaum etwas überliefert ist, dürfte nach dem Schicksal, das jenen Aufzeichnungen beschieden war, auch nicht weiter verwunderlich sein. Gleich diesem Geheimdokument waren die beiden darin vorkommenden Schiffbrüchigen zu »Geheimpersonen« bestimmt.

Verglichen mit der ereignisreichen ersten Hälfte ihres Lebens mochte die zweite Hälfte eher an die Ruhe auf einem Friedhof erinnern – tatsächlich waren Kôdayû und Isokichi offiziell bereits längst beerdigt gewesen. Denn im dritten Jahr nach dem spurlosen Verschwinden der *Shinshô-maru* hatte man die gesamte Besatzung für tot erklärt und in Shiroko für die Opfer jenes vermuteten Schiffsunglücks einen Gedenkstein errichtet. Im Tempel Ekô-in in Edo wurde ebenfalls ein Gedenkstein aufgestellt und in dem dahinterliegenden Friedhof ein Grab in Form eines Schiffes angelegt, wie es die verschiedenen unter dem Titel *Die Shinshô-maru, welche nach Rußland verschlagen ward* zusammengefaßten Schriften zu berichten wissen.

Auch wenn es nicht viel ist, so sollen an dieser Stelle die wenigen Dinge, die über Kôdayûs Leben in der Kräuteranpflanzung bekannt sind, noch angegeben sein.

Bald nach ihrer Einquartierung in der Kräuteranpflanzung heiratete Kôdayû wieder. Seine junge Frau, die auf den ersten Blick seine eigene Tochter hätte sein können, gebar ihm zwei Kinder, einen Sohn und eine Tochter. Es ist nicht auszuschließen, daß zu jener Zeit Kôdayûs frühere Familie noch in Shiroko lebte, und man kann über die Gründe, warum er sie nicht nach Edo hatte kommen lassen, nur spekulieren. Mir erscheint es jedoch am wahrscheinlichsten, daß die Antwort auf diese Frage in seinem Leben auf Amtschitka liegt, denn für ihn stand es damals fest, daß seine Frau, so wie er es sich immer wieder selbst eingeredet hatte, entweder mit den Kindern inzwischen zu einer anderen Familie gehörte oder daß sie erneut einen Mann in ihre eigene Familie einheiraten ließ – wie dem auch sei, die irdische Bindung zu seiner ersten Frau mag er demnach wohl schon seit Jahren als endgültig gelöst angesehen haben. Zwar existiert auch eine Quelle, der zufolge bei Kôdayûs Rückkehr seine Mutter, seine Frau und seine Kinder bereits an einer Krankheit verstorben waren, doch ob man dem Glauben schenkt oder nicht, bleibt jedem selbst überlassen.

Nach den über sie verhängten Bestimmungen war es weder Kôdayû noch Isokichi erlaubt, ihr Heimatdorf jemals wieder zu betreten, indessen gab es offenbar die Möglichkeit für sie, Besuch von dort zu empfangen. Natürlich war eine solche Erlaubnis keineswegs leicht zu erhalten, aber der von Isokichis Bruder Seikichi und mehreren Großhändlern unterzeichneten Bittschrift *Weil unsere Mutter in der Heimat noch am Leben sich befinde, bitte ich unterthänigst um die Erlaubnis, den Isokichi sehen zu dürfen, damit auch die Mutter vom Wohlbefinden des Sohnes höre und in Frieden ihre letzten Tage verbringe* mochte es letztendlich zu verdanken sein, daß von den Behörden nach langem Schweigen endlich die Erlaubnis zu einer Zusammenkunft erteilt wurde, die dann unter Aufsicht mehrerer Beamten der Polizeibehörde auch tatsächlich stattgefunden hat.

Auch die Bittschrift von Kôdayûs Neffen Hikohachi wurde schließlich genehmigt. Ob Seikichi seinen Bruder ein- oder zweimal besuchen durfte, ist umstritten, fest steht jedoch, daß zumindest einmal Seikichi und Hikohachi gemeinsam mit ihren beiden Verwandten in den Amtsräumen des Ältestenrats im Schloß zu Edo zusammentrafen. Dort durften ihnen Kôdayû und Isokichi einige der aus Rußland mitgebrachten Gegenstände wie ihre Uhren, die Silber- und Kupfermünzen sowie ihre Geldbörsen zeigen.

Über Isokichis Leben in der Kräuteranpflanzung existieren keinerlei Dokumente, aber da Kôdayû wieder eine Frau genommen hat, dürfte Isokichi sich vermutlich ebenfalls vermählt haben. Daß das Shôgunat trotz der strengen Bestimmungen Isokichi im 5. Monat des 10. Jahres Kansei doch einmal die Erlaubnis erteilte, für vier Wochen in sein Heimatdorf zurückzukehren, geht aus den in einer Abschrift im örtlichen Tempel erhaltenen *Höchst merkwürdigen Aufzeichnungen* hervor, die erst von der neueren Forschung berücksichtigt worden sind.

Kôdayûs Sohn bekam den Namen Daikoku Baiin. Im Jahr Kansei 9 in der Kräuteranpflanzung zur Welt gekommen, ging er mit vierzehn Jahren für einige Zeit bei einem Kaufmann in die Lehre, zeigte aber letztendlich mehr Interesse am Bücherstudium, so daß er nach dem Tod des Vaters das gemeinsame Haus in der Kräuteranpflanzung verließ und als anerkannter Gelehrter sogar seine eigenen Schüler ausbildete; die bereits im Vater schlummernde Liebe zur Wissenschaft ist im Wirken des Sohnes ganz offensichtlich zur Blüte gelangt.

Kôdayû hat seine zweite Lebenshälfte in Unfreiheit wie in einem Gefängnis verbringen müssen. Er starb im Alter von achtundsiebzig Jahren am 15. Tag des 4. Monats im Jahr Bunsei 11 (1828). Zum Zeitpunkt seines Todes waren sein Sohn Baiin zweiunddreißig und Isokichi fünfundsechzig Jahre alt. Kôdayû wurde im Tempel Kôan-ji im Bezirk Hongô Motomachi beigesetzt. Isokichi starb fünfundsiebzigjährig im Jahr Tempô 9 (1838). Sein Grab soll im gleichen Tempel direkt neben Kôdayûs Grab gelegen haben. Laut einem Forschungsbericht aus dem Jahre 1929 waren die Namen Kôdayûs und Isokichis in den Tempelannalen verzeichnet, die beiden Gräber hingegen seien nicht mehr aufzufinden gewesen.

Abschließend bleibt noch die Frage zu klären, wie es den beiden in Rußland gebliebenen Japanern Shôzô und Shinzô ergangen ist, wie dem Gelehrten Kirill Laxman, dem die Schiffbrüchigen so viel zu verdanken hatten, und wie dem Großkaufmann Schelechow, der nicht an eine reibungslose Aufnahme der Handelsbeziehungen hatte glauben wollen.

Mit der Entscheidung der Zarin, Kôdayû, Isokichi und Koichi die Rückkehr nach Japan zu gestatten, und der Gesandtschaft seines Sohnes Adam war für Kirill Laxman lediglich die erste Stufe eines Planes erreicht, der ihm selbst den Weg in das fernöstliche Inselreich eröffnen sollte.

Bald nach der Auszeichnung Adams strengte Laxman in Sankt Petersburg die Entsendung einer zweiten Japangesandtschaft an, gegen die sich jedoch, angeführt von dem

Großkaufmann Schelechow, eine starke Allianz aus Beamten und Kaufleuten formierte, denen der Aufwand für ein solches Unterfangen in keinem Verhältnis zu seinem möglichen Nutzen zu stehen schien. Die in den letzten Wochen des Jahres 1795 erhaltene Erlaubnis, als Privatmann und nicht in offizieller Mission von Kamtschatka aus die Reise nach Japan antreten zu dürfen, beendete schließlich eine Reihe erbitterter Wortgefechte um Sinn und Unsinn der Gesandtschaft, nach deren Erhalt Laxman unverzüglich aus Sankt Petersburg abreiste, um die notwendigen Vorbereitungen zum Aufbruch schnellstmöglich in die Wege zu leiten. Ihn konnte nun nichts mehr aufhalten, in jenem fremden Land gab es zu viele Dinge, die nur darauf warteten, von ihm erforscht zu werden.

Kirill Laxman starb mitten im Schneegestöber des Winters 1795 auf der Fahrt nach Osten an einer wenige Werst vor Tobolsk gelegenen kleinen Station. Auch der Großkaufmann Schelechow überlebte jenen Winter nicht.

Wie gut oder wie schlecht Shôzô und Shinzô die Abreise ihrer Gefährten im Mai 1792 verkraftet haben, darüber kann die 1911 von P. I. Peschemski und W. A. Krotow herausgegebene *Chronik von Irkutsk* naturgemäß keine Auskunft geben:

22. Juli: *Gegen Mitternacht brach im Hause der Frau Urlozskaya ein Feuer aus, das auch die benachbarten Häuser der Troepolski, Mitschurin und Elesow erfaßte und zerstörte. Später errichtete man auf diesen Grundstücken auch eine Mittelschule.*

26. Juli: *An mehreren Stellen der Stadt schlug der Blitz ein. Drei Häuser fingen Feuer, von denen eines vollständig niederbrannte. Im Haus des Polizeichefs wurde lediglich die Küche in Mitleidenschaft gezogen.*

14. September: *Ein Schiff mit Waren für Ussolje geriet auf der Angara in einen Sturm und versank in den Fluten.*

4. November: *Ankunft Friedrich Westfalens in Irkutsk, der sich auf dem Wege zur mongolischen Grenze befand, um in Troizkossawsk seinen Posten als Polizeichef anzutreten.*

7. November: *Freigabe der Winterstraße für Schlitten.*

15. Dezember: *Um 1 Uhr nachts brannten die Häuser der Kaufleute Timofej Charinski und Michail Duschakow nieder.*

Im Sommer: *Einführung des Unterrichts der japanischen Sprache am Institut für Schiffahrtskunde. Gleichzeitig bekam die Schule von Herrn Gubanow einen Raum für Mineralienkunde eingerichtet. Die dort gelagerten Mineralien stammen vorwiegend aus der Gegend von Barnaul.*

Offenbar haben die in dieser Tätigkeit gänzlich unerfahrenen Shinzô und Shôzô an jenem Institut tatsächlich den Sprachunterricht aufgenommen und auf diese Weise ihr neues Leben in einer äußerst friedvollen und ruhigen Stadt begonnen, in der es außer einigen Bränden und Blitzschlägen nichts weiter zu vermelden gab, das auch nur annähernd den Namen eines bedeutenden Ereignisses verdient hätte.

Andere spärliche Informationen über Shinzô und Shôzô stammen von den Seeleuten der *Wakamiya-maru* aus Sendai, die ebenfalls Schiffbruch erlitten, dann in Irkutsk lebten und nach einem achtjährigen Aufenthalt im Jahre Bunka 1 (1804), mehr als eine Dekade nach der Rückkehr Kôdayûs und Isokichis, mit der zweiten russischen Japangesandtschaft unter Leitung Resanows wieder in ihre Heimat zurückgelangten.

Resanow lief unter Benutzung der von Adam Laxman erworbenen Erlaubnis den Hafen von Nagasaki an und verhandelte mit den Shôgunatsbeamten über den Abschluß eines Handelsvertrags zwischen beiden Ländern, mußte aber unverrichteterdinge die Heimreise wieder antreten. Erst ein halbes Jahrhundert später sollte es schließlich den Gesandtschaften von Vizeadmiral Putjatin gelingen, in mehreren

Schritten das schwere Tor der japanischen Abschließungspolitik aufzustoßen.

Doch zurück zu den japanischen Schiffbrüchigen der Gesandtschaft Resanows, deren Erzählungen über ihr Leben in Rußland von dem *rangaku*-Wissenschaftler Ôtsuki Gentaku in seinen Büchern *Merkwürdige Aufzeichnungen über die Japan umgebene See* und *Erforschung der Nordgebiete* minutiös aufgeschrieben wurden und in denen auch Shinzô und Shôzô Erwähnung finden.

Demnach hat Shinzô, der die russische Sprache und Schrift inzwischen besser als die japanische beherrscht haben soll, sechs Schülern Unterricht gegeben, sich von Anfang bis Ende unermüdlich um die neuen Schiffbrüchigen aus Sendai gekümmert, sie sogar bis nach Sankt Petersburg begleitet und sämtliche notwendigen Formalitäten für sie erledigt. Seine Frau soll bei der Geburt ihrer Tochter gestorben sein und Shinzô sich später mit einer gewissen Ekaterina Jakimowna verheiratet haben.

Trotzdem findet sich wegen seines offenbar nicht besonders guten Verhältnisses zu Shôzô auch folgender Tadel in den Berichten: *Sie nennen den Shinzô aus der Provinz Ise einen wahrlich klugen Kopf. Gleichwohl habe er manches Male auch ein steinernes Herz besessen.*

Von dem so charakterisierten Shinzô ist ein Buch mit dem Titel *Japan und der Handel mit Japan oder Jüngste historische Aufzeichnungen über die japanischen Inseln* erhalten, das posthum im Jahr 1817 in Sankt Petersburg zur Veröffentlichung gelangte und auf dessen erster Seite *Verfasset von Iwan Müller unter Anleitung des gebürtigen Japaners Nikolaj Kolotygin, welcher innehat den neunten Range eines Civilbeamten* zu lesen steht. Nikolaj Kolotygin war Shinzôs russischer Name, Iwan Müller der Rektor der damaligen Mittelschule in Irkutsk. Damit zeichnet sich Shinzô für ein Buch verantwortlich, dessen Titel nicht unbedingt die Mitarbeit eines einfachen Fischers vermuten läßt. Mochten ihn auf der einen Seite die Schiffbrüchigen aus Sendai wegen *seines steinernen Herzens* getadelt haben, auf der anderen Seite sollte sein keineswegs unwesentlicher Beitrag zum Unterricht der japanischen Sprache in Rußland nicht übersehen werden, den er aufgrund *seines wahrlich klugen Kopfes* zu leisten imstande gewesen war.

Verglichen mit Shinzô hat Shôzô zu den Schiffbrüchigen der *Wakamiya-maru,* die ihn bis zu seinem Tode im Alter von etwa fünfundvierzig Jahren aufopfernd umsorgten, ein weitaus innigeres Verhältnis entwickelt. Die jüngste Forschung datiert Shinzôs Tod auf das Jahr 1810, mithin im Alter von fünfzig Jahren.

Damit war den beiden zurückgekehrten Japanern Kôdayû und Isokichi wenigstens eine längere Lebensdauer beschieden.

awabi: Abalonen, Meerohren; fein und lang geschnittenes, getrocknetes awabi als Beilage festlicher Tafeln.
bu: Längenmaß: 1 bu = 3,03 mm.
chirimenjako: in leicht gesalzenem Wasser gekochter, danach kurz getrockneter Jungfisch.
chô: a) Längenmaß: 1 chô = ∽ 109,1 m b) Flächenmaß: 1 chô = ∽ 1 ha.
daikan: allg. Verwaltungsbeamter in den der unmittelbaren Kontrolle des Shôgunats unterliegenden Territorien.
daikon: jap. Rettich.
Edo: bis 1868 der Name von Tôkyô, »Tor der Bucht, an der der Fluß ins Meer mündet«.
Ezo: bis 1869 der Name von Hokkaidô.
fugu: Kugelfisch; Delikatesse, deren Zubereitung wegen der auch ein für Menschen tödliches Gift (Tetrodotoxin) enthaltenden inneren Organe eine besondere Qualifikation erfordert.
goyômatsu: bis zu 30 m hohe Kiefernart.
hakama: weites, hosenrockartiges Kleidungsstück.
haori: über dem Kimono getragenes, jackenartiges Kleidungsstück.
jinchôge: 1-2 m hoher Strauch, dessen Blüten im Frühling ein wohlriechendes Aroma verbreiten; daphne odora.
kaisô: vitamin- und mineralreiche Meergrassorten.
kamme: Gewichtseinheit: 1 kamme = 3,75 kg.
kanjô-bugyô: hoher Amtsträger der Edo-Zeit (1603-1867), zuständig für Finanzen, Steuern und bäuerliche Gerichtsbarkeit in den der unmittelbaren Kontrolle des Shôgunats unterliegenden Territorien.
Kansei: Bezeichnung für die Periode vom 25. 1. 1789-2. 5. 1801; siehe Temmei.
katsuo: echter Bonito; katsuo-Streifchen: gedämpfter, geräucherter und anschließend bis zu Holzfestigkeit getrockneter Bonito, von dem mit einem speziellen Messer hauchdünne Flocken geschabt werden.
ken: Längenmaß: 1 ken = ∽ 1,182 m.
koku: Maßeinheit zur Bestimmung der Ladekapazität traditioneller japanischer Schiffe; 1 koku = ∽ 0,28 m^3.

kosode: Kimono mit engem Ärmelausgang.

machi-bugyô: hoher Amtsträger der Edo-Zeit, zuständig für Verwaltung, Gerichtsbarkeit und Polizei in den der unmittelbaren Kontrolle des Shôgunats unterliegenden wichtigsten Städten (Edo, Ôsaka, Kyôto u.a.).

mikan: mandarinenähnliche Zitrusfrüchte.

miso: aus gedämpften Sojabohnen unter Hinzufügung von Salz und gegärtem Soja, Getreide oder Reis hergestelltes Gewürz.

mochi: gedämpfte, klebrige Reiskugeln, -scheiben oder -ecken; Speise bei Festlichkeiten.

Nagasaki-bugyô: hoher Amtsträger der Edo-Zeit, zuständig in dem während der Abschließung Japans einzigen offenen Hafen Nagasaki (Handelspartner: China und Holland) für die Überwachung des Handels und der auf der kleinen, fächerförmigen, vor der Stadt im Jahre 1634 errichteten künstlichen Insel Dejima lebenden Holländer.

namako: im Meer lebendes, gurkenförmiges Weichtier, ausgerüstet mit zahlreichen Saugfüßchen und Stacheln, reich an Vitamin B, wird roh oder gesalzen zu Essigspeisen verzehrt.

nori: auf verschiedene Weisen zubereitetes Meergras, z. B. geröstet (dunkelgrünfarben) oder getrocknet (schwarz glänzend).

ômetsuke: 1632 eingerichtetes Amt, zuständig für Überwachung und Inspektion der Territorialfürsten und hohen Samurai.

rangaku: Wissenschaftszweig, der sich ab Mitte der Edo-Zeit auf der Grundlage der holländischen Sprache mit europäischer Technik und Kultur befaßte; während der Periode der Abschließung der einzige Weg, auf dem europäisches Wissen nach Japan gelangen konnte; o*ran*da »Holland« + *gaku* »Wissenschaft«.

ri: Längenmaß: 1 ri = ∽ 3,93 km.

sanshô: hellgrüner Pfeffer.

sashimi: roher, in kleinen, dünnen Scheiben zubereiteter Fisch.

shaku: Längenmaß: 1 shaku = ∽ 30,3 cm.

shiitake: zur Familie der Ständerpilze gehörender vitamin- und mineralreicher Speisepilz.

shiruko: süße Suppe mit gekochten Bohnenmusscheiben.

shôgi: japanisches Schach, 2 × 20 Spielsteine, gegen Ende des 8. Jhs. über Indien und China nach Japan eingeführt.

sun: Längenmaß: 1 sun = ∽ 3,03 cm.

sushi: zumeist rohe Fischscheiben auf Reisquadern, etwa 5 cm lang.

suzuki: Meerbarsch.

tai: Meerbrasse, wegen seiner Formschönheit und seinem delikaten Geschmack in Japan als König der Fische bekannt, auch infolge der Klangübereinstimmung mit der Endsilbe des Lexems *medetai* (»es ist zu beglückwünschen«) bei Festlichkeiten bevorzugt aufgetafelte Speise; bezeichnenderweise hält der Gott der Fischer eine große Meerbrasse unter seinem Arm.

tatami: aus Binsen geflochtener Bodenbelag für Zimmer traditionellen japanischen Stils, Größe der einzelnen Matten regional verschieden, gewöhnlich 1 ken lang und 0,5 ken breit.

Temmei: Bezeichnung für die Periode vom 2. 4. 1781-25. 1. 1789 (Temmei 1 = 1781, Temmi 2 = 1782 usw.), seit 645 japanische Zählweise der Jahre, Änderung der jeweiligen Bezeichnung u. a. nach Naturkatastrophen, Unglücken, Aufständen oder der Inthronisation des Kaisers, Auswahl eines programmatischen bzw. glückverheißenden Namens, seit 1868 erfolgt eine Änderung nur noch infolge des Thronwechsels; bis zur Einführung des Gregorianischen Kalenders ab 1. 1. 1873 Zeitrechnung nach dem Mondkalender.

tempura: von goldgelbem, knusprigem Teig umhüllte fritierte Fisch- und Gemüsesorten, Garnelen und Muscheln; Ende des 16. Jhs. von portugiesischen Missionaren nach Japan eingeführt.

tororo: zerriebene Jamswurzel.

warabi: Gebirgsfarnkraut, reich an Vitamin B_2 und C.

yaso: Jesus; Christentum; Christ entstanden aus der Schreibung des Lexems Jesu mit chinesischen Schriftzeichen, die den Lautwert des Ausgangswortes am genauesten wiedergeben.

yomogi: zur Familie der Chrysanthemen gehörende, etwa 1 m hohe Pflanze mit ovalen, tief eingezackten Blättern.

yuba: getrockneter Sojabohnenquark.